I0621619

LA LANCE SACRÉE

UNE AVENTURE DE THOMAS MODRIC

LAURENT KUMMER

La Lance Sacrée, Laurent Kummer, 2018.
Tous droits réservés.
Toute représentation ou reproduction partielle ou intégrale
faite pas quelconque procédé que ce soit, sans le consente-
ment de l'auteur ou de ses ayants droit, est illicite et consti-
tue une contrefaçon sanctionnée par les articles L335-2
et suivants du Code de la propriété intellectuelle.
ISBN. 978-2-9544748-2-3
Première édition – Juillet 2018

PROLOGUE

Afrique du Nord, XVe siècle.

L'homme s'arrêta un instant pour souffler. Il s'adossa à un rocher et écarta un pan de sa tunique, rouge de sang. L'entaille était profonde. La flèche visait le coeur mais était tombée courte. Il était un guerrier. Il avait vu de nombreuse batailles et les avait gagnées pour la plupart. Il avait vu également nombre de ses soldats mourir sous les flèches. Il savait que celle-ci, même ayant manqué le coeur, avait laissé une blessure dont il ne pourrait guérir. Ce n'était qu'une question de temps, et il n'en avait plus beaucoup. Il avait mis beaucoup de ses dernières forces pour semer les soldats à sa poursuite en prenant le chemin de la montagne. Il n'avait guère eu le choix. Le terrain accidenté lui donnait l'avantage face à la troupe. Il restait un formidable adversaire. Il avait fait trembler Constantinople et toutes les armées Croisées. Les soldats à sa poursuite le savaient. Ils hésitaient à le poursuivre dans les défilés montagneux de peur de devoir l'affronter en combat singulier. Il comptait sur cela pour mettre le plus de distance entre eux. Mais il savait aussi que le Sultan avait dépêché ses meilleurs hommes pour l'attraper lui et son précieux chargement. Ils ne manqueraient pas de trouver les traces de sang et alors ils attendraient patiemment qu'il se vide et s'épuise pour lui porter le coup de grâce. Il ne pouvait pas tomber entre leur mains. Même mort. Surtout pas mort. Des milliers de fidèles attendaient qu'il réussisse. Si le Sultan avait sa tête, alors toute son oeuvre disparaîtrait. Le jour déclinait rapidement. Il respira un grand coup et grimaça. Il se remit en route, avançant de plus en plus difficilement vers le sommet. Il se retourna. On voyait la mer au Nord. Il était bien loin de chez lui. Emballée dans un tissu coloré, sa précieuse cargaison se balançait dans son dos au rythme de son ascension, lente et pénible, mais décidée, empreinte de toute la volonté du guerrier. La blessure à son flanc le brûlait et le galvanisait à la fois. Il se força à avancer mécaniquement, un pied après l'autre. Pas après pas. Mètre après mètre. Son esprit se concentrait sur la tâche basique de le faire avancer. Ses yeux regardaient sans voir chaque pierre, buisson ou rocher qui défilait lentement. Le mouvement était hypnotique, il rentrait presque comme dans une transe. Son subconscient prenait le relais pour guider ses pas et son esprit se mit à vagabonder autour de la quête profonde que le guerrier poursuivait. C'est ainsi que la lumière se fit dans sa tête. Une révélation. Il connaissait l'histoire de l'objet sur son dos, et l'ironie de sa situation le frappa. Était-ce donc Dieu lui-même qui avait décidé de cette épreuve et de son dénouement ? Le guerrier en était sûr, sa Foi était puissante, et dans son esprit soudain clair il n'y avait plus aucun doute. Il s'arrêta à nouveau pour réfléchir à sa situation. Il savait encore plus, maintenant, que son trésor ne devait jamais, jamais tomber entre les mains des gardes du Sultan. Le vent montant de la mer lui apporta des voix d'hommes. Les soldats ne devaient pas être à plus de deux ou trois heures derrière lui. Il se remit en marche.

Il faisait nuit maintenant, et il n'entendait plus les soldats, mais l'obscurité rendait sa progression difficile. Sans parler de sa blessure qui saignait de plus en plus. Il sentait les forces l'abandonner, mais il récita une courte prière et cela le motiva pour continuer. Sa Foi seule semblait le tenir debout. Il était arrivé sur une sorte de plateau rocailleux, et le vent qui soufflait était terrible. Il lui sembla entendre des animaux, plus au sud. Peut-être des chèvres. Il s'orienta dans cette direction. Le vent lui apportait une odeur de feu de camp. Peut-être un village. Peut-être pourrait-il s'y cacher et reprendre des forces ? Il repartit de plus belle dans la direction du vent, mais après quelques centaines de mètres ses jambes le trahirent une première fois. Il s'accorda un instant puis, péniblement, se releva. Le baluchon sur son épaule semblait plus lourd à chaque pas. Il distinguait à peine ce qui semblait être un sentier pour les bêtes sous ses pieds. Un bruit se fit entendre derrière lui, et pour la première fois de sa vie la peur et le doute surgirent dans son esprit. Il savait qu'ils pouvaient être aussi mortels que la flèche dans son cœur, aussi se mit-il à prier et à réciter les vers qu'il avait appris il y a si longtemps. Il retrouva le courage de continuer, et se hâta sur le chemin. Mais son pied buta contre une pierre et il tomba pour la deuxième fois. La pierre roula en contrebas du chemin en faisant un bruit net dans la nuit. Il jura, les soldats avaient probablement entendu. Une rage sourde s'empara de lui. Des bruits de pas se faisaient entendre maintenant. Le vieux guerrier se releva et poursuivit son chemin, le long du sentier qui parcourait le plateau. Il sembla perdre conscience du temps, et de la distance parcourue. Mais ses jambes tinrent bon, pas après pas, il avançait. Son instinct lui disait cependant qu'il perdait du terrain et que les soldats le rattrapaient. Combien étaient-ils ? Pourrait-il encore les affronter, après toutes ces souffrances ? Dieu lui donnerait-il encore la force de guider son épée, une dernière fois ? Alors qu'il réfléchissait à ses adversaires, il ne vit pas le fossé devant lui et chuta pour la troisième fois.

Il ouvrit les yeux. Il était au fond d'une cuvette rocheuse, allongé sur le dos. Son côté le brûlait, mais il lui semblait que la chute ne l'avait pas blessé. Il voulut bouger, son dos le lança et des lueurs dansaient dans ses yeux. Il n'arrivait pas à bouger. Du sang coulait de sa tête maintenant, elle avait atterri dans un buisson épineux. «Bien sûr» songea-t-il. C'était clair maintenant. Il contempla la voûte étoilée, et les bords de son piège de pierre. Il serra les poings de rage. Pourquoi son Dieu ne lui donnait-il pas la force d'accomplir Sa volonté, maintenant qu'il lui avait fait entrevoir la Vérité ? Les paupières mi-closes il sentait les soldats se déployer autour du fossé. Ils étaient peut-être quatre ou cinq. Peut-être plus. Alors le guerrier récita une dernière prière et cela lui donna la force de se lever. Les soldats sortirent de l'ombre, leur proie semblait suffisamment mal en point pour qu'ils n'en aient plus peur. Ils encerclèrent le guerrier. Celui-ci tira son épée de son fourreau. Il savait que ce serait son dernier combat. Son cri de guerre résonna dans la montagne.

PARTIE I

BAIN DE SANG

Versailles, 1684.

Le bruit des sabots résonnait dans la campagne endormie. La monture fendait l'air matinal avec la fougue que lui communiquait son cavalier. Guillaume était pressé, il voulait arriver sur les lieux du meurtre le plus tôt possible. Ou sinon tout serait chamboulé. Les gardes n'étaient pas des plus disciplinés, et ils se moquaient certainement de ses recommandations, fut-il médecin du Roi. Bon d'accord : il n'était que le 7e médecin du Roi, mais quand même ! Au moins le Capitaine de Bastié était sur les lieux et ferait respecter un semblant d'ordre. La nuit avait été claire et fraîche, et la lune presque pleine suffisait amplement à éclairer la route. Il n'avait pas plu durant la nuit et c'était une bonne nouvelle.

Les lieux du meurtre. Du massacre plutôt. Le gamin que lui avait envoyé le Capitaine en était tout pâle. Il n'avait même pas eu à prononcer un mot, Guillaume avait su rien qu'en regardant la mine du garçon et l'horreur qu'il lisait dans ses yeux. Il s'habilla promptement et envoya son apprenti seller son cheval. Le gamin n'avait manifestement pas envie de retourner là-bas, mais Guillaume insista. Il lui promit qu'il n'aurait pas à s'approcher. Il s'empara du petit sac de cuir qu'il avait préparé pour l'occasion. Il savait qu'il y aurait d'autres meurtres. Il vérifia que son carnet favori était bien à l'intérieur. Il y consignait tous les détails, toutes ses observations sur cette affaire.

Et le voilà donc sur ce petit chemin alors que le jour se levait à peine. Le corps avait été retrouvé par un meunier, à l'écart de la route. Selon les dires du petit, le sang coulait encore, ce qui était une bonne nouvelle pour Guillaume. Les précédents corps avaient été retrouvés bien plus tard, parfois des jours après le décès, et étaient dans des états lamentables, gonflés et abimés par les animaux. Ils faisaient bonne allure, le garçon savait visiblement monter à cheval. Ils passaient Resmoulin puis prirent la direction de Villepreux. Soudain il vit la lumière des lanternes et l'agitation dans un bois tout près de la route. Ils étaient arrivés. Il prit ses repères : il connaissait bien la région et le domaine royal. Bon sang, songea-t-il, à vol d'oiseau on n'était pas à plus d'une lieue ou deux du château. Le Lieutenant du Roi n'allait pas aimer du tout. Le gamin s'arrêta là. Pour lui c'était fini, il n'avait aucune envie de s'approcher plus et le regard qu'il jetait au docteur était implorant. Guillaume le gratifia d'une pièce, mit pied à terre et s'approcha. Il devait y avoir une douzaine d'hommes à l'orée du bois et il constata avec soulagement que le Capitaine était toujours là. Il fut rassuré que personne, en tout cas le moins de monde possible, n'avait touché au corps. C'était effectivement le cas, mais pas en raison de la présence de l'officier. Simplement personne n'avait envie de s'approcher du cadavre. Le prévôt de Villepreux était déjà là aussi et la discussion était rude sur qui aurait autorité sur cette affaire. Puis il y avait quelques gardes, deux hommes avec le prévôt, un paysan et le meunier. Tous se turent à l'arrivée du médecin. Guillaume pouvait lire sur leur visage toutes sortes de sentiments. Le Capitaine levait un sourcil d'impatience, le prévôt était irrité qu'un médecin royal soit déjà là. Pour lui cela signifiait déjà qu'il perdait l'affaire et l'argent qu'aurait pu rapporter un procès. Les soldats trépignaient et semblèrent soulagés de son arrivée. Les civils étaient pâles, mal à l'aise et avaient la même lueur de dégoût au fond des yeux que celle qu'avait l'enfant. Ils ne voulaient qu'une chose : partir très vite et très loin de ce bois maudit. Tout le monde parlait à voix basse bien qu'il n'y eut personne à réveiller. Dans le murmure des conversations, il entendait des mots comme «démon» ou «sorcière». Il se força à les ignorer. Guillaume attacha son cheval a une branche basse et remercia l'animal pour son effort d'une amicale tape sur le cou. Des petits nuages de vapeurs sortaient de ses nasaux à chaque respiration. Le cheval regarda son maître en secouant la tête, comme pour dire «mais qu'est-ce qu'on fait là, hein?» puis commença à brouter paisiblement. Guillaume rejoignit les hommes, adressa un signe de tête à l'officier qui l'avait fait prévenir, salua le prévôt et, son sac de cuir à l'épaule, il s'approcha du corps.

Ce fut d'abord l'odeur du sang qui le frappa. Forte et chaude malgré la température. Il sut vite pourquoi : il y en avait partout. Le corps baignait dans une mare de sang, entre deux grands arbres. Pour s'approcher du corps, il n'eut d'autre choix que de plonger ses bottes dans le sang. Le jour était presque levé, mais sous les arbres on n'y voyait guère, aussi demanda-t-il à un garde de lui donner une torche. La flamme vacillante jetait une lumière horrible sur la scène, qui semblait sortir tout droit d'un cauchemar. La victime était allongée sur le dos, la tête rejetée en arrière selon un angle bizarre. La gorge avait été coupée avec une violence peu commune, de sorte que la tête n'était plus qu'à moitié attachée au reste du corps. Il lui sembla distinguer quelque chose dans la plaie, ce qui, quelque part, le réconforta. Mais c'était surtout le torse qui attirait l'attention. Il n'était plus qu'un magma sanguinolent de chairs et de tissus. Guillaume se pencha plus avant, notant au passage la qualité des étoffes des vêtements : comme pour les autres, ce n'était pas un indigent, mais une personne de bonne fortune. Cela faciliterait l'identification, car quelqu'un viendrait bien réclamer le corps à un moment ou un autre. La quantité de sang était impressionnante et c'était ce qui mettait mal à l'aise les spectateurs involontaires de son examen. C'était probablement l'effet voulu par le tueur songea-t-il. Il retira un gant et au plus grand dégoût de l'assistance, plongea ses doigts dans le sang autour de lui. Poisseux, doux, tiède. « Du sang de bœuf, lança-t-il tout haut. Pour faire peur. Aucun homme n'a autant de sang dans le corps. » Les hommes s'échangèrent des regards surpris, mais se détendirent quelque peu, soulagés. On revenait à quelque chose de plus naturel. Les superstitions avaient la vie dure par ici, et les interprétations diaboliques vite tirées. S'approchant plus encore il tâta un peu le ventre lacéré puis, à la surprise générale plongea ses doigts à l'intérieur. Ils reculèrent instinctivement, fascinés par les méthodes du docteur. Aucun médecin qu'ils pouvaient connaître ne se déplaçait sur une scène de meurtre pour pratiquer ce genre de manipulation, mais pour Guillaume c'était l'examen le plus important qu'il pouvait pratiquer pour le moment, et la raison précise pour laquelle il s'était déplacé jusqu'ici aux aurores. Le foie était encore tiède au toucher. Il le pinça un peu pour en éprouver la souplesse puis déclara à l'attention du Capitaine qui le regardait avec un mélange de curiosité et de résignation, le sourcil toujours levé.

« Il est mort il y a environ cinq heures.

– Vous en êtes sûr ?

– À une demi-heure près. »

Le Capitaine secoua la tête. Cinq heures ! Cinq heures plus tôt, rentrant tardivement de la chasse, le Roi était passé sur la route exactement devant ce bois. Le Lieutenant n'allait vraiment pas être content !

Guillaume en avait fini avec le corps, pour le moment, et tournait autour de la scène éclairant ici, grattant un peu de terre là. Il y avait de nombreuses traces de pas à l'entrée du petit bois. Malgré sa promptitude à venir sur place, de trop nombreuses personnes avaient foulé le sol pour qu'il puisse isoler une empreinte de botte qui aurait pu appartenir à celui ou ceux qui avaient commis ce crime. Il prélevait des petits morceaux de terre, d'herbe, de tissus, de sang et fourrait le tout dans sa sacoche de cuir, enveloppant chaque échantillon individuellement dans des petites boites de bois. Enfin, il tira un peu de papier, une craie grasse et fit un croquis de la scène, s'arrêtant parfois pour mesurer une distance entre un objet et le corps, les arbres, la route. Il notait tout minutieusement dans son précieux carnet relié de cuir, sous les yeux ébahis du prévôt et de ceux qui rencontraient Guillaume pour la première fois. Enfin seulement s'autorisa-t-il à retourner le corps doucement pour inspecter le dos, en veillant à toucher le torse le moins possible. Il constata que le dos était plutôt intact et vierge de sang. Il le reposa doucement, tirant des conclusions dans sa tête. Son esprit analytique tournait à plein, et malgré les circonstances il était heureux d'être là et de pouvoir examiner les lieux immédiatement après la mort de ce malheureux. Il entendit du bruit sur le chemin : un chariot venait d'arriver, avec son apprenti. Bien, de toute façon il en avait terminé ici, il allait ramener le corps à son office pour l'examiner de plus près. Il relut ses notes brièvement pour être certain de n'avoir rien oublié, refit le tour de la scène, puis referma son carnet et le rangea dans sa sacoche.

Son apprenti, un solide gaillard qui venait de Besançon et prénommé Jean, arriva avec un brancard de bois et sous l'œil avisé de Guillaume, souleva doucement le corps tandis qu'un soldat glissait le brancard dessous. Il ne semblait pas faire grand cas de l'horreur de la scène ni de l'odeur épouvantable. Ensemble, ils transportèrent le tout sur le chariot et Jean reprit immédiatement la direction de Versailles. Il savait quoi faire.

Guillaume se tourna finalement vers le Capitaine pour prendre congé. Celui-ci avait la mine sérieuse :

« Docteur, je crains que cela ne soit grave. Nous sommes sur les terres de Sa Majesté, à quelques lieues du Château lui-même, et selon ce que vous me dites le meurtre a été commis exactement au moment où le Roi passait par ici. Je dois rapporter ceci au Lieutenant et sa compétence va primer, il va en faire un cas royal.

– Je pense que c'est précisément ce que cherche notre meurtrier Capitaine. Toutefois, je ne pense pas que le meurtre ait eu lieu ici au moment où le Roi passait tout près.

– Qu'en savez-vous ?

– Et bien surtout l'absence de sang dans son dos. Lorsque l'on tue quelqu'un aussi violemment, il se débat, il se contorsionne, il a des spasmes. Cela aurait permis à du sang de couler sous le corps. Non, je pense qu'on l'a tué ailleurs, peut-être dans un lieu proche, puis qu'on l'a mis sur le trajet du Roi, mais seulement après son passage. Ensuite on a arrosé le tout avec du sang d'animal, beaucoup de sang, pour marquer les esprits. C'est juste une mise en scène. Mais si vous me demandez pourquoi, je ne puis vous répondre pour l'instant. Ce qui est clair, c'est que l'on veuille attirer l'attention du Roi ou de la Cour sur ce meurtre. »

Le Capitaine secoua la tête. C'était un officier qui en avait vu, un soldat dans l'âme, intelligent. Il devait avoir l'âge du père de Guillaume, si ce dernier avait été toujours en vie. Il avait d'ailleurs servi avec celui-ci, le père de Guillaume avait été médecin dans l'armée de Sa Majesté. Le Capitaine connaissait Guillaume depuis toujours, et il était probablement un des seuls amis sur qui Guillaume pouvait compter aveuglément. Il parla à voix basse :

« Il faut que tu sois prudent Guillaume, je te connais, je sais que ce que tu me racontes est la déduction logique que tu tires de tes observations. Mais certains ne voient pas les choses ainsi. La science que tu utilises... D'autres y voient de la divination, ou de l'esbroufe. À donner des détails si précis, certains penseront que tu étais témoin de la scène ou même que c'est toi qui l'as organisée.

– Je le sais bien François, mais c'est ce que me disent les faits. La médecine, la science... elles ne peuvent pas mentir !

– Elles, non. Mais chacun a sa propre façon de les interpréter, et il y a peu de policiers ou médecins, surtout parmi les médecins royaux, qui vont te soutenir dans cette voie. Personne ne prendra le risque de venir confirmer tes conclusions devant le Lieutenant ou le Roi. Personne ne comprend comment tu fais tout cela. »

Guillaume allait répondre, mais se tut finalement. Il inclina la tête pour remercier l'officier puis quitta les lieux avec un certain soulagement. Il avait beau avoir le cœur solide, les cadavres éviscérés que l'on découvre de bon matin à la lueur d'une torche au fond d'un bois... Il réprima un frisson malgré lui. Qui qu'il soit, l'auteur de cette mise en scène macabre savait y faire pour épouvanter les gens. Les premiers rayons du soleil l'aidèrent à chasser ses frissons. Il arrima solidement son sac à la selle de son cheval et reprit la route de Versailles, mettant rapidement de la distance entre le petit bois et lui.

DOCTEUR GUILLAUME

Sur le chemin du retour, Guillaume repensa avec amertume à l'avertissement du Capitaine. Il n'avait pas tort bien sûr. Il ne devait son titre et sa place parmi les médecins du Roi qu'aux états de service de son père, qui avait soigné le jeune Roi Louis en campagne contre les Habsbourg vingt ans auparavant. De retour de la guerre, un office royal attendait le docteur Francis d'Espaing, mais il ne l'occupa jamais, gardant la lettre de crédit précieusement et se consacrant à ses recherches en médecine. D'Espaing était un esprit scientifique, curieux de tout et avide de faire progresser son art. Nombre de médecins de l'époque, et même ceux qui enseignaient la médecine, se complaisaient dans un statu quo intellectuel basé sur la certitude qu'il n'y avait plus rien à découvrir sur le corps humain, que la médecine en son état actuel expliquait presque tout et que le reste n'était que l'œuvre de Dieu de toute façon. Mais d'Espaing savait en lui-même que c'était faux, qu'il y avait des progrès à faire, des mystères à découvrir. Il savait que le corps humain avait encore des secrets à percer. Il excellait à l'étude de l'anatomie, s'exerçant sur les

17

nombreux cadavres que la guerre puis la maréchaussée locale lui procuraient. Il devint vite capable d'expliquer comment un tel était mort, mais sa fascination morbide dérangeait. Sa volonté de repousser les limites du champ d'action Divin n'était pas la bienvenue non plus. Et lorsqu'il renonça à ses titres pour épouser une roturière, il fut vite mis au ban de la médecine, discipline où le rang social importait plus que la compétence.

C'est dans ce contexte que naquit Guillaume, qui dès son plus jeune âge suivit les enseignements de son père. Il sembla qu'il hérita également du même esprit curieux et rigoureux qu'avait Francis. Lorsqu'il fut temps, ce dernier, jouant des quelques contacts qui lui étaient restés, l'envoya étudier la médecine à Paris, où il fut accueilli froidement, puis à l'étranger, côtoyant les grands médecins de l'époque. Il revint lorsque son père mourut brutalement d'une fièvre tenace et violente. Il venait d'avoir son diplôme. La lettre de crédit était la seule richesse qui restait à la famille, aussi il vint à Versailles, et grâce à l'appui du Capitaine François de Bastié, l'ancien compagnon d'armes, il fut admis qu'il prenne la place de l'office royal de son père. Inutile de dire que les médecins royaux en place furent plus qu'irrités de l'arrivée de ce jeune premier qui avait étudié auprès d'illustres savants de France et d'Europe. Cependant, le manque évident d'ambition personnelle de Guillaume sut, sinon les rassurer, au moins les tenir à l'écart sans faire grand cas de lui. Tout ce qui lui importait était la continuation de ses chères études. Bien que d'office Chevalier du Royaume de par son père, il sut aussi trouver un compromis pour que les nobliaux à cheval sur l'étiquette ne s'offusquent pas de ses manières peu en phase avec les canons de la noblesse de l'époque. Aussi il se faisait appeler Docteur Guillaume, sans référence à son nom désormais privé de particule. On l'appelait rarement à la Cour, mais il avait quelques grands bourgeois parmi sa clientèle, légère il est vrai. Cela lui allait parfaitement, car il pouvait ainsi continuer les travaux de son père sur l'anatomie, à la fois à son cabinet et à la morgue locale. Mais la médecine seule n'était pas suffisante pour combler l'appétit de mystères du jeune docteur, aussi offrait-il régulièrement ses services aux Lieutenants de petite robe qui avaient du mal à résoudre les crimes de sang. Par sa perspicacité et sa méticulosité, il avait pu résoudre quelques cas difficiles si bien que désormais on l'appelait régulièrement en cas de mort violente, fait plutôt courant en cette fin de XVIIe siècle. Il pouvait ainsi poursuivre ses recherches sur les corps de ces affaires faisant d'une pierre deux coups. Peu de médecins s'intéressaient aux causes de la mort. Pour beaucoup c'était tabou, un aveu d'échec de leur part et ils préféraient souvent évoquer des circonstances imaginaires, enrobées de mots savants avec une touche d'inéluctabilité pour cacher chez beaucoup d'entre eux une totale ignorance des sciences médicales. Seuls quelques universitaires disséquaient encore des cadavres. C'est ainsi que Jacques, le grand-père de Guillaume, lui aussi médecin, avait suivi les enseignements d'un brillant praticien nommé Jenssen. C'était il y a presque un siècle maintenant, songea Guillaume. Jenssen avait codifié l'étude du cadavre, il avait créé les outils, il s'était aidé des découvertes physiques récentes et d'instruments innovants comme le microscope. Il en avait fait une science à part dans la médecine, l'appelant autopsie. Que de progrès en un siècle ! Guillaume s'émerveillait encore des améliorations à la technique, apportées en partie par son père. Les nouveaux outils, les nouvelles découvertes en pharmacologie avaient fait faire des bonds de géant à ce domaine. Peu de poisons échappaient à sa connaissance, les armes utilisées, les maladies, et la façon dont tout cela laissait des traces sur — et dans — les corps. Une fois les causes de la mort identifiées, son esprit vif et rigoureux, sa connaissance de la nature humaine et des tourments de l'esprit le mettaient en général très vite sur la piste du ou des assassins.

C'est ainsi qu'on l'avait contacté deux mois plus tôt. Un corps avait été retrouvé au petit matin au bord de l'étang de Trappes. Il avait été en partie mutilé par des animaux qui l'avaient probablement trainé loin de l'endroit où on l'avait tué. Malgré les morsures et l'état avancé de décomposition, on pouvait aisément voir que la mort n'était pas naturelle : le torse et la gorge présentaient de nombreuses blessures faites avec une épée ou un couteau. Guillaume n'avait pas pu faire beaucoup sur ce corps-là, tellement il était abimé. Tout juste put-il identifier le malheureux, un certain chevalier de Malfettes, un aventurier à peine de retour d'une expédition en terres d'Afrique. Il put également en conclure que le coup qui avait tué le chevalier avait été fait par une lame très tranchante qui lui avait ouvert la gorge de part et d'autre, séparant presque la tête du reste du corps. Il trouva également, à sa grande surprise, une petite pierre blanche au fond de la gorge. Il n'était pas spécialiste en la matière, mais il savait qu'il n'y avait pas ce type de pierres près de l'endroit où on avait retrouvé le corps. Au-delà de ça, il n'y avait rien qu'il puisse faire de plus. Il confia ses conclusions au bailli de Trappes qui manderait probablement, aux frais de la famille, un détective pour trouver le coupable. Il y avait peu de chances que cela arrive, car les indices étaient minces, mais la sauvagerie du meurtre pouvait laisser à penser un crime crapuleux commis par une bande de hors-la-loi féroces comme il y en avait beaucoup. D'autant que l'on n'avait rien retrouvé de valeur sur le corps, bourse et bijoux ayant disparu. Mais la pierre qu'il avait retrouvée dans la gorge du chevalier continuait à le tracasser. C'était une pièce qui ne collait pas avec le reste du puzzle. Elle ne pouvait avoir été mise à cet endroit que très peu de temps après la mort, quelques minutes tout au plus. Donc forcément par le ou les meurtriers, mais le sens lui échappait. C'était comme si on avait voulu signer le crime, et qui ferait cela? Sûrement pas un voleur. Quelques jours plus tard, contre toute attente, on arrêta le fils d'un armurier de Trappes qui essayait de revendre une bague appartenant au défunt chevalier. Il confessa le vol, mais nia l'avoir tué. Passant au bord de l'étang il avait vu le cadavre et lui avait pris la bague à ce moment-là. Personne ne le crû et on le jeta en prison. Cependant, trois jours plus tard on appelait à nouveau Guillaume pour un meurtre, cette fois-ci au sortir de Chaville. Là encore, le corps n'était pas en bon état, mais il nota tout de suite les similitudes avec le cadavre de Trappes : Torse violemment lacéré et gorge tranchée, beaux habits. En revanche il s'agissait là d'un vieil homme, contrairement au jeune chevalier Malfettes. On découvrit par la suite qu'il s'agissait du Comte de Sauzet qui avait ses entrées à la Cour et était même un des plus anciens conseillers du Roi. On ne put retrouver l'endroit exact où le Comte fut tué, mais après examen du corps Guillaume trouva dans la gorge une pierre semblable à celle trouvée sur

Malfettes. Il était donc convaincu d'avoir à faire à un seul et même meurtrier. Mais encore une fois les indices qu'il laissait étaient minces. Le lendemain de la découverte du corps amena à l'office de Guillaume un lot de visiteurs. Le premier fut l'ami de son père, le capitaine de la garde François de Bastié. Un brave homme, solide, et qui avait toujours témoigné à la famille d'Espaing une fidélité sans faille, même lorsque d'Espaing père fut banni de la Cour. Le Roi avait été chagriné de la perte du Comte de Sauzet, selon lui un conseiller fort sage et éclairé. Il avait donc mandé la personne en charge de la sécurité, le Lieutenant du Roi Étienne de Boisvillier de faire la lumière sur cette affaire. De Boisvillier, en pleine reconstruction des forces de police du royaume, n'avait que peu de ressources à consacrer à cette affaire, tragique certes, mais mineure tout de même. Il chargea donc le capitaine de la garde de glaner les informations sur l'enquête afin de les rapporter au Roi qui, de toute façon, oublierait bien vite son défunt conseiller.

De Bastié était de bonne humeur ce matin-là, cette affaire de routine lui donnait un bon prétexte pour visiter Guillaume dont il suivait la carrière avec attention. Il fut donc surpris et ennuyé d'apprendre ses conclusions sur la mort du Comte. Peut-être y avait-il une affaire entre le chevalier de Malfettes et le Comte de Sauzet ? Ou bien cela était une coïncidence. Ou,i il faudrait peut-être se renseigner. Le Capitaine promit de rendre visite à la famille du Comte. Il demanderait s'ils n'avaient jamais entendu parler du chevalier de Malfettes. Mais pour le moment, restons prudents et n'allons point trop vite en conjectures. Inutile d'affoler la Cour avec cette histoire. Point sur lequel Guillaume était d'accord. Le docteur ne comprenait toujours pas la signification de la pierre dans la gorge des victimes. Il sentait cependant qu'il y avait quelque chose de louche là-dessous et qu'un peu de discrétion permettrait de récolter sûrement plus d'informations. Le capitaine se fit promettre d'être averti si de nouveaux indices apparaissaient et sorti. La deuxième visite de la matinée fut celle, plus inattendue, de l'armurier de Trappes, Maître Malecange. Comme il y avait eu un nouveau meurtre qui ressemblait fort à celui de Trappes, le vieil armurier, convaincu de l'innocence de son fils, venait rencontrer Guillaume avec l'espoir que celui-ci pourrait relier les deux crimes et ainsi innocenter Malecange fils qui croupissait dans une geôle depuis son arrestation. Guillaume était convaincu qu'il s'agissait du même criminel pour les deux meurtres, mais il ne savait pas si les preuves dont il disposait seraient suffisantes. En outre, lorsqu'un noble se fait assassiner par quelqu'un qui ne l'est pas, la justice royale pouvait s'avérer surprenante de zèle. Guillaume promit d'aller à Trappes tantôt et de plaider la cause du garçon, sans garantie toutefois. Il eut une idée et profita de la visite de l'expert en arme pour lui montrer dans son office un moule d'argile qu'il avait pu faire d'une des blessures du Comte.

« Je n'arrive point à identifier quelle lame a pu causer cette blessure, Maître Malecange, peut-être pouvez-vous m'éclairer ?

– Si je le puis. Le vieil homme était plus qu'heureux d'aider, si cela pouvait contribuer à sortir son fils de prison. Il examina le moulage, puis Guillaume apporta, à la surprise de l'homme, la cuisse d'un porc entaillée de toutes parts.

– Voyez monsieur, comme j'ai essayé de retrouver la lame qui fasse la même entaille, mais sans succès. Seuls mes instruments de chirurgien offrent un tranchant comparable, mais sans cet arrondi, voyez ici, sur les bords de la plaie.

– C'est en effet très curieux Docteur, je dirais que d'ordinaire les lames courbées font ce genre de blessures, mais je n'en connais aucune d'aussi tranchante dans nos régions.

– Des lames courbées ? Voilà qui est intéressant. Où pourrais-je m'en procurer ?

– Je n'en fabrique pas, mais il y a quelques armuriers sur Paris qui pourront vous en trouver. Je puis vous laisser quelques noms.

– Ce sera très aimable à vous. J'irais à Trappes dès demain plaider la libération de votre fils. »

Comme Guillaume s'y était attendu, le juge de Trappes refusa de libérer Malecange fils. Ce dernier avait déjà un beau palmarès de troubles à l'ordre public, de bagarres et d'ivrogneries. Il faisait un coupable idéal. Bien que les résultats de Guillaume fussent troublants, le juge voulait un procès rapide et qui lui rapporterait beaucoup d'argent. Les deux parties, d'un côté un riche artisan armurier et de l'autre une famille de belle noblesse, étaient certainement décidés à mettre de l'argent dans ce procès. Dépité, Guillaume rentra bredouille à Versailles. Il n'aimait pas trop l'idée qu'un innocent fût condamné à tort pour ce crime affreux, mais il lui faudrait plus d'arguments pour sortir le fils Malecange de son cachot. Le lendemain aux aurores il se fit conduire à Paris. Sa première visite fut pour l'académie des sciences où il déposa les pierres à un professeur de sa connaissance au département de géologie. Ensuite, il se rendit à l'adresse d'un armurier qu'il avait obtenu de Malecange. L'artisan avait un éventail imposant d'épées, dagues et couteaux. Il avait deux modèles de couteaux à lame courbée, des copies « authentiques » de poignards maures insista l'armurier, fier de ses œuvres. Un déclic se produisit dans l'esprit de Guillaume: le chevalier de Malfettes ne rentrait-il pas d'Afrique ? Voilà qui pouvait être un lien à creuser. Il acheta un des poignards à prix d'or puis rentra promptement à Versailles essayer sa trouvaille sur la cuisse de porc. L'entaille correspondait presque, probablement l'angle de courbure était mauvais, et le fil de la lame de l'assassin était plus tranchant. Mais il approchait, il le sentait. De Bastié revint trouver Guillaume pour voir comment celui-ci avançait. Le militaire avait questionné la famille du Comte de Sauzet et aucun, ni les domestiques, ne le savait en affaires avec le chevalier de Malfettes. Le Comte de Sauzet avait passé les derniers mois à la Cour auprès de Louis qui avait requis sa présence. Une intuition traversa Guillaume: en quoi consistaient les conseils de Sauzet auprès du Roi? Pour ce que de Bastié savait, le Comte était un explorateur et il partageait sa connaissance de l'Afrique avec Sa Majesté. Encore l'Afrique! Guillaume poussa un petit cri de victoire qui fit sursauter le capitaine. Cela ne pouvait pas être une coïncidence! Il progressait, et grâce au capitaine il avait pu établir un lien, ténu certes, indirect sûrement, mais un lien réel entre les deux victimes. Le capitaine de Bastié, lui, n'était toujours pas convaincu. « Tu te fies à ton instinct Guillaume, c'est bien, mais cela n'est pas suffisant pour faire libérer le jeune Malecange. » Et deux jours plus tard, en effet, Malecange fils fut reconnu coupable, en dépit de ses protestations, du meurtre du chevalier. La sentence était facile, Malecange serait pendu dans la semaine. Guillaume fit part de ses découvertes au père du jeune homme qui promit de tout faire pour l'aider à identifier le véritable meurtrier, et partit s'enquérir sur les poignards à lame courbe et sur qui pouvait en avoir de qualité suffisante pour découper les chairs aussi finement. Le jour suivant un troisième cadavre fut découvert.

Cette fois-ci c'était un banquier de Paris, que l'on avait découvert non loin de Villepreux. Mêmes entailles au torse et à la gorge, même caillou à l'intérieur. Cette fois-ci les animaux festoyèrent de l'ample bedaine du financier, mais ne bougèrent pas le corps. Guillaume fut donc en mesure d'examiner les lieux et put découvrir plusieurs empreintes de pas. Il lui fut cependant difficile de dire si elles appartenaient au meurtrier ou à un des nombreux hommes qui s'étaient pressés là depuis la découverte macabre. Il lui aurait fallu pouvoir examiner les autres lieux, mais dans les deux cas, les corps avaient été déplacés. Une idée lui vint. Si le fils Malecange avait volé la bague sur le cadavre du chevalier, c'était forcément très vite après la mort de celui-ci, car après quelques heures les gaz font gonfler les corps et il n'aurait pu retirer la bague sans couper le doigt. Or le chevalier de Malfettes avait ses doigts intacts. Conclusion: Malecange avait probablement trouvé la première scène de crime, il pouvait sûrement la lui indiquer et cela pouvait valoir le coup de l'examiner. Comme Guillaume s'y attendait, le capitaine de Bastié fit son apparition en quête de nouvelles. Non seulement cette affaire commençait à faire courir son lot de rumeurs à la Cour, mais il se trouvait aussi que le banquier finançait des recherches et des expéditions pour la couronne. Une certaine peur se faisait sentir dans les conversations versaillaises et le supérieur du Capitaine, le Lieutenant de Boisvillier avait demandé qu'on règle l'affaire rapidement. Il convenait de montrer que Louis et sa police étaient à même de protéger la population de toute menace. Le jeune docteur eut la puce à l'oreille quant aux activités du banquier: il demanda au Capitaine de se renseigner sur les expéditions que le banquier avait pu financer dans un passé récent. Il fit également part à de

Bastié de son raisonnement quant à la première scène de crime et à la présence du fils Malecange sur les lieux. Il écouta l'idée de Guillaume puis partit sans un mot. Il revint le lendemain. Il avait un ordre signé du Lieutenant pour la libération immédiate de Malecange et sa mise à disposition au Docteur Guillaume.

« Il faut nous dépêcher de résoudre cette affaire, Guillaume. Le Capitaine était soucieux. Les rumeurs se répandent comme une trainée de poudre. Pour l'instant ce n'est rien de plus qu'une rumeur, mais on pointe la police du doigt pour son inaction.

– Capitaine, je ne vous savais pas si sensible aux ragots, railla gentiment Guillaume. Mais la mine du Capitaine trahissait un vrai sentiment de malaise, quelque chose de plus dérangeant que quelques ragots de commères.

– Ce que je redoute le plus, Guillaume, c'est qu'il tue à nouveau sans qu'on ne puisse l'en empêcher. »

Le funeste présage du Capitaine se transforma bien vite en réalité: deux jours plus tard, un jeune garçon levait Guillaume aux aurores et l'amenait dans ce petit bois macabre près de Villepreux.

MALECANGE FILS

Lorsque Guillaume rentra à son office, il lui prit une envie pressante de se laver. Il avait pourtant l'habitude de côtoyer la mort. Après tout, il y avait probablement plus de cadavres dans son cabinet d'étude aujourd'hui qu'il n'avait d'amis en ville. Mais un sentiment de malaise l'habitait. Tout cela était malsain, il hésita mentalement sur le mot diabolique. Il n'était pas homme de religion. Sa foi était dans la science et tous les meurtres et les autres horribles choses dont il avait été le témoin jusque-là n'avaient été que l'œuvre d'hommes, certes mauvais pour la plupart, mais qui avaient encore toutes les caractéristiques d'êtres mortels faits de chair et de sang. Il se devait de faire la sourde oreille aux commérages et interprétations mystiques vite tirées par des gens ignorants. Dans le monde de Guillaume, on tuait pour un but précis : l'argent la plupart du temps, l'amour parfois, la colère, la vengeance, l'ambition. Et hormis quelques bandits de grand chemin qui avaient plusieurs morts sur la conscience, il n'avait jamais été confronté à un tueur récidiviste sans motif apparent. Il eut l'image d'un chasseur qui passait dans sa tête. Non pas un chasseur, plutôt un prédateur. Il voulait faire peur, il voulait semer le malaise, la panique. Cela ne pouvait qu'expliquer l'extrême violence des meurtres, car si le Chevalier de Malfettes avait pu opposer une certaine résistance à son assassin, cela ne pouvait être le cas du Comte de Sauzet, un vieillard, ou du banquier, dont la forte corpulence excluait toute habitude d'effort physique depuis longtemps. Il y avait une différence cependant entre les trois premiers meurtres et celui-ci. Le dernier crime relevait plus de la mise en scène qu'autre chose : le tueur avait placé le corps sur le chemin du Roi et avait rajouté des « effets », en l'occurrence des litres et des litres de sang d'animal pour frapper quiconque témoin de la scène du caractère macabre de son forfait. À l'opposé, les premiers meurtres, bien que violents, semblaient suivre le chemin d'une certaine nécessité : Le tueur avait une raison, quelle qu'elle fût, de tuer ces personnes-là. La violence de l'acte tenait plus comme à une sorte... d'habitude. Ou plutôt de rite. Oui, Guillaume en était sûr maintenant, le Chevalier de Malfettes ne pouvait être la première victime de cet homme-là. Peut-être était-ce un guerrier, songea-t-il un moment. Nombre d'hommes sont revenus de la guerre avec le goût du sang à la bouche, certains jusqu'à en devenir fou, et avec la pratique que confèrent les batailles, ces gens-là deviennent vite des tueurs brutaux et sans pitié. Mais ce dont il était sûr était que l'homme n'était pas un fou, du moins pas au sens le plus répandu. Il y avait un sens de la méthode et de l'organisation chez ce tueur qui lui fit froid dans le dos.

L'eau chaude était délicieuse, après une matinée à patauger dans la boue et le sang. Il s'était aménagé une petite salle d'eau derrière son office et son assistant veillait — littéralement jour et nuit — sur une énorme cuve de cuivre remplie d'eau que réchauffait un feu de bois. L'eau chaude servait surtout pour les recherches de Guillaume, mais aussi pour le nettoyage du laboratoire ainsi que l'hygiène irréprochable de ses occupants (Guillaume était intraitable sur ce sujet et lui-même prenait deux bains par semaine). Il profita de ce moment de répit pour reprendre le fil de ses pensées. Il n'était guère pressé d'examiner le nouveau cadavre, car il était persuadé qu'il ne découvrirait rien de bien nouveau sur celui-ci. Il repensait à la scène du meurtre. Le corps était lourd, et le meurtrier avait dû amener le sang de bœuf, sur une importante distance depuis la route. La terre était humide et les seules traces de chevaux qu'il avait notées étaient celles des bêtes présentes ce matin en même temps que lui. Si le meurtrier était seul, ce que pensait Guillaume, il devait être d'une force peu commune. Il rangea l'information dans un coin de son esprit puis profita de l'eau chaude encore un peu, car l'idée d'un assassin récidiviste doté d'une force herculéenne le fit frissonner malgré lui.

Une vingtaine de minutes plus tard, il entrait dans son laboratoire pour étudier le nouveau corps, quand il sentit une présence dans la pièce. Il se retourna pour tomber nez à nez avec un jeune homme de haute taille qui se tenait droit comme un « i » devant la porte. Son physique imposant contrastait avec son air de gamin perdu. Des mèches rebelles couleur blé retombaient sur un visage aux traits énergiques qui, en dépit du jeune âge de son propriétaire, témoignaient d'une expérience certaine avec les aléas de la vie. Malgré de beaux cernes autour des yeux trahissant un manque de sommeil récent, l'homme présentait bien et tenait une posture quasi militaire devant un Guillaume plutôt surpris.

« Docteur D'Espaing ?

– C'est moi. Et vous devez être le fils de Maître Malecange, l'armurier ?

– Oui Docteur. On m'appelle juste Malecange et je suis à votre service. » Le jeune homme hésitait visiblement entre la gratitude d'avoir été sorti de prison et l'inquiétude d'être le valet d'un médecin à mauvaise réputation. Il semblait cependant surpris d'avoir affaire à un jeune médecin plutôt qu'à un vieil excentrique comme il se l'imaginait.

« Vous pouvez m'être d'une aide précieuse, Monsieur Malecange, en effet. Vous souvenez-vous de l'endroit où vous avez trouvé le corps du chevalier de Malfettes ?

– Et bien Docteur, je pense que oui. J'avoue avoir un peu abusé du bon vin de l'auberge sur la route de Trappes ce soir-là. J'ai coupé à travers champs pour rejoindre le village lorsque j'ai aperçu un homme qui était allongé près d'un arbre au bord du lac. Sa position était bizarre alors je me suis approché. Il était mort pour sûr, comme s'il avait été égorgé par un loup.

– Et vous n'avez vu personne d'autre ?

– Ah je ne pense pas, Monsieur. Comprenez que je ne me souviens plus trop exactement de l'ordre comment tout cela s'est passé... Je venais de perdre une belle somme parce que j'avais bu comme un idiot. Mon père allait sûrement être furieux contre moi. L'homme était mort et je n'ai pas trop réfléchi, alors quand j'ai vu sa bague briller... »

Guillaume réfléchit un court instant. Le jeune homme semblait sincère et éprouvé par les jours passés au cachot. Il lui pressait d'éprouver sa théorie et le plus vite ils examineraient le lieu du premier crime le mieux ce serait. D'un autre côté, le mort de ce matin ne bougerait pas d'où il était maintenant. L'autopsie pouvait attendre.

« Bien ! Montrez-moi de ce pas où tout cela s'est passé ! »

Il empoigna sa fidèle trousse de cuir et son carnet, puis suivi le jeune homme. Quelques minutes plus tard, ils chevauchaient de concert en direction de Trappes. Malecange était silencieux, concentré. Guillaume n'était pas bavard non plus, plongé dans ses pensées. Il détailla tout de même le jeune Malecange. Ils étaient environ du même âge, bien que la blondeur naturelle et l'air doux de Guillaume le faisaient paraître plus jeune. Malecange avait la peau sombre de ceux qui vivent dehors en permanence, sa carrure imposante suggérait des travaux manuels, probablement à la forge, et on le sentait bien festoyeur et bon vivant, buvant volontiers plus que de raison. Toutefois, son maintien digne commandait le respect. Peut-être avait-il été soldat ? Il bougeait avec une assurance évidente et la souplesse d'un félin. Un sentiment de honte et de culpabilité déformait la posture naturelle qui l'affectait. Guillaume remarqua la longue épée à son flanc, ainsi que deux grosses bosses sous la veste, caractéristiques de mousquets courts.

« Vous promenez-vous toujours ainsi armé ? Une épée, deux pistolets...

– Ainsi que deux poignards et un mousquet à ma selle, Docteur. Ce bon Capitaine semble tenir à vous. Il m'a clairement fait comprendre que je devais garder un œil sur vous et qu'il ne vous arrive rien.

– Le Capitaine hein ? C'est lui-même qui est allé vous chercher à la prison ?

– Oui et cela y a fait son effet voyez-vous. Les gens là-bas... Ils n'étaient pas très heureux de me voir sortir. Mais il avait un ordre signé du Lieutenant du Roi en personne ! Ensuite il m'a bien fait comprendre que je ne devais pas m'éloigner de vous de plus de trente pas et que si la moindre chose vous arrivait, il me remettrait personnellement dans le cachot, puis me trainerait de ses mains jusqu'à la potence. »

Guillaume éclata de rire. Oui, cela ressemblait bien au Capitaine de Bastié qu'il connaissait ! Mais il doutait qu'un jeune ivrogne même costaud et bien-pensant puisse le protéger de quoi que ce soit. Enfin, après tout, le fils d'un armurier doit probablement connaître le maniement des épées, et cela faisait longtemps que Guillaume n'avait plus touché à la sienne. Pourquoi pas ? Qui sait s'il ne pourrait pas se rendre utile ?

Le rire franc et spontané de Guillaume était communicatif, et Malecange se laissa à sourire également. Il trouvait ce docteur plutôt correct.

« Pourquoi les gens de Trappes n'étaient pas heureux de vous voir sortir ? demanda Guillaume, autant pour poursuivre la conversation que pour satisfaire son insatiable curiosité. À sa grande surprise, Malecange rougit un peu.

– C'est que, voyez-vous, j'ai peut-être un peu rossé quelques gardes lorsqu'ils ont voulu m'attraper...

– Combien étaient-ils ?

– Huit. Peut-être neuf... » Il y avait plus d'embarras sur son visage que de vantardise. Guillaume le regarda sous un nouveau jour. Malecange cachait bien son jeu et cela pourrait sûrement être utile face à la menace qui se dessinait en face de lui. Le sentiment de malaise qu'il ressentait à propos de cette histoire ne faisait qu'empirer. Guillaume avait toujours eu de l'instinct, et aujourd'hui celui-ci lui soufflait qu'il valait mieux être prudent s'il ne voulait pas se trouver à son tour sur une table d'autopsie. Avoir un solide gaillard à ses côtés pourrait se révéler précieux. Mais d'un autre côté, il ne pouvait forcer Malecange à se lancer avec lui dans cette enquête qui pouvait se révéler bien dangereuse au final.

« Soyons clairs, Malecange : personne n'est à mon service ici. Cette tête de bois qu'est Jean est mon assistant et non mon valet, bien qu'il persiste à vouloir faire des besognes qui ne sont pas les siennes... Quant à vous, hé bien j'ai besoin de vous pour trouver cette première scène de crime et en ce qui me concerne, après cela votre dette envers moi sera payée. »

Malecange ne répondit pas de suite, semblant réfléchir à sa réponse, et les deux hommes continuèrent leur route en silence. Pour sûr, le docteur Guillaume n'était pas un médecin comme les autres. Les rumeurs qu'il avait entendues à son sujet semblaient bien loin du compte. Il avait en face de lui un jeune homme à l'esprit supérieur, vif et qui n'avait pas peur de l'action. Cela semblait aussi un homme de principes et de valeurs morales, et les quelques personnes que Malecange connaissait et qui avaient rencontré le docteur Guillaume, le Capitaine de Bastié et son propre père semblaient le tenir en grande estime.

Ils arrivaient finalement à destination : Malecange les guida jusqu'au bord oriental de l'étang de Trappes. Un petit bois séparait la rive de la route. Ils laissèrent les chevaux à l'orée du bois et marchèrent jusqu'au lac. Le jeune homme s'orienta rapidement et fini par pointer un arbre un peu en retrait. Guillaume s'approcha avec précaution, scrutant les buissons autour. Les pluies des dernières semaines avaient probablement lavé toute trace, mais il sembla tout de même que l'herbe autour d'eux avait été couchée récemment. Il s'accroupit et entreprit de fouiller les alentours quasiment à quatre pattes, sous l'œil amusé de Malecange.

« Que cherchons-nous ? demanda ce dernier.

– Tout ce qui n'est pas à sa place, » répondit sobrement Guillaume.

Ils passèrent plusieurs minutes à fouiller minutieusement les fourrés autour de l'endroit qu'avait désigné Malecange. Aucun ne parlait, concentré sur sa tâche. Guillaume crut apercevoir quelque chose briller sous un buisson, un peu plus loin. Il voulut le signaler à son compagnon, mais celui-ci était hors de vue, occupé à fouiller un taillis près de la berge. Guillaume s'approcha du buisson où une lueur pourpre allait et venait au gré des rayons du soleil. Il se figea soudain, un bruit sec se faisant entendre. Une odeur rance qui semblait hors de circonstances dans ce petit bois lui piqua le nez, et son instinct lui souffla qu'ils n'étaient pas seuls. Au moment où il portait la main à son épée, un formidable coup de poing le cueillit au menton et l'envoya chuter dans les herbes. Son agresseur, une espèce de géant, portait une cape sur la tête et dans l'ombre il ne put distinguer le visage de l'homme. L'esprit brouillé par le coup qui l'avait à demi assommé, Guillaume devina plus qu'il ne vit l'homme dégainant une large épée pour l'achever. Il essaya de rouler sur le côté pour échapper à son assaillant, mais vint finalement buter contre un arbre. Il était coincé ! Sa main cherchait son épée et comme dans un cauchemar il sentit le géant s'approcher pour le coup de grâce. Alors qu'il croyait être perdu, Malecange surgit de nulle part et para de justesse le coup d'épée, à la grande surprise de l'inconnu. Il y eut un échange rapide de lames. L'homme maniait l'épée avec une étonnante dextérité pour sa carrure, et mettait toute sa force dans ses coups, mais Malecange tenait bon et répondait coup par coup avec vigueur. Comprenant qu'il n'aurait pas l'avantage ainsi, le géant se saisit d'une petite bourse de cuir suspendue à sa ceinture et projeta le contenu, une fine poudre, au visage de Malecange. Celui-ci fut pris de violentes douleurs aux yeux et à la gorge. L'homme hésita puis vit Guillaume qui se relevait, et décida de prendre la fuite. Malecange était au supplice et se tenait le visage à deux mains en hurlant. Encore sonné par le coup qu'il avait reçu, Guillaume tira Malecange jusqu'à la berge et lui plongea la tête dans l'eau fraîche. Ils s'écroulèrent côte à côte, haletant et grognant, et restèrent là sans bouger pendant plusieurs minutes.

« Hé bien Monsieur Malecange, je vous avoue que je suis bien content de vous avoir fait sortir de prison !

– Encore une fois, à votre service, Docteur, siffla Malecange. Et merci également, cette poudre me rongeait le visage !

– Non, Monsieur. Merci à vous. Guillaume avait du mal à articuler et sa mâchoire le faisait souffrir.

– Il semble que vous vous embarquez là dans une bien dangereuse aventure, docteur. Guillaume ne répondit pas. Il avait été surpris, il n'était pas sur ses gardes et il avait failli se faire tuer. Il s'en voulait de n'avoir pas envisagé ce cas. À l'avenir il serait plus prudent. Je pense que, malgré ce que vous m'avez dit tantôt, un peu d'aide vous serait bien utile. D'autant que je préfère mille fois avoir affaire à ce gredin qu'au Capitaine de Bastié ! Cela fit sourire malgré lui Guillaume, ce qui l'élança douloureusement. Il grimaça.

– Monsieur, il semblerait en effet qu'un peu d'aide ne serait pas de refus. Les quelques talents d'escrime que j'ai pu avoir semblent bien rouillés. Et de toute façon je ne suis pas sûr qu'ils eussent été suffisants contre ce colosse. » Il reprenait son souffle doucement, regardant autour de lui comme s'il craignait de voir le géant réapparaître avec du renfort. Mais la forêt avait retrouvé son calme, et quelque chose soufflait à Guillaume que l'homme était du genre solitaire. Il flottait toujours dans l'air cette odeur rance, comme une vieille huile, qu'il avait sentie juste avant l'attaque. C'était très fort et différent des odeurs de cuisine qu'il connaissait. Il fallait qu'il note tout cela dans son carnet !

INDICES

Guillaume se leva finalement et retourna en titubant à l'endroit où ils avaient été attaqués. Cela ne pouvait pas être une coïncidence... Il se remit à fouiller obstinément les buissons, marmonnant dans sa barbe, pour finalement s'écrier : « Je l'ai ! Malecange s'approcha. Triomphant, Guillaume tenait dans sa paume une petite pierre rouge sang.

– Parbleu ! Est-ce bien ce que je pense ? Est-ce un rubis ?

– Ça monsieur, nous le serons une fois rentrés, mais ça m'en a tout l'air. Et sinon pourquoi diable l'assassin serait-il revenu ici ?

– Vous pensez donc que c'est l'assassin du chevalier ?

– Qui d'autre ? Avez-vous vu la lame de son épée ?

– Que oui ! Un cimeterre à lame courbe. Et de très belle facture. Pas d'ici, je dirais d'Afrique.

– Un cimeterre ? D'Afrique ? Comment le savez-vous ?

– Cher Docteur, je suis fils d'armurier ! Et regardez le fil de mon épée. » Malecange sortit son arme et montra à Guillaume plusieurs encoches sur le métal.

– « Est-ce lui qui a fait cela ?

– Oui. Ma lame est dure et de bonne qualité. Mais la sienne... Extraordinairement résistante et tranchante. Un acier de Damas de premier choix sans aucun doute. Et vous, comment savez-vous que nous avons à faire à l'assassin du chevalier de Malfettes ?

– La lame de son épée était courbée comme l'a suggéré votre père lorsque je lui ai montré les blessures sur les victimes... Avez-vous vu son visage ?

– Hélas non, un tissu cachait le bas de son visage et sa capuche le gardait dans l'ombre. Mais j'ai vu ses yeux. Ils étaient clairs comme l'eau et froids comme la glace.

– Des yeux clairs ? En êtes-vous sûr ?

– Je les ai vus comme je vous vois, Docteur. J'y ai vu la mort. Et je ne suis pas près de les oublier. »

Cette dernière information parut contrarier Guillaume, ses premières conclusions semblaient orienter les recherches vers un assassin venant d'Afrique. Il ne connaissait aucun cas d'africain, maure ou ottoman, à la peau brune qui n'ait pas les yeux sombres. Se pouvait-il qu'il se soit trompé du tout au tout ? Son instinct lui soufflait que non, mais il lui faudrait plus d'éléments probants désormais.

« Le meurtre de Malfettes remonte à il y a presque deux mois, fit remarquer Malecange. Pourquoi revenir aujourd'hui sur les lieux du crime ? » C'était une très bonne question à laquelle Guillaume n'avait pas de réponse. Un mystère de plus à éclaircir. Malecange ne posa pas plus de questions. Le bref combat contre l'inconnu l'avait épuisé. L'homme sans nul doute était d'une force considérable. Il espérait le tenir au bout de son mousquet un jour ou l'autre. Son regard croisa celui tout aussi épuisé de Guillaume. Ce dernier venait de concilier dans son précieux carnet toutes les informations recueillies ainsi que ses impressions du moment. Il n'y avait plus rien à faire ici. Sans un mot, ils regagnèrent l'entrée du bois, non sans regarder précautionneusement autour d'eux dans la crainte d'une nouvelle embuscade, mais rien ne se produisit. Ils retrouvèrent sans encombre les chevaux puis se remirent sur le chemin de Versailles.

De retour à son office, Guillaume se prépara un onguent qu'il appliqua sur sa joue meurtrie. L'homme était fort. Mais pas autant que cela ! Il sourit au visage dans le miroir. Conformément à ses déductions, ils avaient à faire à un homme de chair et de sang et non à quelque incarnation surnaturelle du diable comme il l'avait entendu dans les conversations. C'était non seulement quelque chose qu'il pouvait affirmer, mais l'avoir rencontré, combattu et survécu ajouterait plus de poids à ses paroles, et l'effet de terreur que cet homme cherchait en serait certainement amoindri. Mais de là à l'attraper, il y avait encore du travail. Il avait plusieurs indices, et encore un cadavre à autopsier. L'excitation prit le pas sur la fatigue et ses doutes sur l'origine des meurtres. Il avait confiance en la science et en son talent pour qu'elle le guide sur le chemin de la vérité et donne un sens cohérent aux indices qu'il avait glanés jusque là. Il se mit à l'œuvre immédiatement, en commençant par la pierre précieuse. Une forte loupe et ses instruments de chirurgie qui n'entamaient pas la surface de la pierre confirmèrent vite que c'était un authentique rubis. De petites marques sur les côtés étaient visibles, sans doute un sertissage. La pierre venait donc d'un bijou, peut-être d'une bague, et s'était délogée de son support. On progressait. Si l'assassin était revenu pour ce rubis c'est que d'une façon ou d'une autre, il pouvait être utilisé pour le confondre. Comment et pourquoi, Guillaume n'en savait rien, mais il était convaincu que l'explication viendrait en temps utiles. Mais pourquoi attendre autant avant de revenir chercher le rubis ? Se pouvait-il qu'il n'ait remarqué son absence que récemment ? Cela exclurait une bague, que l'on a en permanence au doigt. Que peut-on sertir de pierres précieuses et dont on ne se sert qu'occasionnellement ? Dans le vague, le regard de Guillaume se posa sur le poignard acheté plus tôt à Paris. Le manche était orné de motifs complexes, mais c'est surtout sa garde qui attira l'attention : elle était incrustée d'éclats de verre coloré supposés imiter des diamants. Se pouvait-il que le rubis fût incrusté sur le fourreau ou l'arme elle-même de l'assassin ? Auquel cas il était en effet possible qu'il ne se soit pas aperçu de suite de sa perte, et ce serait à l'occasion d'un autre meurtre qu'il l'aurait remarqué. Le raisonnement était fragile, mais il n'avait pour l'instant pas d'autre explication.

L'autopsie du quatrième corps, en revanche, ne lui apprit rien de nouveau. Juste que le dernier repas du défunt avait été composé de faisan grillé et que le malheureux avait été tué peu après cela. Cela confirmait la période de la mort — après le diner — qu'il avait estimée tantôt sur le terrain. Il dut cependant reconnaître que cette information perdait de son utilité. De toute évidence, l'assassin n'était pas une personne proche de l'entourage du mort, aucun emploi du temps connu à confronter au fait solide et froid de l'heure du décès. Au moins pourrait-il rendre rapidement à sa famille le corps pour un enterrement en bonne et due forme. Machinalement il se mit à recoudre le malheureux, après y avoir remis les organes qu'il avait prélevés.

Malecange entra à ce moment-là et fit la grimace. L'odeur était prenante, malgré quelques bougies en résine de pin qui brulaient dans le laboratoire. Guillaume y était habitué et fait comme si de rien n'était. Le fils de l'armurier ne fit aucun commentaire, se contentant de poser une lettre cachetée sur le bureau du Docteur. Alors que celui-ci allait demander à Malecange de quoi il s'agissait, le Capitaine de Bastié entra à son tour dans la pièce. La grimace sur son visage fut plus contenue que celle de Malecange, et il sembla soulagé de trouver le Docteur. Il remarqua que la joue de Guillaume était enflée et ointe d'un onguent et jeta un regard inquisiteur à Malecange.

« Et bien, mon jeune ami, que vous est-il donc arrivé ? Guillaume relata en quelques mots l'expédition à l'étang de Trappes ainsi que la rencontre avec le supposé assassin. Cela intéressa de Bastié au plus haut point : Êtes-vous bien sûr qu'il s'agissait du meurtrier du chevalier de Malfettes ? Pourquoi serait-il revenu sur les lieux de son crime ?

– Pour retrouver ceci ! Il brandit fièrement le petit rubis qu'ils avaient trouvé dans l'herbe. Le Capitaine prit la pierre dans les mains, la faisant jouer entre ses gros doigts, guère impressionné. Servant à la Cour, il en avait vu de plus gros que celui-ci.

– Vraiment ? Cela n'est pas une si grosse pierre, qu'a-t-elle de spécial pour que l'on veuille prendre le risque de retourner sur les lieux de son crime ? » Guillaume était d'accord sur ce point avec de Bastié. À en croire Malecange, le chevalier avait des bijoux bien plus précieux sur lui cette nuit-là et pourtant le meurtrier ne les avait pas touchés. L'argent n'était certainement ni le motif de tuer ni un souci pour l'assassin. Dans ce cas, pourquoi retourner chercher ce rubis ? Guillaume y avait déjà pensé et expliqua ses conclusions :

« Je vous parie, cher Capitaine, que ce rubis permettra d'identifier le personnage derrière tous ces meurtres. Si l'assassin a pris le risque de venir le chercher, même après autant de temps, c'est que, pour une raison ou pour une autre, ce rubis pourrait nous aider à l'identifier. » La simplicité du raisonnement fut évidente pour le Capitaine et pour Malecange. Le Docteur semblait avoir réponse à tout. De Bastié venait également avec quelques informations sur le banquier qui avait été retrouvé mort quelques jours plus tôt : il avait pu avoir accès au livre de compte et avait fait recopier une liste des derniers armements qui avaient été financés. Une douzaine de navires ces derniers mois. Un nom semblait familier : Le Vaillant. Tout le monde en avait parlé quelques semaines auparavant. Le navire, à ce qu'il avait entendu, avait été capturé par la Barbaresque en Méditerranée quelques semaines plus tôt. La rumeur courait que le navire avait été armé par la Couronne, pourtant il apparaissait sur le livre de comptes d'un armateur privé. En tout cas, le navire partait pour une expédition en Afrique, et cela reliait le banquier aux autres victimes. Guillaume remercia de Bastié pour ses efforts, cela renforçait sa conviction autour de la piste africaine, comme il l'appelait. Les pièces du puzzle se mettaient doucement en place dans l'esprit du docteur. Il s'attendait à ce que le capitaine quitte les lieux, mais celui-ci fit part finalement du but de sa visite et dit sur un ton plus officiel :

« Guillaume, le Roi vous demande. »

En cette fin de XVIIe siècle, ces quelques mots déplaçaient des montagnes. Louis XIV entamait sa vingtième année de règne et il avait habillé la fonction royale de tous les superlatifs. D'autant plus que maintenant il gouvernait depuis le palais de Versailles, qui, malgré les travaux continus, prenait la forme d'un joyau architectural. Même si Guillaume savait qu'il attendrait sûrement plusieurs heures au Château avant d'en voir son illustre occupant, il lui fallait partir sans tarder. C'est le Roi qui déciderait quand aurait lieu la rencontre, pas son modeste 7e docteur. Il en avait de toute façon fini avec la quatrième victime, aussi il se changea promptement, attrapa son chapeau et son épée, sésames indispensables pour entrer au palais, et suivit le Capitaine. Il n'était qu'à quelques rues du Château, aussi furent-ils rapidement sur place. Comme tous les jours, une foule massive occupait la place d'armes et la grande cour du Château. Un ballet incessant de coches et de carrosses déposait visiteurs et curieux devant la grille de la cour intérieure. Habitués des lieux, ils trouvèrent leur chemin rapidement jusqu'à la grande galerie. La présence du Capitaine de la garde leur assurait de passer n'importe où sans qu'aucun garde ne les arrête. Peu sensible aux dorures et autres effets d'image, Guillaume ne pouvait tout de même pas cesser d'admirer la splendeur de cette partie du château. Bien que le Roi fût rentré de la campagne de Flandre depuis près d'un an, de grandes parties de la bâtisse étaient toujours en travaux, et il semblait au Docteur, qui regardait par une fenêtre de la galerie, qu'une armée d'ouvriers et de jardiniers s'affairait dans les jardins. À ce qu'il en savait, on construisait un gigantesque aqueduc depuis l'Eure pour alimenter le château et ses nombreuses fontaines en eau. C'était la seule passion que le Roi et le Docteur partageaient, et c'était quasiment leur seul sujet de conversation. Enfin, dans les trois occasions que Guillaume avait eues de parler à sa Majesté. Aujourd'hui serait la quatrième, pour un quatrième cadavre. Espérons que ce n'était qu'une fâcheuse coïncidence. À l'approche des appartements royaux, le Capitaine de Bastié s'éclipsa pour faire savoir aux secrétaires du Roi qu'ils étaient arrivés, laissant Guillaume qui flânait dans les salons alentour en attendant lorsqu'une voix gentiment moqueuse l'interpella :

« Mais n'est-ce pas ce bon Docteur d'Espaing ? »

Il avait peu d'amis à la Cour. Il n'y avait pas non plus de 8e médecin du Roi pour lorgner sur ses maigres avantages, et il avait fait depuis longtemps comprendre aux 6 autres médecins devant lui qu'il n'était pas là pour prendre leur place ou venir contester leurs diagnostics parfois hors de toute logique médicale. Il n'avait pour ainsi dire pas d'ennemis, hormis les quelques criminels qui croupissaient à la Bastille grâce à ses bons soins et à ses talents d'enquêteur. Il s'était ainsi assuré d'une certaine tranquillité, mais cela avait réduit considérablement son cercle de connaissances. Non qu'il s'en plaignait beaucoup de toute façon. Aussi fut-il surpris de l'apostrophe familière et de l'emploi de la particule dans son nom, ce que chaque courtisan se faisait un point d'oublier. Guillaume se retourna pour se trouver en face d'une ravissante jeune femme qui le regardait malicieusement. Elle semblait pâle et fragile, mais la fraicheur et l'énergie qui se dégageait d'elle la faisaient sortir du lot des courtisanes du palais.

« Cela ne se pourrait, continua-t-elle avant que Guillaume ne puisse esquisser un début de réponse, le Docteur évite le château autant qu'il peut. Aurait-il peur de m'y croiser ?

Guillaume ne put que bredouiller une réponse inintelligible. Avec son style direct et sans détour, elle le mettait toujours aussi mal à l'aise. Il était tellement plus doué avec les morts !

– Mais, enfin, mais non bien sûr Mademoiselle, vous euh enfin vous le savez bien... Il se tut alors qu'un large sourire éclairait le visage de la jeune femme.

– Agnès.

– Guillaume.

– Vous êtes ravissante. Il s'inclina, et lui baisa la main délicatement. Et vous prenez un malin plaisir à me torturer.

– Allons, Guillaume, un fier chevalier tel que vous ? Torturé par une frêle jeune fille ? Je ne saurais le croire, mais vous détournez la conversation : toujours est-il que vous semblez m'éviter.

– Il y a bien longtemps que vous n'êtes plus la frêle jeune fille que mon père visitait pour soigner cette mauvaise migraine.

Est-elle revenue par ailleurs ?

– Cher Guillaume vous évitez encore le sujet ! Non, vous m'en avez guéri il y a deux ans déjà, avec ce remède miracle de votre invention.

– Et je vous remercie encore de m'avoir accordé votre confiance pour essayer ce remède.

– Guillaume, nous nous connaissons depuis que nous sommes enfants, il n'y a personne d'autre en qui je pourrais avoir plus confiance ! Elle trouvait toujours les mots qui lui allaient droit au cœur.

– Agnès, je vous prie de m'excuser de mon absence. Il se trouve que je suis en ce moment même au cœur d'une affaire très importante et...

– Et je sais que vous détestez la Cour. » Acheva la jeune femme. Elle avait raison, Guillaume ne s'y sentait pas à l'aise et ne venait au Château que contraint et forcé. Agnès était une bouffée d'oxygène au milieu du tumulte environnant, et il s'en voulait chaque fois de ne pas la voir plus souvent.

« Détester est peut-être un peu fort, disons que je ne m'y sens pas à l'aise. Agnès remarqua alors la joue un peu enflée sur le visage de Guillaume.

– Mon Dieu, Guillaume, que vous est-il arrivé ? Vous êtes vous donc battu ?

– C'est à dire que, voyez-vous, parfois mes recherches ne me font pas rencontrer que des personnes bien élevées. Il peut m'arriver de rosser quelque brigand de-ci de-là, se vanta-t-il. Agnès eut l'air impressionnée, ou du moins fit-elle semblant. Elle savait Guillaume plein de courage concernant ses idées, mais elle le voyait mal en justicier musclé.

– Et comment vont vos recherches ? Cette mystérieuse affaire est-elle en rapport avec vos travaux ? Quand comptez-vous publier vos résultats ? Il est temps qu'on vous réhabilite pour le bon médecin que vous êtes ! Allez-vous enfin parler au Roi de cette disgrâce ? C'est un esprit ouvert je suis sûre qu'il vous écouterait. Et je...

– Agnès, je vous en prie ! Voilà bien des questions ! Je vous promets de vous raconter tantôt, dès mon audience terminée. Une idée lui vint : Agnès vivait à la Cour et la jolie jeune fille avait ses entrées dans de nombreux boudoirs. Sûrement elle pouvait avoir entendu des histoires au sujet de son affaire. Et quelles sont les nouvelles de la Cour ? Agnès le regarda avec surprise et une pointe de soupçon. Guillaume prêtait rarement oreille aux ragots mondains, mais elle était ravie de pouvoir rester un moment avec lui.

– Sa Majesté consulte et fait venir à elle tous ses alliés. On raconte que la Suède, l'Allemagne, la Savoie et l'Espagne seraient en train de se liguer contre la Couronne et lèveraient une armée. Le Roi est un bon meneur d'hommes, il aime à s'entourer des meilleurs esprits et des plus fins stratèges, mais peine à trouver des conseillers de confiance. L'un des rares avec qui il se plaisait à converser sur ces sujets est malheureusement mort récemment, assassiné de façon horrible par un brigand. Toute la Cour ne parle que de ça !

– Le Comte de Sauzet ?

– Ah ! vous êtes donc au courant ?

– Oui. Cela fait partie de l'affaire dont je m'occupe. Il était donc en affaires avec le Roi ?

– Bien sûr, c'était un de ses plus anciens conseillers, et il préparait avec lui la visite de la semaine prochaine.

– Quelle visite ?

– Celle des députés d'Alger bien sûr ! Voyons Guillaume, ne lisez-vous donc jamais les journaux ? Guillaume ne sut que répondre, mais un grand sourire illuminait son visage. Il avait une folle envie d'embrasser la jeune femme.

– La visite des députés d'Alger, bien sûr ! Agnès, vous êtes un ange !

– Et bien cher ami, il était temps que vous le remarquiez !

– Voulez-vous me rendre un service et venir me raconter tout ce que vous entendrez sur cette visite parmi la Cour ? Je sais que vous avez des oreilles partout ! Agnès regarda longuement Guillaume.

– Ma foi vous êtes sérieux ! Et bien si c'est tout ce que vous avez trouvé pour me revoir... Avec joie ! »

Au moment où il s'apprêtait à remercier la jeune femme, une odeur désagréable, mais qui lui semblait familière vint à ses narines. Et avant qu'Agnès eût pu rajouter un mot ou exprimer sa surprise, il avait disparu dans l'allée, reniflant à droite, à gauche, tentant de humer l'odeur encore. Il regardait autour de lui. Il y avait foule dans les salons, mais aucune silhouette ne se détachait particulièrement d'une autre. Pourtant le géant passait difficilement inaperçu ! Il crut retrouver cette odeur d'huile rance près de l'escalier menant à l'étage, mais il la perdit définitivement. Il fallait dire aussi que les mauvaises odeurs étaient légion en ce palais ! Mais il en était sûr : c'était bien la même odeur d'huile rance qu'il avait sentie le matin même près de l'étang lorsqu'ils avaient été attaqués. Se pourrait-il que l'assassin soit au Château ? Avec tous ces gardes... Guillaume ne pensait pas qu'un tel gabarit puisse entrer en catimini sans qu'on le remarque immédiatement. Il fallait qu'il se renseigne sur cette odeur. Un tour aux cuisines allait s'imposer. Il y connaissait quelques maîtres rôtisseurs qui pourraient peut-être l'aider.

Il revint pensivement vers les appartements royaux, au moment où le Capitaine réapparaissait. « Sa Majesté nous attend. » Il suivit l'officier jusqu'à la porte.

L'AVIS DE LOUIS

Guillaume pénétra dans le salon d'Apollon à la suite du Capitaine et constata que le trône était vide. Un valet leur ouvrit une porte peinte en trompe-l'œil adjacent à la royale chaise, puis ils longèrent un couloir étroit et richement décoré et ils se retrouvèrent dans un petit bureau — petit aux dimensions du palais — où se trouvaient déjà le Roi Louis ainsi que le Lieutenant Étienne de Boisvillier, l'officier en charge de la sécurité du Royaume. Les deux hommes s'inclinèrent devant leur Roi, puis le Capitaine salua son supérieur direct. Un autre homme, assez âgé et aux traits las, était assis dans un coin du bureau. Guillaume reconnut le marquis de Montalban. C'était un des conseillers du Roi, mais pour les affaires religieuses. Que faisait-il donc là ?

La légende voulait que quiconque au château pût voir le Roi et l'interpeller sur n'importe quel sujet. S'il était vrai que Louis se laissait apercevoir fréquemment des visiteurs de Versailles, c'était pour une mise en scène très travaillée qui n'avait pour autre but que de rappeler sans mot dire qui était le Roi et qui devait rester à son rang, admirer et se taire. Les audiences privées avec Sa Majesté sont peu fréquentes hormis pour ses proches conseillers, et font même l'objet d'un trafic parmi les familiers de la Cour. Mais tous ceux qui avaient eu le privilège d'une conversation sérieuse avec lui s'accordaient pour louer l'esprit vif et rigoureux du monarque.

Le Lieutenant de Boisvillier était l'incarnation de la tradition militaire française. Droit comme un I, uniforme impeccable. Ignorant ostensiblement Guillaume, il retourna le salut du capitaine de Bastié avec rigueur et attention, signifiant inconsciemment au docteur qui, dans ce bureau, était digne d'intérêt et qui l'était moins. Aux yeux de l'officier, le docteur Guillaume tombait vraisemblablement dans la deuxième catégorie.

« Docteur Guillaume, commença immédiatement Louis de France, j'ai ouï dire que vous vous occupiez d'une affaire funeste qui semble tracasser notre bon Lieutenant, au point qu'il souhaite que nous entendions votre avis sur cette affaire. »

Guillaume ne se laissa pas prendre au ton nonchalant du Roi. Si celui-ci raillait doucement l'officier, le docteur savait que de Boisvillier avait la confiance totale du Roi et que son métier l'obligeait à être paranoïaque, ce que Louis comprenait également .Il pouvait deviner aussi un agacement sous-jacent qu'il attribua au fait que Sa Majesté n'accordait probablement guère d'importance à la mort de quelques notables. Guillaume savait enfin que le temps du Roi était précieux, aussi il rentra immédiatement dans le vif du sujet.

« Et bien Sire, cela a commencé par le meurtre particulièrement barbare du Chevalier de Malfettes il y a deux mois de cela. Depuis nous avons eu trois autres meurtres, avec les mêmes mises en scène macabres, et tous situés dans les environs de Versailles. Toutes les victimes étaient en relation plus ou moins directe avec vous. Et ce qui inquiète probablement les militaires ici présents est que ces assassinats se sont passés dans des lieux proches des allées et venues de Votre Majesté. » Le Roi n'avait visiblement pas été mis au courant de ces détails. Il se redressa sur sa chaise, en un geste qui signifiait à Guillaume qu'il avait toute l'attention royale. En quelques minutes il raconta ce qu'il avait pu découvrir sur les meurtres à son suzerain.

De Boisvillier écoutait en fronçant les sourcils. Il n'aimait guère le jeune homme devant lui et le trouvait prétentieux jusqu'alors. Il avait été agacé que par le passé, le docteur ait été en mesure, à plusieurs reprises, de résoudre des crimes en lieu et place de ses propres détectives. C'était à la police, sa police, de maintenir l'ordre et d'emprisonner les criminels et les bandits qui détroussaient le royaume, pas à un jeune médecin, par ailleurs à la risée de ses pairs. Ceci étant, il savait aussi mettre ses sentiments de côté lorsque la sécurité du Roi était menacée, et c'était l'impression qu'il avait aujourd'hui. Cela pouvait même être pire que cela en fait, songea-t-il. Et même s'il ne voyait pas le docteur imaginer tout ce qu'il racontait, ou bien encore moins en être à l'origine, que Guillaume d'Espaing en sache autant sur ces meurtres était...troublant. Il gagnerait certainement à placer le docteur sous surveillance.

Les explications de Guillaume furent suivies d'un long silence que le Roi prolongea, visiblement pensif. Il semblait hésiter entre incrédulité et inquiétude, mais à aucun moment il ne fit de commentaires sur les raisons pour lesquelles ces informations venaient d'un médecin — un de ses propres médecins — et non de la police du Royaume. Louis savait reconnaître les esprits vifs et pensa, non sans une pointe d'ironie, que si le jeune homme devait un jour retourner à simplement soigner des migraineux ce serait un beau gâchis d'intelligence. S'il comprenait les faits que le docteur venait de lui narrer, il ne fut pas sûr d'en saisir le sens caché, aussi il posa finalement la question que tout le monde attendait : qui et pour quoi ? Tout le monde se tourna alors vers Guillaume. Le petit docteur avait-il déjà la réponse à cette cruciale question ?

Guillaume savait qu'il était sur une pente savonneuse. Il maîtrisait parfaitement les processus scientifiques, les faits et les conclusions qu'il en avait tirées, mais là on rentrait dans le domaine de la conjecture, de la spéculation et des hypothèses, et il n'était pas à l'aise. Il hésita d'abord, se racla la gorge puis décida de faire confiance à cette petite voix intérieure qui l'avait souvent déjà mis sur la bonne piste :

« Et bien Sire, je pense que cela a un rapport avec la venue des émissaires d'Alger. »

Le visage de Louis XIV resta impassible en écoutant Guillaume et ce dernier crut détecter un infime serrement de la mâchoire chez le Lieutenant de Boisvillier. Le marquis, de son côté, semblait imperturbable. Il sut alors non seulement que son intuition était juste, mais aussi que le Lieutenant en savait plus long sur cette affaire qu'il ne le laissait paraître. Le marquis de Montalban n'avait jusque là pas prononcé le moindre mot ni esquissé le moindre geste et cela perturbait Guillaume. Que signifiait la présence du marquis pour cette entrevue ? A sa connaissance, le marquis entretenait des liens étroits avec le Clergé, rien qui n'est à voir avec la sécurité du Roi ou la routine policière. De Boisvillier interrompit les pensées du docteur :

« Que savez-vous au sujet des visiteurs d'Alger ? s'enquit l'officier sur un ton qu'il voulait neutre.

– Sire, seulement ce que la rumeur colporte, il semble y avoir des tensions entre le Royaume et le régent d'Alger, on dit aussi que les Barbaresques auraient capturé un navire portant les armes de Sa Majesté. J'imagine que Sa Majesté veut des explications à ce sujet. » L'évocation de la perte du bateau semblait avoir allumé des flammes dans les yeux du Lieutenant. Le Roi lui-même avait inconsciemment réagi en levant un sourcil. L'officier fit comme si de rien n'était et poursuivit son interrogatoire :

« Qu'est-ce qui vous permet de lier les assassinats commis ces derniers jours aux évènements d'Algérie ? Guillaume revenait sur son élément : l'analyse scientifique des faits.

– Et bien les victimes tout d'abord. Le Chevalier de Malfettes rentrait tout juste d'Afrique du Nord, le Comte de Sauzet était expert en diplomatie avec les Maures et les Ottomans. Il aidait Votre Majesté à préparer la visite tantôt de ces ambassadeurs du Dey d'Alger. Ensuite, il y a ce banquier qui prêtait beaucoup au Royaume pour l'armement de navires à destination de l'Afrique. Il y a l'arme des crimes, une épée recourbée, parfois appelée cimeterre, et d'usage chez les guerriers ottomans. Enfin les coïncidences de lieux et de temps avec la présence de Votre Majesté et l'imminence de la venue d'ambassadeurs algériens. Quant à la quatrième victime, que l'on n'a hélas pas encore pu identifier, le mobile pourrait être différent, probablement une simple mise en scène pour faire peur. On envoie un message, Votre Majesté. Un message funeste qu'il ne faut pas prendre à la légère, car le criminel est un féroce gaillard ! Moi-même j'ai failli... » Guillaume s'interrompit, réalisant qu'il venait de donner un ordre direct à Sa Majesté Louis XIV, Roi de France. Comme à son habitude, il s'était laissé emporter par ses explications et son instinct lui soufflait que quelque chose de plus grand se préparait, et que peut-être Louis lui-même était menacé. Après tout, l'odeur qu'il avait reconnue dans les salons quelques instants auparavant était cette même odeur rance qu'il avait sentie lorsqu'il s'était battu avec l'homme à la capuche près de l'étang de Trappes. L'assassin pouvait-il être quelque part dans ce château, à portée du Roi ?

Pour la première fois depuis le début de l'entretien, Louis sourit au Docteur.

« Cher Docteur Guillaume, je suis ravi de voir que ma santé est votre principale préoccupation. Je ne sais point si je puis en dire de même de tous mes docteurs ! Le commentaire fit rire poliment les invités du Roi présent dans la pièce. Ceci étant, je m'interroge toujours sur le sens profond de ces assassinats. Si c'est un message qui m'est adressé alors je ne le comprends pas. Certes, ces hommes étaient tous liés aux relations que le royaume a avec l'Algérie, mais leur perte, bien que tragique, ne changera pas la nature de ces relations ni ne ralentira les activités de la Marine Royale en Méditerranée. Nous avons une sainte mission de lutter contre les Barbaresques, et il est vrai que le Dey ne nous est pas d'une grande aide, c'est pour cela que j'en ai convoqué les ambassadeurs. Enfin, le caractère barbare de ces meurtres n'est pas de taille non plus à effrayer le bon Lieutenant, ses hommes ou moi-même. Il marqua une pause. En outre les Ottomans sont des alliés de longue date de la Couronne, et ils ont, pour le moment, beaucoup à y gagner. Je ne saisis pas ce qui pourrait les pousser à remettre en cause ce statu quo. Il reste encore bien des questions sans réponses. Continuez votre enquête Docteur, et fournissez au Lieutenant de Boisvillier toutes les informations que vous pourrez récolter. N'ayez crainte pour ma personne, ce bon Lieutenant s'en charge et la Garde Royale est entre de bonnes mains également. Il nous faut agir avec précaution, Docteur. Avant d'accuser tout gouvernement étranger, et nous sommes toujours officiellement les amis du Turc et du Dey d'Alger, il convient d'établir des preuves irréfutables n'est-ce pas ? Pensez-vous être à la hauteur de cette tâche ?

– Je mets mes connaissances et ma science au service de Sa Majesté. Ma médecine saura lui fournir toutes les preuves légales dont elle a besoin pour faire cesser cette menace.

– Et bien voilà qui est bien dit ! Je laisse donc le champ à la médecine... légale ! conclut le Roi avec une pointe d'ironie, baptisant ainsi sans le savoir, une discipline à laquelle la France donnerait ses lettres de noblesse pendant plusieurs siècles. Ce bon Capitaine de Bastié continuera à vous épauler, et servira de contact avec les services du Lieutenant. Bonne chance, Docteur. »

Il se leva, ce qui signifiait toujours pour ses interlocuteurs que l'entretien était terminé. Guillaume et le Capitaine, resté silencieux pendant tout l'entretien, se retirèrent après une ultime révérence pour l'un et un salut pour l'autre. Dès qu'ils furent sortis, Louis se tourna vers son Lieutenant et le marquis qui n'avait toujours rien dit pendant l'entrevue :

« Le jeune docteur d'Espaing a mis le doigt sur quelque chose. Pensez-vous qu'il se doute des recherches que nous effectuons en terre d'Algérie ?

– J'en doute Sire. Mais s'il continue à remonter la piste, il n'est pas impossible qu'il découvre qui est derrière ces massacres et pourquoi. Ce qui est arrivé au vaisseau Le Vaillant est fâcheux et a attiré l'attention sur notre entreprise Majesté. Il ne faudrait point que Guillaume en découvre la vraie mission.

– Et vous vous demandez pourquoi alors je n'ai pas ordonné à ce jeune docteur d'interrompre ces recherches. Devant le silence du Lieutenant, le Roi poursuivit : quiconque a ordonné ces meurtres a atteint son but : il a passé son message, et même si Guillaume n'en a pas compris le sens profond, nous l'avons bien reçu. Il est clair qu'on nous intimide, qu'on cherche à nous dissuader de poursuivre nos recherches. Si j'ai menti au jeune docteur d'Espaing, c'est pour une raison évidente : on parle de ces crimes atroces et de rivières de sang jusqu'à la Cour, et l'on nous pousse à réagir, à nous découvrir, à tout arrêter ou bien à réagir violemment contre les émissaires du Dey, ce qui menacerait la coopération et l'aide qu'il nous apporte dans nos recherches archéologiques sur sa terre. Mais nous avons un atout : ce bon docteur et sa réputation d'enquêteur sont un bel écran de fumée que nous pouvons déployer pour occuper notre adversaire et nous permettre de terminer nos recherches au plus vite. Que Guillaume attire notre ennemi hors du bois, vous pourrez alors vous en occuper personnellement. Et si le docteur tombe entre ses mains, il ne sait rien de notre entreprise, il ne peut rien compromettre. Nous sommes alors gagnants dans les deux cas.

– Je loue l'esprit fort avisé de Votre Majesté. Mais que devons-nous faire s'il venait à découvrir ce que nous faisons en Algérie avec l'aide du Dey ? »

Louis ne répondit pas de suite, une autre pensée occupait son esprit. Et si le Dey jouait sur deux tableaux ? Manifestement, un concurrent était apparu dans la course que livrait le royaume pour les recherches en Afrique. Un pays ennemi, ou un individu fortuné tentaient de les intimider pour qu'ils renoncent à leurs recherches, mais si le ou les individus en question étaient intelligents, il était fort probable qu'ils couvrent également la possibilité que les archéologues royaux ne renoncent pas et parviennent à trouver la relique avant eux. Le Dey serait alors en bonne position pour en prendre possession et la vendre au plus offrant. Il devrait passer un message clair aux émissaires algériens dès leur arrivée : si le Dey devait s'amuser à jouer au plus malin sur cette histoire en dépit des accords secrets passés au préalable avec la Couronne de France, son pays pourrait avoir à faire face à de fâcheuses conséquences pour sa souveraineté. Après tout, la France se verrait fort bien avec une colonie en Afrique du Nord.

Le marquis sembla sortir de sa léthargie : « Sire, il faut faire en sorte que Guillaume ne puisse remonter à la mission du Vaillant. Cela devrait suffire à couvrir nos traces. En outre, il nous faut prendre des mesures pour nous protéger et nous renseigner sur ses Maures qui menaceraient votre Personne. Il s'arrêta un instant avant de regarder le militaire dans les yeux. Votre frère pourrait nous y aider, contactez-le. » Un frisson passa visiblement dans le dos du Lieutenant dont la bouche partit involontairement dans une mimique de dégoût. Il détestait ce personnage, et il détestait encore plus qu'on l'appelle « son frère ». « Et dites-lui bien d'accélérer les recherches. Avec la perte du Vaillant, nous avons pris du retard, je n'ose penser à ce qui pourrait arriver au Monde chrétien si nous échouions. » Le Lieutenant n'aimait guère recevoir des ordres d'autrui que son Roi, mais Sa Majesté acquiesça d'un signe de la tête. Le marquis avait raison.

Alors que le Lieutenant se retirait à son tour du cabinet de travail, Louis de France se rassit sur son auguste siège, songeur. Il y avait quelque chose d'autre dans cette histoire qui ne lui plaisait pas. Quelque chose de sombre qui le mettait mal à l'aise, mais il n'avait pas voulu partager cette crainte avec son officier de police. De tous les privilèges et devoirs de Roi de France dont Louis avait hérité de ses ancêtres, le secret dont il était le gardien aujourd'hui lui pesait énormément, d'autant plus qu'il était plus proche de son dénouement que jamais ses aïeux ne l'ont été auparavant. La quête de Saint Louis serait bientôt achevée, beaucoup de sang avait coulé pour elle. Il se devait de la conclure, et il ne reculerait devant rien. Il lui semblait que la fin était enfin proche, la solution à portée de main.

Il se trompait lourdement.

LA MAURESQUE

Sortant des appartements royaux avec le Capitaine à ses côtés, Guillaume regarda longuement autour de lui. Le château grouillait de monde. Courtisans, valets, ministres et fonctionnaires se croisaient sans cesse. En outre le château étant tout le temps en travaux, des ouvriers couraient en tous sens et ajoutaient à l'affluence. Figure assez anonyme pour les gens de la Cour, peu lui prêtèrent attention, et il put observer la foule à sa guise pendant un long moment, sans toutefois trouver celui qu'il cherchait. Allons ! À quoi s'attendait-il que l'assassin soit là devant lui, avec ses yeux clairs et sa longue épée recourbée ? Il secoua la tête. Le Capitaine de Bastié se méprit sur l'attitude de Guillaume : « À la recherche de cette belle demoiselle ? Cher docteur voilà enfin une activité de votre âge — vous fréquentez trop les cadavres ! Il vous faut de belles conversations galantes pour vous changer les idées !

– Mes cadavres me parlent cher Capitaine, répondit-il sans humour. Certes, il aimerait bien passer plus de temps avec mademoiselle Agnès ! Il se fit plus sérieux : il est ici, je le crois.

– Qui est ici ?

– L'assassin. Je pense qu'il se cache au château, peut-être parmi la Cour. Le Capitaine regardait Guillaume pour voir s'il était sérieux.

– Ici ? Vous n'êtes pas sérieux Guillaume, le château grouille de gardes !

– Quel meilleur endroit pour se cacher ? Et les gardes ne le recherchent pas ici. Après tout, nous savons à peine à quoi il ressemble, et il y a tellement de coins discrets, de couloirs, de portes dérobées. En outre, il doit surveiller le Roi, observer les réactions suite à ses "messages", peut-être même distiller un peu plus la peur qu'inspirent ces assassinats. Il se tourna vers de Bastié, les yeux remplis d'une gravité certaine. Capitaine, de Grâce ! Soyez vigilant et doublez la garde discrètement autour du Roi, même en son château !

– Tout de même. L'assaillant que vous m'avez décrit se verrait de suite ici : un géant aux yeux clairs, ça ne court pas les couloirs... »

Le Capitaine savait que Guillaume se basait sur son instinct pour formuler sa mise en garde, mais il reconnut que son propre instinct lui soufflait la même chose. Il sentait lui aussi qu'il y avait quelque chose de pas normal dans cette histoire, quelque chose qui leur échappait. Il lui promit de veiller à ce qu'il n'arrive rien au Roi, et de le tenir au courant si on repérait l'individu. Sans trop y croire cela dit. Guillaume ne pouvait lui en vouloir. Ce qu'il avait comme indices était mince, très mince. Il lui faudrait plus que ça pour convaincre Bastié qu'une menace immédiate pesait sur le Roi. Il prit congé du Capitaine non sans l'avoir longuement remercié puis trouva son chemin jusqu'à la sortie du palais. Il ne put s'empêcher, chemin faisant, de se retourner plusieurs fois afin de vérifier qu'on ne le suivait pas.

De retour chez lui, Guillaume trouva Malecange et Jean, son apprenti, en conversation animée dans le vestibule. Jean tentait de convaincre le fils de l'armurier que les lames les plus tranchantes venaient de Germanie ou de Pologne sur des instruments chirurgicaux, tandis que Malecange soutenait que les plus fins aciers venaient de l'Asie occidentale. D'âges proches et de constitutions semblables, les deux jeunes gens pouvaient aisément passer pour des frères. Sur son bureau de travail, il trouva le billet que Malecange avait rapporté tantôt et qu'il n'avait pu lire faute de sa convocation au château. C'était un simple message de l'académie de sciences au sujet des pierres qu'il y avait envoyé et dont l'origine était incontestablement nord-africaine. Une pièce de plus dans le puzzle se mettait en place. Il devait discuter plus avant avec le géologue, peut-être pourrait-il en retirer de précieuses informations. Il voulait également se renseigner sur les députés algériens, sur le navire tombé aux mains des Barbaresques, sur la communauté maure et ottomane de Paris, sur ce rubis trouvé au péril de sa vie sur les bords de l'étang de Trappes... Mon Dieu que de choses à faire ! Il avait du mal à se concentrer, sa mâchoire le faisait encore souffrir et l'image d'Agnès, cette chère Agnès, emplissait tout son esprit. Il devait la revoir au plus vite. Il décida de lui rédiger une courte lettre pour l'inviter à une collation le jour suivant et la fit porter par Jean, puis, accompagné de Malecange il se mit en route pour Paris. La journée avait été longue, et riche en rebondissements. Malgré tout Guillaume ne voulait pas perdre de temps. Ils dinèrent avant de passer la nuit dans une auberge que Guillaume connaissait bien non loin de la faculté de Médecine. Passant devant le vénérable bâtiment, il pensa à ses années quand il y étudiait, et il lui semblait que cela faisait une éternité qu'il en était parti. Tant de choses s'étaient passées depuis. Un jour peut-être un doyen progressiste lui donnerait une chance d'enseigner en ces murs une médecine fondée sur la science, une médecine issue de la recherche et dépoussiérée des poncifs de l'époque. Un jour peut-être.

Le Lieutenant Étienne de Boisvillier était l'incarnation authentique de l'officier français, à l'uniforme impeccable et au port altier. Chez les de Boisvillier, on était officier de père en fils et il continuait une longue tradition familiale au service de la Couronne de France. En bon militaire, il aimait l'ordre, la propreté, la chaine de commandement et le respect du supérieur. Toute cette rigidité qui permettait de gouverner et faire fonctionner une armée efficacement. C'est pourquoi il semblait tellement déplacé et tellement peu à son aise lorsqu'il traversa, le plus rapidement et discrètement qu'il put, la foule des filles de joie qui peuplaient le bordel que tenait son frère.

Tenait n'était pas le mot exact après tout. Hubert en était le propriétaire, comme de nombreuses autres affaires sur Paris, de compagnies d'import-export aux mercenaires, en passant par les bordels de luxe. Le Lieutenant grimaça en pensant à son frère. Hubert était en fait son demi-frère, issu de la liaison adultère entre son père le soldat et une fille turque. De Boisvillier ramena le rejeton en France sans toutefois le reconnaître, et le confia à des sœurs qui l'élevèrent. Hubert, ainsi qu'il fut prénommé par son père, s'échappa rapidement dès qu'il put, de l'orphelinat et se rapprocha de la petite communauté ottomane de Paris, parmi lesquels il pouvait passer pour l'un des leurs en raison de sa couleur de peau. Pour survivre, il développa très vite un sens aigu des affaires et commença à se constituer une petite cagnotte. Pour étendre ses affaires au-delà de la communauté turque, il se mit en quête de ses origines et apprit bien vite qui était son père. Il le rencontra pour négocier l'usage de son nom, en retour duquel il pourrait faire bénéficier à son père et donc à la Couronne, d'informations de première main sur les activités ottomanes dans la capitale. Très tôt, Hubert avait compris le pouvoir de l'information et son père consentit au marché, à condition que la particule fût retirée. Hubert le demi-Turc devenait ainsi Hubert Boisvillier, un nom qui lui permit d'ouvrir la porte des plus fructueuses entreprises du Royaume avec l'Orient et l'Afrique. Le père d'Hubert et d'Étienne mourrut peu de temps après, emporté par une fièvre rapide et mortelle. Hubert consenti à continuer sa part de marché avec son demi-frère, Étienne, jeune officier de la Garde Royale et promis à un bel avenir. Étienne profita ainsi de renseignements de première main et connut un rythme de promotions rapide. Hubert entre-temps, s'était bâti un petit empire commercial où il pouvait couvrir de nombreux trafics avec les colonies et les comptoirs d'Orient et d'Afrique. Il se servait de ses relations comme des bordels dans lequel Étienne se trouvait, pour glaner toute sorte d'informations sur les clients de la haute société par exemple, ou sur les marins de passage pour les bordels moins luxueux. Chaque information, petite ou grande, avait sa valeur disait-il, qu'elle vienne d'un Amiral de France ou d'un garde-chiourme turc. Les bordels étaient également des lieux parfaits pour des rencontres discrètes, et Hubert prenait un malin plaisir à savourer l'inconfort de son demi-frère.

Le Lieutenant du Roi pénétra dans un grand salon à l'atmosphère rendue opaque par la fumée de pipes à eau. Il lui semblait également percevoir l'effluve suave de l'opium dont il savait son frère consommateur régulier. La pièce était sombre, de lourdes tentures obstruaient les fenêtres. Deux jeunes filles le regardaient, amusées, depuis un canapé de velours rouge. Une voix l'interpella depuis le fond de la pièce :

« Ah mon frère ! Le vaillant Lieutenant de Boisvillier, chef de la sécurité du Royaume. » Étienne nota tout le venin et la rancœur de cette simple phrase. Malgré sa réussite, malgré les années, Hubert n'avait toujours pas digéré l'abandon par son père ni la distance que son frère mettait entre eux. S'il avait été suffisamment intelligent pour mettre cette haine de côté pour sceller ce pacte avec son propre père, il laissait parfois sortir cette haine pour cette bonne famille qui l'excluait de tout. Cela arrivait surtout après qu'il eût fumé, et Étienne n'était pas dupe. Ils étaient là pour discuter affaires, non pour une réunion de famille. « Puis-je t'offrir un rafraîchissement ? Ou un amusement peut-être ? Nous avons le temps ! »

Étienne déclina l'invitation le plus poliment qu'il put, mais son dégoût pointait clairement sur son visage. Il s'avança pour découvrir son demi-frère assis derrière un gigantesque bureau en bois exotique. Hubert était grand et avait quelque chose du port aristocratique de son géniteur. Mais le teint olive de sa peau rappelait ses origines maternelles et soulignait des yeux marron très clair au regard dur. L'obscurité de la pièce, le choix de vêtements sombres accentuaient naturellement l'attention sur ses yeux et ses dents bien blanches lorsqu'il se fendait d'un sourire, ce dont Étienne savait qu'il fallait s'en méfier. Tout cela tenait d'une mise en scène destinée à mettre mal à l'aise d'éventuels visiteurs et à cacher l'ample bedaine du maître des lieux. Mais Étienne n'était pas du genre impressionnable, et du reste il savait aussi son frère doué d'une force naturelle peu commune et que, malgré son embonpoint, il pouvait se déplacer avec une agilité étonnante.

« Ah oui, toujours aussi bon chrétien et bon soldat. Eh bien d'accord, venons-en aux choses sérieuses. D'un claquement de doigts, il congédia les filles qui sortirent en gloussant, les laissant seuls. Alors mon frère, en quoi puis-je t'aider aujourd'hui ? Il insistait systématiquement sur le mot « frère ». S'approchant encore du bureau, une désagréable odeur de friture sauta à son visage. Étienne, qui tenait à écourter sa présence en ces lieux le plus qu'il pouvait, alla droit au but :

– Nous avons un problème, Hubert. Ce dernier partit d'un grand rire grave et sonore.

– Nous ? J'espère que tu ne m'inclues pas dans ce nous, mon frère.

– Tu sais très bien de quoi je parle, Hubert. Malgré tes contacts en Algérie, les recherches n'aboutissent pas. Le vaisseau Le Vaillant, qui emmenait notre émissaire avec la carte, le manuscrit de Niketas et l'équipe de fouille a été arraisonné par les Barbaresques.

– La mésaventure du Vaillant est arrivée jusqu'à mes oreilles. Tragique, mais la Méditerranée est pleine de dangers.

– Le Roi fait venir les ambassadeurs du Dey pour négocier la rançon et la restitution de l'équipage, mais si le Dey a mis la main sur le manuscrit... Il est évident que nous n'allons pas dévoiler notre attachement pour cet ouvrage.

– Je vais voir ce que je peux faire de ce côté-là pour récupérer ce précieux manuscrit. Si tu m'avais parlé de l'expédition, mon frère, j'aurais pu organiser un sauf passage jusqu'en terre d'Alger. Et l'expédition aurait peut-être déjà retrouvé son précieux butin.

– Il s'agit d'être discrets, Hubert. Nous ne voulions pas attirer l'attention. Et ne me fais pas croire que tu ignorais la nature et le but de cette expédition n'est-ce pas ?

Hubert eut un sourire poli. – Il se peut en effet que l'information me soit parvenue...

– Il nous faut faire le ménage, car un autre problème a surgi.

– Vraiment mon frère ? Ne vous êtes-vous pas lancé dans une entreprise qui vous dépasse ?

– Je sers mon Roi et la Couronne, Hubert ! Je ne m'attends pas à ce que tu comprennes ! Vas-tu nous aider ?

– Allons calme-toi mon frère. Tu sais que je suis à ton service... Quel est ce nouveau problème ?

– Peut-être as-tu entendu sur cette série de meurtres affreux dans la région de Versailles ces derniers mois ?

– On ne parle que de cela dans les journaux.

– Et bien voici quelque chose qui n'est pas dans les journaux : ces meurtres sont directement liés avec nos affaires en Algérie, il est même possible que le tueur soit un Maure et qu'il veuille nous empêcher de trouver la tombe. Tu connais tout le monde dans la communauté maure, peut-être peux-tu nous aider ?

Hubert parut surpris :

– comment avez-vous fait le lien ?

– Le docteur qui a examiné les cadavres. Il est persuadé que c'est un Maure ou un Ottoman qui a tué ces malheureux et les a disposés de façon à envoyer un message au Roi. Il a également fait le lien avec la visite des émissaires du Dey d'Alger et la perte du Vaillant, ce qui est un problème d'ailleurs. Nous ne voudrions pas qu'il apprenne la vraie mission du navire. Il faut que tu fasses le ménage Hubert. Personne ne doit savoir pour le bateau, le manuscrit, la tombe et ce qu'elle contient. Personne. »

Hubert sembla digérer cette information et pendant quelques minutes, seuls le sifflement de la pipe à eau ainsi que les rires étouffés des filles dans les autres pièces vinrent perturber le silence. Dans le fond, Étienne regrettait profondément d'avoir impliqué son « frère » dans cette histoire délicate, car il avait la sensation d'en perdre le contrôle. Mais Hubert avait tellement de contacts en Afrique qu'il avait semblé incontournable sur le moment. « Vous pourriez tout aussi bien ordonner à ce médecin d'arrêter son enquête.

– Le peuple a besoin d'être rassuré, tu le sais. Il doit sentir que le Roi a le contrôle de la situation. Le docteur Guillaume jouit d'une certaine réputation auprès de la police locale. Le retirer de l'affaire serait extrêmement suspicieux et pourrait soulever des questions auxquelles le Roi ne souhaite pas avoir à répondre. Hubert hocha la tête en signe de compréhension.

– Tu as bien fait de venir m'en parler. Nous allons nous occuper de cela et si j'entends quelque chose à propos de ces meurtres, tu seras le premier informé.

Étienne se leva avec soulagement, jetant une bourse sur le bureau devant Hubert. Pour couvrir les dépenses... » Il tenait payer. Cela rendait l'affaire plus impersonnelle, et tout ce qui pouvait chasser de sa tête que l'individu en face de lui était son demi-frère était bienvenu. Il ferait surveiller le docteur également, il n'avait aucune confiance en Hubert.

À peine le Lieutenant avait refermé la porte de la chambre qu'une ombre apparut derrière Hubert. L'homme, qui était resté caché durant la conversation derrière les tentures, était gigantesque, tout de noir vêtu. Son crâne presque rasé luisait de sueur. Son teint était mat, et de fins tatouages noirs recouvraient ses joues et son front, soulignant étrangement le bleu pâle de ses yeux. Une longue cicatrice barrait le côté droit de son visage.

Hubert ne bougea pas d'un cil, mais déclara d'une voix préoccupée : « Ils ont fait le rapprochement un peu plus tôt que prévu, Hassan. Nous n'avons plus beaucoup de temps.

– Ordonnez, et j'obéirais, Wazir.

– Renseigne-toi sur ce docteur. Nous devons trouver ce qu'il sait et ce qu'il peut prouver ou rapporter au Roi. Je vais demander aux Grands à la Cour d'intensifier les ragots sur ces meurtres, nous devons inspirer la peur Hassan ! Le pousser à la faute, qu'il se découvre. Et ensuite, récupérer le fragment du Roi Louis. Avec le manuscrit en notre possession grâce à nos amis des Barbaresques, ce n'est plus qu'une question de temps que de trouver la tombe de notre Saint-Père ! Une lueur malsaine brillait au fond des yeux d'Hubert Boisvillier. Ensuite, nous aurons pour nous la Lance Sacrée et la chrétienté s'agenouillera devant nous, Hassan ! »

Ce qu'Étienne ignorait, c'est que la réussite de son demi-frère dans les affaires n'était pas seulement due à son habileté au commerce. Lorsqu'Hubert s'échappa de l'orphelinat où son père l'avait abandonné, il chercha refuge parmi les siens, la communauté ottomane de Paris.

Les Ottomans étaient alliés de la couronne de France depuis plus de cent ans, depuis François premier, et ils avaient toujours aidé le Royaume à contenir les Habsbourgs, tout du moins à les occuper sur leur flanc oriental. Cela avait permis l'établissement d'une petite communauté au sein même de Paris, alors capitale commerciale du Royaume. Mais les traditions avaient la vie dure. La mère d'Hubert avait déshonoré son peuple en donnant un enfant d'un chrétien blanc, elle fut tuée par sa propre famille. Et l'enfant devint paria pour sa famille maternelle, une abjection indigne de vivre. Persécuté, chassé, le jeune Hubert montra cependant d'étonnants talents pour survivre et fut recruté par un groupe de criminels, ou plus exactement une sorte de secte, la Mauresque, dont les membres révéraient un grand chef aux pouvoirs quasi mystiques, le Wazir. Ce groupe avait ses origines dans les farouches mouvements de résistance aux croisades chrétiennes et avait connu son apogée lors du règne du Wazir Azam Selim Pasha au milieu du XVe siècle et de la prise de Constantinople par les Turcs. La légende racontait que ce grand guerrier conduisit les troupes turques de Mehmet à la victoire par des moyens divins, cachant la lune pourtant pleine pour masquer l'arrivée des assaillants, afin de bouter les chrétiens hors des terres saintes. Mais les dessins de Selim Pasha étaient bien plus grands — inspiré par Dieu lui-même, il devait faire plier les chrétiens de tout l'Empire byzantin et enfin faire tomber Rome et tous les chrétiens. Constantinople n'était qu'une étape où Dieu guida Selim pour lui faire un cadeau, un présent qui lui permettrait d'être victorieux dans sa quête, un objet révéré par tous les chrétiens du monde, la Sainte Lance, celle-là même qui perça le flanc de Jésus sur la Croix, fut baigné de son sang, et qui était conservée à Constantinople depuis des siècles. Mais lorsque Selim prit la ville et mis à sac l'église de la Vierge où était conservée la relique, il ne put que constater le mensonge des empereurs byzantins qui se déclaraient en sa pleine possession : en effet, la Lance était brisée en deux et seule la partie basse, le manche, reposait à Constantinople. Selim recruta alors dans tout l'Empire des fidèles qui traquèrent la pointe de la Lance, mais sans succès. Ce n'est que deux siècles plus tard que le nouveau Wazir de la Mauresque la localisera en possession de la couronne de France : Louis IX l'avait achetée dans le plus grand secret à Baudouin II, empereur de Constantinople, en 1244.

Entre temps Selim, fut sommé par le nouveau Sultan de Constantinople de restituer le manche de la Lance au Pape Innocent VIII en gage de bonne volonté de l'Empire ottoman. Le Sultan espérait également tenir à l'écart un rival potentiel en la personne de Selim dont l'aura auprès du peuple grandissait. Trahi, Selim remplaça la Lance par une copie et disparut avec la relique, pourchassé par les soldats du Sultan. La Mauresque survécut à la disparition de Selim, et ses chefs successifs se mirent en quête de l'endroit où Selim cacha la Lance originale, qu'il emporta vraisemblablement dans sa tombe elle-même. Quatre siècles plus tard, la Mauresque recrutait un jeune orphelin de sang mélangé, qui fit preuve de tant d'habileté et de cruauté qu'il gravit tous les échelons de la secte jusqu'au titre suprême de Wazir. Avec une ironie dont seul le Destin a le secret, Hubert vit un jour son demi-frère venir à lui et lui demander son aide pour retrouver le second morceau de la Lance pour le compte du Roi Louis XIV... Étienne ignorait bien sûr tout de la Mauresque et de sa mission sacrée. Mais quelques membres éminents de la secte, les « Grands », des nobles convertis à l'idée de la Mauresque et avides du pouvoir qu'elle leur promettait, avaient su influencer les conseillers du Roi à se tourner vers Hubert Boisvillier et son unique réseau de contacts en Afrique du Nord, lieu probable ou se trouvait la tombe de Selim. La Mauresque savait que la pointe était en possession de Louis, mais sa cachette était un tel secret qu'il ne se transmettait que de bouche de roi à oreille de roi. La seule façon de contraindre Louis à révéler son emplacement était en lui faisant miroiter la possibilité de réunir les deux fragments, accomplissant ainsi une quête vieille de plusieurs siècles. Hubert jouait ainsi sur les deux tableaux, prêt à mettre la main sur la Lance à la première occasion. C'est ainsi qu'il apprit qu'un chevalier français du nom de Malfettes avait acquis, auprès d'un marchand grec établi en Algérie, le manuscrit original d'un historien grec du nom de Nikétas.

La découverte du manuscrit de Nikétas fut le déclencheur pour Louis XIV de se lancer dans la quête de rassembler les deux morceaux de la sainte relique. Il était donc évident que celui-ci contenait des éléments clés de l'histoire de Selim. Pour récupérer le manuscrit, Hubert envoya Hassan le récupérer de Malfettes, mais ce dernier arriva trop tard. Le document était déjà entre les mains de Louis. Torturer le chevalier fut fructueux, ils purent apprendre sa vraie mission et des détails sur le contenu du livre. Hubert avait donc continué à chasser quiconque pouvant avoir accès au manuscrit, il apprit ainsi qu'il était en possession des hommes du roi qui allaient sur le Vaillant, un navire affrété dans le plus grand secret par la Couronne et avec une mission claire : retrouver la tombe de Selim. Grâce à ses contacts en Algérie, ce fut une formalité pour lui de faire arraisonner le navire par de faux pirates qui s'emparèrent du manuscrit.

Et maintenant, Hubert était le premier Wazir depuis Selim en position de retrouver les deux morceaux de la Lance originale et accomplir l'ultime mission de la Mauresque: la soumission de tous les chrétiens.

ENQUETE A LA COUR

La calèche, discrète, était arrivée sans bruit au milieu de la nuit et son unique occupant était entré dans l'édifice par une porte dérobée. Le cocher était reparti aussitôt. Il savait quand il devait revenir. Le visage en grande partie camouflé d'une large capuche, le Roi Louis XIV emprunta la volée de marches qui montait à la chapelle Haute et traversa la magnifique nef de la Sainte Chapelle d'un pas rapide. Un vicaire surgit soudain et courut derrière lui, intimant à cet intrus de quitter les lieux au plus vite. Haletant le vieil homme ne parvint aux côtés du Roi que parce que celui-ci s'arrêta et baissa sa capuche. Le vieil homme d'Église reconnut son Roi et fut pris d'un hoquet de surprise.

« Votre Majesté, c'est que nous n'avons pas été avertis de votre venue. Le Roi ne reconnut pas le gardien habituel de la chapelle, mais prit toutefois un ton conciliant et calme :

– Je suis venu prier le Seigneur, j'ai grand besoin de ses conseils, mon père. Et je dois rester seul un moment. » La dernière phrase avait plus sonné comme un ordre que comme une explication. Aussi inhabituelle que fût la situation, le vicaire ne pouvait rien redire à la demande du Roi, aussi se retira-t-il silencieusement, non sans pouvoir s'empêcher de secouer la tête. Après tout, le Roi avait sa chapelle au château de Versailles. S'il voulait prier seul en communion avec le Seigneur, il aurait pu tout aussi bien le faire là-bas...

Louis prit une pose de pénitence silencieuse pendant un moment le temps d'être sûr que l'homme se fut retiré. La salle, bien que magnifique et monumentale en hauteur, était relativement petite et il était aisé de vérifier que l'on y était bien seul. Le Roi s'approcha de l'arche dans laquelle était taillé l'autel. Tout était décoré et peint d'or, de pourpre et du bleu royal dans un ensemble certes chargé, mais du plus bel effet. Sur la gauche de l'autel, un panneau de bois peint semblable à ses voisins. Louis fit pivoter une fleur de lys dorée et révéla un trou de serrure. Utilisant une petite clé qui ne le quittait jamais, il ouvrit le panneau qui laissait suffisamment de place à une personne pour se glisser à l'intérieur. Louis se retrouvait alors dans un étroit passage juste derrière l'autel. Pour autant qu'il le sache, ce passage n'avait jamais été emprunté par autre qu'un Roi de France depuis la construction de la chapelle par Saint Louis au XIIIe siècle. Un escalier en colimaçon l'amena dans un espace aménagé entre la chapelle basse, réservée au peuple, et la chapelle haute réservée à l'entourage du Roi. La pièce n'était pas grande et son entrée était interdite par une solide grille de fer forgé. Louis alluma deux torches accrochées au mur avec celle qu'il avait apportée puis se dirigea vers la grille. En lieu et place de serrure, on distinguait un disque doré percé de petits trous. Cette protection avait été ajoutée du temps de François 1er de France, qui avait confié la tâche au plus astucieux ingénieur de son temps : le grand Léonard de Vinci lui-même. À la lueur des torches, Louis regarda la lourde bague sertie d'un gigantesque diamant à son annulaire gauche. Il enleva délicatement la pierre précieuse de son support. La bague, transmise de Roi en Roi, exhibait maintenant les sertissages vides qui, apposés au disque de la porte, coïncidaient exactement avec les petits trous. Louis fit pivoter la bague d'un quart de tour à droite, puis d'un tour à gauche. Un mécanisme se fit entendre et le loquet de la porte se rétracta.

Il pénétra dans la pièce qui était humblement décorée. Sur un autel de pierre, posés sur un drap blanc et couverts par une coupole de verre, un modeste morceau de bois, une branche de buisson tressé et séché et un bout de métal cassé : Le Roi Louis s'agenouilla devant un authentique morceau de la Sainte Croix, la Couronne d'Épines et un fragment de la Lance Sacrée.

Le reliquaire que l'on montrait aux fidèles lors de certaines fêtes religieuses ne contenait que des copies. Il avait devant lui des objets aux pouvoirs mystiques immenses. À eux seuls, ils conféraient aux Rois de France cette sainte autorité sur l'Église de France et la soumission de ses fidèles. Huit croisades et des dizaines de milliers de morts avaient été nécessaires à la récupération et la préservation de cet ensemble sacré. Et à défaut de la Sainte Coupe qui reçut le sang du Christ, la reconstitution de la Lance serait un atout majeur pour la pérennité du pouvoir des Bourbons. Louis XIV était un pragmatique, il était tout à fait conscient du pouvoir symbolique et mystique des Saintes Reliques sur le peuple chrétien. Et s'il ne se sentait pas investi, comme son aïeul Saint Louis, d'une mission sacrée soufflée par Dieu lui-même, il se devait de défendre le modèle politique et religieux qui faisait la force de son Royaume depuis des siècles.

Jusqu'ici, il avait pensé se rapprocher du but, mais des obstacles imprévus venaient lui barrer la route. Des obstacles de taille. Aussi, bien qu'il ne fut pas si pieux, il s'agenouilla devant les objets sacrés et se mit à prier Dieu afin qu'il lui vienne en aide dans sa tache, et que d'un coup de lumière divine il écarte les ombres de son chemin.

Un rayon de soleil passait au travers du volet et vint réveiller Guillaume qui se demanda un moment où il était. Un ronflement sonore se faisait entendre à l'autre bout de la pièce. Malecange dormait encore comme un bienheureux. Ils s'étaient tous deux écroulés sur leur couche après une journée riche en évènements, mais le sommeil de Guillaume avait été ponctué de cauchemars des plus déplaisants. Aussi il se sentait encore fatigué et fit quelques mouvements pour assouplir son corps et sa mâchoire meurtrie. Bien qu'il se sentait revigoré par les progrès qu'ils avaient faits, et avec de la chance, la journée qui s'annonçait apporterait également son lot d'indices, il lui semblait qu'il y avait tant à faire et sa principale théorie que le tueur était un Maure et appartenait à la communauté otto-mane de Paris se retrouvait bancale à cause des yeux bleus qu'avait vu Malecange. Se pouvait-il que dans le feu de l'action il se soit trompé ? Que de questions et si peu de réponses ! Il secoua la tête et entreprit de réveiller le fils de l'armurier de Trappes. Après une rapide collation, Guillaume et Male-cange se rendirent à l'Académie des sciences pour visiter le professeur à qui Guillaume avait confié les pierres trouvées dans la gorge des victimes. Celui-ci les reçut dans un bureau qui sentait la poussière, avec du sol au plafond des étagères couvertes de cailloux, rochers, cristaux et instruments divers. Le professeur lui-même semblait couvert de poussière et au moins aussi vieux que les roches qu'il étudiait. Au demeurant fort aimable, il parlait néanmoins comme s'il était perpétuelle-ment en train de dicter un cours assommant à des élèves peu intéressés. Sa peau parcheminée et ses yeux clairs indiquaient qu'il passait tout de même une bonne partie de son temps sur le terrain à ramener de précieux échantillons à analyser.

« D'Estaing, d'Estaing... J'ai bien eu un élève qui s'appelait ainsi. Je crois qu'il est parti faire sa médecine.

– C'était bien moi Professeur. Le vieil homme poursuivit comme s'il n'avait pas entendu.

– Un jeune homme brillant, mais qui montrait peu d'intérêt pour la géologie, il n'a jamais trop su faire la différence entre un grès et un schiste.

– Et bien c'est que...

– Voilà la jeunesse aujourd'hui, peu d'attention aux détails ni aux sciences...

– Mais voyez-vous...

– Enfin on arrive encore parfois à trouver un étudiant qui sort du lot, figurez-vous que récemment...

– Professeur, les pierres...

– Et encore celui-ci était de bonne famille, mais il y a six mois on m'a affecté un assistant...

– Professeur ! Le vieux monsieur parut ennuyé de l'interruption. Il fronça ses sourcils broussailleux tout en fixant Guillaume par-dessus de petites lunettes aux verres épais. Guillaume se fit conciliant : Pardonnez-moi Professeur, mais je sollicite votre grande expérience au sujet des pierres que je vous ai fait livrer et dont vous avez effectué une première analyse.

– Ah oui ces schistes à Graptolites. De merveilleux exemples des forces de la nature qui ...

– Vous écrivez sur ce billet qu'elles proviennent d'Afrique ? Coupa Guillaume qui commençait à perdre patience. Malecange suivait la scène, amusé.

– Eh bien oui si je l'ai écrit, c'est qu'elles viennent d'Afrique vos pierres !

– Mais est-il possible d'être plus précis ? Le vieux professeur poussa un soupir en secouant la tête.

– Jeune homme vous n'écoutez pas ce que je vous raconte. Des schistes à Graptolites ! Guillaume était perdu. Ils viennent forcément de montagnes jeunes et proches de la mer, comme on en voit dans le nord de l'Afrique du Maroc à la Tunisie !

– Et donc de l'Algérie... compléta Guillaume, plus pour lui-même. Le vieux monsieur parut insulté par la remarque.

– Évidemment jeune homme, je sais parfaitement où se trouve l'Algérie, j'y ai moi-même effectué deux séjours d'études ils y ont tant de merveilleux sites géologiques, vous n'imaginez même pas... » Il était reparti dans son monologue, mais Guillaume n'écoutait plus que par politesse. Il avait une confirmation de plus que tout ceci était lié à la visite des émissaires du Dey d'Alger. « ... Ah et vous n'imaginez pas les sauvages qu'on y rencontre ! Et ces nomades du grand désert... », mais l'Algérie était un grand pays en pleine ébullition. Il avait besoin de plus d'informations, et des vraies raisons de la venue des émissaires. Si cela avait un lien avec la prise de ce navire. Comment s'appelait-il déjà ? Ah oui le Vaillant. Quelle était sa mission, pourquoi avait-il été arraisonné par les Algériens ? « ... imaginez jeune homme ! À dos de chameau... » Malecange pourrait l'aider. Les marins aimaient boire et parler, deux choses qui plairaient surement au fils de l'armurier. Soudain il sursauta en écoutant le vieil homme.

« Qu'avez-vous dit Professeur ?

— Ah oui ! cela m'a beaucoup intrigué également ces descendants de Bédouins installés dans les montagnes de la Kabylie.

— Mais qu'avez-vous dit à leur sujet ?

— Eh bien, que c'était la première fois que je voyais des Maures aux yeux bleus... »

Malecange et le docteur échangèrent un regard. Se pouvait-il que leur agresseur soit Kabyle ? Cela éliminait le seul obstacle à la théorie de Guillaume, car il n'attribuait les yeux clairs qu'à des blancs jusque-là. Il était excité, ils avaient franchi un pas important. Son instinct lui hurlait que l'individu qui les avait agressé près de l'étang, et qui était sans aucun doute l'assassin barbare responsable des meurtres sur lesquels il enquêtait, faisait partie de cette tribu de Maures aux yeux clairs. Cela limiterait probablement le champ de recherche. S'il y avait une importante communauté ottomane dans Paris, un Maure aux yeux bleus devait être plus rare. Il faudrait se renseigner au plus vite. Ils quittèrent le bureau du vieux géologue avec soulagement. Celui-ci parlait encore de ses voyages lorsqu'ils refermèrent la porte derrière eux. Impoli certes, mais n'avaient-ils pas des crimes à résoudre ?

Guillaume devait retourner à Versailles. Ils avaient passé plus de temps que prévu à l'Académie et il avait donné rendez-vous à la belle Agnès pour le début de l'après-midi. Il confia une petite bourse à Malecange en lui expliquant ce qu'il attendait de lui. S'il n'était pas particulièrement enthousiaste à l'idée de laisser le docteur rentrer seul à Versailles, il reconnut qu'il était doué pour boire — et faire boire — et glaner les informations dont Guillaume avait besoin pour son enquête. Il se mit aussitôt en route pour les quais de la Seine, endroit le plus probable dans Paris pour rencontrer un marin.

Dans la voiture qui le conduisait à Versailles, Guillaume se laissa aller, songeur, à un bref sommeil réparateur. Il faut dire qu'il n'avait guère dormi ces derniers jours et la traque de ce mystérieux assassin hantait ses nuits. Ce n'était pas le premier meurtrier qu'il pourchassait, pourtant il savait que cette traque était différente. La portée de meurtres, les motifs secrets, la barbarie apparente... L'envergure de cette affaire commençait à donner le vertige, et il en venait même à penser que le Roi lui-même en savait plus qu'il n'en disait. Cette pensée le fit sourire. Bien sûr que le Roi en savait plus et ne disait pas tout à son 7e médecin. Guillaume sentait que c'était là l'affaire de sa carrière, mais quelque chose en plus, quelque chose d'indéfini, presque personnel, l'attachait particulièrement à cette histoire. Et ça, il ne se l'expliquait pas. Il fut arraché à ses rêveries par l'arrêt brutal de l'attelage : ils étaient déjà arrivés devant l'office et Guillaume paya le cocher. Il se hâta, il ne voulait pas faire attendre Agnès.

Ils avaient convenus de se retrouver près de la pièce d'eau des Suisses, non loin du Château. Un valet avait disposé un carré d'étoffe et servi une collation. D'ordinaire, Guillaume n'était guère à l'aise avec les femmes, mais Agnès était différente. Ils se connaissaient tous deux depuis l'enfance, le père de Guillaume soignait la jeune fille pour des migraines chroniques. La famille d'Agnès était plutôt riche, de la bourgeoisie parisienne qui avait su prospérer malgré les nombreuses crises qui avaient marqué le début du règne de Louis XIV. Grâce à des lettres de cachet, la mère d'Agnès put s'installer à la Cour à la mort de son époux, et la jeune Agnès grandit ainsi dans la cité royale, où elle put recevoir une éducation de premier ordre. Son esprit, sa fraicheur et surtout son joli minois lui avait ouvert toutes les portes. Guillaume chérissait son esprit ouvert, et Agnès voyait en Guillaume bien plus qu'un besogneux et sinistre docteur en médecine. Elle aimait son courage de scientifique, celui de s'opposer aux canons intellectuels de l'époque et de remettre en cause les acquis scientifiques – Acquis sur lesquels se reposaient la plupart des « Médecins » qu'elle avait croisés jusque-là. Ils échangeaient régulièrement leurs points de vue sur les affaires de la Cour, elle s'intéressait à ses recherches, et Guillaume prêtait souvent l'oreille aux conseils de la jeune femme, douée d'un sens de l'observation particulièrement développé. D'une simple amitié d'enfants, leur relation avait mûri en autre chose que l'intuitive Agnès avait ressenti la première. Elle espérait — non elle savait que Guillaume ressentait la même chose qu'elle —, mais elle avait compris qu'il ne l'avait pas encore réalisé, tout à ses études et ses recherches. Elle saurait le guider, elle en était sûre !

« Alors, Guillaume, dites-moi tout sur cette affaire ! Vous enquêtez donc sur ces morts horribles ?

– Et bien voilà une affaire très mystérieuse, mademoiselle. Et grave également. J'ai peur qu'elle n'implique des proches du Roi lui-même...

– Se pourrait-il que le Roi coure un danger ?

– Je ne saurais le dire. Il est très bien gardé, en outre si je complotais à assassiner le Roi, je ne laisserais pas derrière moi une trainée de meurtres bizarres et spectaculaires. Enfin, je pense que ces morts sont autant de messages pour le Roi lui-même, peut-être pour le pousser à faire quelque chose...

– ... Ou bien l'empêcher de continuer quelque chose » coupa Agnès et finissant sa phrase comme si elle lisait dans ses pensées. Guillaume sourit en hochant la tête. Il aimait cette communion de pensée, l'esprit vif d'Agnès l'obligeait sans cesse à pousser ses propres méninges au maximum de leurs capacités et bien souvent il trouvait l'illumination qu'il cherchait.

« En effet, mais par bien des aspects, nous avons à faire là à un spectacle, une mise en scène orchestrée dans un but précis, et cela à voir avec la visite des députés d'Alger, mais je n'en sais pas plus. Je doute que le but soit d'empêcher cette entrevue, à moins bien sûr qu'il y ait des sujets cachés qui doivent être abordés lors de la visite.

– Vous savez Guillaume, c'est l'oncle Oscar qui va superviser leur venue et faire en sorte qu'ils ne manquent de rien. » Oncle Oscar était un des intendants de la Cour, et s'ils n'avaient aucun lien de parenté, il était un vieil ami de la famille d'Agnès, qui l'appelait volontiers Oncle Oscar. C'était un vieil homme affable aux yeux bleus pétillants, un ancien capitaine de Marine qui avait beaucoup voyagé dans sa jeunesse et connaissait tous les us et coutumes des pays alentours. Qu'il fût affecté aux émissaires algériens n'était pas une surprise. Mais comment en tirer profit ? Guillaume fit une note mentale de contacter l'oncle Oscar sans tarder. Perdu dans ses pensées, un long silence s'installa. Il négligeait la belle Agnès qui racla sa gorge poliment : « Je sens votre esprit courir la campagne, Guillaume.

– Mademoiselle je m'excuse je... Elle souriait maintenant alors qu'il bafouillait. Il comprit qu'elle le taquinait et sourit à son tour. Vous me torturez encore chère Agnès !

– Allons, Guillaume. Je connais votre dévouement au Roi, je sais que sa sécurité vous est précieuse.

– Tout comme votre compagnie... Elle s'arrêta, surprise. La réponse avait jailli du cœur de Guillaume plus vite qu'il ne l'aurait voulu également. Cette jeune fille était vraiment spéciale, reconnut-il.

– Et bien voilà une première, cher Guillaume. Il semblerait que vous sachiez parler aux demoiselles après tout ! » Ils rirent de bon cœur en continuant leur pique-nique au bord de l'eau. Le temps était au beau fixe, la vue sur le château magnifique et ils étaient seuls à profiter de ce petit endroit romantique. Pour un moment, Guillaume se laissa aller sans penser à sa funeste histoire. Il écoutait la belle Agnès raconter les derniers ragots de la Cour. Non qu'il s'y intéressait plus que cela, mais il aimait simplement entendre le son de sa voix. Lorsqu'ils eurent fini leur collation, il offrit galamment son bras à la demoiselle et ils partirent se promener autour de l'étang. Le parfum des fleurs, le murmure de l'eau et le temps doux rendaient cette balade des plus romantiques. Pour un petit moment, Guillaume oublia son enquête et tout le reste. Lui et Agnès étaient comme seuls au monde.

Seuls, ils ne l'étaient pas. Une silhouette gigantesque était cachée dans l'ombre d'un platane centenaire, à seulement quelques pas d'eux. Hassan n'avait pas pu s'approcher pour entendre toute leur conversation, mais ce qu'il avait pu retenir laissait à penser que le docteur était encore dans le flou, et loin de faire le lien avec la Mauresque. Il allait devoir garder un œil sur le Docteur, voire l'éliminer s'il devenait trop gênant.

Il disparut dans le bois et partit faire son rapport à son maître.

LES ÉMISSAIRES

Malecange en était à sa quatrième taverne lorsqu'il put enfin apercevoir le matelot qu'il cherchait. Le naufrage du Vaillant était remonté jusqu'à la communauté des marins et ceux-ci, d'ordinaire si loquaces pour peu qu'on leur paie un verre, étaient étrangement silencieux. Personne ne semblait avoir jamais servi sur ce maudit navire ni en connaître la cargaison exacte. D'auberge en taverne, Malecange eut vent d'un garçon de port qui revenait de Marseille et qui aurait pu avoir des informations utiles. Roux et solidement bâti, le jeune homme avait le physique de l'emploi et buvait comme un vrai marin. Malecange essayait de garder les idées claires :

« Donc tu es sûr mon gars ? Ce bateau que tu as chargé, c'était bien le Vaillant ?

– Pour sûr Mon Sieur, une belle frégate que ce navire-là. Dommage de la savoir aux mains de ces pirates ! Ah les bandits ! Les Sauvages !

– Et tu as pu monter à bord ?

– Hé oui ! Je l'ai chargé ! C'était curieux tous ces outils.

– Des outils ? Voilà donc ce qu'il y avait sur ce bateau ?

– La vérité mon bon monsieur. Des pelles, des pioches. Curieux je vous dis, comme équipement pour des soldats.

– Des soldats ? Malecange allait de surprise en surprise.

– Ah pour sûr pas des marins monsieur, mais ils se tenaient droits et se parlaient comme des militaires.

– Mais ils étaient habillés comment ? En uniforme ?

– Non, en civil. Mais je vous fiche mon billet qu'ils étaient soldats. Des durs. Je ne me comprends toujours pas comment on a pu prendre un tel navire. S'il avait été abordé, ces gars-là n'auraient eu aucun mal à le défendre. Il était haut sur l'eau, rapide. Il aurait pu échapper à n'importe quelle galère pirate.

– Ils seraient tombés dans une embuscade ? Malecange n'y connaissait rien en stratégie navale, il réfléchissait à voix haute. Ils auraient sûrement riposté alors ?

– Riposter avec quoi ? La plupart des canons avaient été démontés. Probablement pour passer de l'autre côté plus vite. »

Un scénario commençait à se dessiner dans l'esprit de Malecange. Pour une raison inconnue, on avait voulu faire passer en secret des soldats et des outils de l'autre côté de la Méditerranée, mais le navire avait été intercepté et neutralisé malgré la présence des soldats. Les pirates préfèrent les proies faciles, à la moindre vue des soldats ils auraient probablement renoncé. Donc ils ont été attaqués par quelqu'un qui connaissait l'existence du navire, qui savait ce qu'il y avait à bord et qui a pris le risque de l'aborder quand même. Il avait un peu trop bu pour reconstituer le puzzle dans sa tête, mais le docteur serait content. Il se faisait tard et il allait être temps de rentrer à Versailles. Il sortit de la taverne en titubant légèrement. Il avait besoin d'air et s'attarda un peu le long du quai de la Seine. À cette heure de la nuit, il n'y avait pas grand monde. Le quai était une succession d'entrepôts, de tavernes et de bordels. Si les premiers avaient fermé depuis longtemps, c'était l'heure de pointe pour les seconds. Des clients entraient et sortaient de temps à autre. Alors qu'il reprenait son souffle, adossé au mur de l'un d'eux, il n'avait pas remarqué la chaloupe qui avait accosté au quai à quelques mètres de lui. La tête lui tournait un peu, à vrai dire. Quatre hommes descendirent de la chaloupe et traversèrent le quai à vive allure. La porte du bordel s'ouvrit pour les laisser entrer sans qu'un mot ne soit échangé. Ils ne prêtèrent aucune attention au poivrot qui se tenait au mur. Alors qu'ils s'engouffraient dans le bâtiment, Malecange nota les étoffes chères et colorées, le teint sombre des quatre hommes. Des étrangers pressés après un long voyage, songea-t-il. De longues minutes plus tard, lorsque le monde lui parût plus stable, il regagna son auberge en jurant, pour la millième fois, qu'il ne boirait plus jamais d'alcool de sa vie.

Le matin prit Malecange par surprise. Des questions sans réponses avaient tourné dans sa tête toute la nuit. Le jeune docker lui avait fait une liste des outils chargés à bord du Vaillant : Pelles, pioches, tamis, poutrelles de bois... Il n'était pas spécialiste de la construction, aussi se rendit-il de bon matin à l'entrepôt d'un ami de son père, bâtisseur, pour lui montrer la liste. Celui-ci fit une moue comique avant de répondre :

« Ne compte rien construire avec ces outils. Il n'y a rien là-dedans qui puisse t'y aider.

– Mais alors à quoi cela pourrait-il servir, si ce n'est à bâtir quelque chose ?

– Des pioches, des pelles, des étais, des paniers... Cela est utile pour casser, pour détruire, mais non pour bâtir. Pour miner peut-être ?

– Miner ?

– Oui, on creuse et les poutres servent à consolider le trou... Oui, regarde là : Huile, chanvre, bougies... tout ce qu'il faut pour s'éclairer dans une mine. Et les tamis... C'est bien du matériel d'exploration. »

Malecange enregistra l'information et remercia chaleureusement l'homme. Il se demandait ce que Guillaume ferait de cela. Plutôt fier de ses trouvailles, il prit le chemin de Versailles.

La mise en scène avait été soigneusement étudiée. Pour s'approcher du Roi, les visiteurs étrangers de marque devaient traverser à pas lents toute la galerie des Glaces, une enfilade majestueuse de dorures et de miroirs. La Cour, curieuse et amusée, se tenait de chaque côté et tous tordaient le cou pour voir ces fameux ambassadeurs d'Afrique. La foule, noble, était intimidante de vêtements chics et de grandes robes. Au fond de la galerie, le trône royal avait été posé sur une estrade, de sorte que le Roi dominait physiquement tous ses sujets, et pouvait suivre la progression de ses visiteurs tout du long, appréciant les signes d'émerveillement qui se peignaient généralement sur les visages devant tant de faste. Enfin devant le trône, les ambassadeurs s'inclinèrent longuement comme le voulait la coutume, puis tendirent leur lettre de marque au Hérault qui les remit à un conseiller qui les lut longuement avant d'incliner la tête. Ensuite, les émissaires se présentèrent au Roi, qui conclut la cérémonie par un long discours sur la grandeur de la France et l'amitié entre les deux pays. Le Roi se retira et la Cour reprit possession de la galerie. Les ambassadeurs se fondirent à la foule, se dirigeant vers des cabinets de travail avec les conseillers de Louis de France. Guillaume, pour une fois, s'était mêlé à la Cour pour la cérémonie. Il suivait du regard la délégation algérienne jusqu'à ce qu'elle sorte. Il sentit une présence familière à ses côtés.

« Tenez-vous vos suspects, cher ami ? demanda Agnès en suivant le regard du docteur.

– Non, ma chère. Les ambassadeurs ne sont pour rien dans les meurtres sur lesquels j'enquête, mais je suis pourtant certain qu'ils jouent un rôle important dans cette histoire.

– Venez. Ils seront en palabres pendant de longues heures encore. Oncle Oscar nous attend.

– Chère Agnès, je vous suis avec plaisir ! »

Les émissaires d'Alger avaient émis le souhait de ne pas résider au Château même, aussi leur avait-on aménagé des appartements dans un hôtel particulier non loin de là. L'oncle Oscar les attendait à l'entrée. Malecange fit également son apparition. Oscar les fit entrer et les conduisit à un vestibule pour domestiques sans poser de question. Guillaume se demandait ce qu'Agnès avait pu lui raconter. Il sortit d'une malle des habits repassés, une livrée verte et bordeaux avec un petit chapeau-bonnet pour les hommes.

« Tenez, enfilez cela, c'est la livrée des domestiques de la maison. Vous pourrez aller à votre guise sans vous faire remarquer. Les émissaires sont venus avec leurs propres gens, mais ce sont mes servants qui s'assurent de la propreté des lieux. Ils occupent tout le premier étage, et leurs domestiques, l'étage au-dessus. À vous trois vous devriez pouvoir fouiller les appartements rapidement. Nombre de leurs gens sont aux commissions avec un de mes valets. Il a pour ordre de faire trainer les choses.

– Oncle Oscar, vous êtes une perle, souffla Agnès.

– Il n'y a donc aucun garde ? questionna Malecange.

– Il y a quelques soldats de la Garde Royale à l'entrée, mais ils ne vous causeront aucun problème. Ils savent que mes gens ont libre circulation dans cette maison. Les ambassadeurs ne sont pas venus accompagnés. Il marqua une pause. Enfin si, il y a un grand type avec eux, du genre costaud. Sûrement pas un diplomate, mais il a quitté l'hôtel avec eux.

– Bien, dit Guillaume. Nous devons faire vite.

– Que cherchons-nous ? demanda Agnès. C'était une sacrée bonne question. Guillaume n'en avait aucune idée. Seule son intuition l'avait guidé ici, et il savait qu'il n'aurait trouvé ce qu'il cherche que lorsqu'il l'aurait sous les yeux.

– Tout ce qui vous semble insolite, qui pourrait laisser penser à une raison différente pour la venue de ces émissaires. » C'était mince, il le savait. Mais ses deux compères acquiescèrent sans plus de question. Eux aussi avaient confiance en ses intuitions. Peut-être plus que Guillaume lui-même. Il ne pouvait être plus fier et rassuré de ses amis : Malecange se révélait jour après jour un précieux allié, plein de ressources et solide comme un roc. Et cette chère Agnès ! Le cœur de Guillaume battait plus fort chaque fois qu'elle était présente. Il était content qu'elle fut là, même si ce qu'il lui demandait aujourd'hui n'avait rien du quotidien d'une jeune femme de son rang. Elle s'était spontanément proposée et il n'avait même pas cherché à l'en dissuader : il savait que c'eut été en pure perte, et il était simplement heureux de l'avoir à ses côtés.

Ils se changèrent rapidement et commencèrent à explorer l'étage, semblant ranger ici et épousseter là. Ils croisèrent peu de monde et personne ne sembla prêter attention à leur manège. Mais au bout d'une heure, force était de constater qu'il n'y avait rien de suspect dans les appartements des ambassadeurs. Après un bref conciliabule, ils décidèrent d'explorer également l'étage des domestiques. Les chambres étaient petites et chiches en bagages. Il n'y avait rien là non plus. Seule une des chambres apparaissait fermée à clé.

« Oncle Oscar a sûrement un double des clés, je peux aller lui demander, proposa Agnès. Guillaume acquiesça.

– D'accord, Malecange et moi redescendons aux appartements. Nous avons peut-être raté quelque chose. »

Une des domestiques – esclave serait plus juste – une algérienne était de retour et s'affairait dans une des chambres. Elle les regarda d'un air suspicieux. Malecange aussitôt décocha à la fille un regard cajoleur. Sa bonne taille et son franc sourire avaient leur succès auprès des femmes. Elle s'adoucit tout de suite, alors qu'il s'approchait pour lui parler. Guillaume en profita pour s'éclipser dans l'appartement adjacent. Il espérait que Malecange retiendrait la fille assez longtemps.

Entre-temps, Agnès s'était procurée un double des clés et s'apprêtait à entrer dans la dernière chambre lorsqu'un chahut se fit entendre dans la cour. Nul doute que les ambassadeurs revenaient de leurs premiers entretiens au château. Il fallait faire vite. Oncle Oscar lui avait dit d'être prudente, cette chambre était celle du grand garde qui accompagnait les ambassadeurs. Le cœur cognant dans la poitrine, elle fit jouer la clé et ouvrit la porte.

Entendant la calèche dans la cour, Guillaume sortit prestement de l'appartement qu'il fouillait, déçu. Il n'avait rien trouvé. Malecange le rejoignit en haut de l'escalier menant au rez-de-chaussée, le sourire aux lèvres. Le coquin avait probablement joué son rôle avec zèle et obtenu un rendez-vous avec l'indigène ! Ils descendirent prestement et rejoignirent les autres domestiques qui commençaient à s'aligner dans l'entrée pour saluer leurs hôtes. Mais où donc était Agnès ?

La petite chambre que contemplait Agnès serait vite fouillée, et pour cause : ni bagage ni vêtement. Le lit n'avait pas été défait non plus. La pièce était vide, il n'y avait pas lieu de s'attarder. Elle referma la porte puis tourna la clé. Juste à cet instant, une voix sourde et grave tonna dans son dos :

« Halte là ! Que faites-vous là ?

Agnès se retint de sursauter et se retourna, pour se retrouver face à face avec un homme gigantesque. En cape noire et bottes, il portait une longue épée passée à même une ceinture de soie tressée. Sa peau était mate et une large cicatrice barrait sa joue. Mais ce qui hypnotisait Agnès était ses yeux : d'un bleu très pâle, comme délavé, ils brillaient comme deux soleils au milieu de son visage sombre, d'une lueur à la fois dangereuse et inquisitrice. Agnès réprima un frisson et prit l'air embarrassé et perdu d'un domestique pris en faute.

Cette chambre est privée. Elle n'a nul besoin de ménage.
– À votre service monsieur ! » Une courbette, un sourire, et Agnès parvint à s'échapper du regard magnétique de l'inconnu. Elle descendit l'escalier en un clin d'œil.

Hassan la regarda partir. Elle lui rappelait vaguement quelqu'un, mais il ne parvenait pas à se souvenir qui. Il testa la porte de sa chambre. Elle était bien fermée à clé. L'incident semblait banal, mais son instinct lui soufflait que quelque chose n'allait pas. Il extirpa une clé de son habit et l'utilisa pour entrer dans la pièce. Il s'y enferma à double tour.

Les émissaires firent leur entrée dans le bâtiment, sans un regard pour les domestiques alignés dans un garde-à-vous quasi militaire. Ils se dirigèrent sans attendre vers l'escalier menant à leurs appartements. Il sembla à Guillaume que Malecange s'était raidi au passage des diplomates, mais il ne pouvait rien dire pour l'instant. Du coin de l'œil il aperçut Agnès au pied de l'escalier, un peu pâle. Les émissaires hors de vue, le personnel de maison retourna vaquer à ses activités habituelles. Guillaume se précipita vers Agnès.

« Allez-vous bien, Mademoiselle ?

– Oui, je... j'ai eu juste un peu peur, je crois.

– Mais que s'est-il passé ?

– Le garde, je pense que c'est leur garde du corps, est apparu juste comme je sortais de la chambre fermée à clé.

– Qu'y a-t-il à l'intérieur ?

– Rien, en fait rien du tout Guillaume. La chambre était vide. Ni valise ni vêtements.

– Et il vous a vu sortir de la chambre ?

– Je ne pense pas. Je ne sais pas. Il n'y avait personne dans le couloir lorsque je suis sorti. Je me suis retourné pour fermer à clé et là... soudainement, il était là.

– À quoi ressemblait-il ? demanda fort à propos Malecange.

– À un géant ! Agnès eut un frisson. Mat de peau, une cicatrice sur la joue. Et ses yeux... Ah, mon dieu, ces yeux !

– Bleus ?

Agnès fut prise de court et acquiesça :

– Oui tout à fait ! Comment savez-vous ?

– On le connait ! Bon sang, Malecange, l'assassin est ici !

– Il faut appeler la Garde !

– Pas le temps ! fit Guillaume. Il nous faut l'attraper par nous-même ! Êtes-vous armé ? »

La question fit sourire Malecange, qui sortit de sa tunique un long poignard et un de ces mousquets courts qu'il affectionnait. Mais devant un tel adversaire, cela faisait un peu maigre. Guillaume n'était guère du genre à renoncer.

« D'accord, allons-y. Agnès, restez ici, dans le vestibule. C'est plus prudent.

– Mais... commença-t-elle à protester.

– Il n'y a pas de mais, cette fois-ci. Le gaillard est très dangereux. S'il nous arrive quelque chose, allez voir de Bastié et racontez-lui tout ce que vous savez. Je vous en prie Agnès ! Celle-ci hocha la tête, acceptant à contrecœur.

– De grâce Guillaume, soyez prudent ! Et avant qu'il ne pût répondre quoi que ce soit, elle se hissa rapidement sur la pointe des pieds pour un baiser furtif qui le laissa sans voix. Le temps qu'il se reprenne, elle avait disparu dans le vestibule. Malecange le regardait, mi-amusé mi-inquiet.

– Allez Docteur fou d'amour. Il faut attraper cet homme, ou il va nous échapper ! » Guillaume rougit à l'allusion, mais ne répondit rien. Saisissant le mousquet que lui tendait Malecange, il s'engagea sur les marches d'escalier, le jeune homme sur ses talons.

Ils gravirent silencieusement les marches pour arriver sur le palier du deuxième étage. Il n'y avait aucun mouvement et seuls quelques bruits étouffés parvenaient depuis le premier. Ils s'approchèrent de la porte et Guillaume, aussi silencieusement qu'il put, colla son oreille contre le bois. En essayant d'entendre ce qui se passait à l'intérieur, il se rendit compte de sa respiration rapide. Il essaya de se calmer, mais tout ce qu'il entendait était les cognements de son cœur dans sa poitrine. Il avait en main la clé que lui avait donnée Agnès, mais il hésitait à la rentrer dans la serrure. Malecange ne l'attendit pas, et d'un violent coup de botte, brisa la serrure et se précipita à l'intérieur, poignard à la main. Un cri l'accueillit. Guillaume se jeta à sa suite dans la chambre, pour découvrir un vieil homme, visiblement un serviteur des ambassadeurs, visiblement vert de peur de l'intrusion des deux hommes. Reprenant un peu de contenance au vu des uniformes de valets, le vieillard commença à les insulter dans sa langue. Visiblement il ne parlait pas un mot de français. Et visiblement ce n'était pas la personne que leur avait décrite Agnès. Mais une odeur familière flottait dans la pièce. Cette odeur rance qu'il avait sentie près du lac, lorsqu'ils s'étaient fait attaquer, puis qu'il avait sentie également au château. L'homme qu'ils cherchaient était passé dans cette pièce il y a peu. Mais où était-il ? Ils ressortirent, ne sachant que penser. Ils n'avaient vu personne descendre.

« Se pourrait-il qu'il se cache dans une autre chambre ? » Ils parcoururent l'étage. Toutes les chambres étaient ouvertes et vides de leurs occupants. Au fond du couloir, ils découvrirent derrière une porte un escalier qui montait vraisemblablement au grenier. Guillaume essuya la paume de sa main sur sa tunique. Il transpirait à grosses gouttes. Reprenant le mousquet, il s'engagea résolument sur les marches grinçantes et déboucha dans le grenier sombre. C'était un grand espace directement sous le toit. Les poutres formaient un entrelacs géométrique qui courrait sur toute la longueur du bâtiment. On pouvait se cacher aisément dans l'ombre, derrière chaque poutre. Il resta immobile un moment, guettant un bruit, un mouvement. On n'entendait que le souffle du vent et les respirations des deux compères. Le grenier semblait vide, seul un grand meuble, recouvert d'un drap blanc, avait été monté là pour une raison inconnue. Le sol était poussiéreux et l'on y distinguait des traces de pas allant droit devant. Ils avancèrent doucement, prudemment, vers le fond du grenier, s'attendant à chaque instant que leur agresseur surgisse de l'ombre. Ils arrivèrent au bout de la pièce sans voir personne, pour une raison évidente : une lucarne de belle taille était ouverte. Par elle, on apercevait le toit du bâtiment adjacent. Toit sur lequel on pouvait aisément passer pour entrer et sortir sans être vu. Voilà comment l'homme était apparu derrière Agnès : il venait du grenier. La tension retomba d'un coup et Guillaume se sentit fatigué. L'assassin avait flairé quelque chose et il avait pris la fuite. Mais que faisait-il ici en premier lieu ? Se pouvait-il que les émissaires soient dans le coup ? Guillaume n'y croyait guère. Il avait besoin d'un bain et de réfléchir aux informations qu'ils avaient récoltées ces derniers jours. Ils rebroussèrent chemin. Intrigué par ce meuble solitaire, Guillaume s'approcha tandis que Malecange s'engageait déjà dans l'escalier. Il tira sur le drap poussiéreux, dégageant une élégante psyché de la taille d'un homme, fait de bois d'ébène et serti de clous dorés. Il se regarda dans le grand miroir, et malgré la pénombre il pouvait constater à quel point il était fatigué : son uniforme était couvert de poussière, sa main toujours crispée sur le mousquet et des filets de sueurs coulaient sur ses tempes. Le petit chapeau semblait vissé sur sa tête lui donnait l'air ridicule. Il l'enleva, libérant des mèches de cheveux blonds collés par la chaleur. La sueur lui piqua les yeux et il dut s'essuyer de la manche. Lorsqu'il regarda à nouveau dans le miroir, il eut un mouvement de recul. L'homme qu'il regardait, ce reflet, ce n'était plus lui. Il voyait un homme habillé de façon étrange, un homme au visage doux et aux yeux déterminés. Un homme qui lui semblait familier sans pour autant le reconnaître. Un homme qui avait à la main un livre et un vieux carnet, un carnet qu'il reconnut aussitôt : le carnet dans lequel il consignait toutes ses notes. L'homme lui sourit et le montra du doigt. Guillaume eut un frisson et se retourna. Il était seul dans le grenier. Lorsqu'il regarda à nouveau dans la psyché, il ne vit que son reflet, un peu plus pâle. Malecange accourait, inquiet.

« Que se passe-t-il ? demanda Guillaume.

– Comment ? Et bien vous avez crié...

– Vraiment ? » Guillaume ne se souvenait pas. Mais il eut un sentiment de malaise en regardant la psyché. Il ne pouvait expliquer ce qu'il y avait vu. Il était un homme de sciences. Il ne croyait ni aux fantômes ni aux superstitions de son époque. Il frissonna. Il était épuisé, voilà l'explication. Sans plus un mot, ils quittèrent les lieux. Agnès fut soulagée de les voir descendre sains et saufs, mais elle remarqua que Guillaume était troublé, absorbé dans ses pensées et la regarda à peine. Même si le baiser qu'elle lui avait donné tantôt était une impulsion du moment, elle savait les sentiments qu'elle ressentait pour le docteur, et espérait secrètement une réaction plus enthousiaste de sa part. Mais Guillaume était visiblement ailleurs, et elle vit que Malecange devait presque le tenir debout. Que lui était-il arrivé ? Ils convinrent de se retrouver un peu plus tard à l'office de Guillaume pour discuter de l'affaire.

C'est avec délices que Guillaume se glissa dans le bain fumant que lui avait préparé son apprenti. Les idées se bousculaient dans sa tête, l'assassin aux yeux bleus, le Roi, le navire capturé au large de l'Algérie et les ambassadeurs. Et Agnès ! Ah chère Agnès que ce baiser était si doux ! Guillaume s'assoupit, laissant l'eau chaude détendre ses muscles. Il courait dans un jardin, la longue cape de l'assassin claquait au vent dans la distance, il ne parvenait pas à s'approcher. Le bruit de l'eau était fort. Il y avait des fontaines et le Kabyle tournait autour en psalmodiant. Et Guillaume tournait, lui aussi, autour de la fontaine. Ce n'était plus de l'eau qu'elle crachait, mais du sang maintenant. Il courait toujours en rond, de plus en plus vite. L'assassin aussi. Une figure dans l'ombre les observait, le visage couvert par un tissu noir. Il fit un signe de la tête et l'assassin s'arrêta pour attendre Guillaume, le sabre à la main. Il voulut s'arrêter de courir vers ce sabre, mais il ne pouvait pas. Il voulut sortir son épée, mais il ne l'avait pas sur lui, il était encore dans cette ridicule livrée de domestique verte et bordeaux, avec le petit chapeau. L'assassin se rapprochait, riant, et il ne pouvait s'échapper. Il était hypnotisé, aspiré par les yeux bleus. Il faisait nuit, mais ces yeux avaient leur propre lueur. Et puis soudain, l'inconnu du miroir apparut aussi, comme baigné de lumière. Il éclairait toute la scène. L'homme dans l'ombre avait disparu, et Guillaume se rendit compte qu'il avait arrêté de courir aussi. Il tourna la tête vers l'assassin. Les yeux bleus étaient figés, comme morts. Il baissa le regard. Le sabre du géant était planté dans son ventre. En courant il s'était empalé dessus. Il n'avait pas mal, mais il se sentit glisser vers la fontaine. L'inconnu le regardait en souriant. Il y avait quelque chose d'apaisant dans son attitude. L'assassin était allongé au sol. Mort. Et Guillaume le rejoignait. Il regarda son ventre. Ce n'était plus le sabre qui y était fiché, mais une grande lance romaine. Il tomba dans la fontaine. C'était à nouveau de l'eau, et elle se referma sur lui, il ne pouvait plus respirer, il étouffait !

LE WAZIR

Il se réveilla en sursaut hurlant, toussant et crachotant. Il avait glissé dans son bain et avait bien failli se noyer ! Il s'agrippa au rebord de la baignoire de cuivre, haletant, terrifié, lorsqu'une chose à laquelle il ne s'attendait nullement se produisit. Une main bienveillante se posa sur sa tête et il sentit qu'on se penchait sur lui. Il ouvrit les yeux, et dans la pénombre de son bureau, éclairé seulement par quelques bougies, il découvrit le visage angélique d'Agnès penché sur lui, l'air inquiète.

« Mon Dieu, Guillaume, allez-vous bien ? Vous m'avez fait peur ! » Guillaume était hébété. Tremblant de tous ses membres il retrouvait lentement ses esprits. Elle serrait sa tête mouillée contre sa poitrine et il la serrait en retour contre lui. Il se sentait bien, protégé. Il se laissa aller une minute avant de se rendre compte de sa situation : il était nu dans son bain en présence d'une demoiselle de bonne famille. Il voulut protester, mais elle mit la main sur sa bouche et s'écarta. À la lueur des seules bougies, elle fit glisser son manteau à terre, puis sa robe. Guillaume la regardait, fasciné. Il ne pouvait quitter du regard son corps si bien fait, et l'éclairage de la pièce la rendait encore plus belle et désirable. Avec grâce et légèreté, elle se glissa dans la baignoire, bien décidée à faire oublier à Guillaume tous ses cauchemars.

Hubert écoutait Hassan faire son rapport sur l'arrivée des ambassadeurs à la Cour. Pour l'instant tout se déroulait comme prévu. Il tenait dans ses mains un vieux livre manuscrit, plutôt une collection de parchemins écrits plusieurs siècles plus tôt par un historien grec du nom de Nikétas et par ses disciples, alors en visite en Afrique du Nord. Récupéré lors de la prise du Vaillant, il avait été ramené en France par les ambassadeurs qui venaient d'arriver. Il brûlait d'envie de le lire, même s'il lui fallait passer par un traducteur. Là, dans ses mains, se tenait décrite la dernière et éternelle demeure du plus grand Wazir que la Mauresque eut connu : Selim Pasha, celui-là même qui emporta avec lui le fragment de la Lance Sacrée. En retrouvant sa tombe et la Lance, ainsi que le fragment de Louis, alors Hubert serait à son tour le plus grand Wazir de tous les temps. Nulle armée chrétienne ne résisterait à un général possédant la Lance Sacrée du Christ et son terrifiant pouvoir. Il pourrait conquérir toute l'Europe qu'il joindrait au déjà si grand Empire ottoman. Il serait alors à la tête d'un empire aussi vaste que celui d'Alexandre le Grand.

Il sentit Hassan hésiter sur un point.

« Y a-t-il quelque chose que tu souhaites ajouter Hassan ?

– Oui Wazir. J'ai surpris une domestique à fouiner autour de ma chambre. Il est possible qu'elle ait découvert que je ne faisais pas vraiment partie de la délégation. »

Hubert fronça les sourcils, pensif. Qui cela pouvait-il être ?

– Il est possible, voire très probable que le Roi ait mis des espions pour se tenir au courant des faits et gestes des ambassadeurs. J'aurais fait de même.

– Wazir, je ne saurais être certain, mais elle ressemblait à la demoiselle que courtise le docteur. Je pense qu'elle espionnait pour lui.

– Alors le docteur d'Espaing aurait vraiment fait le rapprochement avec les émissaires ? Il est plus malin que je ne le pensais, peut-être devrions-nous nous occuper de lui. À cette pensée Hassan retroussa ses lèvres sur un sourire carnassier. Il était un tueur. Il avait été élevé pour ça, n'avait fait que ça toute sa vie. Et il aimait tuer par-dessus tout autre plaisir. « Les émissaires du Dey nous obéissent, Hassan. Ils te couvriront quoiqu'il arrive, même si je doute que le Roi autorise qu'on les interroge. Quant à d'Espaing... Il nous faut en savoir plus. L'éliminer trop tôt pourrait avoir des conséquences néfastes sur notre projet. La sécurité du Roi pourrait être renforcée et la délégation renvoyée à Alger trop tôt.

– Que conseillez-vous, Wazir ?

– Pour l'instant, reste sur ce que nous avons planifié. Il faut amener le Roi à révéler la cachette de la Lance. Si les émissaires jouent leur jeu correctement, il va nous mener tout droit à elle.

– Et pour le docteur ?

Hubert hésita, puis il eut un sourire lugubre.

– Je crois qu'il est l'heure pour moi d'aller consulter ce cher médecin. »

De Bastié, Malecange, Agnès et Guillaume étaient assis autour de la cheminée dans le petit salon attenant à l'office du docteur. Il avait fait servir un léger vin de noix et essayait de récapituler et mettre dans le bon ordre toutes les informations qu'ils avaient pu récolter à ce jour sur cette histoire. Il relisait à haute voix, une à une, toutes les notes qui couvraient les pages de son fidèle carnet. Ses observations, les questions qu'il s'était posées et les intuitions qu'il avait suivies. Tous l'écoutaient avec attention et lorsqu'était venu leur tour de commenter, Guillaume écrivait tout dans son carnet.

« Donc d'un côté il y a ces meurtres pour provoquer une réaction chez le Roi... commença Malecange.

– Oui, mais pas seulement, corrigea Guillaume. Je pense que les premiers assassinats avaient un but direct : limiter la capacité d'action du Roi en Algérie. De Malfettes rentrait d'Afrique et je suis sûr qu'il y était en mission pour Louis. De Sauzet connaissait le Dey et la région, c'était probablement le meilleur conseiller que Sa Majesté pouvait avoir pour envisager toute action là-bas. Enfin, le banquier. La clé, c'est lui. Il avait armé le Vaillant. Pourquoi le Roi était-il passé par un banquier plutôt que par l'intendance royale ou l'amirauté ?

– L'Intendant qui a pris la place de Colbert a son nez dans tous les comptes de la Couronne, répondit de Bastié. Il est évident que le Roi ne voulait pas que l'on sache que le Vaillant voguait en son nom.

– D'accord, reconnu Guillaume. Louis passe par un banquier pour armer discrètement un navire, le charge de soldats, d'ingénieurs et de matériel de fouilles et veut lui faire traverser la Méditerranée. Pourquoi ? La question était plus rhétorique qu'autre chose, car tout le monde avait la réponse : Il cherche quelque chose enterré en Algérie. Quelque chose de sacrément important.

– Et le navire disparu ainsi que toute tentative d'entrée en Algérie de façon discrète, il doit finalement négocier l'aide du Dey d'Alger qui envoie alors ses émissaires, compléta Agnès, lisant dans les pensées de Guillaume.

– D'accord. Louis cherche quelque chose enfoui en Algérie. Mais qui veut l'en empêcher ? demanda Malecange, plus pour lui-même.

– Le propriétaire de la "chose", commença de Bastié,

– Ou bien un concurrent, envisagea Malecange. Si c'est enterré, peut-être bien que c'est au premier qui le trouvera. »

Le jeune homme avait sûrement raison, décida Guillaume en suivant son intuition. Le Roi Louis semblait s'être lancé dans une course pour récupérer quelque chose en terre algérienne, et ses concurrents essayaient par tous les moyens de l'en empêcher. Mais dans ce cas, pourquoi la quatrième victime, et pourquoi le côté théâtral des meurtres ? Il y avait autre chose.

« Pourquoi le meurtrier était-il avec les ambassadeurs ? Se pourrait-il qu'il essaie de s'attaquer au Roi directement ? demanda Agnès. De Bastié bougea inconfortablement sur sa chaise.

– J'ai demandé à ma garde d'être vigilants. Mais aucun des soldats à qui j'ai posé la question n'a souvenir d'un géant maure aux yeux bleus. Peut-être a-t-il pu entrer par le passé, mais maintenant il sait qu'on ne le laisserait pas accéder au château, et ça grâce à vous, répondit de Bastié.

– Si notre concurrent mystère a les relations pour s'infiltrer parmi l'escorte des ambassadeurs, probablement aurait-il pu simplement convaincre le Dey de refuser toute aide à Louis et de ne pas envoyer de délégation. Guillaume réfléchissait tout haut. Il a besoin de cette rencontre. De ces négociations. Il a besoin de quelque chose du Roi. Et il met la pression en tuant de façon à marquer les esprits, impunément, pour affaiblir la position de Louis à la table des négociations.

La petite équipe réfléchissait sans toutefois trouver de réponse plausible à la question. À ce qu'il semblait à Guillaume, probablement seul le Roi devait avoir la réponse. Agnès continua avec l'autre grande question de la soirée :

– Qui donc se mesure au Roi pour obtenir cette chose et tuer tous ces gens ? Ce géant maure m'a fait l'effet d'une brute épaisse. » Guillaume voyait où elle voulait en venir, et encore une fois il partageait la même impression : Il y avait quelqu'un d'autre derrière le tueur qui donnait des ordres et tirait les fils. Il repensa à son cauchemar dans le bain, à la figure masquée dans l'ombre, et il frissonna involontairement.

« Si on sait le quoi, on saura le qui. Et vice versa, résuma Malecange. Guillaume émit une hypothèse à voix haute :

– Tout laisse à penser que cette personne est derrière l'attaque du Vaillant, non ? Les autres hochèrent la tête. Cela semblait plus que probable. Mais la mission et la cargaison du Vaillant étaient tenues secrètes.

– Il y a beaucoup d'intermédiaires pour armer un bateau le coupa de Bastié. Même si Louis tenait à garder cela absolument secret, il aura fallu mettre quelques personnes dans la confidence.

– Bien, commençons par eux, proposa Guillaume, sentant qu'il tenait une piste. En qui Louis a-t-il le plus confiance pour organiser ce petit débarquement ?

– Et avec des soldats... enchaîna Malecange. La réponse devenait évidente.

– Le Lieutenant de Boisvillier, dit Guillaume du bout des lèvres. Mais de Bastié s'emporta et bondit de sa chaise :

– Le Lieutenant est le militaire le plus intègre que je connaisse, défendit de Bastié, et il est totalement dévoué à Sa Majesté. Jamais il ne la trahirait ou n'irait à comploter contre elle ! Il était rouge de colère.

– Du calme cher Capitaine, le rassura Guillaume, pour qui le profil de de Boisvillier ne correspondait de toute façon pas du tout à ce qu'ils cherchaient. Mais comme vous l'avez souligné, il faut du monde pour armer un navire. De toute évidence il ne s'agit pas du banquier non plus. Même en ne mettant pas l'équipage ni la capitainerie du port au courant avant la dernière minute, il aura fallu qu'il organise tout de même l'intendance pour l'équipe de débarquement le temps des fouilles. De Boisvillier a-t-il des connexions en Algérie ?

– Pas que je sache, répondit le Capitaine de Bastié, soulagé. Mais s'il s'agit de traiter avec des Ottomans, alors il est plus que probable qu'il ait demandé de l'aide à son frère. Guillaume dressa l'oreille :

– Son frère ?

– Enfin son demi-frère, Hubert. Il est à moitié Turc. C'est un marchand qui fait beaucoup d'affaires avec les Ottomans et il connaît beaucoup de monde. Le Capitaine faisait une grimace en prononçant le nom du frère du Lieutenant. Visiblement il n'aimait pas le bonhomme. Cela devenait intéressant pour Guillaume.

– Si le Lieutenant a utilisé le réseau de son frère pour préparer l'expédition du Vaillant, il y a une grande chance en effet que la fuite vienne de là. Il nous faut creuser de ce côté-là. Il commençait à se faire tard, mais Guillaume était content. Ils avaient bien progressé. Il était très fier de son équipe. Il se tourna vers de Bastié, qui n'aurait pas une tâche facile. Il nous faut en savoir plus du Lieutenant sur la façon dont a été organisée la mission du Vaillant et où pourrait être la fuite. Sa Majesté a promis son entière coopération... » continua-t-il alors que le Capitaine allait omettre une objection. Il reconnut la flamme dans les yeux du jeune homme et se tut. Il ne lâcherait pas le morceau à moins qu'il ne prouve irréfutablement que c'était une fausse piste. Cela n'allait pas être facile, le Lieutenant n'allait certainement pas révéler un projet secret du Roi aussi aisément. Il savait aussi que Guillaume était capable d'apostropher le Roi directement pour avoir une réponse, et il préférait éviter cela aussi. Il sourit à Guillaume, mit la main sur son épaule et sortit. Il était aussi très fier du jeune homme.

Malecange, qui avait aperçu les œillades et petits sourires en coin toute la soirée entre Guillaume et Agnès, se dirigea rapidement vers la sortie également : « Je vais me renseigner sur ce Hubert, laisser trainer mon oreille ici et là. » Il s'inclina et avant que Guillaume puisse répondre, il était parti. Seule restait Agnès, debout devant la cheminée. À sa vue, le cœur de Guillaume bondit dans sa poitrine. Il lui prit les mains alors qu'elle aussi se dirigeait vers la porte. Il y avait malgré tout des convenances à respecter, et il n'était bien sûr pas question que la demoiselle passât la nuit chez le docteur. Ils le savaient tous deux, mais aucun ne voulait se résoudre à lâcher la main de l'autre. Guillaume savait qu'il ne voulait pas passer une minute de plus de sa vie sans Agnès à ses côtés. Dès cette sombre histoire finie, il prendrait son courage à deux mains et demanderait la belle en mariage ! Il s'en fit la promesse.

Agnès partie, il resta longuement dans un fauteuil, ressassant les hypothèses, les yeux perdus dans les flammes dansant dans la cheminée. Hypnotisé, il finit par s'endormir là où il était, d'un sommeil encore une fois agité de nombreux cauchemars. Il se battait une nouvelle fois contre l'assassin, dans l'ombre gigantesque d'un individu au visage masqué. Oui, il y avait bien quelqu'un derrière tout ça, quelqu'un de puissant, assez en tout cas, pour s'attaquer au Roi Louis XIV. Que cherchaient-ils ?

La main de Jean, l'assistant de Guillaume, le secoua gentiment. Revenant à lui, il constata que le jour était levé et qu'il avait passé la nuit dans son fauteuil. Il s'étira. Il avait beaucoup à faire. Alors qu'il se dirigeait vers son office, Jean déclara :

– « Il y a un visiteur pour vous, Docteur. Guillaume n'attendait personne. Il dit s'appeler Hubert Boisvillier ».

Le Roi Louis XIV contempla le lever de soleil sur son domaine. Malgré les travaux, le jardin et les bosquets étaient splendides, les parterres de fleurs créaient une mosaïque colorée du plus bel effet. Le viaduc qui devait amener l'eau pour les fontaines progressait bien. Il lui tardait de voir le spectacle de toutes les fontaines en marche en même temps. Aucun palais royal, aucun jardin nulle part dans les royaumes voisins ne proposait quelque chose d'aussi beau. Il fallait qu'il planifie une visite du chantier; cela motiverait sans aucun doute les ouvriers pour avancer encore plus vite. Mais tout l'intérêt qu'il portait à ses chères fontaines ne parvenait pas à le distraire des soucis du moment. La quête de la Lance Sacrée se révélait plus ardue que prévu. Les conditions et les contreparties que demandait le Dey en échange de son aide étaient simplement inacceptables. Quatre siècles plus tôt, une telle quête avait justifié à elle seule deux croisades et avait coûté cher en hommes et en or aux royaumes impliqués. Aujourd'hui, le royaume France était seul, les finances royales épuisées par les guerres passées et les ennemis prêts au moindre signe de faiblesse militaire du royaume. Il ne pouvait se permettre une action militaire d'envergure en Algérie. En tout cas pas encore. Et le Dey savait tout cela. Même en laissant les choses se calmer, en prétendant renoncer à retrouver la Lance, pour revenir discrètement plus tard, il n'était pas sûr d'y arriver. Ils avaient perdu un atout clé – le manuscrit de Nikétas qui est censé décrire l'endroit où est enterré le deuxième fragment de la Lance du Christ. Le frère du Lieutenant avait promis de tout faire pour le récupérer, mais il n'avait qu'une confiance limitée dans cet homme, malgré les louanges que lui prodiguaient certains de ses conseillers à la Cour. De Montalban ne jurait que par lui. Mais si le docteur d'Espaing était correct, et il avait le sentiment que c'était le cas, et que des Ottomans étaient au courant de ses plans pour retrouver l'artefact, alors il y avait de fortes chances que ce soit via Hubert que l'entreprise fut révélée. Il avait envoyé le chevalier de Malfettes sous couvert d'exploration scientifique dans la région montagneuse où le manuscrit plaçait la tombe de Salim Pasha. Le chevalier lui-même ignorait le but ultime de sa mission d'exploration, juste qu'il devait repérer les lieux en vue de l'expédition du Vaillant. Tant de secrets... Louis se sentit bien seul avec ce lourd fardeau. Que faire ? Que devait-il faire pour accomplir la quête des Rois, protéger la Chrétienté en rassemblant les saintes reliques sous la protection de la Couronne ? Et qui se cachait derrière ces meurtres et s'était donc ainsi lancé dans la course à la Sainte Relique ? De Malfettes était mort pour ce qu'il savait du manuscrit, puis de Sauzet qui l'avait aidé à négocier avec le Dey. Et enfin le banquier qu'il avait utilisé pour financer en secret l'expédition du Vaillant. La perte du navire était fâcheuse, tout comme celle du manuscrit. Il en avait fait faire une copie bien sûr, mais maintenant son concurrent avait également accès aux informations recueillies par Nikétas et ses disciples. Il était revenu au point de départ et avait peu d'arguments à mettre dans la balance pour continuer à bénéficier de l'aide du Dey. Les négociations pouvaient prendre des semaines, et il ne voulait bien sûr pas divulguer l'existence des reliques en sa possession, même s'il savait que cet argument seul suffirait à convaincre l'Algérien. Il fallait trouver autre chose.

L'homme était affublé d'une imposante bedaine et portait des vêtements de prix. Ses yeux avaient un éclat particulier, d'un marron clair tirant presque sur l'or. Ils contrastaient avec le teint olivâtre de sa peau. Outre les vêtements, il portait de nombreux bijoux d'or et de pierres précieuses, colliers, bagues et boucles d'oreille. Il se tenait debout dans une attitude de conquérant, s'appuyant sur un bâton richement orné d'or et incrusté de pierres. Il semblait observer l'office avec grand intérêt. Le premier regard qu'il jeta à Guillaume fut celui d'un rapace jaugeant sa future proie, puis ses traits se radoucirent d'un coup et il se présenta d'une voix grave et mélodieuse : « Hubert Boisvillier à votre service. Docteur Guillaume d'Espaing, je présume ?

– C'est moi en effet, Monsieur Boisvillier. Guillaume essayait de masquer sa surprise. Il décida qu'il valait mieux faire comme s'il n'avait jamais entendu parler de Boisvillier auparavant. Et c'est moi qui suis à votre service. En quoi puis-je vous être utile ? Une personne de votre entourage serait-elle souffrante et requerrait de ma science ?

Un sourire bref passa sur les lèvres d'Hubert.

– C'est très aimable à vous cher Docteur, mais à ce jour fort heureusement tous mes proches sont bien portants. Non il s'agit de l'autre facette de vos occupations qui m'amène. Guillaume resta silencieux. Hubert poursuivit : peut-être savez-vous que je suis apparenté à Étienne de Boisvillier, Lieutenant du Roi et chef de la Police royale. En l'absence de réponse, il continua. Lorsque mon cher frère a besoin d'informations sur la communauté ottomane, il s'en remet généralement à mes compétences et mes connexions dans cette communauté. J'ai entendu dire par Étienne que vous les aidiez dans cette tragique affaire de meurtres de notables dans la région et que, par des chemins qui vous sont propres, aviez relié ces meurtres avec les ottomans. Je suis donc venu étendre gracieusement à votre personne l'expertise de ma personne sur ce sujet et dont je fais généralement bénéficier mon frère. »

Guillaume allait de surprise en surprise. Comment Boisvillier avait-il su ? Ce ne pouvait être que par son frère. Guillaume était surpris que le Lieutenant ait communiqué, même à son propre frère, ce genre de détails sur une enquête en cours, surtout sur une affaire aussi sensible. Les informations que pouvait fournir Hubert valaient-elles un tel risque ?

« Et bien cher Monsieur, commença Guillaume en restant volontairement dans le vague, c'est aimable à vous, mais puis-je demander ce qu'un commerçant aussi accompli que vous-même avez à gagner en contrepartie de l'aide que vous proposez ? »

Hubert se fendit d'un sourire et commença à parler, tournant autour de Guillaume comme un loup autour de sa proie. Guillaume nota que la corpulence du marchand ne semblait pas un problème qui l'empêchait de se mouvoir avec aisance et fluidité. Il se fixa finalement en face du bureau de Guillaume et y prit appui, plantant ses yeux dorés dans ceux de Guillaume.

« C'est en fait très simple Docteur. Comme vous le dites je vis du commerce, essentiellement entre les bourgeois du Royaume et les Ottomans de France et d'ailleurs. Sans une prompte issue à cette affaire, que vous ayez vu juste ou non, un sentiment de suspicion envers la communauté ottomane serait très préjudiciable à mes affaires, et mauvais pour le commerce en général. Nous sommes déjà la cible de nombreuses convoitises de nos concurrents locaux qui lorgnent nos richesses avec envie. Mal interprétée, la nouvelle d'un tueur diabolique maure se répandrait comme une traînée de poudre dans tout Paris et mes frères de sang se retrouveraient sans doute la cible de toutes les rancœurs et accusés de tous les maux. Comme vous le voyez, nos intérêts convergent dans cette affaire cher Docteur. C'est pourquoi je me ferais plus qu'un plaisir de vous aider à attraper votre assassin... »

Guillaume n'écoutait que distraitement l'homme, son esprit était ailleurs : hypnotisé, le regard fixé sur le bâton d'Hubert Boisvillier. À son pommeau était enroulé un superbe aspic en or aux motifs clairement orientaux et dont les yeux étaient deux petits rubis. Des rubis qui ressemblaient comme deux gouttes d'eau à celui qui était dans le tiroir de son bureau et qu'il avait découverts sur le lieu du meurtre du chevalier de Malfettes... Il lui fallut plusieurs secondes avant de s'apercevoir que son interlocuteur avait arrêté de parler et le regardait, visiblement attendant une réponse de sa part. Trop de choses se bousculaient dans la tête de Guillaume au même moment. Il se contenta de hocher la tête.

« Je comprends. Et j'apprécie sincèrement votre offre, Monsieur Boisvillier. Toute aide est la bienvenue dans cette affaire, bien sûr. Il essaya d'improviser quelque chose pour tenir Hubert occupé : par exemple il nous serait fort utile de savoir si aucune des malheureuses victimes de cet assassin n'avait de lien, de près ou de loin, avec la communauté ottomane. »

Boisvillier s'attendait probablement à plus de coopération de la part de Guillaume, aussi un air contrit passa brièvement sur son visage avant qu'il n'en reprenne le contrôle et réponde.

«Et bien c'est avec plaisir que je vais me renseigner à ce sujet. Mon frère vous tient en grande estime, Docteur. Ce sera un honneur de travailler avec vous !

– Moi de même Monsieur. Guillaume essayait de contrôler sa respiration. Hubert Boisvillier inclina légèrement la tête en un salut discret, jeta un dernier regard autour de lui et se dirigea vers la sortie. Il en avait assez vu.

Au moment où il allait sortir, Guillaume tenta un coup de bluff :

– Encore autre chose M. Boisvillier... l'homme se retourna. À votre connaissance, y a-t-il des Kabyles parmi la communauté maure de Paris ? Guillaume crût lire un éclair de surprise passer dans les yeux d'Hubert, mais celui-ci ne se démonta pas.

– Cela se peut, cher Docteur. Les Kabyles sont aussi redoutables guerriers que commerçants. S'il est de leur intérêt de venir dans notre beau pays, ils y viendront. Cherchez-vous quelqu'un en particulier ?

– Non, juste une intuition. Merci encore. »

UNE NUIT AU BORDEL

Guillaume regarda Hubert sortir et compta mentalement jusqu'à dix. Il empoigna son chapeau, une veste et il sortit. Hubert marchait dans la direction du château à une allure surprenante pour sa carrure. Guillaume le suivit à distance, rasant les murs sous les yeux ébahis de quelques voisins qu'il ne saluât pas. Son esprit fonctionnait à toute allure : se pouvait-il qu'Hubert soit directement mêlé aux meurtres sur lesquels il enquêtait ? Pour autant qu'il le sache, c'était le Lieutenant qui avait demandé de l'aide à Hubert, et non ce dernier qui avait proposé quoi que ce soit spontanément, mais il devrait le vérifier auprès de de Bastié, voire même du principal intéressé. Ce qu'il avait retenu de leur bref échange était plus qu'intéressant :

Primo, il était évident qu'Hubert détestait son frère Étienne. À chaque évocation de son nom, le visage d'Hubert passait du mépris au dégoût, et la haine viscérale qu'il lui vouait débordait par-dessus le masque mielleux qu'il arborait en toutes circonstances. Il était donc peu probable qu'il veuille vraiment aider Étienne — et donc lui-même — à résoudre cette affaire. Ensuite, il fallait reconnaître qu'il était bon acteur. Guillaume avait failli se laisser piéger à son numéro de gentil commerçant, heureusement que le pommeau de sa canne avait fait jaillir la lumière dans son esprit. Hubert avait visiblement le sens du spectacle et cela le rendait d'autant plus intéressant au regard des derniers meurtres particulièrement bien mis en scène. Enfin, physiquement Hubert devait être doté d'une force peu commune pour se mouvoir avec autant de facilité malgré son ample bedaine. Se pouvait-il qu'il ait pris part aux meurtres eux-mêmes ?

Hubert arrivait sur la large place entre le Château et les écuries royales, point d'aboutissement de la route venant de Paris. Un va-et-vient ininterrompu de calèches déversait visiteurs, commerçants et nobliaux de tout poil devant l'imposante grille de fer forgé. En retour elle chargeait une quantité égale de personnes qui repartaient vers Paris. Hubert héla le premier carrosse libre et grimpa à l'intérieur avec facilité et le cocher prit immédiatement la direction de Paris. Guillaume se jeta dans la première calèche libre également, et moyennant une belle pièce en or, obtint du cocher qu'il suive la calèche d'Hubert sans plus poser de questions. Le docteur put reprendre le fil de ses pensées. Hubert avait plus un profil de manipulateur. S'il était peut-être lié aux meurtres, il avait probablement délégué la besogne au géant kabyle. Cela ne le rendait pas moins coupable, au contraire. Mais le prouver ne serait pas aisé. Il lui fallait quelque chose de concret à présenter à de Bastié et au Lieutenant. Surtout au Lieutenant. Il ignorait quelles pouvaient être les relations entre les deux frères, mais à voir l'hostilité évidente d'Hubert pour Étienne, il y avait fort à parier qu'Étienne n'appréciait guère son demi-frère également. Pourquoi alors l'avait-il contacté ? Alors que Guillaume ruminait toutes ces questions, les calèches entraient dans les faubourgs de Paris et, l'une suivant l'autre, se dirigeaient vers les quais de la Seine. Perdu dans ses pensées, le cerveau de Guillaume réalisa que sa calèche était à l'arrêt. Il écarta délicatement les rideaux qui le séparaient du cocher et regarda autour. Ils étaient dans une allée proche des quais et la calèche d'Hubert était arrêtée un peu plus loin devant une maison d'un étage aux fenêtres fermées, barrées de rideaux pourpres. Intelligemment, le cocher de Guillaume avait ralenti l'allure et s'était arrêté à bonne distance de son gibier.

– « L'homme que vous cherchez est entré dans cette maison, fit le cocher sans regarder Guillaume, pointant son menton en direction de la maison aux rideaux rouges.

– Savez-vous qui y habite ? questionna le docteur. Le cocher parti d'un rire gras :

– Un peu tout le monde et personne à la fois, cher Monsieur ! C'est un des bordels les plus connus du Tout-Paris ! »

Un bordel ? Qu'allait faire Hubert Boisvillier dans un bordel à cette heure-ci ? Guillaume gratifia le cocher d'un bon pourboire et descendit de voiture. S'enfonçant dans l'ombre d'un porche il regarda un long moment la maison de joie pendant que sa calèche repartait. Personne ne semblait entrer ou sortir régulièrement, ce qui confirma à Guillaume que l'établissement était probablement fermé si tôt dans la journée. Il hésitait sur la suite : devait-il rester à surveiller depuis le même endroit ? Cela pouvait attirer l'attention et il y avait peut-être une autre issue de l'autre côté, auquel cas Hubert pouvait être loin. Mais s'il s'approchait ou faisait le tour, il manquerait Boisvillier s'il venait à sortir par la porte principale. Quelle guigne ! Guillaume jura en regrettant de ne pas avoir Malecange avec lui. Il ne pouvait pas attendre là toute la journée. Enfonçant son chapeau sur la tête il s'engagea dans la rue en direction de la maison close comme n'importe quel passant, ses yeux rivés sur la façade. Rien ne bougeait, la maison semblait encore dormir. Il nota au passage le nom de la maison inscrit sur la porte « Les Délices d'Arabie » puis s'engagea dans une ruelle qui contournait la maison. Il y avait bien une porte de service à l'arrière, fermée pour le moment. Il n'avait aucune idée maintenant si Hubert était bien toujours à l'intérieur. Alors qu'il tournait à l'angle de la maison, la porte s'ouvrit brusquement sur une femme hors d'âge qui, sans un regard pour Guillaume, jeta les restes d'une marmite dans le caniveau au milieu de la rue. Elle rentra aussi vite qu'elle était sortie et la porte se referma sur elle. Probablement une domestique, la cuisinière, jetant les restes de la veille. Alors qu'il allait repartir, une odeur maintenant familière vint lui chatouiller les narines. Il s'approcha du caniveau où la femme avait jeté sa marmite. L'odeur d'huile rance, la même qu'il avait senti dans le bois, puis au château, lui sauta au visage. La maison close apparut sous un tout autre visage, celui du potentiel repère du meurtrier. Sûr de son instinct, Guillaume reprit la route de Versailles. Il lui faudrait se renseigner sur « Les Délices d'Arabie ». Bien que, depuis le début du règne de Louis XIV qui ne voulait pas de prostituées à moins de deux lieues de son château, le nombre de lupanars fut considérablement réduit, il restait tout de même quelques centaines de bordels dans Paris et ses alentours. S'il ne fréquentait pas lui-même ce genre d'établissement, il en connaissait un suffisamment bien et dont le propriétaire lui devait une faveur : 8 mois plus tôt, une des filles avait été retrouvée étranglée dans une chambre. Le patron était pointé du doigt, mais la sagacité du Docteur Guillaume avait permis d'identifier une rivale et de disculper le tenancier.

De retour à son office, Guillaume trouva un Malecange à la mine sévère. « Comment puis-je vous protéger, Docteur, si vous vous enfuyez à tout moment sans m'en avertir ? » Guillaume ne savait pas si la colère du jeune homme provenait de sa peur du Capitaine Bastié ou bien de l'amitié naissante entre les deux compagnons. Il en fut reconnaissant au jeune homme auquel il raconta sa rencontre matinale avec Hubert, la filature jusqu'à Paris et les conclusions qu'il en avait tirées. Malecange sembla réfléchir un moment, comme s'il essayait de se rappeler quelque chose puis son visage s'éclaira : « Un bordel ! Les ambassadeurs ! Guillaume le regarda avec surprise. Lorsque je les ai vus hier à l'hôtel d'oncle Oscar, il m'avait semblé les reconnaître. Je me souviens maintenant. Près de l'auberge sur les quais. Où j'ai appris pour le Vaillant. Il y a un bordel juste à côté, et alors que je sortais de l'auberge, j'y ai vu des étrangers sortir d'une chaloupe et rentrer dedans. Je me suis dit sur le moment, voilà de bien beaux messieurs pour un si mauvais bordel !

– Et c'étaient les émissaires algériens, vous en êtes sûr ?

– Maintenant oui, c'est clair. Il regardait la pointe de ses souliers, gêné de ne pas s'en être souvenu plus tôt.

– Encore un bordel. Il te faut te renseigner sur ses tenanciers, peut-être sont-ils en relation avec le propriétaire des "Délices".

– J'ai quelques contacts par-ci par-là, dit-il évasivement, en rougissant.

– Bien, moi aussi. Il nous faut rentrer à Paris et suivre cette affaire de plus près. Nous nous installerons au «Coucou chasseur»...

– Mais, Docteur, c'est aussi un bordel ! Guillaume avait un sourire en coin.

– On ne nous cherchera pas là-bas, et j'ai besoin d'informations sur les "Délices d'Arabie". Le patron du "Coucou" est un ami, il pourra nous aider. Mais de grâce, n'en soufflez pas un mot à dame Agnès ! » Malecange éclata de rire alors que Guillaume rougissait jusqu'aux oreilles.

Le «Coucou chasseur» était un établissement de joie de bonne réputation et semblable à toutes les maisons du même genre : une porte anonyme gardée par une matrone, un petit couloir débouchant sur de grands salons où les filles attendent le client en tenue légère. De là partait un escalier menant aux chambres à l'étage. Le décor du «Coucou» se voulait champêtre, avec de grandes peintures de paysages campagnards, et les demoiselles troussées comme des paysannes. Lors de soirées spéciales, le patron faisait même venir paille et moutons. La clientèle appréciait, c'étaient pour la plupart des bourgeois aisés, dont l'argent venait en général de leur labeur plutôt que par quelconque faveur. La maison leur permettait d'assouvir leurs envies avec la classe en dessous en toute discrétion. On était en somme bien loin de la cour. C'est pourquoi toutes les têtes se tournèrent au passage d'une Agnès rouge de colère. Sans sentir les regards envieux, jaloux ou curieux posés sur elle, Agnès fonça vers un petit homme malingre et aussi surpris que ses clients de voir une telle apparition dans son salon. Si ce n'était pas la première fois qu'une bourgeoise venait chercher un mari volage dans son établissement, c'était bien la première fois qu'il en voyait une aussi distinguée et belle, et il se demandait quel animal pouvait bien délaisser une beauté pareille au profit de ses filles.

La chambre que Guillaume avait choisie était proche de l'escalier de service et leur permettait de pouvoir aller et venir à leur guise sans passer par les salons principaux. La Corbuse, le patron du «Coucou» avait été très coopératif. Guillaume l'avait tiré d'un fort vilain pas et il était heureux de payer sa dette. Sa connaissance du milieu parisien avait été précieuse : non seulement il avait confirmé qu'Hubert était bien le propriétaire des «Délices d'Arabie», mais aussi que le bordel des docks était géré par un de ses employés et qu'il avait probablement la main mise sur tout ce qui s'y passait. Cela affirmait l'image de manipulateur que Guillaume s'était fait d'Hubert et sa conviction qu'il était derrière les meurtres sur lesquels il enquêtait se renforçait de minute en minute. La seule chose qui manquait était le motif : pourquoi un homme d'affaires ayant réussi comme Hubert pouvait mettre en jeu tout son acquis en déclenchant une mortelle partie d'échecs avec la Couronne de France ?

Il espérait qu'une partie de ces réponses pouvait se trouver aux «Délices» et il comptait sur Malecange pour l'aider à le trouver. Les deux hommes étaient en train de deviser d'un plan d'action lorsque la porte d'entrée s'ouvrit à grand fracas sur une Agnès furibonde. La Corbuse, essoufflé, apparut derrière elle. Visiblement il avait essayé de l'empêcher de monter sans succès. Il haussa les épaules à l'attention de Guillaume en guise d'excuses.

« Ainsi donc vous êtes bien ici, au bordel » commença-t-elle d'un ton glacial, en accentuant le dernier mot. Elle s'avança dans la pièce qui ne consistait qu'en un grand lit, une bassine et une petite armoire. Des natures mortes de mauvaise qualité décoraient les murs. Malecange opéra une retraite discrète vers la porte d'entrée. Du peu qu'il connaissait du tempérament de la jeune femme, il n'avait aucune envie d'être dans la pièce quand l'orage allait éclater. Il sortit de la pièce malgré le regard implorant de Guillaume. Dévorés par la curiosité, lui et La Corbuse firent mine de s'en aller, mais revinrent silencieusement écouter à la porte...

Un ronflement disgracieux émanait de la prostituée allongée à côté de Guillaume. La potion de sommeil qu'il avait mis dans son vin avait mis plus de temps à agir qu'il n'avait prévu, et ce n'était maintenant plus qu'une question de minutes avant l'entrée en scène de Malecange. La fille tenait visiblement bien l'alcool... Elle était entre deux âges, et beaucoup moins jolie qu'il n'y paraissait au premier abord. Malgré les promesses faites à Agnès pour la calmer et éviter la démolition du «Cou-cou», il s'était un peu laissé toucher par la fille le temps que la potion fasse son effet. Il s'agissait de ne pas éveiller les soup-çons. Dans la chambre d'à côté, un couple était visiblement en pleins ébats et le lit venait cogner contre le mur. Une musique orientale et des rires gras se faisaient entendre depuis les étages inférieurs des «Délices d'Arabie». Malecange et Guillaume s'y étaient présentés en clients recommandés un peu plus tôt dans la soirée. Il avait convaincu Agnès de repartir à Versailles at-tendre de ses nouvelles. Dans quelques minutes, Malecange devait créer un esclandre dans les salons pendant suffisam-ment de temps pour que Guillaume puisse explorer le bureau d'Hubert qu'il avait repéré. Malecange n'avait au départ pas voulu que ce soit à Guillaume d'aller dans le bureau, au risque de tomber nez à nez avec l'assassin. Mais Guillaume avait ar-gué qu'Hubert le connaissant, s'il le reconnaissait comme l'au-teur du tapage il se douterait bien qu'il n'était pas venu dans ce bordel par hasard. Il pourrait tout aussi bien prendre la fuite immédiatement ou pire, accélérer quelconque funeste agen-da. La voix forte d'un homme vraisemblablement saoul se fit soudainement entendre en bas. La musique continua un mo-ment puis s'arrêta en même temps qu'on entendit un éclat de verre. Une fille criait maintenant. Malecange commençait sa partie. Guillaume entrebâilla sa porte et regarda dans le cou-loir pour le moment désert. Le bureau d'Hubert était au même étage que la chambre dans laquelle il se trouvait, mais à l'autre bout de la maison. L'escalier menant à l'étage inférieur était à mi-chemin entre les deux, et Guillaume était confiant qu'il pourrait voir Hubert descendre. Il s'était habillé d'une livrée de domestique pour pouvoir emprunter l'escalier de service et sortir par les cuisines après son exploration du bureau, sans pour autant trop attirer l'attention. Du moins l'espérait-il, car la plupart des filles et des quelques domestiques qu'il avait vus jusque là étaient très mats de peau. Il entendit une porte s'ou-vrir puis se fermer brutalement, et quelques instants plus tard la large silhouette d'Hubert se profila à la lueur des bougies éclairant faiblement le couloir. Il s'arrêta en haut des escaliers comme pour mieux écouter. Malecange continuait de crier et de renverser des meubles en bas, exigeant de parler au patron. Comme à regret, Hubert s'engagea dans les escaliers. Dès qu'il fût hors de vue, Guillaume sortit de la chambre, ferma doucement la porte et parcourut le couloir aussi silencieusement qu'il put. Arrivé devant la porte du bureau, Guillaume s'arrêta un moment pour écouter à l'intérieur. Il n'entendait aucun bruit. Il prit une profonde inspiration, pressa sa main sur la poignée et entra. À son grand soulagement, le bureau semblait vide. Une odeur âcre et douce flottait dans l'air. De l'opium, nota inconsciemment le docteur. Seul un chandelier posé sur le bureau massif éclairait la pièce. Il s'approcha. Le bureau semblait bien rangé, il n'y avait qu'un seul livre posé dessus avec quelques feuilles de papier qu'Hubert était probablement en train de lire quand il avait été dérangé. Il y avait contre le mur de droite un secrétaire et une bibliothèque remplie de vieux livres et de parchemins reliés. Le secrétaire était fermé à clé et malgré la ferme pression de Guillaume, il ne réussit pas à l'ouvrir. Malecange continuait son tapage en bas, il pouvait entendre qu'une conversation s'était engagée entre lui et Hubert. Soudain, il lui sembla entendre des pas dans le couloir et un raclement contre la porte. Un frisson parcourut l'échine de Guillaume, il n'y avait aucun endroit pour se cacher. Il avisa de grands rideaux derrière le bureau et d'un bond, s'y cacha.

La porte s'ouvrit au même moment et, jetant un œil derrière le rideau, Guillaume put voir une gigantesque silhouette se découper dans la porte. L'homme fit quelques pas dans la pièce et finalement les bougies éclairèrent son visage : tatoué, balafré, basané et avec des yeux bleu pâle qui semblait briller par eux-mêmes, l'assassin jeta un regard circulaire et ses yeux se fixèrent sur la tenture qui cachait Guillaume. Celui-ci était figé de peur. Il lui semblait que l'homme pouvait voir au travers, mais il ne bougea pas. Les yeux bleus se posèrent sur le bureau. Avisant le livre ouvert et les écrits dispersés autour, il s'approcha du bureau. Guillaume n'osait plus respirer, et son cœur cognait si fort dans sa poitrine qu'il s'attendait à ce que le colosse l'entende. Ce dernier ramassa les feuilles dans le livre et le referma. Puis il alla vers le secrétaire, mais il se rendit compte qu'il était fermé à clé. Il posa alors le livre parmi d'autres dans la bibliothèque. Guillaume regardait fasciné. Ce livre lui était familier, mais il ne savait pas pourquoi. Le géant se retourna alors, parcourut la pièce une dernière fois du regard, souffla les bougies puis sortit du bureau.

Guillaume prit une minute pour souffler et calmer les tremblements de ses jambes. L'homme était vraiment impressionnant et il semblait entouré d'une aura machiavélique. Il n'y avait plus de place pour le doute : Hubert était bien derrière les meurtres sur lesquels enquêtait Guillaume, et l'assassin travaillait pour lui. Le pourquoi lui échappait toujours cependant. Il réalisa que les cris au rez-de-chaussée avaient cessé. Hubert pouvait retourner dans le bureau d'une seconde à l'autre. Suivant son instinct et malgré l'obscurité, Guillaume sortit de sa cachette, alla à la bibliothèque, sortit le livre que l'assassin avait caché et le fourra sous sa vareuse. Il prit un instant avant d'ouvrir la porte. Il n'y avait aucun bruit dehors. Il ouvrit et sortit du bureau.

Le couloir était désert encore, mais on pouvait entendre des pas lourds dans les escaliers. Hubert remontait et il n'était pas seul ! Heureusement Guillaume avait bien étudié les lieux et il savait que la porte immédiatement à sa droite cachait un escalier de service qui descendait directement aux cuisines. Il s'y engagea sans attendre. Il déboucha quelques secondes plus tard dans la cuisine. Une odeur maintenant familière lui sauta au visage. Une vieille femme, probablement celle qu'il avait vue tantôt, s'occupait d'une grande marmite devant un feu ouvert. Elle ne sembla pas remarquer sa présence. Guillaume avisa la porte de service et marcha vers elle le plus naturellement qu'il pût, s'attendant à se faire attraper à chaque instant. Il franchit tout de même la porte, la referma doucement et puis prit ses jambes à son cou dans les rues sombres. Ce ne fut que quand il se trouva hors d'haleine qu'il s'arrêta dans le recoin d'une cour. Il était seul, et il lui fallut du temps pour reprendre son souffle. Il en profita pour sortir le livre et l'examiner à la lueur de la lune : il semblait ancien et l'on pouvait lire une inscription en grec sur la couverture « Χρονικὴ διήγησις–

Νικήτας Χωνιάτης », Histoire de Niketas Choniates. Il feuilleta rapidement et put constater que tout le livre et les parchemins étaient écrits à la main en grec, une langue qu'il avait apprise au cours de ses études. Il lui faudrait un peu de temps pour le déchiffrer. Voyant le livre dans sa main il le reconnut soudain : l'homme étrange qu'il avait vu dans la psyché chez l'oncle Oscar avait ce livre dans sa main. Il avait ce livre et le carnet de Guillaume. Quel pouvait être le lien entre ce livre et les assassinats dont il notait tout indice dans son carnet ? Il lui faudrait déchiffrer le manuscrit pour le savoir. Épuisé, il prit la direction du «Coucou chasseur» pour un repos bien mérité.

Malecange l'attendait à l'entrée du bordel. Il était soulagé de le voir arriver. Guillaume le mit rapidement au courant de ses trouvailles. Ils convinrent de se reposer un peu puis d'aller prévenir de Bastié à la première heure du jour. Montant à sa chambre, Guillaume était partagé entre sa curiosité pour le livre et la fatigue des évènements de la soirée. Entrant dans sa chambre, il constata qu'une des filles du «Coucou», habillée en paysanne, dormait dans son lit. Sans doute un cadeau de La Corbuse songea-t-il. Il repensa à Agnès. Il n'avait envie d'aucune autre femme, et elle lui manquait déjà. Il se pencha gentiment vers la fille : « Je suis navré, mademoiselle, je ne pense pas que cela soit approprié. La fille s'étira, et répondit d'une voix qui le fit sursauter.

– C'est une excellente réponse, cher Guillaume. » Se tournant, Guillaume reconnut Agnès à la lueur de sa bougie. Elle avait dû emprunter à une des filles un costume champêtre avec un large décolleté carré, et sa robe simple remontait et découvrait ses jambes. Il n'avait jamais rien vu d'aussi troublant. Écartant les draps, il se faufila près d'elle et souffla la bougie.

LE MANUSCRIT DE NIKÉTAS

Hubert était furieux et une lumière diabolique dansait dans les yeux d'Hassan. Ses mains étaient rouges de sang et il dominait de toute sa taille le corps maintenant sans vie de la prostituée que Guillaume avait droguée. Le visage de la fille n'était qu'un magma sanguinolent de chairs et d'os. Il avait cogné, cogné et encore cogné bien après que la fille ait expiré. Il s'en voulait probablement plus à lui-même. Le contenu de la bibliothèque était sur le sol. Lui et Hubert avaient cherché le livre partout, mais Hubert eu tôt fait de lier l'altercation avec le client saoul et la disparition du livre. C'était une catastrophe à plus d'un titre : s'il ignorait qui avait volé le manuscrit, il y avait de fortes chances que le voleur travaille pour le Roi. Le Roi allait revenir en possession du livre et lui Hubert, avait les mains vides, car il n'avait pas encore eu le temps de le faire traduire. Il ne pouvait donc pas en apprendre les indices qui menaient à la tombe de Selim. Le Roi aurait donc un coup d'avance sur lui dans la course pour la Lance. Plus grave encore, le double jeu d'Hubert était maintenant connu du Roi et celui-ci allait venir le chercher.

Ou du moins il enverrait son fidèle Lieutenant laver le linge sale en famille. Il lui fallait renverser la situation, récupérer le livre et mettre le Roi hors course. Et il avait un plan pour ça.

Le capitaine de Bastié écoutait avec attention le récit du Docteur et les dernières avancées de l'enquête. Son visage resta de marbre à la mention d'Hubert Boisvillier derrière les meurtres barbares de ces derniers jours. Il n'avait jamais aimé le frère du Lieutenant, mais de là à l'imaginer organisant une tuerie... Cela n'allait pas être facile d'annoncer ça au Lieutenant ni au Roi. Tous deux avaient fait confiance à Hubert. De Bastié jugea plus prudent de demander à Guillaume de venir fournir toutes les explications, explications que Sa Majesté ne manquerait pas de demander. Car pour l'instant, la question des motivations restait floue.

« Pouvez-vous organiser une entrevue avec le Roi plus tard dans l'après-midi ? demanda le Docteur au Capitaine.

– Pourquoi pas dès maintenant ? Nous avons identifié l'assassin, en tout cas son commanditaire. Il nous faut agir au plus vite !

– Il nous faut le mobile. Et je pense que tout est dans ce manuscrit... Guillaume montrait du doigt le vieux livre sur son bureau. Il me faut quelques heures pour le lire, et le Roi aura toutes les réponses. De Bastié sembla réfléchir, puis il hocha la tête.

– Je vais faire surveiller Hubert, et peut-être l'arrêter. Au pire si le Lieutenant veut régler ça lui-même, il l'aura sous la main. » Il sortit de l'office du Docteur. Il avait des ordres à donner.

Guillaume, Agnès et Malecange étaient rentrés une heure plus tôt de Paris. Tout du long, le Docteur avait tenu la main d'Agnès sous les yeux amusés de Malecange. Celui-ci était ravi pour son ami, il méritait sûrement une femme pareille. Maintenant qu'ils étaient sur la bonne piste, Malecange ne voulait plus quitter Guillaume des yeux. Hubert pourrait vouloir s'en prendre à lui, ou bien à Agnès. Cette dernière, quant à elle, n'avait aucune envie de partir de chez Guillaume, ce qui convenait tout à fait à ce dernier. Il s'installa à son bureau, alluma une bougie pour plus de confort et commença à lire.

Ce n'est que vers le milieu de l'après-midi qu'il referma le vieux livre, les yeux brillants, et le posa à côté de la collation qu'avait servie Jean et qu'il n'avait pas touchée. Ses amis levèrent vers lui des yeux inquisiteurs : « Alors ? Savez-vous pourquoi Hubert a commis tous ces meurtres ? Guillaume regardait dans le vide, son visage tout illuminé.

– La Lance Sacrée... murmura-t-il. Malecange et Agnès se regardèrent sans comprendre. Guillaume continua : connaissez-vous l'histoire de la Lance Sacrée du Christ ? leur demanda-t-il soudainement. Sans attendre la réponse, il poursuivit : lorsque le Christ fut mis en croix, un soldat romain lui perça le flanc de sa lance. À ce moment bien sûr du sang de Jésus Christ coula dessus. Pour tous les croyants, les objets ayant touché le Christ sont des reliques sacrées : la coupe du dernier repas, la couronne d'épines, la croix...

–... et donc la lance du soldat, intervint Malecange.

– Oui, la lance fait partie des reliques les plus sacrées de la chrétienté, car elle a baigné dans le sang du Christ. Certains zélotes leur accordent des pouvoirs mystiques. Il fit une petite moue en disant cela, avec dédain. Clairement, cela irritait sa rationalité scientifique. Il poursuivit : selon la légende, la lance fut conservée à Jérusalem jusqu'à sa chute il y a plus de mille ans. À cette époque, elle fut brisée et transportée à Constantinople. On dit que la pointe fut revendue à Louis IX et est depuis pieusement conservée en un lieu secret connu seulement du Roi lui-même.

– Et le reste ? s'enquit Malecange qui avait un intérêt pour les armes de toutes sortes.

– C'est là que cela devient intéressant. L'histoire la plus connue est que les Turcs emportèrent la partie basse de la Lance lors de leur capture de Constantinople, mais le Pape Innocent VIII put la racheter au Sultan turc et l'enferma à Rome.

– Mais quel rapport avec notre histoire ? demanda judicieusement Agnès qui était captivée par l'air mystérieux de Guillaume. Celui-ci eut un sourire éclairé, leva un doigt en l'air et posant son autre main sur le manuscrit.

– Ah ça, ma chère, j'y viens. Car si ce que dit le manuscrit récupéré chez Boisvillier est vrai, alors l'histoire du second morceau est fausse. Il ménagea un petit silence pour renforcer l'effet.

– L'autre morceau n'est pas à Rome ?

– Non, selon Nikétas, un historien grec, ainsi que selon ses disciples qui ont poursuivi son œuvre, le fragment vendu au Pape Innocent VIII n'est qu'un faux. Malecange et Agnès se rapprochèrent de Guillaume. Ils ne voulaient perdre aucune miette de l'explication. Le général qui mena les troupes turques à la conquête de Constantinople faisait partie d'un groupe de religieux fanatiques et anti-chrétiens. Son but, au-delà de chasser les chrétiens de la ville, était bien entendu la Lance elle-même et ses pouvoirs mystiques, ou symboliques, pour combattre la chrétienté jusqu'en occident. Il se sentit trahi par le Sultan qui lui ordonna de restituer la relique au Pape. Alors il remplaça le fragment en sa possession, le manche, par une copie et s'enfuit avec l'original. Mais le Sultan eut vent de la supercherie et envoya ses soldats récupérer le voleur et la relique. Cependant, aucun de ses soldats ne revint vivant et le général, un certain Selim, disparut lui aussi. Pour ne pas perdre la face devant le Pape, le Sultan vendit la copie pour le vrai manche, et le Pape n'y vit que du feu.

– Mais alors qu'est devenu Selim ?

– Nikétas était à Constantinople lors de sa chute, et il a continué à écrire et à enseigner même après que les Turcs se furent installés. Peu de temps après, il fit un voyage avec deux de ses disciples vers la Grèce. Dans le bateau, il reconnut en la personne d'un marin le général Selim, mais ne dit rien au Capitaine. Une fois arrivé à Athènes, il rencontra Selim et le confronta. Le général conquérant avait bien changé. Il avait passé des semaines caché, dans l'attente de pouvoir fuir Constantinople. Selim ne lui parla pas de la Lance à ce moment-là, jusque que le Sultan l'avait trahi et cherchait à le capturer. Nikétas vit en Selim une source de premier ordre pour son histoire de la prise de Constantinople. En l'échange de pouvoir l'accompagner, il organisa un bateau vers Tunis où, selon Selim, les Hafsides l'accueilleraient et le protégeraient.

– Ils sont donc allés en Afrique...

– Oui. Et en chemin, à travers leurs conversations, Nikétas et Selim ont développé une relation de confiance et Selim s'est ouvert peu à peu au grec. Il lui a ainsi conté l'histoire de la Lance et pourquoi il l'avait dérobée...

– Donc la Lance est à Tunis, coupa impatiemment Malecange.

– C'est plus compliqué. Arrivant à Tunis, les soldats du Sultan les attendaient. Ils devaient connaître les liens de Selim avec le calife de Tunis. Au cours de la bagarre, Nikétas fut sérieusement blessé, mais Selim, blessé également, s'échappa avec la Lance et Nikétas ne le revit jamais.

Un peu plus tard, un des disciples de Nikétas partit sur les traces des soldats vers l'ouest et il fut parti toute une année. Lorsqu'il revint à Tunis, Nikétas avait succombé à ses blessures, mais avait pu consigner son histoire par écrit en le dictant à son aide. Le disciple ajouta ses propres notes au manuscrit de Nikétas racontant la fin de l'histoire : il avait suivi la trace de Selim et des soldats en partant vers les montagnes à l'ouest, pays de nomades berbères et d'éleveurs.

– La Kabylie... pensa tout haut Agnès. Guillaume opina.

– Après de nombreuses péripéties, il se retrouva près d'un petit village où on lui raconta l'histoire d'une terrible bataille dans la montagne entre un guerrier pourchassé par des soldats. Les cris du combat avaient duré une grande partie de la nuit et au matin. Lorsque les villageois avaient eu le courage d'aller voir, ils n'avaient trouvé que des morts qu'ils avaient enterrés sur place. Le disciple a même pu se rendre, au prix d'une ascension très dangereuse, écrit-il, sur la montagne et il a vu de ses propres yeux les tombes, sans qu'aucune ne se distingue des autres. Un des villageois indiquait une des tombes comme celle du guerrier, mais un autre villageois le contredit aussi tôt, en désignant une autre. Comme le temps se gâtait, il dut redescendre au village et repartit vers Tunis afin de rapporter la nouvelle à son maître.

– Mais le disciple décrit-il où est ce village et où sont les tombes ?

– Oui, mais il y a un dernier ajout au manuscrit. Le disciple de Nikétas dut attendre plusieurs années avant de pouvoir revenir sur les lieux. Le village avait disparu, les villageois ayant fui des pillards. Il put cependant rencontrer un berger qui n'était qu'un jeune enfant lors de sa première visite et qui le reconnut. Ce dernier lui raconta alors une histoire différente de la première : ses parents et lui-même habitaient dans la montagne proche de l'endroit où eut lieu la bataille entre Selim et les soldats du Sultan. Son père fut sur les lieux bien avant les villageois et un homme avait survécu. Un grand guerrier selon lui. Il était très gravement blessé, aussi le berger le ramena-t-il chez lui pour le soigner. Le guerrier eut une demande curieuse, celle que l'on prenne ses vêtements et son armure et que l'on en habille un des soldats, ce que fit le jeune homme. Ainsi les villageois, ou quiconque le cherchant, penseraient qu'il était mort au combat. Le stratagème fonctionna : les villageois répandirent l'histoire que tous les protagonistes du combat avaient été tués. Mais Selim resta en vie quelque temps et ne mourut finalement que plusieurs jours plus tard. Il avait fait promettre au père du garçon de l'enterrer de la façon la plus simple afin qu'aucun ne distingue sa sépulture de celle des habitants des montagnes. Toutefois, Selim mort, le berger tint à honorer la mémoire du guerrier et l'enterra au sommet de la montagne, dans un endroit où, je cite, le guerrier pourra contempler la réalisation de sa prophétie.

Guillaume marqua une pause.

– Et c'est tout ?

– Sait-on où est cette montagne ?

– Le berger a-t-il enterré la Lance avec Selim ?

– Quelle prophétie... ? Agnès et Malecange le pressaient de questions.

– Le disciple a dessiné une carte qui mène au village, ainsi qu'à la montagne, mais il n'a pas pu retourner voir les tombes à cause du temps. Il décrit un vent soufflant en tempête comme il n'en avait jamais vu. Le jeune berger lui a juste pointé du doigt où son père avait enterré Selim. Quant à la question de la Lance, le berger n'en a jamais fait mention. Pas plus que le disciple.

– Et cette prophétie ?

– C'est là que c'est étrange. Ni Nikétas ni le berger n'ont fait état de la prophétie. Seul le jeune berbère y réfère, en citant son père. Selim l'a probablement emportée dans sa tombe, avec la Lance, mais les écrits de Nikétas peuvent nous éclairer à ce sujet.

– Comment ça ? Vous venez de dire que Nikétas n'a jamais mentionné de prophétie.

– En effet, mais dans la courte période où Nikétas a côtoyé Selim, il a fait état d'une profonde transformation du guerrier.

– Comment cela ?

– Selim était le chef d'une secte religieuse à la ligne dure, prônant la guerre sainte contre les chrétiens. C'est pour cela qu'il avait volé la Lance. Selim est né et a été élevé dans la haine du chrétien. Mais dans les derniers moments de sa vie, aussi surprenant que cela puisse paraître, il sembla montrer des signes d'apaisement intérieur avec la foi chrétienne, parlant à plusieurs reprises d'une illumination. Nikétas était athée, il n'a pas forcément saisi le sens religieux derrière ce mot, mais à le lire c'est comme si la Grâce divine avait pu toucher l'âme du guerrier.

– Peut-être est-ce la Lance qui a vraiment des pouvoirs... commença Malecange.

Guillaume l'arrêta net, affirmant du haut de sa science : Mythes et superstitions. La Lance est un objet historique, mais seuls les mystiques lui attribuent des pouvoirs magiques. La raison et la science ont écarté bien des mythes de ce genre.

– La Lance n'aurait donc aucun pouvoir ?

– Si. Un pouvoir grandement symbolique. La Lance du Christ est un des objets les plus sacrés. Son possesseur peut, à travers la croyance et la foi des chrétiens, grandement influencer leurs actions, les diriger légitimement peut-être. La Royauté française vient du droit divin. Dieu a consacré notre Roi Louis. Un individu arrivant avec la Lance du Christ à ses côtés pourrait tout à fait prétendre au trône de France, mais aussi aux trônes de bien des pays de la Chrétienté, y compris le Vatican.

– Mais si ce n'est pas la Lance, alors comment croire en la conversion de Selim ?

– La logique. Selim était à la tête d'une secte puissante, avec des dignitaires, des califes, des soldats. Pourquoi n'a-t-il alors pas cherché la protection de ses hommes, de son groupe ?

Ni Agnès ni Malecange n'avaient de réponse.

Je pense qu'il a réalisé très vite qu'il avait changé, et il savait qu'il ne pouvait pas retourner vers les siens, car il ne partageait plus les mêmes ambitions que son groupe. Il a sans doute pensé qu'ils ne comprendraient pas le changement qui s'était opéré en lui, et il avait probablement peur que son groupe utilise la Lance pour satisfaire leur ambition originale, même contre sa volonté.

– Donc vous pensez qu'il est allé en Afrique pour cacher la Lance de son propre groupe ?

– C'est ce que je pense en effet.

Le silence s'installa, chacun perdu dans ses pensées, essayant d'absorber l'histoire que venait de raconter Guillaume.

– Ils doivent probablement la chercher depuis ce temps-là... commença Malecange.

– Oui. Cette secte est très puissante avec des membres haut placés. Ils ont lancé de grandes campagnes de recherches, conquis des pays entiers pour pouvoir retrouver la Lance.

– Des pays entiers ?

– Le disciple de Nikétas a soulevé la théorie que les conquêtes ottomanes de l'Afrique du Nord qui ont suivi avaient été suggérées par les membres de cette secte. Ils croient énormément en la Lance et ses prétendus pouvoirs. Cela offrait une nouvelle lecture de l'histoire qui était énorme à appréhender.

– Il faut prévenir Louis... souffla Agnès.

– Oui. Il regarda dehors, le jour se terminait. Il lui fallait aller au château. Mais quelque chose me dit qu'il est déjà au courant. »

Le Docteur faisait les cent pas dans le salon d'Apollon. Le Roi était en retard, retenu par des discussions sans fin avec les ambassadeurs algériens. De Bastié n'avait pu lui obtenir d'entrevue formelle, aussi Guillaume devait attendre pour essayer d'interpeller le Roi avant son souper. Le Capitaine n'était pas de la meilleure humeur. Le Lieutenant était furieux d'apprendre que son propre frère était soupçonné pour les meurtres, et sa colère était retombée sur son subordonné. Mais de Bastié en avait vu d'autres, et il était resté droit dans ses bottes. La plus mauvaise nouvelle venait des soldats envoyés aux «Délices d'Arabie» : Hubert était introuvable, de même bien sûr que le géant aux yeux bleus. Cela ne présageait rien de bon, mais tendait à renforcer la version de Guillaume. Et de Bastié avait fait placer un supplément de gardes près du Roi en présence des ambassadeurs. Au moins celui-ci serait-il sauf si les ambassadeurs tentaient quelques actions violentes.

La foule de courtisans commença à s'agiter derrière lui et très vite la porte des appartements du Roi s'ouvrit sur un Louis XIV visiblement fatigué et éprouvé par de longues heures de palabres. Le monarque commença sa progression dans les couloirs en direction de la salle de souper, et Guillaume se faufila parmi la Cour. Arrivé à la hauteur du Roi, il l'apostropha poliment, mais fut immédiatement bloqué par un Lieutenant de Boisvillier particulièrement irrité.

« Sa Majesté n'a pas le temps de vous parler, Docteur. Il serait sage de vous en retourner à la médecine. Guillaume continua, autant à l'adresse du Roi que du Lieutenant.

– Sa Majesté est en danger. Je sais qui est derrière les meurtres de ces derniers jours...

– Et je sais qui vous accusez. Mais c'est à moi de régler cette affaire maintenant. Le Roi vous remercie de votre aide. Ils marchaient de concert et Guillaume devait bousculer les courtisans pour rester à hauteur du Roi. Celui-ci allait arriver au grand salon où une poignée de courtisans avaient été choisis pour le regarder souper. Une fois entré, Guillaume ne pourrait plus lui parler.

– C'est la Mauresque, Sire ! » prononça Guillaume assez fort pour que le Roi l'entende. Et peut-être un peu trop fort, songea-t-il. Mais les mots eurent un effet immédiat : Le Roi s'arrêta brusquement et se retourna vers Guillaume, le foudroyant du regard. Il semblait au Docteur qu'en cet instant qui lui sembla infiniment long, tout Versailles le regardait. Puis le regard du Roi s'adoucit et il fit un petit signe de la tête en direction du Lieutenant. De mauvaise grâce, celui-ci intima un « suivez-moi ! » tout militaire et suivit le Roi qui venait de reprendre son chemin. Il traversa la salle de souper, le Lieutenant et Guillaume derrière lui, et au grand dam des personnes sur place, ressortit par la porte opposée et se dirigea vers son cabinet de travail. Il congédia un domestique qui s'y trouvait et demanda aux gardes qui les suivaient de garder la porte.

Le Roi s'assit à son bureau et regarda d'un air grave Guillaume : « Docteur d'Espaing. Il semble que vous avez attiré mon attention. Il s'agit maintenant de me raconter ce que vous savez au sujet de la Mauresque et pourquoi vous croyez qu'elle me menace. »

Guillaume se mit ainsi à raconter l'histoire de Selim et Nikétas telle qu'il l'avait raconté un peu plus tôt à Malecange et Agnès. Si de Boisvillier écoutait attentivement ce qu'il disait, il remarqua que l'attention du Roi n'était pas sur l'histoire ancienne. Cela confortait Guillaume dans son idée que le Monarque connaissait déjà cette histoire.

« Comment avez-vous découvert cette histoire ? s'enquit-il. Sur ce, Guillaume sortit de sa besace le manuscrit, ce qui arracha un hoquet de stupeur aux deux hommes. Mais c'est le manuscrit original de Nikétas ! Comment pouvez-vous l'avoir en votre possession ? Il a coulé avec le Vaillant ! Une autre pièce du puzzle venait de trouver sa place dans l'esprit de Guillaume. Où l'avez-vous donc trouvé ? Guillaume regarda le Lieutenant dans les yeux et celui-ci inclina imperceptiblement la tête.

– Je l'ai trouvé chez Hubert Boisvillier. Ainsi que le tueur que nous cherchons. Je pense qu'il fait partie de la Mauresque, peut-être même en est-il un des chefs.

– Docteur, je pense qu'il serait bon de nous raconter toute l'histoire, ordonna Louis XIV. Et ainsi Guillaume relata les pistes suivies, l'expédition à l'hôtel particulier, au bordel de Paris et sa théorie sur la conversion de Selim. Lorsqu'il eut fini, le silence s'installa un moment entre les trois hommes. Le Roi se tourna vers son lieutenant : Il serait bien de retrouver votre frère... » déclara-t-il simplement. De Boisvillier avait compris le message, et il sortit sans un mot.

Le Roi resta silencieux un moment, comme s'il hésitait sur la marche à suivre. Un fait plutôt rare de sa part, habitué aux décisions tranchantes et irrémédiables. Guillaume ne savait pas quoi penser. La nuit était tombée depuis longtemps et le tumulte du château n'était plus audible. Le silence s'en fit plus pesant encore. Louis s'ébroua enfin de son fauteuil et secoua une clochette en or. Un domestique surgit presque immédiatement. Louis lui murmura quelque chose à l'oreille et le domestique disparut aussi vite qu'il était entré. Le Roi se leva et invita d'un geste Guillaume à le suivre dans un salon attenant au cabinet.

« Il y a fort peu de gens qui connaissent l'histoire que vous venez de raconter. Et encore moins de gens qui y croient vraiment. Moi-même, jusqu'à il y a peu, ne croyait guère en cette fable d'une secte si puissante qu'elle conquit un empire pour retrouver la Lance. » Il s'interrompit alors que deux valets vinrent déposer une malle dans le salon et se retirèrent aussitôt. Louis XIV l'ouvrit, en tira des vêtements de coupe modeste, et à la grande surprise de Guillaume, se mit à s'habiller sans la moindre aide, retira sa perruque et se coiffa d'un chapeau élégant et discret. Il ajouta une épée à son côté et des bottes de bonne facture. Ainsi troussé, il ressemblait à n'importe quel autre gentilhomme. Il eut fallu s'approcher de près pour reconnaître les traits du Roi. Guillaume ne savait que dire et regardait son suzerain avec étonnement. Le Roi s'approcha d'une des cloisons du salon, repoussa un rideau et fit jouer un mécanisme qui ouvrit une porte dérobée. Guillaume savait que le château était truffé de ce genre de passages, la plupart permettant aux domestiques de travailler sans être trop visibles, mais aussi permettait au Roi d'échapper parfois au protocole et à la Cour insistante, surtout s'il s'agissait de rencontrer une maîtresse discrètement !

Guillaume s'engouffra dans le passage à la suite du Roi, curieux de découvrir où il l'emmenait et pourquoi il s'était ainsi déguisé. Ils marchèrent un moment à travers un dédale de couloirs. Le Roi semblait connaître le chemin parfaitement. Ils descendirent un escalier de pierre et longèrent un couloir fait de pierre crue. Fini les boiseries, on avait visiblement quitté le château, mais il était incapable de dire dans quelle direction ils allaient. Enfin, un nouvel escalier semblait remonter à la surface. L'odeur acre et forte des chevaux les frappa aux visages. Poussant une porte, Guillaume reconnut les écuries royales de l'autre côté de la place, en face du palais. L'endroit semblait désert, mais lorsqu'ils sortirent sur la place il put constater qu'une coche les attendait. Louis s'y installa sans hésiter et Guillaume monta à sa suite. Il avait à peine fermé la porte que le cocher fouetta sa monture et prit la direction de Paris. Une fois en route, Louis se détendit un peu. « Vous vous posez sans doute beaucoup de questions. Il y a quelque chose que vous devez voir. Il fit une pause. La Mauresque est partout, y compris au palais. Elle y a ses yeux et ses oreilles, même dans les cercles les plus restreints. L'autre jour lorsque vous avez mentionné l'Afrique du Nord, j'ai de suite su qu'ils étaient derrière tout ça. Les salamalecs des ambassadeurs prennent tout leur sens.

– Ils veulent le fragment de Lance en votre possession ? Celui que Louis IX avait acheté.

– Oui, mais ils savent qu'ils ne l'auront pas. Ils ne savent pas où il est, mais veulent un morceau de la Couronne d'épines du Christ en échange de l'équipage du Vaillant. Ils se doutent bien que la Lance est probablement avec la Sainte Couronne.

– Les Saintes Reliques ne sont-elles pas montrées en public aux fêtes de la Pentecôte ?

– Ce ne sont que des copies. Depuis Louis IX, la charge de conserver et protéger ces reliques revient au Roi. Les reliques ont un pouvoir. Un pouvoir qui surpasse de loin le mien, qui nous dépasse tous. Un Roi seul peut comprendre à quel point il serait dangereux pour le peuple si ces reliques tombaient en de bien mauvaises mains. Louis XIV avisa le regard dubitatif du

Docteur et sourit. J'imagine que l'homme de science que vous êtes a ses doutes quant à ces pouvoirs.

– Majesté, la science m'a aidé à répondre à toutes les questions que je me suis posées jusqu'ici.

– Peut-être, Docteur, ne vous êtes-vous pas posé les bonnes questions... » Le Roi se tut, le visage éclairé d'un sourire énigmatique.

La calèche entra dans Paris et prit la direction de Notre Dame. Il était très tard et ils furent vites sur l'île. La calèche s'arrêta dans une ruelle longeant le Palais. Le Roi sorti promptement, le Docteur à sa suite. La calèche repartit aussitôt. Ils étaient face à une solide porte de bois qui devait donner dans les jardins du Palais. Le Roi sortit une clé et ouvrit la porte. Ils étaient en effet à l'intérieur du Palais qui abrita les Rois de France avant que Louis n'y préfère Versailles. La Lune jetait une lueur sur un long bâtiment devant eux : La Sainte Chapelle. Les jardins étaient déserts et ils s'approchèrent sans attirer l'attention. Entrant par une porte de côté, ils furent très vite dans la nef de la chapelle. Ils étaient seuls. La lumière de la lune traversait les vitraux multicolores et donnait, avec la lueur des cierges, une atmosphère particulièrement étrange. Le Roi se retourna vers Guillaume l'air grave et solennel : « Ce que vous allez voir cette nuit, très peu de gens en dehors de mes ancêtres l'ont vu. » Guillaume réalisa soudain pourquoi ils étaient là et ce qu'il allait voir. Le Roi ouvrit le passage secret et s'assura qu'il se refermait derrière Guillaume. À la lumière d'un cierge, ils montèrent dans un pieux silence dans la chambre cachée entre les deux salles principales de la Chapelle. À l'aide de sa bague, Louis ouvrit la lourde grille. « Avant François 1er, il y avait dix serrures sur cette grille. » Guillaume n'osait s'approcher du reliquaire, mais la curiosité l'emporta. Devant lui, sur un linge blanc immaculé s'étalaient les Saintes Reliques : un morceau de la croix, la couronne d'épines, et l'extrémité métallique d'un pilum romain monté sur un manche brisé.

« Puis-je vous poser une question, Docteur ? Elle est, je pense, de votre domaine. Guillaume ne put qu'incliner la tête. À quelle vitesse le sang sèche-t-il, par exemple lorsqu'il est sur un couteau ?

– Et bien, votre Majesté, c'est assez rapide. On va déjà retrouver des agrégats solides après quelques minutes seulement. En dehors du corps humain, le sang va vite sécher.

– Donc l'on peut raisonnablement dire qu'un couteau ensanglanté sera sec au bout de quelques heures seulement ?

– En effet, Sire. J'ai moi-même fait cette expérience à de nombreuses reprises.

– Dans ce cas, je pense qu'il vous faut regarder attentivement ceci. »

Le Roi désigna la Lance en donnant à Guillaume le cierge qu'il tenait à la main. Ainsi déchargé, le Roi ôta délicatement la coupole de verre qui protégeait les reliques et la déposa à terre. Presque à contrecœur, Guillaume s'approcha de la pointe en métal et, l'éclairant de son cierge, eut un hoquet d'étonnement. L'extrémité de la pointe, sur sa face supérieure, était recouverte de sang. Le sang du Christ. Mais ce qui était extraordinaire, c'est que quatre cents ans après son arrivée dans la Sainte Chapelle, et près de seize siècles après la mort de Christ, le sang semblait aussi frais et liquide que s'il venait d'être versé dessus. Il regarda le monarque sans comprendre. Celui-ci murmura simplement : « Aux frontières de la Science, Docteur, il y a la Foi. »

LES RELIQUES

Guillaume eut du mal à trouver le sommeil cette nuit-là. Il était troublé par ce qu'il avait vu. Chamboulé au plus profond de son âme. Son âme de scientifique bien sûr. On n'était plus dans le domaine de la magie ou du mysticisme. On était maintenant dans le domaine du miracle, au sens biblique du terme. Sur le chemin du retour, Guillaume avait demandé à Louis pourquoi ce dernier avait partagé un tel secret.

« Cette quête, cette tâche est un lourd fardeau pour un seul homme, fut-il Roi de France. Même Montalban m'a conseillé de retourner les reliques au Vatican pour leur sécurité. Mais c'est ma Croix. J'ai prié Dieu pour de l'aide, et vous êtes arrivés... le plus incroyant des serviteurs du Seigneur... Il me fallait vous faire comprendre quel était le véritable enjeu du combat que nous menons : l'enjeu est de pouvoir continuer à prier notre Dieu dans nos églises, l'enjeu c'est la chrétienté tout entière, si la Lance devait tomber dans de mauvaises mains. Il faut trouver son manche et alors elle nous protégera tous. Et s'il faut que la France envahisse l'Algérie pour la retrouver, qu'il en soit ainsi... »

Guillaume n'enquêtait plus sur un meurtre, ou sur des meurtres. Maintenant, il avait le sentiment qu'il devait empêcher une guerre sainte qui allait faire des milliers, sinon des millions de morts. Pour cela, il lui fallait retrouver Hubert et l'assassin. Il lui fallait découvrir qui étaient les espions de la Mauresque à la Cour. Il lui fallait retrouver un morceau de bois enterré deux cents ans plus tôt dans un pays hostile et loin d'ici... L'ampleur de la tâche le fit frissonner de peur. Ou alors il pouvait tout quitter. Partir. Prendre un office en province, marier Agnès et prétendre qu'il ne pouvait rien arriver au monde chrétien. Après tout, avait-il la foi ? Sa foi à lui était en la science. Comment faire ? Que faire ? Il rêva encore de l'assassin, d'Hubert agissant dans l'ombre, de la course autour de la fontaine, de l'inconnu baigné de lumière et de lui-même, mourant empalé sur la Lance du Christ. Il se réveilla en hurlant, tremblant de tous ses membres. Que faire ? Les premières lueurs de l'aube éclaircirent son esprit, et quand de Bastié franchit la porte de son office quelques heures plus tard, Guillaume tenait la solution à son problème.

Le visage caché par leur large capuche, les quatre hommes en robe de bure sortirent silencieusement de la Sainte-Chapelle par la porte de côté, portant respectueusement une large malle. Ils étaient en mission spéciale : inquiet pour les reliques, le Roi avait ordonné qu'elles soient rapatriées à Versailles où la garde royale serait plus à même de les protéger. Une chambre spéciale avait même été construite spécialement à cet usage. Les transporter n'était pas sans risques et l'on avait privilégié la discrétion plutôt qu'une opération massive. Mais avec Hubert, son réseau et l'assassin en liberté, on pouvait redouter le pire. C'est pourquoi seule une petite poignée de gens de l'entourage direct du Roi était au courant des détails du transport. Si les reliques elles-mêmes ne pesaient pas grand-chose, elles avaient été placées dans un petit coffre en or massif digne de leur contenant sacré. Et ce coffre était bien lourd, songeait Guillaume en transpirant à grosse goutte sous sa capuche. Le Roi lui avait confié sa bague, et lui seul était entré dans la cache tandis que les trois autres l'attendaient dans la nef avec le coffre. Il en était ressorti avec les reliques soigneusement emballées dans un linceul blanc qu'il avait amené, les avait déposées doucement dans le coffre. La clé du coffre était maintenant autour du cou du Lieutenant de Boisvillier qui semblait moins dérangé par le poids de la malle dans laquelle était le coffre en or que par l'incongruité de la situation : Ils auraient du faire venir tout un bataillon de la garde pour les escorter. Le troisième homme était une force de la nature. Le Capitaine Bastié l'avait choisi personnellement : Il venait tout juste d'arriver d'une garnison bordelaise, n'avait aucune attache à Paris ou à Versailles et il y avait donc très peu de chance qu'il fasse partie du réseau de la Mauresque. Le quatrième larron bien sûr, c'était Malecange. Armé jusqu'aux dents, le jeune homme avait les sens en éveil et s'attendait à voir surgir le géant Kabyle à chaque pas. Sans faire de bruit, le petit groupe arriva à la porte donnant sur la rue. Ils posèrent leur fardeau, au grand soulagement de Guillaume. Mais il savait qu'il ne fallait pas s'attarder. Il sortit la clé de sa poche et ouvrit la porte qui coulissa sans grincer. Une calèche attendait. Guillaume sortit, et regarda aux alentours, puis vérifia l'intérieur du carrosse : il était vide. Il ferma les yeux, une technique que Malecange lui avait apprit : il s'imprégna des sons qui lui parvenaient : le murmure de la Seine, un chien aboyant dans le lointain, et le bruit d'une calèche lui parvenaient faiblement. L'environnement proche semblait calme, endormi. Dans sa main moite, il serrait un sifflet de bois. À l'insu de ses compagnons nocturnes, il avait fait placer toute une escouade dans la maison d'en face, avec consigne absolue de ne faire aucun bruit. Il avait organisé tout cela avec Bastié personnellement. Même le Lieutenant n'était pas au courant, car il y avait une chance, même minime, que celui-ci soit complice de son frère. Ils avaient ainsi placé plusieurs escouades tout au long du chemin entre Paris et Versailles, et deux calèches remplies de soldats les suivraient à distance prêtes à intervenir. Tout ce qu'ils attendaient était un simple coup de sifflet. Guillaume essuya ses paumes sur sa robe. Il s'attendait à voir surgir le géant, il espérait même cette confrontation. Mais il n'y avait rien. Il alla faire signe à ses compagnons d'amener le coffre à la calèche.

Ils longeaient maintenant la forêt de Fausses Reposes, la dernière partie boisée et isolée avant Versailles. La traversée de Paris fut calme. Malecange conduisait la calèche selon un itinéraire connu de lui seul et de Guillaume. Mais le passage par Les Fausses Reposes était obligé et si embuscade il devait y avoir, ce serait forcément ici. Les bois étaient noirs, les nuages cachaient étoiles et lune. On voyait à peine la route et malgré son envie d'arriver vite, Malecange avait ralenti pour ne pas rater un virage. Tous étaient tendus, conscients d'arriver à la partie critique du voyage. Les minutes s'allongeaient, la traversée sembla durer des heures, mais finalement on commença à apercevoir les lueurs de la ville et la forêt recula, laissant la place à quelques auberges. Ils arrivèrent en ville, s'approchant rapidement du château. Guillaume était à la fois soulagé et déçu. Soulagé de n'avoir pas eu à se battre contre un tel attaquant, mais déçu de n'avoir pas réussi à attirer le loup hors du bois, ce qui était l'objectif premier de cette expédition nocturne. Pourtant il était pratiquement certain que la Mauresque était au courant du transfert. Se pouvait-il qu'Hubert ait flairé le piège ?

La calèche s'arrêta devant une porte sur le côté de la grille enfermant le château. Quatre soldats et de Bastié lui-même les attendait. Ils ouvrirent la porte rapidement et se chargèrent de la malle, escortés par le Lieutenant et le Docteur. De Bastié lut la déception sur le visage de Guillaume, mais ne dit rien. Le petit groupe progressa dans le château jusqu'à un couloir situé à l'aplomb des appartements royaux. Une pièce aveugle avait été aménagée et renforcée pour accueillir, au moins temporairement, les reliques. Le seul moyen d'accéder à la chambre était par le couloir, et deux gardes y seraient postés en permanence. Ils déposèrent la malle au sol, puis en sortirent le coffre doré qu'ils placèrent sur un piédestal au centre de la pièce. Ils se retirèrent et Bastié ferma la porte à clé. Il garderait la clé sur lui à chaque instant. Il se tourna vers Guillaume : « Sa Majesté souhaitait être prévenue de votre arrivée. Allons la trouver. »

Malgré l'heure indue, Louis les attendait, travaillant à son bureau. Lui aussi lut la déception de Guillaume. Ils avaient tous trois, Louis, Guillaume et de Bastié, échafaudé ce plan pour attirer Hubert et l'assassin hors de leur cachette. Ils étaient sûrs que le transport des reliques de la Sainte Chapelle au palais de Versailles serait la meilleure et seule opportunité pour la Mauresque de tenter de s'emparer de la Lance. Mais apparemment ils s'étaient trompés, ou alors était-ce autre chose ? Louis voulut s'assurer lui-même des dispositions prises pour assurer la sécurité de la Lance, et les trois hommes firent le chemin inverse jusqu'à l'étage. Quelque chose clochait : les deux gardes n'étaient plus à l'entrée du couloir ! S'approchant, on pouvait voir deux traînées sanglantes menant à l'une des pièces donnant sur le couloir. Bastié et Guillaume sortirent leur épée. Juste à cet instant, au bout du couloir, deux hommes sortirent de la chambre aux reliques. L'un était un homme petit et trapu habillé en valet. L'autre, écrasant son compagnon par sa taille et sa prestance, était l'assassin kabyle. Ses deux yeux bleus foudroyèrent les trois hommes du regard, visiblement dérangé de l'intrusion. Il portait d'une seule main et sans effort apparent le coffre en or contenant les reliques.

« À moi la garde ! hurla de Bastié en se ruant dans le couloir, Guillaume à sa suite. On entendait des gardes accourir.

– Protégez le Roi ! » leur lança Guillaume en courant.

Sans échanger un mot, les deux bandits se séparèrent. Le petit homme sortit une courte épée et courut à la rencontre des assaillants. Le géant s'engouffra dans la pièce directement en face de la chambre fortifiée. Le cœur de Guillaume bondit dans sa poitrine : de ce côté-ci, les chambres donnaient sur les jardins. L'homme allait probablement sauter par la fenêtre et s'enfuir avec le coffre.

Le valet se jeta sûr de Bastié avec son épée. Il fut rapidement évident pour tous que ses talents d'escrimeurs étaient médiocres, mais tuer le Capitaine ou le Docteur n'était pas son objectif. Il donnait sa vie pour laisser le temps au géant pour s'enfuir. Le couloir étroit lui permit de tenir quelques précieuses minutes face à de Bastié qui lui porta un puissant coup d'estoc. Le valet s'écroula et Guillaume bondit à la poursuite du géant. Arrivant dans la pièce, Guillaume sut de suite qu'il avait raison, une large fenêtre était ouverte et s'y précipitant il aperçut dans l'obscurité l'ombre gigantesque de l'assassin courir vers le jardin. Il appela la garde, puis enjamba le parapet et se laissa tant bien que mal glisser dans la cour. Il courut à la poursuite de l'assassin, conscient de son retard. Des gardes accouraient avec des torches, mais il savait qu'il serait très difficile de le retrouver. Il fallait plus d'hommes. Le son âpre et profond d'une corne se fit entendre. De la fenêtre, de Bastié alertait la troupe qu'il avait déjà mise en état d'alerte. Des torches s'allumaient de tous côtés, et même à l'autre bout du jardin ! Le rusé de Bastié avait tout prévu : en plus des hommes qu'il avait positionnés le long du trajet entre Paris et Versailles, il avait aussi quadrillé les alentours du château avec des hommes de confiance dans l'éventualité d'une attaque aux alentours du palais. Peut-être avaient-ils une chance de capturer l'assassin : il était maintenant encerclé dans le jardin avec des patrouilles de soldats tout autour. Regagnant confiance, Guillaume s'élança dans le jardin, une torche à la main, son épée dans l'autre. Il sentit une présence à ses côtés : Malecange venait d'apparaître comme par magie.

« Pas question de vous laisser aller à la chasse au loup tout seul, mon ami. » Guillaume acquiesça. Il se sentait beaucoup mieux tout d'un coup.

La traque dura une grande partie de la nuit. Plusieurs fois, on crut l'attraper, mais ce ne furent que quelques jardiniers ou fontainiers que l'agitation avait réveillés en sursaut. Au petit matin, et malgré une fouille méthodique des jardins et des bosquets, force fut de constater que le géant avait disparu. Guillaume fulminait. Comment avait-il pu leur échapper ? Aucun soldat n'avait même aperçu le Maure. C'était à n'y rien comprendre. Il n'y avait aucun endroit où se cacher.

Il regagna le palais et monta à l'étage où avaient été gardées les reliques. Les corps des deux gardes avaient été trouvés dans une des chambres. Il suffit de quelques minutes à Guillaume pour découvrir qu'ils avaient été égorgés par-derrière. Les assassins s'étaient probablement enfermés dans une des chambres avant l'arrivée des reliques, puis avaient neutralisé les gardes et avaient forcé la porte. De Bastié s'en voulait : Il avait oublié de faire vérifier les chambres après l'arrivée de Guillaume. Maintenant, la Mauresque avait disparu avec le coffre et la Lance. Curieusement, le Roi et Guillaume semblaient moins préoccupés par la perte de la relique que par l'occasion manquée d'attraper le géant et sa disparition mystérieuse dans les jardins.

L'épuisement se lisait sur les traits du Docteur. Il n'avait pas dormi depuis presque deux jours, mais il ne voulait pas s'autoriser une pause avant de comprendre. C'était un défi à hauteur de son intellect, et seules la logique et la science pourraient l'aider à percer ce mystère. Certains soldats parlaient entre eux du « diable aux yeux bleus ». Personne ne comprenait comment le géant avait pu disparaître au milieu des jardins. Guillaume était assis au soleil près d'une des nombreuses fontaines. Le murmure de l'eau était agréable à l'oreille, et sous un beau soleil le jardin était paisible. Depuis la création des jardins et la passion de Louis pour les fontaines, amener l'eau nécessaire pour les alimenter est un constant défi pour les ingénieurs royaux. Quelques années plus tôt, deux étangs avaient été créés à Trappes et Bois-d'Arcy pour alimenter les fontaines, mettant au rebut les anciennes pompes de Clagny, mues par des moulins à vent. Chaque changement dans l'alimentation amenait son lot de travaux et de changements de canalisations. Les fontainiers ne chômaient pas, et se relayaient jour et nuit pour veiller sur les kilomètres de tuyaux nécessaires au bon fonctionnement des fontaines, fierté de Louis XIV. Guillaume sursauta, interrompu dans sa rêverie : un fontainier venait d'apparaître avec une grosse clé cruciforme et entreprit d'arrêter la fontaine. Il se mit ensuite à nettoyer les buses que la boue obstruait régulièrement. Il ouvrit enfin une trappe au sol et passa son corps au travers pour quelque réglage souterrain. Guillaume le regardait faire, fasciné. Il savait l'entreprise périlleuse. Le sol à cet endroit, un ancien marécage, était humide et meuble. Les effondrements n'étaient pas rares, de même que les inondations des galeries. De nombreux ouvriers avaient été piégés dans de tels accidents. Une idée lui traversa soudain l'esprit et il interpella l'homme :

« Ola l'ami. Sauriez-vous m'aider ? L'homme sortit sa tête couverte de boue de dessous la fontaine, l'air étonné. Il y a longtemps que vous travaillez aux fontaines ? L'homme hocha la tête vigoureusement.

– Ah ben ça pour sûr Monsieur. Au moins dix saisons qu'on fait les fontaines !

– Et des trappes comme celles où vous êtes, il y en a à chaque fontaine ?

– Hé oui, voyez. Il y a une grille avant chaque fontaine pour pas qu'elle s'encrasse. Et pour nettoyer la grille, il faut un regard. Il désignait le trou au sol d'où il était sorti. Guillaume s'approcha et jeta un œil. Sous la trappe il y avait un trou d'un demi-mètre de profondeur au fond duquel passait le tuyau d'alimentation. Un homme de sa taille n'aurait pu s'y cacher, et encore moins l'assassin géant.

– Y a-t-il des fontaines avec un regard plus grand ? Le type visiblement ne voyait pas où Guillaume voulait venir. Un trou assez grand pour s'y cacher ?

– Ben y a même mieux que ça, sous l'Apollon, on a toute une galerie pour la maintenance !

– Pouvez-vous m'y conduire ? L'homme hésitait. Guillaume sortit une pièce d'or et la fit miroiter au soleil. J'ai vraiment très envie de voir ça ! » conclut-il. Cela suffit à décider le fontainier.

Ils se dirigèrent doucement vers le bassin d'Apollon, au centre duquel se trouvait Apollon sur son char, émergeant des eaux. De nombreux jets d'eau sortaient des différents personnages. C'était une fontaine magnifique et complexe qui occupait le centre du jardin, juste avant les grands bassins. Le fontainier le mena derrière un bosquet ombragé. Une large plaque de bois était dissimulée dans la végétation. Le fontainier la leva sans hésitation. Guillaume distingua une échelle qui s'enfonçait dans l'obscurité. Il descendit à la suite du fontainier qui alluma une torche accrochée près de l'entrée. Un couloir s'enfonçait dans le noir, en direction du bassin. L'air était frais et humide. Le sol boueux.

« Vous êtes sûr de vouloir aller là ? Z'allez vous salir par là. » Guillaume fit un petit geste de la main. Il n'en avait cure. Il regarda au sol. Il y avait dans la boue de nombreuses traces de pas. Il lui semblait qu'une trace semblait fraîche, large et profonde, mais il ne pouvait pas conclure qu'elle appartenait bien à l'homme qu'il cherchait. Le couloir descendait en pente douce vers le bassin d'Apollon. Ils le suivirent un moment. L'humidité était forte et Guillaume devina qu'ils devaient se trouver probablement juste sous le bassin. Il frissonna involontairement à l'idée d'un effondrement. Ils débouchèrent dans une salle souterraine et ce qu'il vit l'arrêta net : une incroyable machinerie occupait le centre de la pièce, comme une gigantesque araignée de métal suspendue au plafond. Des tuyaux, des valves... Guillaume comprit qu'il voyait le dessous de la fontaine, et à chaque «jambe» de l'araignée devait correspondre un jet d'eau en surface. Un grand tuyau perçait le mur près d'eux, et il en distingua un autre partant vers l'autre bout de la pièce.

« À quoi servent ceux-ci ? demanda-t-il en montrant le tuyau le plus proche.

– Ben c'tuyau-ci l'amène l'eau du réservoir.

– Et celui-là, au fond ?

– Ah ben ce tuyau là c'est l'ancien. Avant l'réservoir de Trappes, on allait chercher l'eau chez les Suisses. Guillaume contourna lentement l'amas de zinc et regarda le long tuyau partir dans l'obscurité. À la lueur de sa torche, une porte se dessina soudain à l'endroit où le tuyau sortait de la pièce.

– Et cette porte où va-t-elle ?

– Ben c'est le couloir d'inspection pour le tuyau. Il va jusqu'aux Suisses, je crois bien. Mais on l'utilise plus hein. Et la porte elle est condamnée, il y a eu des effondrements depuis qu'on ne l'entretient plus. » Guillaume s'approcha de la porte. De grandes empreintes, plutôt fraîches, étaient visibles devant la porte. Celle-ci était solide et fermée à clé, mais à la lumière chancelante il nota des raclures fraîches dans le métal de la serrure, comme si une clé avait frotté le métal avant de trouver le trou. Quelqu'un aux larges pieds était très certainement passé par ici il y a peu, et l'intuition de Guillaume lui hurlait qu'il s'agissait du tueur qu'il recherchait.

COMPLOTS

L'antiquaire avait allumé plusieurs bougies sur sa table d'examen. À travers une grosse loupe, il observait le fragment de métal que son client, un homme d'affaires connu pour ses commerces douteux, lui avait apporté tantôt, enveloppé dans un tissu blanc immaculé. Après l'avoir manipulé un moment dans ses mains, il l'avait monté sur l'étau de sa table afin d'en gratter la surface. C'était visiblement une vieille pointe de javelot, ou de lance. Mais le client voulait — exigeait — de savoir à quel point c'était vieux. Et il voulait savoir tout de suite, aussi faisait-il les cent pas derrière l'antiquaire, ce qui ne l'aidait pas à se concentrer. Il ajusta sa loupe une énième fois, sa vue n'était plus aussi bonne qu'avant songea-t-il. Il fit un effort pour se pencher et attraper un grattoir, avec lequel il essaya d'attaquer le métal ancien. Une croûte de rouille s'arracha facilement de la pointe, révélant un métal poli et brillant.

« Voilà qui est curieux... » commença-t-il, avant qu'une quinte de toux ne l'interrompe. Il prit conscience des crampes dans ses mains et ses jambes. Voilà qu'il avait pris froid !

133

C'était bien le moment. Il alla chercher un verre d'eau sur une étagère, sous l'œil interrogateur de son client. Il allait lui répondre, mais une seconde quinte de toux l'en empêcha. Si forte qu'elle fit tomber le verre, qui se brisa par terre. Il avait de plus en plus de mal à respirer et à garder l'équilibre. Un tremblement violent le prit, il tomba à genoux. Son client le regardait, un sourcil levé. Il ne tenta aucun geste pour aider l'antiquaire. Ses yeux reflétaient une colère animale, une haine pure comme jamais l'antiquaire n'avait vu. Son cerveau privé d'oxygène ne capturait plus que des fragments de l'environnement immédiat. Un son bourdonnait à ses oreilles. Il fallait qu'il respire ! Il glissa par terre, sur le dos, ses mains autour de la gorge, comme cherchant une entrée pour l'air qui lui manquait tant. Après quelques minutes d'agonie, l'antiquaire cessa de vivre. Son client n'avait pas attendu la fin. Il avait tué assez de monde avec du poison pour reconnaître un empoisonnement.

Hubert rentra fou de rage. Ils l'avaient dupé. Et ils avaient essayé de le tuer ! Ils le paieraient. Il le paiera. C'était sans nul doute le Roi qui avait décidé de son sort... Frustré, il renversa le coffre en or de la table sur laquelle Hassan l'avait posé, et il piétina ce qui ressemblait à une couronne d'épines. Intrigué par le fracas, Hassan fit irruption dans la pièce. Hubert lui lança un regard mauvais, et aboya "Va me chercher le Marquis, et vite !"

Une boule serrait la gorge de Guillaume et l'empêchait de déglutir. Le corps de l'antiquaire était toujours là où il était tombé, un simple drap de recouvrait. C'était son commis qui l'avait découvert en arrivant le matin. Personne n'avait vu qui que ce soit entrer ou sortir. Hubert n'avait même pas cherché à reprendre la fausse lance qu'il avait fabriquée pour l'occasion, et qu'il avait lui-même ointe de poison. Il avait pour ainsi dire tué lui-même l'antiquaire. Certes, il était réputé peu scrupuleux, et aidait les voleurs de toutes sortes à écouler leurs larcins, mais cela ne méritait certainement pas la mort horrible d'un empoisonnement à l'amande amère. Guillaume avait franchi un seuil et le regrettait fortement. Son métier, et sa vie allaient à la médecine, à sauver les gens. Non à les tuer. Que lui arrivait-il ? L'idée de remplacer les reliques par des copies venait de lui. Il avait fait vieillir une lame de lance dans son office grâce à quelques procédés chimiques de sa connaissance. Si l'idée d'empoisonner les fausses reliques venait de Louis, il n'avait pas questionné sa propre conscience avant de faire ce que lui avait demandé le Roi. Et maintenant un innocent, en tout cas vis-à-vis de l'affaire, avait péri. Sans compter qu'Hubert et l'assassin couraient toujours et qu'il était à court d'idées pour les attraper.

Le bruit des lames qui s'entrechoquaient brisait la quiétude matinale. Guillaume transpirait à grosses gouttes, son adversaire le pressait plus fort et il avait du mal à riposter. Pour l'instant, il se contentait de parer les attaques qui se succédaient à un rythme soutenu. Son bras lui faisait mal et son adversaire ne semblait même pas faire d'efforts pour le mettre en difficulté. Il parvint à se dégager du coin du mur contre lequel Malecange essayait de le pousser. Bien lui en prit, car la lame du jeune homme s'enfonça là où il se trouvait quelques secondes plus tôt. Il en profita pour lancer une contre-attaque sur le flanc. Malecange para rapidement et profita d'être proche de Guillaume pour lui donner un coup d'épaule. Le docteur chancela et se rattrapa de justesse. Dans la seconde d'inattention qui suivit, Malecange délivra un formidable coup d'épée qui désarma Guillaume. Celui-ci glissa et se retrouva sur son séant, essoufflé et piqué dans son orgueil. Malecange le regarda avec un sourire bienveillant. Il avait à peine transpiré.

« Vous faites des progrès, Docteur.

– Mais je finis toujours à terre, répondit Guillaume, frustré. Cela faisait plusieurs jours qu'il avait demandé à Malecange de relever son niveau d'escrime. Avec Hubert et le géant dans la nature, il voulait être prêt à tout.

– Votre dernière attaque a failli me prendre de côté, mais en y mettant tout votre corps vous vous êtes exposé. J'en ai profité. Et chaque jour, vous tenez un peu plus longtemps." Malecange se voulait rassurant, mais il valait mieux pour le Docteur que ce dernier évite les combats à l'épée s'il voulait rester en vie...

Dix jours avaient passé depuis la mort de l'antiquaire et l'échec d'arrêter les deux brigands. Beaucoup pensaient qu'ils étaient partis, peut-être en Turquie, peut-être en Afrique. Mais Guillaume ne croyait pas à cette théorie, il ne les voyait pas abandonner aussi facilement. Après tout, la Mauresque courrait après la Lance depuis quatre siècles, ils n'allaient pas s'arrêter si près du but, Guillaume le sentait au plus profond de lui-même. Le Roi avait ordonné une nouvelle mission en Algérie. Il avait fait pression sur les ambassadeurs du Dey, arguant des «dangers» de la traversée, pour qu'ils acceptent une escorte militaire jusqu'à Alger. Bien entendu, cette troupe servirait à prospecter la montagne où Nikétas plaçait la tombe de Selim pour retrouver la seconde partie de la Lance. Guillaume et Malecange seraient du voyage. La disparition d'Hubert avait coïncidé avec un changement d'attitude des ambassadeurs. D'arrogants et demandeurs, ils étaient devenus beaucoup plus passifs, visiblement coupés de l'influence et des instructions de la Mauresque, ce qui avait conforté Louis et Guillaume dans leur idée du lien entre eux et Hubert. Le Roi les avait mis dos au mur et ils n'avaient pu refuser la proposition. Pendant ce temps de Bastié formerait une garde d'élite destinée à protéger les reliques à tout prix. Agnès entra dans la pièce que Guillaume avait transformée en gymnase. Elle portait une bassine d'eau et un peu de vin. Guillaume se mit rapidement debout et Malecange réprima un sourire.

« M'accompagnerez-vous tantôt à la fête donnée dans les jardins en l'honneur du départ des ambassadeurs ?

– Bien sûr chère Agnès. D'autant que le Roi souhaite m'y voir de toute façon.

– Et vous partez la semaine prochaine avec les ambassadeurs ?

– Oui. Guillaume sentait que cela ne plaisait pas beaucoup à Agnès. À vrai dire, cela ne lui plaisait pas non plus de la laisser seule à Versailles avec Hubert et l'assassin dans les parages. Il espérait que la mission en Algérie allait les attirer de ce côté-là. Nous serons prudents, je vous le promets. » Agnès se pinça les lèvres, mais ne dit rien. Malecange comprit qu'il était peut-être de trop dans la pièce et s'effaça poliment. Il sentait venir un orage « Agnès » et n'avait pas trop envie d'être pris au milieu. Il partit à la recherche de Jean, qui était toujours prêt à partager un verre de vin avec lui. L'entraînement donnait soif.

Il fit le tour de l'office, mais ne vit personne. Jean devait être à l'écurie en train de soigner un cheval peut-être, ou bien à veiller sur la cuve d'eau chaude. Il pénétra dans la petite écurie. Il n'entendait pas son ami fredonner son éternelle chanson lorsqu'il s'occupait d'Hector, le cheval de Guillaume. Hector était toujours nerveux et les chansons de Jean semblaient le calmer naturellement. Hector était bien là et semblait encore plus nerveux que d'habitude. Dans la pénombre il distingua la botte de Jean sortant d'un grand tas de paille.

« Hé bien mon ami, ce n'est pas l'heure pour une sieste ! » railla gentiment Malecange. Jean était solide et brave, mais on ne pouvait pas dire qu'il débordait d'énergie. Il s'offrait régulièrement une petite sieste entre ses travaux domestiques. Jean ne bougeait pas et, s'approchant, Malecange nota l'absence du ronflement caractéristique de l'apprenti. Il se précipita vers l'homme étendu sur le lit de paille, et le retournant, la tête de Jean roula selon un angle bizarre. Alors Malecange vit la large plaie allant d'un côté à l'autre de la gorge. Son sang ne fit qu'un tour, il se rua vers l'office, dégainant son épée. Au moment où il franchit la porte d'entrée, il entendit Agnès crier. Il bondit vers le gymnase.

Guillaume évita un premier coup d'estoc et para la lame d'un second. Agnès était coincée derrière lui dans l'angle du mur. Il était coincé également, mais ainsi seuls deux des quatre bandits avaient la place pour l'attaquer. Ils semblaient de la même force que Guillaume, et comptaient surtout sur leur nombre pour venir à leur fin. Les deux directement en face de lui attaquaient tour à tour et de plus en plus vite. Il avait du mal à repousser les assauts. Il découvrit son flanc sur une attaque vicieuse de son adversaire de droite et il vit son complice s'engouffrer dans la brèche. Mais au moment où celui-ci allait planter son épée dans le côté de Guillaume, il reçut une bassine d'eau au visage et s'arrêta de surprise. Ce moment de flottement lui fut fatal, car Guillaume l'embrocha au cœur. Les compagnons du brigand mugirent et redoublèrent d'efforts. Il y eut soudain un mouvement derrière eux, et deux bandits furent cueillis à la tête par un lourd banc de bois. Ils s'effondrèrent. Le dernier assaillant se retourna pour faire face à un Malecange très, très énervé. Le pauvre diable ne tenu pas deux pas et Malecange le terrassa très vite.

– « Vous allez bien ? Guillaume avait pris Agnès dans ses bras, car les jambes de la jeune fille tremblaient. Il fit signe de la tête.

– Oui, Agnès a refroidi leurs ardeurs. Cela fit sourire Agnès qui retrouva un peu de couleur.

– « Mais qui sont-ils ?

– J'ai ma petite idée.

– Boisvillier ?

– Probablement. J'imagine qu'il n'a pas apprécié les fausses reliques ni le poison. J'imagine qu'il veut également éviter que l'on participe à la petite expédition en Algérie.

– Dans ce cas pourquoi n'a-t-il pas envoyé son assassin aux yeux bleus ? C'était une bonne question en effet. Il ne pouvait y avoir qu'une seule réponse.

– Où est le Roi ?

– Vous ne pensez pas qu'ils vont...

– Hubert est aux abois, sa seule chance de mettre la main sur la Lance est de s'en prendre au Roi. Mort, c'est Monseigneur Louis de France qui est bien jeune, trop jeune pour comprendre l'enjeu, qui sera en charge de la protection des reliques. Il sera une cible facile pour Hubert.

– Le Roi est protégé jour et nuit, même le Kabyle ne saurait se défaire de la garde royale. Et vous avez fait garder l'accès au tunnel sous la fontaine.

– Allons tout de même au château. Il faut prévenir de Bastié. Où est Jean ? Il faut qu'il garde un œil sur les gredins que vous avez assommés. Malecange regarda Guillaume le regard triste, secouant la tête.

– Ils l'ont eu par surprise alors qu'il était à l'écurie. Il n'avait aucune chance. Guillaume eut l'impression de recevoir un coup dans le ventre. Jean avait été une aide précieuse et un compagnon de route pendant de longues années. Une autre crainte surgit, il courut à son bureau. Celui-ci avait été mis à sac et le manuscrit de Nikétas avait disparu. Il refoula ses larmes et la vague de tristesse qui l'envahissait: seule la colère resta. Il fallait en finir.

– Au château ! Vite ! »

De Bastié était au casernement de la Garde et fut étonné de voir arriver les trois jeunes gens de si bon matin, et aussi excités. En deux mots Guillaume le mit au courant de l'attaque à son office, du vol du manuscrit et de ses inquiétudes quant à la sécurité du Roi.

« Sa Majesté est dans ses appartements tout le matin, et j'ai mes meilleurs hommes dans le château. Mais de Bastié, comme à son habitude, ne voulait rien laisser au hasard, et les évènements récents ne le rassuraient pas. Il était arrivé à la même conclusion que Guillaume: si l'assassin kabyle n'avait pas fait lui-même le sale travail pour tuer le docteur, c'est qu'il avait une cible plus importante. Et ça ne pouvait être que le Roi. Il se leva. Allons voir Sa Majesté ! »

Il précéda le trio à travers les allées du palais jusqu'à arriver devant la porte des appartements. À sa grande surprise, celle-ci était grande ouverte et il n'y avait aucune trace des gardes. Un des secrétaires du Roi classait des ouvrages dans une petite bibliothèque. Il sursauta à l'intrusion du Capitaine.

« Où est Sa Majesté ? demanda sans détour de Bastié.

– Aux jardins... répondit laconiquement le secrétaire.

– Je croyais qu'il n'avait pas prévu de sortie ? Le secrétaire haussa les épaules. C'était Louis, Roi de France. Il faisait ce qu'il voulait, quand il voulait.

– Son invité a insisté pour prendre le soleil et visiter les travaux des dernières fontaines... »

Au mot «fontaines» le cerveau de Guillaume se mit en alerte. Son invité ?

– Oui le Marquis de Montalban.

Guillaume se rappela le visage fatigué du Marquis lors de sa première rencontre avec Louis au sujet de l'affaire. Le

Roi l'avait ensuite mentionné à plusieurs reprises. Il était le conseiller de Louis sur les questions de religion, et était un des rares courtisans à connaître la vérité sur la Lance et la quête du Roi. C'était même lui qui avait suggéré au Roi de monter l'expédition du Vaillant sur la base du manuscrit de Nikétas ramené par le chevalier de Malfettes. Le Marquis savait à quel point la Mauresque était dangereuse, même au sein du palais. Pourquoi donc vouloir faire sortir Louis, simplement pour voir les fontaines ? Il devait y avoir autre chose.

Ils se ruèrent vers la galerie et la sortie donnant sur le jardin. De la terrasse la vue était magnifique. La perspective offerte par les jardins et les bassins était à couper le souffle, surtout en ce jour si beau et si clair. Les trois hommes ne prirent pas le temps d'admirer la vue. Laissant Agnès sur le perron, ils se précipitèrent vers les bosquets à la recherche du monarque.

Même pour un entretien "en privé" dans les jardins, Louis agrégeait autour de lui une foule d'individus: laquais, gardes, secrétaires, jardiniers, fontainiers... Il fallait être prêt à répondre immédiatement à la moindre sollicitation du Roi, au moindre commentaire sur l'état d'un bosquet, d'un parterre, d'une statue, d'une fontaine. Louis était particulièrement pointilleux sur l'état de "son" jardin. Tout ce petit monde constituait une foule compacte autour de Louis, surtout dans les passages étroits du jardin. Peu remarquèrent l'objet qui vint rouler au milieu de leurs jambes tant l'attention sur le Roi était totale. C'est cette foule compacte qui sauva le Roi. La grenade fut stoppée par la jambe d'un valet qui n'eut aucune idée de ce que c'était avant qu'elle n'explose, le tuant sur le coup. Remplie de grenaille, elle faucha les personnes proches, mais qui protégèrent le Roi de leur corps. Les soldats formèrent une ligne de défense devant le Roi alors qu'une deuxième grenade atterrit à leurs pieds.

La première explosion sonna comme un coup de tonnerre pour Guillaume, Malecange et de Bastié, les arrêtant sur place.

– "Oh mon Dieu !" murmura de Bastié. Puis on entendit un appel du Roi. "À moi la Garde !" Le Capitaine, épée au poing chargea en direction du panache de fumée qui s'élevait d'un bosquet proche. Malecange et Guillaume étaient sur ses talons. Alors qu'ils s'approchaient, une deuxième explosion retentit et Guillaume aperçut un mouvement dans derrière une haie. Il attrapa la manche de Malecange.

– "Là ! Il est derrière !" Ils changèrent de direction et foncèrent vers le feuillage.

Alors qu'ils franchissaient le mur de verdure, ils découvrirent le géant maure, tout de noir vêtu, capuche relevée, tenant à la main une autre grenade. Visiblement, il ne s'attendait pas à voir Guillaume ou Malecange aussi vite. Il sortit sa large épée et s'avança vers les deux hommes en chargeant. Le coup fut d'une extrême violence et le visage de Malecange exprimait l'effort qu'il avait fait pour absorber l'énergie du choc. S'en suivit un bref échange de lames. Guillaume ne savait pas comment aider son ami. Le géant arrivait toujours à mettre Malecange entre eux de sorte qu'il n'avait toujours qu'un seul adversaire à combattre. Le bruit de soldats arrivant en renforts se fit pourtant très vite entendre, et Hassan savait qu'il y aurait bientôt plus d'adversaires qu'il ne pourrait vaincre. Il donna un violent coup d'épaule à Malecange, le même que celui-ci avait utilisé contre Guillaume un peu plus tôt et jeta la grenade en direction des soldats. Ils se dispersèrent et elle explosa sans blesser personne. Dans la confusion, il se sauva à grandes enjambées, sans remarquer que le Docteur avait disparu. Malecange se releva avec peine, son épaule endolorie, et se lança à sa poursuite.

Lorsque de Bastié arriva dans le bosquet où se trouvait le Roi, la situation était confuse. Une deuxième grenade venait d'exploser et une fumée âcre enveloppait la scène. Des corps horriblement mutilés jonchaient le sol. Un cri lui fit tourner la tête. Un de ses soldats venait d'être transpercé par la lame d'un homme en tenue de valet. Un deuxième avec un habit semblable s'approchait d'une silhouette que de Bastié aurait reconnu entre mille: Le Roi. Le Capitaine bondit, l'arme au poing, vers l'inconnu, poussant un grand cri de rage. Contre toute attente, l'assassin se retourna pour faire face à de Bastié plutôt que de continuer son attaque sur le Roi. De Bastié fut sur lui en quelques enjambées et ils croisèrent le fer. Le second assassin resta concentré sur sa mission, ils étaient là pour tuer le Roi.

Pendant que son complice ralentissait le Capitaine, sans doute aurait-il le temps de rattraper Louis. Mais c'était sans compter les talents d'escrimeur de Bastié. Il manœuvra habilement son adversaire pour se placer entre eux et le Roi et engagea les deux hommes de front, qui n'eurent d'autre choix que de se battre contre lui. Ils réalisèrent bien vite que, même à deux, ils avaient peu de chance de venir à bout du brave Capitaine. L'un des deux, un peu plus vif que l'autre, eut l'idée de propulser son compagnon vers de Bastié. Surpris, il ne put parer la lame du Capitaine et celle-ci le traversa de part en part. Le temps que de Bastié se dégage, son complice battait en retraite et courait à toute vitesse dans l'espoir de fuir les soldats arrivant en renfort. Alors de Bastié se tourna vers son Roi et l'aida à se relever. À son grand soulagement, Louis semblait indemne. Un sourire de gratitude passa sur les lèvres du monarque. Il hocha la tête. De Bastié choisit deux gardes qui venaient d'arriver et qu'il connaissait bien pour qu'ils raccompagnent le Roi en sûreté au château. Puis il partit à la suite du deuxième assassin qui courait en direction du bassin d'Apollon.

Hassan espérait que ses deux complices avaient fait leur travail. Il avait fait le plus dur, éclaircir les rangs de la garde et causer assez de confusion pour que ses hommes, déguisés en valets, puissent approcher le Roi et le tuer. Il n'avait nul besoin d'attendre. Il n'espérait pas que les deux hommes s'en sortent, et de toute façon il n'en avait cure. Et qu'ils aient réussi ou échoué, il le saurait bien assez tôt. Il se retourna: son adversaire était assez loin derrière. Il ouvrit la porte menant au sous-sol du bassin d'Apollon et descendit d'un bond. Le garde censé garder la porte gisait dans son sang en bas de l'échelle. Il l'avait tué assez facilement lors de son arrivée dans les jardins. Le soldat ne s'attendait visiblement pas à voir quelqu'un arriver par là. Le géant s'engouffra dans le couloir sombre. Il connaissait bien le chemin. Dans une minute, il serait à l'abri de l'autre côté de la porte blindée dont il avait la clé. La galerie qui s'étendait au-delà menait à un passage sous la pièce d'eau des Suisses. En partie écroulé, ses hommes avaient rouvert et étayé approximativement le couloir pour lui permettre d'entrer et sortir du palais à sa guise. Le Wazir devait probablement l'attendre à la sortie avec des chevaux pour filer plus vite. Hubert avait voulu être là en personne pour cette mission, comme il avait été souvent présent lors des meurtres. Hubert aimait tout simplement le sang.

Il arriva à la grande pièce sous la fontaine. À sa grande surprise, une paire de torches éclairaient la pièce. Et un homme se dressait entre lui et la porte: Le Docteur d'Espaing.

MOMENT DE VÉRITÉ

Guillaume se força à prendre une pose déterminée et menaçante. La vérité était qu'il mettait toute sa volonté à empêcher ses jambes de trembler. La vérité était qu'il était là, seul face à ce formidable assassin, et qu'il était terrifié. Les yeux bleus du géant semblaient percer à travers son masque de détermination et lisaient toute la terreur au fond de l'âme de Guillaume. Mais il ne bougea pas d'un cil. Il ne le laisserait pas passer. Il en allait de toute la chrétienté. Soudain, les images de son cauchemar revinrent à la surface. Le combat contre l'assassin autour d'une fontaine, la lance et la fin tragique. Tout semblait écrit à l'avance. Il eut alors la révélation. Il sut. Et la peur s'en alla. Il leva son épée, et se précipita sur le géant.

Hassan fut surpris par la charge de Guillaume. En général, les gens le fuient, ils ne le chargent pas. Il fut donc pour un temps sur la défensive, étonné de la détermination avec laquelle se battait le Docteur. Ce n'était pas la réaction d'un homme acculé, piégé. C'était une attaque volontaire, construite, réfléchie. Hélas pour Guillaume, Hassan était un guerrier. Il avait utilisé son arme toute sa vie et pouvait jauger de la force de son adversaire en un clin d'œil. Il savait que Guillaume ne tiendrait pas longtemps à ce rythme, et une première ouverture se présenta très vite. Hassan assena un coup puissant vers le visage du Docteur. Ce dernier para à la dernière seconde, mais le coup, d'une puissance inouïe, le fit reculer. Il sembla à Guillaume que tous les os de son bras s'étaient brisés sous l'impact. Un sourire diabolique étira les lèvres du géant. Il repartit à l'assaut. La défense de Guillaume vacillait de plus en plus chaque seconde sous les coups de boutoir d'Hassan. Ce dernier ne cherchait aucunement la subtilité ou les feintes. Il tapait, tapait et tapait encore plus fort à chaque coup. À bout de force, Guillaume ne sentait plus son bras. Il parvint à dévier le coup suivant, mais son poignet le trahit et la lame d'Hassan vint tailler dans la chair de son épaule. Il serra les dents et fit un pas en arrière. Du sang chaud coulait sur son bras, mais il ne ressentait aucune douleur. Juste une grande fatigue. Il n'eut droit qu'à une seconde de répit. Hassan revint à la charge, furieux de n'avoir pas encore réussi à tuer Guillaume. Ce dernier s'appliqua à dévier les coups plutôt qu'à les bloquer, mais ses forces l'abandonnaient rapidement et pour la seconde fois la lame d'Hassan entama la chair. Touché au flanc, Guillaume se refusa à crier et tint debout, à la grande surprise du géant. Des bruits se faisaient entendre : des renforts arrivaient. Cela redonna courage à Guillaume, il fallait qu'il empêche le kabyle de se sauver.

Hassan entendit lui aussi les soldats approcher. Il redoubla d'effort et d'un coup de pied vicieux à l'aine envoya Guillaume rouler contre le mur. Sans attendre, il saisit la clé qu'il gardait sur lui et entreprit d'ouvrir la porte.

— « Guillaume ? » C'était Malecange qui venait de déboucher dans la pièce souterraine. De Bastié et une escouade de soldats l'accompagnaient.

Hassan venait d'ouvrir la porte et allait s'y engouffrer quand il se retourna soudain, une grenade à la main. L'occasion était trop belle, dans cet espace clos la grenade les tuerait tous. Mais au moment de jeter l'engin un cri résonna : « NON ! » et il fut percuté au même instant par une masse de chair, de sang et de rage : Guillaume avait rassemblé toutes ses forces et s'était jeté tête baissée vers l'assassin, le cueillant à la poitrine et ils roulèrent emmêlés dans le couloir au-delà de la porte blindée. Le coup coupa le souffle à Hassan et il laissa échapper la grenade.

L'effroyable explosion fut une punition pour les oreilles. Heureusement, Malecange et les soldats étaient trop loin pour être atteints par les fragments de l'engin. Dans leur chute, Hassan et Guillaume avaient percuté la lourde porte blindée qui avait rebondi et s'était un peu refermée, absorbant une partie du choc. Mais la voûte au-dessus du couloir, instable et mal consolidé, ne tint pas le choc et commença à s'effondrer sur les deux hommes. À quatre pattes, Guillaume rampait dans le couloir, sonné à la fois par le coup de bélier qu'il avait donné à Hassan et par l'explosion. Une vague de poussière et de terre le submergea, rentrant dans ses yeux, sa bouche, son nez. Il rampa pour sa vie.

Malecange regardait avec effroi l'éboulement. Dans un silence irréel maintenant revenu, et malgré le bourdonnement de leurs tympans meurtris, on pouvait entendre de sinistres craquements en provenance de la voûte. C'était un miracle que la pièce tout entière ne se soit pas effondrée. Un bruit d'eau se fit entendre, et tous réalisèrent que ce n'était qu'une question de temps avant que toute l'eau du bassin et la fontaine ne fassent s'effondrer le plafond.

« Il faut sortir d'ici, vite ! cria de Bastié.

— Mais Guillaume est là. » Protesta Malecange. De Bastié avait du mal à croire que Guillaume ait survécu à l'explosion. Il secoua la tête.

— Il nous faudrait des jours pour creuser un passage, et tout le bassin d'Apollon va nous tomber dessus. Il n'y a rien à faire. Des larmes de rages coulaient sur son visage, ainsi que sur celui de Malecange qui refusait de partir malgré la main pressante du vieux soldat sur son épaule. Peut-être si on trouve l'accès de l'autre côté ? Cela semble se diriger vers la pièce d'eau des Suisses. » L'idée fit son chemin dans l'esprit de Malecange. Il se fit à la raison que c'était la seule solution pour retrouver Guillaume.

Ils coururent vers la sortie. Ils avaient à peine atteint l'échelle qu'un bruit effroyable se fit entendre : la voûte avait finalement cédé et tout le bassin se vidait dans la pièce. Depuis la surface, la vue était encore plus incroyable : le bassin et ses magnifiques fontaines n'étaient plus. Tout avait disparu dans un grand trou, maintenant rempli de boue et de débris. Mais ni Malecange ni de Bastié ne voulaient perdre de temps à contempler l'étrange spectacle. Ils se hâtèrent en direction de la sortie des jardins.

L'obscurité était totale et le silence était revenu. Il semblait à Guillaume que sa respiration faisait un bruit effroyable. Il pensa un instant être dans une tombe, et l'angoisse le saisit. Mais son esprit logique reprit le dessus. Il était en vie, et le couloir dans lequel il était avait probablement une sortie à l'autre bout. Et même sans lumière, en suivant le mur, il pourrait l'atteindre. Il se mit debout péniblement, toussant et crachant de la terre. Il n'avait aucune idée de ce qu'était devenu le kabyle, s'il avait survécu ou non à l'éboulement. Il s'efforça de maîtriser son souffle et écouta attentivement. Ses oreilles sifflaient encore de l'explosion, et il n'entendait rien d'autre que le cognement sourd de son cœur dans sa poitrine.

Le sang de ses blessures avait coagulé sur ses mains, ses vêtements. Il tâta son flanc et son épaule. Les entailles étaient nettes et du sang coulait toujours. Il allait devoir sortir vite de là, sinon il finirait par se vider totalement. Il fit un pas chancelant, sans aucune idée si c'était la bonne direction. La main en avant, il finit par rencontrer un mur. Il fallait prendre une décision : droite, ou gauche ?

De là où il était, Hubert avait une belle vue sur le côté du palais. L'étang des Suisses s'étalait de toute sa longueur devant lui, puis l'enceinte du château était dominée par les terrasses et le petit parc, le début des Jardins. Il avait bien sûr entendu les explosions et contrairement aux quelques badauds qui flânaient ce matin-là autour de l'étang, elles ne l'avaient pas pris par surprises. Plus par curiosité que par peur, tous les autres étaient partis aux nouvelles et il se retrouvait seul au bord de l'étang, s'autorisant même à sortir de derrière les grands arbres qui bordaient l'arrière de l'étang. D'une main, il tâta dans sa poche le manuscrit qu'il avait récupéré lui-même chez cet imbécile de docteur. Ah ! Il reprenait l'avantage. Hassan n'allait sûrement pas tarder. Deux chevaux les attendaient un peu plus haut. Le passage secret ouvrait à proximité. Il fut donc surpris de voir deux silhouettes, venant du palais, courir dans sa direction. L'une avait l'uniforme de la garde royale, et il identifia l'autre comme le client des Délices qui avait fait scandale l'autre nuit pour qu'on lui vole le manuscrit. Comment diable savaient-ils qu'il se trouvait là ? Et où était Hassan ? Tant pis, le kabyle saurait où le retrouver. Il se retourna et partit en courant vers les chevaux.

De Bastié et Malecange virent Hubert filer dans le bois. Malecange accéléra : plus jeune et svelte que son compagnon, il distança vite le brave Capitaine. Il s'enfonça dans le bois à son tour, essayant de repérer Hubert qui, malgré une forte corpulence, avait vite disparu. Un hennissement le mit vite sur le bon chemin. Il déboucha sur une petite clairière ou un cheval le regardait avec étonnement. Un bruit de galop se faisait entendre plus loin. Hubert avait probablement détaché et donné une claque à la monture de Hassan dans l'espoir qu'elle ne serve pas à ses poursuivants, mais le cheval, docile, ne voulait visiblement pas partir tout seul. Malecange l'attrapa gentiment, l'enfourcha et d'un bon coup de talon, l'envoya à la poursuite d'Hubert. Il se jura de ne pas revenir sans Hubert, même si celui-ci l'emmenait jusqu'en enfer. Il le devait à son ami.

Resté seul, les pensées de de Bastié revinrent à Guillaume. Il se mit à chercher l'entrée du passage menant aux jardins. En vain. Si le couloir était l'œuvre des fontainiers, il allait avoir besoin d'eux pour le trouver. Il courut chercher de l'aide.

Il avait choisi d'aller à gauche, et avançait péniblement, à l'aveuglette. Il n'avait aucune idée de la distance à parcourir, ni depuis combien de temps il était sous terre. Temps et espace se mélangeaient, et le sang qu'il perdait jouait des tours à son cerveau. Il se sentait nauséeux. Les seuls contacts avec le monde réel étaient ses deux pieds au sol et sa main droite contre le mur. Des étoiles dansaient parfois devant ses yeux et le bruit de l'explosion résonnait encore dans ses oreilles. Et il avait soif, il savait que la perte de sang en était la principale raison. Un raclement se fit entendre devant lui. Répétitif. Il lui fallut un temps pour reconnaître le bruit d'une pierre à briquet. Une flamme jaillit à quelques mètres, et il dut se cacher les yeux. Il les rouvrit bien vite. Dans la lumière vacillante d'une lampe à huile, la formidable silhouette d'Hassan, cimeterre à la main, emplissait tout le couloir et lui barrait la route vers la sortie. Le géant était comme figé, un sourire démoniaque sur les lèvres, savourant d'avance le plaisir de la mise à mort à venir.

Guillaume refusa de se laisser envahir par la peur. Il était au-delà de la peur, au-delà de la fatigue. Il était temps d'en finir. Son cerveau enregistra la raideur dans la jambe droite du tueur, ainsi qu'une épaule plus haute que l'autre. Clairement, le géant était plus blessé qu'il ne voulait le montrer, et se mettait en scène pour terroriser sa proie. Guillaume ramassa un bout de poutre, ce serait sa seule arme, car il avait perdu son épée dans la bagarre. Sa main laissa le mur et il s'avança au milieu du couloir, faisant face à Hassan. Le géant fit un pas et brandit son épée à lame courbe, l'envoyant dans un mouvement tournoyant destiné à couper la tête du Docteur. Avec une agilité qui le surpris lui-même, Guillaume esquiva d'un rapide pas en arrière et il abattit le morceau de bois sur l'épaule meurtrie du guerrier. Hassan poussa un cri de douleur qui tonna dans le couloir souterrain. Guillaume continua en le cognant de côté pour le faire tomber. D'un revers vicieux de la manche, Hassan désarma Guillaume et le repoussa contre le mur. Il n'avait pas remarqué que Guillaume avait profité du corps à corps pour lui subtiliser le poignard qu'il avait à la ceinture. Cela ne rendrait pas les choses plus faciles : Hassan était un combattant accompli, endurci et qui se battait avec férocité malgré ses blessures. Guillaume n'avait qu'un court poignard, il était gravement blessé et ses dernières forces l'abandonnaient maintenant très vite. Seule sa volonté de stopper les massacres, stopper la Mauresque et d'empêcher Hassan de sortir vivant de ce tunnel le tenait debout. Il n'y avait donc qu'une solution possible. Il espérait qu'Agnès lui pardonnerait.

Le géant attaqua de front, cherchant à éventrer sa victime. Guillaume fit un pas de côté et il sentit la lame entrer dans sa chair centimètre après centimètre. Il ne bougea pas, se contentant de bloquer la sensation dans son esprit, de faire taire son instinct. À chaque centimètre, il se rapprochait de son bourreau. Hassan savait qu'il venait de porter un coup fatal, et une lueur de triomphe passa dans ses yeux bleus avant que son cerveau n'enregistre autre chose : la douleur. Il regarda Guillaume qui à son tour plongea son regard dans les yeux clairs du tueur. Il n'y avait aucune peur dans les yeux de Guillaume, juste de la tristesse. Le géant posa son regard sur le poignard planté dans son cœur à bout portant et un masque d'incompréhension se peint sur son visage. Il s'écroula finalement et ne bougea plus.

Guillaume sentait la vie le quitter, en même temps que le sang qui coulait abondamment maintenant. Il espérait que Malecange et le Capitaine attraperaient Hubert. Il espérait que le Roi saurait garder la Sainte Lance en sécurité. Il espérait qu'Agnès pourrait avoir une vie longue et merveilleuse. À bout de force, il s'assit, au milieu du couloir, pensant à celle qu'il aimait profondément.

PARTIE II

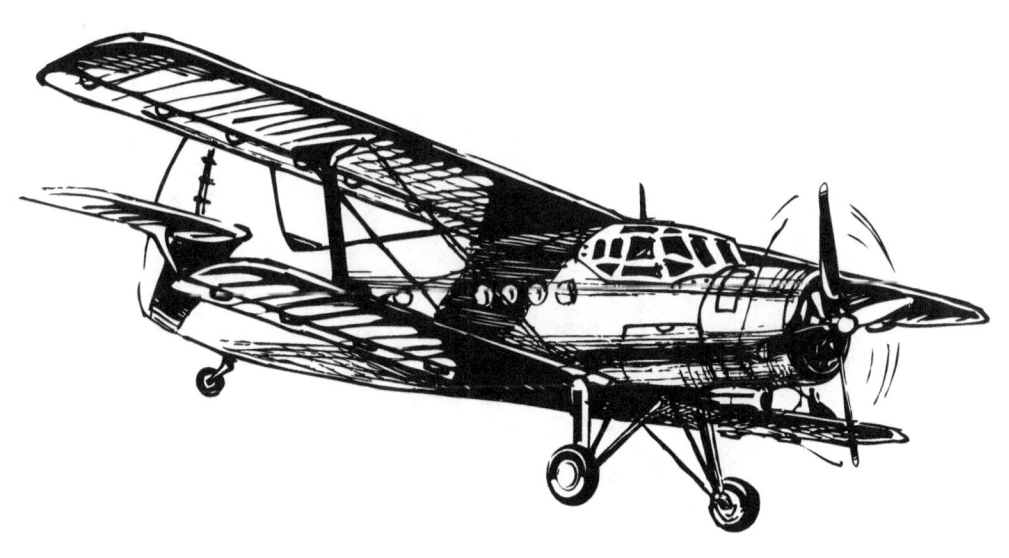

THOMAS

Versailles, de nos jours.

L e soleil n'était pas encore levé. Thomas s'habilla silencieusement, prit une barre de céréales, enfila ses chaussures
de sport et sortit doucement de l'appartement. L'air frais du
matin emplit ses poumons et il goûta chaque bouffée avec dé-
lice. C'était vraiment bon d'être en vie ! Six mois plus tôt, une
balle de revolver était passée à deux centimètres de son cœur,
perforant son poumon gauche. Il ne devait la vie que grâce à
l'intervention rapide d'Emma, la femme de sa vie, et de son
ami Mu Bao, un agent de la DGSE. Ils avaient pu stopper
l'hémorragie à temps et le transporter rapidement à l'hôpital.

L'hôpital. En dix ans de pilote de rallye, Thomas l'avait bien
connu. Entorses, jambe, épaule ou bras cassés, il y avait passé
un certain temps, mais c'était peu en comparaison des six derniers mois. Il avait d'abord passé trois semaines dans le coma,
puis douze de plus avant de pouvoir respirer sans assistance.
Par quatre fois, son cœur s'était arrêté. Par quatre fois, les médecins l'avaient fait redémarrer, comme une mécanique bien

huilée. Quand même, songea-t-il. Je suis mort quatre fois. Il s'était battu une fois de plus et était sorti dix semaines plus tard.

Bien sûr, il y avait des traces. Et pas seulement cette petite cicatrice sur le torse. Respirer avait été longtemps douloureux, mais il était bien suivi et les médecins l'avaient autorisé à reprendre, doucement, une activité sportive. Il devait pointer régulièrement à la clinique non loin de chez lui pour des contrôles, il était au régime bien que son repos forcé lui ait fait perdre près de 10 kg. Pour Thomas ; rien n'allait jamais assez vite et sa convalescence, l'inaction générale, lui pesait. Chaque occasion de progresser, de sortir et d'avancer vers la guérison était attendue avec une impatience fébrile. Il repoussait les limites de son programme physique et s'astreignait à une discipline de fer. Et le voilà donc, trottinant doucement dans les rues désertes de Versailles à 5 h du matin, s'échauffant doucement. Il savait que la douleur dans la poitrine viendrait vers le quatrième kilomètre, peut-être plus tard avec un peu de chance aujourd'hui. De lancinante, elle deviendra brûlante au bout du huitième où il ralentirait doucement pour rentrer. Chaque jour, il la repoussait d'une minute, d'une foulée, d'une poignée de mètres.

D'ordinaire, les jardins du château et le grand bassin accueillaient son footing matinal. À cette heure-là on pouvait s'y croire seul, sans la foule de touristes qui, hiver comme été, envahissait les allées. À cette heure-là, on pouvait croire que les jardins nous appartenaient. Tôt le matin ou en fin d'après-midi, lorsque les cars bondés sont retournés vers la capitale, on peut être témoin des mille et une choses qui se passent, au détour d'une allée, dans ce jardin. Thomas y passait autant de temps qu'il le pouvait. Il y avait vécu la grande tempête de 1999 et avait suivi la lente repousse de la nature, le travail acharné des jardiniers, la restauration des bosquets. Une fin d'après-midi, en fin de jogging il s'était retrouvé, crasseux, rouge, hors de souffle et couvert de sueur, au milieu de robes du soir et costumes élégants. De riches donateurs fêtaient en privé l'inauguration d'un bosquet que Louis lui-même n'avait que peu vu. Il n'était pas rare non plus, aux beaux jours, de croiser une mariée en route pour sa séance photo...

Mais aujourd'hui, les jardins se préparaient pour la nouvelle saison et leur accès de nuit était interdit jusqu'à nouvel ordre. Thomas se dirigeait donc vers la pièce d'eau des Suisses, un petit lac artificiel construit pour drainer les eaux des jardins et du potager royal, et qui était libre de toute barrière. Un chemin de terre en faisait le tour, slalomant entre les arbres. L'endroit n'était pas éclairé, mais la piste était en bon état et Thomas la connaissait bien. La nuit commençait à pâlir et l'on y voyait assez. Il en était à son deuxième tour lorsqu'il entendit un bruit de branche craquer, des bruits de pas et une respiration sifflante. Une ombre bougeait sur sa gauche, venant d'une allée menant à des jardins potagers ainsi qu'au club de tir local. Un homme courait. Un autre sportif pensa Thomas en premier lieu. Mais alors que l'homme approchait, Thomas nota que l'homme courrait vite, et de façon curieuse. Il ne semblait pas avoir vu Thomas, aussi ce dernier dut-il s'arrêter brusquement pour ne pas bousculer l'inconnu. Celui-ci se rendit alors compte de sa présence et lui jeta un regard ahuri, mais continua sa course. Thomas eut juste le temps d'apercevoir son visage, un sans-abri à ce qu'il lui sembla, avant qu'il ne soit happé par l'obscurité à nouveau. Il disparut aussi vite qu'il put vers un petit chemin qui longeait la voie du RER au fond du lac. Thomas continua sa course et rentra, perturbé. Le regard de cet homme, qu'il avait entr'aperçu, ce n'était pas de la surprise. C'était de la peur. Oui à bien y réfléchir l'homme semblait fuir, terrifié. Mais Thomas n'avait rien vu d'autre derrière lui. La douleur dans son poumon commençait à devenir intenable, aussi chassa-t-il cette pensée pour se concentrer sur sa respiration. Lorsqu'il se glissa sous la douche brûlante vingt minutes plus tard, il avait déjà presque oublié l'incident. Emma remua doucement dans son sommeil.

La Docteur Alice Cheira avait eu une journée difficile. Un règlement de comptes aux Mureaux et un accident de car avait rempli la salle des autopsies de l'institut médico-légal de Versailles. Elle en était à sa sixième autopsie, et son assistante avait bien sûr choisi la mauvaise journée pour tomber malade. Le corps qu'elle avait devant elle était en mauvais état. Bon sang, ce type devait déjà être en sale état de son vivant pensa-t-elle. Les vêtements, la malnutrition apparente, le manque de soins évidents. L'analyse de sang montrait des traces d'alcool. Une bagarre d'ivrognes qui avait mal tourné probablement. Elle était fatiguée et étouffa un bâillement. Le torse de l'inconnu présentait de nombreuses lacérations. Wôw, quarante-trois ! Le gars d'en face devait vraiment être en pétard. Quelque chose semblait étrange, mais elle ne put mettre le doigt sur ce qui la dérangeait. En tout cas, les coups de couteau étaient la cause de la mort et c'était tout ce qu'on lui demandait de toute façon. Si la police voulait reconstituer la mort de ce type et vraiment trouver son bourreau, ce dont elle doutait fortement, ce n'était pas son problème. Elle recousit rapidement le corps, il y avait peu de chances qu'une famille le réclame de toute façon, puis alla taper ses notes pour le rapport. Elle y attacha les clichés pris pendant l'examen puis sauvegarda le tout. Elle consulta sa montre. 22 h 30. Il était plus que temps de rentrer à la maison.

Peu de gens avaient probablement lu l'article. Mais l'inaction dans laquelle était plongé Thomas lui pesait, et il tournait comme un lion en cage dans la salle d'attente de son kinésithérapeute. Il était en retard. Il s'assit finalement et éplucha le journal local. C'est ainsi qu'il tomba sur cet entrefilet dans les faits divers : « Un sans-abri retrouvé mort en forêt domaniale — le corps d'un sans-domicile a été retrouvé lundi dans un bois proche de la voie de chemin de fer entre Versailles et Trappes. Le cadavre était mutilé et présentait de nombreux coups de couteau. La police pense à une bagarre entre SDF qui aurait mal tourné. » Thomas se remémora la rencontre matinale de la veille pendant son footing. La description de l'individu et le lieu correspondaient. Si l'article était exact et si c'était bien le même homme, celui-ci avait dû être tué peu de temps après que Thomas l'a croisé. Il n'avait vu personne d'autre ce matin-là, mais il se souvenait très bien de l'expression peinte sur le visage de cet homme. Son kiné entra finalement dans la salle d'attente et vint le chercher. Thomas reposa le journal et essaya d'oublier cette triste histoire.

Pendant les vingt semaines qu'il avait passées, allongé dans son lit d'hôpital, bien sûr, ça avait travaillé dur dans sa tête. Comment il avait été trompé par un groupe mafieux américain qui l'avait envoyé se faire tuer en Chine pour des accords commerciaux. Les images du rallye tournaient dans sa tête, le barrage qui s'effondre le réveillait encore parfois la nuit. Et puis il y avait la culpabilité qui le taraudait. Il avait menti à son meilleur ami, son mentor Antoine, et l'avait entraîné malgré lui dans une funeste aventure. Ils avaient failli être tués. Il y avait les retrouvailles avec Emma, la vérité sur son départ, la vérité sur son passé. Il y avait la rencontre avec lui-même, un dépassement de soi qu'il n'avait jamais ressenti même au plus fort de sa carrière de pilote. La convalescence lui pesait après tout ça. Antoine était là bien sûr, pas rancunier pour deux sous, mais qui ne ratait pas une occasion de placer une pique vers Thomas sur le sujet dès qu'il le pouvait. C'était sa façon à lui d'exprimer sa joie de le voir en vie. Emma avait emménagé à nouveau dans son appartement et c'était comme si la dernière année s'était évaporée. Comme si rien ne s'était passé. Sauf que Thomas s'ennuyait ferme, et rien ne le pressait de reprendre une vie « normale ». Mu Bao était en Chine, la DGSE avait clos le dossier. Que faire ?

Le cœur de Sidi Moussa cognait tellement fort dans sa poitrine qu'il crut défaillir. Il avait du mal à respirer, mais il ne pouvait pas s'arrêter. Il tourna en boitillant vers la ruelle. Ses chaussures lui faisaient mal: les mocassins de luxe en cuir qu'il venait d'acheter n'étaient pas faits pour courir, mais l'idée de les enlever ne lui traversa même pas l'esprit. La panique bloquait son cerveau. Il devait fuir c'était tout ce qu'il savait. Son agresseur ne se pressait pas, comme s'il savait que Moussa ne pouvait pas lui échapper. Cette pensée emplit le diplomate d'une terreur nouvelle et il courut de plus belle. Il cria « à l'aide », mais personne ne semblait vouloir s'intéresser à son sort. Il se rendit compte alors qu'il était dans une impasse. Comme dans ses pires cauchemars, l'ombre de son adversaire que projetait un lampadaire morne semblait gigantesque. Enfin, il le vit. Un géant. Sidi Moussa n'avait plus la force de courir. Il tomba à genoux alors que l'homme s'approchait inexorablement. Il supplia en bégayant. Le géant s'arrêta. Dans un mouvement si vif que Moussa n'eut pas le temps d'enregistrer, le bras prolongé d'un long couteau courbé fendit l'air et sa gorge d'un mouvement fluide et ample. Les yeux exorbités, cherchant l'air pour respirer, Sidi Moussa mourut rapidement et sans un râle. Le tueur s'approcha et, se penchant sur la tête presque décapitée, enfonça un caillou dans la gorge du cadavre. La lueur pâle du lampadaire éclaira brièvement le crâne rasé et les tatouages sur la figure du géant, traversé d'un rictus maléfique. Puis, empoignant fermement son poignard, Hassan fit ce qu'il avait à faire.

« Dépêche-toi, la visite va commencer ! Emma l'attendait devant la porte ouverte de leur appartement. Je parie qu'il va y avoir la queue pour entrer ! Et je n'ai pas envie de me retrouver avec tous les Parigots !

– Relax ! On est à cinq minutes à pied du château. On sera là à l'heure. » Thomas ajustait un pull sur ses épaules.

L'été se faisait attendre, et en ce début juin l'air se rafraîchissait vite. Le soleil se couchait et comme Emma il ne voulait pas rater la visite. Il aimait beaucoup le château de Versailles. Sa grandeur, le soin méticuleux aux détails architecturaux, les incroyables bassins et fontaines. Il ne manquait jamais une bonne occasion de le visiter ou de flâner dans les jardins. Ce soir, c'était la nuit des musées, c'est-à-dire que tous les musées de France, les lieux historiques et culturels organisaient des manifestations nocturnes. Pour beaucoup comme pour Thomas, c'était là une agréable occasion de redécouvrir leurs monuments dans une atmosphère bien différente de la foule diurne des touristes de tous les horizons. La mairie avait réservé aux versaillais un créneau en début de nuit où ils pourraient profiter du château pour eux-mêmes, avant d'ouvrir plus tard dans la nuit les portes à tout le monde. Le geste avait visiblement été apprécié des habitants qui formaient une longue file devant la grille. La plupart du temps, ils avaient ce sentiment que le château ne leur appartenait plus tant il était envahi de touristes venant des quatre coins du monde. Ce soir, le château serait à eux, du moins pour quelques heures.

L'attente en valait la peine. La direction du château avait fait un travail exceptionnel sur la mise en lumière. De nombreux lustres antiques jetaient mille éclats et mettaient en valeur l'architecture. La célèbre Galerie des Glaces brillait de mille feux et offrait aux visiteurs béats un spectacle féerique. De nombreux salons, d'ordinaire fermés au public, étaient ouverts et permettaient de découvrir des collections de mobilier, objets de décoration et peintures d'époque qu'on ne pouvait voir en temps normal. Emma et Thomas passaient ainsi une agréable soirée, passant de salon en salon et flânant sans autre but que de passer un bon moment. Distraits par leur contemplation d'une horloge aux motifs compliqués, ils furent bousculés et presque renversés par un colosse qui sortait d'un salon annexe. L'homme, au lieu de s'arrêter pour s'excuser, pressa au contraire le pas et parti sans se retourner, avant même que Thomas pût dire quoi que ce soit.

« Quel rustre ! » fit une vieille dame qui se trouvait dans la même pièce. Thomas avait un autre mot en tête, mais au moment où il allait sortir à la suite du « rustre », un cri l'arrêta. Il se retourna. La vieille dame s'était engagée dans la pièce d'où sortait l'homme, un petit salon proche du bureau même de Louis XIV. D'une main tremblante, elle désignait une toile ancienne accrochée au mur que l'on avait délibérément lardé de coups de couteau ou de cutter. Il faisait peu de doutes sur l'auteur des faits: c'était probablement le bulldozer qui venait de les percuter. Laissant une Emma interloquée, Thomas partit sur les traces du géant, mais dans la minute qui s'était écoulée depuis qu'il l'avait bousculé, le colosse en avait profité pour prendre la fuite. Il n'était pas difficile de se perdre dans le labyrinthe de couloirs et de salons que formait le château. Usant de sa connaissance des lieux, Thomas se dirigea instinctivement vers la sortie. Aussi loin devant que portait son regard, il n'aperçut pas la haute silhouette qu'il pourchassait. Un bruit métallique fit soudain tourner les têtes, et Thomas courut pour en trouver l'origine. Un escalier montant vers les hauteurs du château était fermé par un cordon rouge tendu entre deux pieds dorés. L'un de ces pieds reposait maintenant par terre. Pris d'une intuition, Thomas allait s'engager dans l'escalier lorsqu'un gardien, surgi de nulle part, lui barra la route.

« Désolé Monsieur, mais cette partie est fermée au public.

– Où cet escalier conduit-il ?

« – Il dessert les étages de service, répondit le gardien.

– Il n'y a pas de sortie ? Le gardien secoua la tête.

– Non, après cela monte au grenier et c'est tout. »

Thomas expliqua au gardien ce qu'il venait de se passer. Il se montra méfiant au départ, mais très vite la radio du garde se mit à relayer les nouvelles de la lacération du tableau et qu'un individu de très forte corpulence était recherché. Quelques minutes plus tard, à l'appel du gardien, Thomas fut rejoint par d'autres gardes et un membre de la sécurité. Thomas leur expliqua exactement ce qu'il avait vu. Deux gardiens partirent, dubitatifs, vers les étages, mais Thomas, malgré son insistance, ne put les accompagner. Il décida de retrouver Emma et prit le chemin du petit salon. Sur place, plus de gardiens encore et visiblement des membres de l'administration du château. D'après ce qu'il entendit, la police était en route. Emma, accompagnée de la vieille dame, expliquait ce qu'elle avait vu et fut soulagée de voir Thomas apparaître. Un petit homme chauve et moustachu, se présentant comme un conservateur adjoint, lui fit répéter son histoire et sembla satisfait qu'elle coïncidât avec les déclarations des deux femmes. On faisait sortir les badauds du salon et Thomas, Emma et la vieille dame furent priés de rester jusqu'à l'arrivée de la police. Thomas s'approcha du tableau dont de grands morceaux de toile pendaient misérablement du cadre. Elle avait l'air très ancienne. Qu'est-ce qui avait bien pu pousser quelqu'un à s'en prendre aussi violemment à un vieux tableau. Il lut l'étiquette. Il ne reconnut pas l'artiste. Le tableau s'intitulait « L'Attentat de La Fontaine sur le Roy Louis de France, 1684 ». Il fronça les sourcils, essayant de se remémorer ce qu'il savait de la vie de Louis XIV, mais rien ne lui revenait en mémoire à propos d'un attentat. Il regarda le tableau. On pouvait distinguer encore, sur quelques rubans de toile intacts, un paysage boisé qui ressemblait en effet aux bosquets des jardins du château. Il ne pouvait guère distinguer autre chose tant la toile était en lambeaux. Il questionna le conservateur adjoint, mais avant que celui-ci ne puisse répondre, la police arriva et tout le monde dut, encore une fois, raconter ce qu'ils avaient vu. Sur ces entre-faits plusieurs personnes, visiblement de la direction du château arrivèrent plus irrités par le tumulte que par la destruction du tableau. Dans quelques minutes le public allait envahir les lieux, et ils n'avaient pas envie de créer de scandales. Thomas fut promptement remercié de ses efforts et, avec l'autorisation muette du policier, poussé vers la sortie. Il put tout de même reconnaître l'équipe de gardiens partis par l'escalier à la poursuite du gredin, qui rentrait bredouille. Épuisée, Emma l'entraîna vers la sortie. Ils marchèrent silencieusement en traversant la cour, où une longue file de visiteurs serpentait d'un bout à l'autre. La nuit allait être longue au château.

Emma devina que quelque chose tournait dans sa tête.

« Tout va bien ? demanda-t-elle simplement.

– Hmm. Oui. La réponse était trop brève, et Emma connaissait son homme.

– Thomas ? Il releva la tête, la regarda et la prit par l'épaule.

– Ça va, ça va, cette histoire me tourne dans la tête. Je ne sais pas pourquoi.

– Tu connais le type ? Ou tu t'en veux de ne pas l'avoir attrapé ?

– Oui, non. C'est autre chose. C'est le tableau, je suis sûr de l'avoir déjà vu, mais je ne sais pas où.

– Tu as visité ce château tellement de fois... tu l'as sûrement déjà vu !

– Non pas ici, pas au château, ailleurs. Je ne sais plus. Et...

– Et ? Ça me semble important. C'est bizarre. » Ils se turent.

Emma savait à quel point Thomas s'ennuyait ferme depuis sa sortie de l'hôpital. Si le sujet l'intéressait après tout ! Cela lui changerait sûrement les idées de faire une petite recherche historique sur le tableau. Elle préférait ça à le voir partir au bout du monde dans un bolide ou pire. Ils arrivèrent bientôt chez eux. Demain serait un autre jour.

UNE HISTOIRE DE FAMILLE

Pour la première fois depuis des semaines, Thomas considéra avec plaisir l'agenda complètement vide de sa journée. Il n'avait pas très bien dormi, son sommeil était agité de rêves bizarres tournant autour des jardins du château, mais son jogging matinal avait chassé ses démons nocturnes et il se sentait plein d'une énergie nouvelle. Entre deux tartines, il pianotait sur son ordinateur afin de trouver des renseignements sur le tableau abîmé. Ce n'était pas facile, outre quelques références ici et là, dans l'inventaire des collections du château, il n'y en avait aucune reproduction consultable en ligne. Quelle guigne ! Comment s'appelait le conservateur qu'ils avaient rencontré la veille ? Madof, voilà. Il put trouver le numéro rapidement et appela aussitôt. L'homme était très affable, mais visiblement occupé. Il n'apprit rien de plus que ce que Thomas savait déjà : le tableau était très abîmé, mais n'avait que peu de valeur. La police n'avait pas attrapé la personne que Thomas avait vue et elle était en train d'éplucher les enregistrements des caméras de sécurité. Il ne pouvait guère en dire plus. Le tableau faisait partie de la réserve du château, et n'avait pas été exposé depuis des années. Il ne savait pas non plus à quel attentat le tableau faisait référence. Thomas le remercia et raccrocha. Il passa ensuite la matinée à éplucher les biographies officielles de Louis XIV pour l'année 1684, mais aucune ne mentionnait un attentat s'étant produit dans les jardins du château cette année-là, ni même dans une période autour. Étrange. Mais après tout, la vie de Louis XIV fut suffisamment riche pour qu'un tel détail ne fût pas rapporté précisément. En fin de compte, et alors que son estomac commençait à sérieusement le malmener pour avoir sauté la pause déjeuner, Thomas trouva une référence aux « évènements funestes dont le Roy fut sorti grand » et qui amenèrent, rien que ça, à la reconstruction du bassin d'Apollon. Qu'avait-il pu se passer aux jardins pour que cela nécessite la reconstruction de toute la fontaine ? Thomas se posait la question en mâchant distraitement un reste de tartine. Un numéro renvoyait à la bibliographie où l'on citait l'ouvrage « Louis XIV, l'autre histoire. S. Poitiers (1843) ». Une rapide recherche lui apprit que l'ouvrage n'était pas en ligne et qu'il n'avait pas été réédité, mais qu'un exemplaire faisait partie de l'inventaire de la bibliothèque royale. Aujourd'hui, l'ensemble des collections était rassemblé aux archives des Yvelines, à Saint-Quentin. C'était à peine à quelques minutes en voiture, et elles étaient encore ouvertes pour deux bonnes heures. Il n'hésita pas un instant.

Emma s'offrit une pause entre deux patients. Elle avait rouvert son cabinet de kinésithérapie et la clientèle revenait peu à peu. Beaucoup de sportifs, essentiellement qu'elle avait connus dans sa vie d' » avant », lorsqu'elle était le kiné officiel de l'écurie de Thomas. Elle se souvint de sa fougue et son audace en course. Il avait changé, bien sûr. C'était « avant ». Avant que le passé de son père ne ressurgisse, avant qu'on s'en serve pour la manipuler. Elle avait dû tout quitter du jour au lendemain. Et Thomas avait failli se faire tuer. Une partie d'elle lui soufflait que c'était sa faute, mais en vérité, Chamberlain et son organisation auraient choisi Thomas de toute façon. D'une certaine manière, il l'avait surpris. À bien des égards, Thomas était un héros et avait, à lui tout seul, démantelé un cartel économique très puissant. Elle se souvenait de la flamme qui brillait dans ses yeux lorsqu'il l'avait retrouvée dans une petite ville au fond du comté de Warren, Pennsylvanie. Cette même flamme qu'il avait en montant à l'assaut de la forteresse de Chamberlain. Il était... grand. Et puis, une balle avait traversé son poumon, et son cœur s'était arrêté de battre. Pendant de longues et atroces minutes. Jusqu'à ce que les efforts de Mu Bao, à genoux dans la boue, paient. Le cœur était reparti, toussotant, pétaradant comme une mécanique d'Antoine. Increvable. Elle avait cru mourir en le voyant ainsi. Mais il lui avait sauvé la vie, il l'avait sauvé d'elle-même, de son passé. Et cela l'avait profondément changé. L'intrépide n'était plus, il était mort ce jour-là. Posé, calme, emprunté, presque timide, presque peureux. Tel était le nouveau Thomas. La flamme dans les yeux avait disparu. Emma n'arrivait pas à décider si c'était bien ou mal. Certes, il en avait fini des rallyes casse-cou et, à son grand soulagement, il avait décliné l'offre, un brin culottée, de la DGSE (la vraie) d'intégrer les rangs. Mais elle sentait bien qu'il lui manquait quelque chose. Il tournait comme un lion en cage et semblait attendre quelque chose, mais sans savoir quoi. Il se cherchait, il cherchait un nouveau sens à donner à sa vie. Et il s'impatientait de ne pas trouver. Mais elle ne savait pas comment l'aider. Elle-même essayait de toutes ses forces d'oublier ce qui s'était passé. Elle avait fait un trait sur cette période, elle avait recommencé son travail, avait retrouvé ses patients, ou du moins une partie. Tout ce qui l'importait était de faire sa vie avec Thomas, mais elle avait la désagréable sensation que cela ne suffirait pas à le rendre vraiment heureux. Il lui manquait quelque chose, et ni l'un ni l'autre ne savaient quoi.

Il tourna la clé de contact, les yeux fermés. Immédiatement, un feulement rauque et des vibrations familières lui indiquèrent que les quatre cylindres à plat du moteur tournaient comme une horloge. Il avait fait ramener la Subaru d'Emma des États-Unis. Un peu comme un trophée. Il avait gagné tellement de courses sur un modèle identique, c'en était presque une seconde peau. Celle-ci était juste un peu plus confortable que le modèle de course, d'un blanc éclatant, et presque aussi puissante, car Emma, en fine connaisseuse, y avait fait quelques modifications. Il n'avait pas conduit depuis des semaines et il constata que cela lui avait manqué. Le trajet lui parut bien trop court jusqu'au bâtiment des archives départementales. À la réception, on lui fit remplir une fiche papier où il indiqua le nom de l'ouvrage qu'il souhaitait consulter. L'employée lui fit la leçon sur le fait qu'il ne pourrait bien sûr pas emporter le livre avec lui et qu'il devrait le rapporter sur le chariot destiné aux retours au moins quinze minutes avant la fermeture. C'était une femme assez ronde, visiblement collée à sa chaise pivotante, au visage peu aimable et qui regardait tout le monde avec deux petits yeux soupçonneux. On eut dit que toute la collection lui appartenait personnellement. Elle lui fit ensuite signer plusieurs papiers dans le cas où le livre ancien serait abîmé et lui fit une liste exhaustive des choses à ne pas faire avec le livre. Thomas commençait à s'impatienter. Les deux heures qui le séparaient de la fermeture commençaient à fondre bien vite, et il n'avait même pas encore vu le livre. Enfin la cerbère, satisfaite de ses instructions, se tourna vers une jeune fille occupée à tapoter sur un clavier et lui tendit la fiche. Dans un soupir très perceptible, la jeune femme se leva et partit chercher le livre. Thomas s'assit et patienta. Dix, quinze, trente minutes passèrent avant que la jeune fille ne revienne, les mains vides.

« On l'a plus ! fit-elle sans détour. La taulière porta un regard torve sur sa collègue et se retourna vers Thomas.

– Ça arrive, dit-elle avec toute l'émotion qu'une huître pourrait exprimer.

– Comment-ça vous ne l'avez plus ? demanda Thomas, agacé. Selon votre catalogue en ligne, vous en avez un exemplaire.

– Il a dû être prêté. Cela arrive souvent, des universités, des experts reconnus, peuvent faire des demandes de prêt pour leurs recherches.

– Et pouvez-vous me dire à qui vous l'avez prêté ? Le chien de garde sortit les crocs :

– Ah non ! c'est confidentiel ! Thomas sentait la moutarde lui monter au nez, mais essayait de garder son calme.

– C'est peut-être quelque chose que vous auriez pu vérifier avant de me faire signer tous vos papiers, il me semble. »

Avant qu'elle ne puisse répondre, le téléphone sonna avec insistance, et, y voyant une occasion de plus d'humilier Thomas, elle interrompit la conversation pour décrocher. La communication fut brève, car elle raccrocha rapidement et, chose que Thomas pensait impossible, elle se leva de sa chaise. Puis, regardant Thomas d'un air encore plus condescendant elle déclara, autant pour lui que pour sa collègue « Le Directeur m'attend. » Ce qui, de fait, terminait la conversation. Avec fort peu de grâce elle se tourna et sortit par une porte sans un regard en arrière, ravie de son effet. Thomas roula les yeux au ciel et s'aperçut que la jeune femme avait fait pareil. Ils se mirent à rire doucement.

« Donnez-moi une minute, lui dit-elle en se rasseyant devant son clavier. Je vais voir si je peux vous renseigner. Thomas la remercia d'un signe de tête. Après quelques minutes de recherches, la jeune femme griffonna quelques mots sur un Post-it et le tendit à Thomas : Vite, allez-y ! Je l'entends qui revient. »

Ne souhaitant pas causer d'embarras à la personne qui l'avait aidé, il se précipita dehors. Sur le perron, il déchiffra alors ce qu'avait écrit la jeune femme. Il poussa un hoquet de stupeur : il connaissait fort bien la personne qui avait emprunté le livre, mais comment était-il possible que, de tous les livres de toutes les bibliothèques de France, ce soit celui-ci qu'ils cherchaient tous les deux en même temps ? Il relut le papier pour être sûr, mais il n'y avait aucun doute, le nom était tout à fait déchiffrable : Jean-Pierre Modric, Espalion (12) : Son propre père !

Depuis son adolescence, aussi loin qu'il puisse se souvenir, les relations que Thomas a entretenues avec sa famille étaient... différentes de celles des autres. S'il s'était toujours bien entendu avec ses parents, leurs relations étaient très formelles, très adultes. Les Modric n'étaient, pour ainsi dire, pas des modèles de chaleur humaine. Cela n'a pas empêché Thomas d'avoir une enfance heureuse, mais les moments vraiment complices avaient été rares, et chacun dans la maison avait ses propres priorités. Bien sûr, quand il était à l'hôpital avec une balle dans le poumon ils avaient été là, mais toujours avec cette pudeur, cette distance qui avait caractérisé leurs relations depuis longtemps. Chacun, dans la famille, avait ses propres centres d'intérêt et faisait de son mieux pour ne pas empiéter sur les autres. Il le savait, le dada de son père avait toujours été la généalogie. Les Modric étaient ancrés dans l'Aveyron depuis le XVIe siècle, et la région d'Espalion le fief ancestral. C'était par un pur hasard que lui-même n'y soit pas né. Son père avait fièrement reconstitué une grande part de l'arbre généalogique familial, mais il savait qu'il butait sur la partie concernant la fin du XVIIe siècle. Il se souvenait de dimanche pluvieux à éplucher des archives et visionner des microfiches. Peut-être son père avait-il pensé trouver des indices dans l'histoire cachée de Louis XIV ? Il devait lui demander. Ce serait l'occasion de retrouver la vieille maison où il avait grandi. De retour chez lui il trouva Emma en train de préparer à dîner.

« Tu as vu cette histoire de tueur en série ? demanda-t-elle depuis la cuisine.

– Non. Thomas avait passé la journée sur ses recherches, il n'avait pas lu le journal ni écouté la radio. Quelle histoire ?

– Dans la région, il paraît. Un truc horrible. Les victimes sont mutilées, laissées dans une mare de sang.

– Et c'est dans le coin ? Il leva un sourcil, inquiet.

– Oui, Versailles, Trappes, le sud-ouest de Paris. Ne t'inquiète pas, à priori on n'est pas dans le profil. Il s'attaque plutôt à des SDF ou des Maghrébins. Enfin, faut faire gaffe quand même. L'histoire du SDF qu'il avait lu dans le journal quelques jours plus tôt lui revenait en mémoire.

– Oui il me semble avoir lu quelque chose sur le sujet l'autre jour. Je crois même que j'ai peut-être croisé une des victimes.

Emma sortit de la cuisine, interloquée :

– Vraiment ? Et c'est maintenant que tu le dis ?

– Peut-être, j'ai dit. L'autre matin en faisant mon jogging j'ai failli être renversé par un type surgi du bois. Il semblait avoir la mort aux trousses. L'expression donna froid dans le dos à Thomas. Ce n'était pas loin d'où ils ont trouvé un SDF mort, mais je ne suis pas sûr que c'est bien lui. » Emma retourna dans la cuisine, pas tout à fait rassurée.

Thomas changea de sujet et lui raconta sa journée de recherche sur le tableau qui avait été détruit la veille au château. Elle fut tout aussi surprise que lui d'apprendre que cela conduisait à son père. Thomas proposa :

« Ça te dit un peu de vacances dans l'Aveyron ? Mais Emma secoua la tête :

– Non, désolé. J'ai des rendez-vous toute la semaine. Tu sais bien que je ne peux pas fermer le cabinet alors que je viens juste de le rouvrir. » Thomas hocha la tête, compréhensif. Emma vint se planter devant lui et mit ses mains sur ses joues, lui redressant la tête et le regardant droit dans les yeux. Là, juste au fond, il y avait de nouveau cette lueur. Pas encore une flamme, mais au moins une étincelle. Elle planta ses lèvres sur les siennes.

« Pars, je vais voir si je peux bouger quelques patients et je te rejoins pour le week-end. Prends la Subaru, je viendrais en train. » Elle savait comment le convaincre. Thomas acquiesça et la prit dans ses bras.

Les pneus du bolide de Thomas faisaient crisser les cailloux blancs de l'allée remontant au mas familial. Il se gara doucement à côté de la berline grise de son père et sortit. La chaleur lui tomba sur les épaules comme une veste de plomb, mais il était content de s'étirer : L'Impreza était certes amusante à conduire, mais les cinq heures de route, la suspension raffermie et les spartiates sièges baquets se faisaient sentir sur ses lombaires. Il aurait donné cher pour Emma et ses mains expertes ! Elle lui manquait déjà : depuis leur retour et sa sortie de l'hôpital, c'était la première fois qu'il partait sans elle. La porte du perron s'ouvrit sur ses parents. Ils vinrent à sa rencontre et l'embrassèrent, puis son père attrapa son sac et les suivit à l'intérieur. La bâtisse familiale arborait fièrement son bicentenaire. Avec ses murs de pierre épais, il y faisait naturellement frais et c'était un délicieux refuge après l'écrasante chaleur du dehors. Thomas était ravi de retrouver ses parents et savourait le calme après des mois très durs, tant physiquement que moralement. Ils parlèrent de tout et de rien jusqu'à la fin du dîner lorsque Thomas orienta la conversation vers la raison qui l'avait fait venir.

« Tu m'as parlé de ce livre que j'ai emprunté aux archives, commença son père.

– Oui j'ai trouvé une référence à ce livre en faisant des recherches sur un évènement de la vie de Louis XIV.

– Pourquoi n'avoir pas directement demandé à ton père ? demanda sa mère. Tu sais que c'est un expert de cette période. »
T

homas se sentit un peu honteux. Il n'avait pas réalisé que, depuis qu'il avait pris sa retraite, son père avait transformé son intérêt pour la généalogie en véritable passion, et qu'il avait démontré suffisamment d'expertise pour se voir confier des ouvrages du Fonds de la Bibliothèque Royale par les archives des Yvelines.

« Mais comment es-tu passé de la généalogie à la vie de Louis XIV ? demanda Thomas, curieux.

– Ahh. C'est pour résoudre les mystères de la famille. Thomas tendit l'oreille, intrigué. J'ai réussi à reconstituer l'arbre généalogique de la famille tu le sais, c'est un sujet qui m'a toujours passionné. Mais je bute depuis longtemps sur la période du début du XVIIIe siècle. J'ai pu retracer notre ascendance jusque dans les années 1720, mais au-delà, c'est le trou.

– Que veux-tu dire ?

– Pas moyen de mettre la main sur les parents de nos aïeux morts en ce temps là. J'ai fait toutes les archives de la région, les bases des mormons, les registres baptismaux. Ils sont arrivés dans la région d'Espalion sans qu'on sache d'où. Une de leur tante, ou cousine ce n'est pas clair, habitait déjà la région. Pour elle j'ai pu remonter jusqu'au début du XVIIe. Mais pour notre aïeul direct, ou sa femme, c'est le parachutage complet.

– Et qu'est-ce qui t'a amené à ce livre ?

– J'y viens. Bref, j'ai envoyé des messages tous azimuts sur les réseaux dédiés à la généalogie. Il y a quelques mois, j'ai été contacté par un généalogiste croate. Le nom "Modric" y est très populaire. Il venait de trouver un livre datant du début du XIXe retraçant les généalogies des Modric en Europe.

Il y a bien sûr plusieurs familles distinctes, avec des origines différentes. Après quelques échanges, nous avons pu identifier notre propre lignée et il m'a gentiment envoyé une traduction du passage consacré à notre famille. C'est ainsi que j'ai pu remonter jusqu'en 1604 sur certaines branches, comme celle de la tante de nos aïeux dont je te parlais tout à l'heure. »

Thomas était tout ouïe. S'il n'était pas aussi passionné de généalogie que son père, il prenait beaucoup d'intérêt à connaître l'histoire de la famille.

« Je suis donc parti du fait que notre ancêtre Guilhem avait sa tante ici, alors les parents de cette tante devaient être ses grands-parents à lui. Ces gens-là ont eu sept enfants ! Cinq garçons et deux filles. Deux des garçons sont morts jeunes et n'ont pas eu de descendants. L'un est parti dans l'armée et est mort quelque temps plus tard en Hollande. Il n'avait aucun enfant reconnu. Les deux autres sont restés, l'un est devenu curé et l'autre a pris une auberge sur Espalion. Marié en bonne et due forme et il a déclaré tous ses enfants, même ceux morts en couche. Aucun Guilhem.

— Et les filles ? demanda Thomas, passionné par le récit de son père.

— L'une a marié un nobliau, médecin de l'armée du roi, et l'a suivi à Paris. L'autre est rentrée dans les ordres pendant un temps avant de retourner prendre soin de ses parents. Elle garda la ferme à leur mort et resta vieille fille. C'est la tante dont je te parlais.

— Peut-être a-t-elle eu un enfant qui n'a pu être reconnu que plus tard, ou bien dont le père n'a pas voulu et qu'elle a reconnu et donné son nom ? Le père de Thomas fit la moue.

— J'y ai pensé aussi, bien sûr, mais les choses ne se faisaient pas comme ça dans le temps. Surtout avec autant de curés dans la famille.

— Et l'autre ?

— C'est là que ça devient encore plus intéressant. La sœur épousa un médecin de l'armée, un certain d'Espaing. Il avait servi le roi Louis, et était en quelque sorte un scientifique. Savais-tu qu'il était un précurseur de l'autopsie moderne ? Thomas l'ignorait, mais le nom d'Espaing lui disait quelque chose. Bref, il fut assez controversé, encore plus lorsqu'il épousa une roturière. Ils eurent un seul fils, Guillaume, qui devint docteur également, et même médecin du Roi.

– Guillaume, Guilhem... c'est bien proche comme nom.

– Oui, Guilhem est Guillaume en langue d'oc. Mais je t'arrête tout de suite, ce Guillaume-là ne pourrait pas être notre aïeul Guilhem : il mourut dans d'étranges circonstances en 1684 à Versailles. Des années avant la naissance de Jean, le fils de Guilhem qui est dans notre ascendance directe.

– D'étranges circonstances ?

– Oui et c'est le livre que j'ai emprunté aux archives qui m'en a appris les détails. Guillaume d'Espaing est mort en protégeant le roi Louis XIV lui-même lors d'un attentat survenu dans les jardins du château de Versailles. » Thomas sursauta : c'était exactement l'information qu'il était venu chercher.

MYSTÈRES

Son père se leva à ce moment pour aller chercher le livre, resté dans son bureau. Thomas constata qu'il était déjà fort tard. Même sa mère était déjà partie se coucher, mais il ne pouvait pas en rester là. Mettant sa fatigue de côté, il attendit patiemment son père. Celui-ci revint au bout de quelques minutes, plusieurs ouvrages dans les bras et des lunettes en demi-lune perchées sur le bout du nez. Il s'assit à côté de Thomas et ouvrit « L'autre Histoire de Louis XIV » jusqu'à une page marquée par ses soins.

« Ah ! Voilà ! Cela décrit les évènements qui se sont produits à la fin de l'année 1684. C'était une période assez troublée à Versailles, malgré la main de fer avec laquelle Louis dirigeait le royaume. Beaucoup en voulaient à sa personne et de nombreux bruits couraient sur son règne. Beaucoup de légendes et de mythes. Il est écrit ici que le Roi échappa à un attentat à la grenade dans les jardins mêmes du palais. La violence fut telle, que le bassin d'Apollon fut détruit entièrement par une explosion et que de nombreux gardes périrent en protégeant la vie du Roi, dont le chevalier d'Espaing, Docteur du Roi, mort l'épée à la main.

– En quoi est-ce une "étrange circonstance" ?

– Eh bien d'une part, attenter à la vie du Roi Louis XIV n'est pas anodin. Il avait beaucoup d'ennemis, même au sein de la Cour, mais aucun qui n'aurait risqué un attentat au sein même des jardins, c'était très compliqué d'y pénétrer. Quant aux ennemis extérieurs, s'il y avait toujours bien sûr des conflits, notamment avec les Habsbourgs, la situation internationale était "relativement" calme pour l'époque. De plus, l'assassinat de têtes couronnées n'était pas aussi fréquent que l'industrie du cinéma veut nous faire croire. En gros, on ne sait pas vraiment qui a organisé l'attentat, même si beaucoup d'histoires circulent. Ensuite, que faisait un docteur du Roi, aux jardins, l'épée à la main ? C'est un peu ce que j'essayais de creuser et il se trouve que notre bon docteur faisait plus que dispenser des conseils médicaux au Roi. Certains rapports montrent que la police locale faisait appel à lui en cas de mort violente pour les aider à trouver les meurtriers. Un détective des temps anciens si tu veux. Il avait continué les travaux de son père sur l'autopsie et avait développé une certaine réputation dans le domaine. Il faut dire que les morts violentes étaient monnaie courante à cette époque-là. L'une de ses dernières affaires indiquait qu'il travaillait pour le compte du Roi à démasquer l'auteur de crimes plutôt atroces commis dans la région. Certains disent que l'attentat était lié à ces meurtres, car après ce jour-là, il n'y a plus jamais eu de nouvelles victimes. »

Il y avait, dans le livre, une gravure qui ressemblait au tableau déchiré. On y voyait une représentation de la perspective des jardins avec, à la place de la fontaine d'Apollon un grand trou et, tout autour semble-t-il une bataille rangée entre les gardes et un adversaire représenté deux fois plus grands que les autres. Immédiatement, cela fit penser au colosse qui l'avait renversé après avoir déchiré le tableau. Il frissonna malgré lui. Le tableau avait plus de trois cents ans, il était bien sûr impossible que le vandale du château et l'assaillant de l'attentat fussent une même personne. La coïncidence était tout de même troublante. Thomas était fatigué, il avait du mal à penser clairement. Entre la route et l'histoire racontée par son père, il avait besoin de repos. Après avoir embrassé son père, il attrapa son sac et se dirigea vers sa chambre. Ses parents l'avaient gardée intacte et cela faisait une sensation bizarre de se retrouver là, au milieu des vieux jouets, des photos, des vieux livres. Il s'écroula sur son lit et sans préambule, s'endormit aussitôt.

Edgar Saripan éteignit la télévision, un sourire satisfait au coin des lèvres. Les journaux télévisés, les chaînes d'information en continu, la presse : tous ne parlaient que du tueur en série qui dépeçait ses victimes dans l'Ouest parisien. La police était sur les dents. Aucune arrestation et peu d'indices laissés. La colère grondait dans les quartiers majoritairement peuplés d'immigrés en provenance d'Afrique du Nord, cibles principales du tueur. Cette population pauvre et ostracisée réclamait justice et accusait la police de faire trainer l'affaire. Exactement ce qu'il avait prévu. Les quartiers sensibles de l'Ouest parisien, de Mantes-la-Jolie aux Mureaux, de Trappes à Nanterre, étaient des barils de poudre. Et il avait l'allumette.

Les visages fatigués des personnes autour de la table de la cellule de crise du Ministère de l'Intérieur en disaient long sur la tension qui régnait. La porte-parole du ministre, la cinquantaine et d'ordinaire si dynamique, était affalée au fond d'un fauteuil. Toute la journée, elle s'était battue pour contenir les médias un peu plus longtemps. La vérité était que la région Parisienne était au bord de l'émeute, et le Ministère faisait tout en son pouvoir pour éviter la panique. Un commissaire de la DSI, la Direction de la Sécurité Intérieure finissait son rapport au ministre. Des rumeurs d'agitateurs étrangers se propageaient de toutes parts, mais la DSI pointait plutôt le doigt vers les membres français d'une organisation criminelle d'origine moyen-orientale. Mais les motivations restaient floues à ce jour. Ce fut ensuite au préfet de police de la capitale de présenter l'état des effectifs et les dispositifs mis en place pour contenir tout début d'émeute. Exceptionnellement, un colonel de l'Armée de Terre était présent et présenta à son tour le statut des effectifs militaires pouvant être réquisitionné si besoin. Un représentant de la Garde Nationale, forte de 70 000 hommes et sous la responsabilité conjointe des Ministères de la Défense et de l'Intérieur, était également invité à présenter l'état des troupes. Vint ensuite un commissaire divisionnaire de la police judiciaire qui présenta les dernières informations sur l'enquête concernant le tueur en série, enquête au cœur des problèmes de ces derniers jours. Il y avait officiellement dix-sept victimes, toutes originaires du grand Maghreb, et tous des hommes. Toutes les couches sociales étaient représentées, du clochard au diplomate, mais la majorité des victimes était dans la catégorie travailleurs pauvres, c'est-à-dire la plus représentative de la population d'origine maghrébine en France. Le modus operandi était toujours le même : des victimes isolées, pas de témoins, la gorge tranchée. Puis l'individu lacérait sauvagement la poitrine et versait pour finir sur la victime plusieurs litres de sang de bœuf de sorte qu'elle se trouvait littéralement dans une mare de sang. Chose curieuse, on retrouvait sur chaque victime un caillou au fond de la gorge. La signification de ce détail ne faisait pas l'unanimité parmi les experts scientifiques travaillant sur le sujet, dont les théories allaient du meurtre rituel à l'assassinat porteur de messages. Le ministre écoutait les rapports les uns après les autres. Il pâlit, comme beaucoup, à l'écoute des détails des meurtres. Clairement, on n'avait pas, comme pensé initialement, affaire à un fou sauvage. Il y avait de la mise en scène dans ces assassinats, et il semblait évident maintenant qu'ils étaient utilisés pour attiser un feu de révolte parmi la population immigrée. La question qui restait sans réponse, toutefois, était : pourquoi ?

Pendant toute la réunion, un homme était resté silencieux, assis sur une chaise en retrait de la table de conférence. Habillé simplement et toujours en manteau, il avait un badge « Visiteur-VIP ». Distingué, d'un âge certain, le crâne dégarni, il avait écouté attentivement tous les intervenants, se contentant de hocher la tête par moment. Finalement, le ministre ajourna la réunion. Tous se levèrent à la hâte. Il était fort tard et chacun avait à cœur de rentrer chez soi rapidement. Le vieil homme attendit que tous soient sortis. Quand ce fut le cas, le ministre se tourna vers lui et lui jeta un regard las. L'homme se leva, et l'on put apercevoir brièvement le col blanc sous son manteau.

« Qu'en pensez-vous mon père ? demanda le ministre d'une voix fatiguée.

– Les signes sont là, Monsieur le Ministre. Il serait temps, je pense, d'en parler au Président. »

Mais le ministre restait incrédule :

« Vous pensez vraiment que c'est cette secte, cette Mauresque, qui serait derrière tout ça, et qui n'aurait d'autre but qu'une nouvelle révolution afin de faire main basse sur les Saintes Reliques ? Cela parait tordu, et d'un autre âge.

– La Mauresque est ancienne, évidemment. Mais les techniques qu'elle emploie sont actuelles : elle a patiemment tissé sa toile, pays par pays, ville par ville, quartier par quartier. L'étau s'est resserré sur les reliques, et sur ma confrérie. Si la situation devait empirer, il faudra songer à les sortir du pays.

– Les sortir ? Un trésor national ! Comme vous y allez. Le ministre voyait tout cela comme de l'ésotérisme. Écoutez, je comprends que votre... organisation avait des liens très étroits avec l'Etat et aussi une certaine influence. Vous faites partie de ces secrets d'états dont chaque gouvernement se passe depuis des décennies. Je comprends aussi l'importance historique de ces (il hésita) objets. Mais je refuse d'alarmer le Président sur les conséquences potentielles que vous décrivez si les reliques venaient à tomber aux mains de cette secte. De mon point de vue ce serait dommage, regrettable, mais cela ne devrait pas nous éloigner des vrais problèmes, notamment que la région entière est au bord du chaos.

– M. Le Ministre. Ma confrérie a été créée par Louis XIV, alors seul gardien des Vraies Saintes Reliques lorsqu'il a réalisé que la Mauresque ne s'arrêterait pas à assassiner un Roi ou à renverser un pays pour obtenir ce qu'elle veut. Depuis trois siècles nous sommes les protecteurs, et aussi les témoins du miracle que sont ces objets sacrés. Libre à vous de ne pas y croire, de ne pas avoir cette foi. Mais le pacte qui nous lie à l'État est clair et doit être respecté : si nous le demandons, la sauvegarde de ces reliques doit être une priorité pour l'État qui doit alors nous accorder les moyens de le faire.

– Je comprends votre mission, mon Père, fit le ministre avec diplomatie. Mais faire bouger les reliques maintenant est peut-être justement ce que cette Mauresque veut. Aujourd'hui, tout se sait, tout est sur les réseaux, sur Internet. N'importe quel contingent de police qui ne suivrait pas la logique antiémeute décidée ici serait immédiatement repéré et les individus dont vous me parlez sauront où se trouvent vos objets. » Le vieil homme réfléchit un moment en silence. Le ministre n'avait pas tort, mais en même temps, il sentait l'étau se resserrer autour des reliques.

Louis XIV avait créé la Confrérie de la Lance peu de temps après l'attentat des Jardins. Judicieusement, il avait senti le monde en train de changer, et s'il n'avait certes pas envisagé la fin de la monarchie un siècle plus tard, il savait que les Saintes Reliques devaient être protégées par une organisation indépendante, autant que possible, des aléas politiques et institutionnels du Royaume. Il fallait bien sûr que les membres de cette organisation soient entièrement dévoués à la sauvegarde de ces objets sacrés, aussi se tourna-t-il vers l'Église pour cette tache. Au fil des années, la Confrérie continua sa mission de protection, en cachant ou bougeant les reliques et en s'appuyant parfois sur les ressources de l'État comme convenu dans un pacte secret qui fut conclu par Louis XIV et reconduit par tous les gouvernements successifs jusqu'à ce jour. Ainsi, lorsque Hitler rentra dans Paris en juin 1940, sa première visite ne fut pas pour la tombe de Napoléon, mais pour la Sainte-Chapelle où ses espions avaient localisé les reliques. Heureusement, celles-ci avaient été évacuées la veille de l'entrée des nazis dans la capitale par un détachement de cavalerie mis spécialement à disposition de la Confrérie et qui escorta, au prix de nombreuses pertes, les reliques jusqu'en zone libre. C'était le vieil homme lui-même qui avait pris la tête du détachement ce jour-là. À cette époque pas si lointaine, nul n'avait hésité ou posé de questions pour aider la Confrérie. Aujourd'hui, les reliques n'étaient plus que mythes et superstitions. La technologie était le nouveau Dieu, le nouvel objet de foi. Voyant qu'il n'obtiendrait pas plus du ministre ce soir, le vieux chevalier prit congé. Il lui faudrait trouver une autre solution. Il l'avait toujours fait.

Le trajet jusqu'au couvent des Carmes fut bref. Une aile du couvent abritait la Confrérie. Le vieil homme entra dans le petit bureau qui lui faisait également office de chambre. Il menait une vie spartiate et humble. Depuis quelques années maintenant un ordinateur trônait sur son bureau. Il regarda l'appareil avec fascination : il n'aurait jamais cru devoir dépendre de cette boite métallique la première fois qu'on lui en avait montré un. Aujourd'hui, la Confrérie utilisait des messageries cryptées pour échanger la masse phénoménale d'information qu'elle était capable de collecter. Des frères bien plus jeunes et technophiles que lui s'occupaient de tout ça, et essayaient de garder un coup d'avance sur la Mauresque, dans une partie d'échecs qui durait depuis trois cents ans maintenant. Chaque camp avait ses espions, ses réseaux, ses zones d'influence. Malgré tout cela, aucune n'avait réussi à localiser la tombe de Selim Pacha, et tant que la Confrérie possédait la pointe de la Lance, elle gardait un avantage. Mais son influence se fanait avec l'âge, et sa capacité à mobiliser les ressources de l'Etat allait bientôt disparaître, il le sentait. Il lui fallait trouver autre chose. Un autre champion. Et en lisant les rapports expédiés par ses agents dans sa boite mail, il sut. Il lut et relut le message, et son esprit fut emporté dans un tourbillon de souvenirs. Caressant machinalement une vieille cicatrice, il prit sa décision : attrapant son arme des temps modernes, un smartphone dernier cri, il se plongea une fois de plus dans ses souvenirs.

Thomas se réveilla de bon matin avec la sensation étrange d'être retombé en enfance. Sa chambre n'avait pas beaucoup changé et il dut faire un petit effort de concentration pour se remémorer les histoires des derniers jours. La visite au château, l'inconnu qui déchire le tableau, la recherche d'informations qui l'avait mené tout droit chez ses parents. Il se demandait au fond ce qu'il faisait là. Pourquoi avait-il suivi la piste de ce tableau déchiré ? Il lui avait semblé le connaître, mais il n'avait trouvé aucun livre reproduisant le tableau, et celui-ci n'avait jamais été exposé auparavant. C'est alors qu'un déclic se fit dans son esprit alors qu'il se levait : face au lit se trouvait une bibliothèque. « Sa » bibliothèque. Tous les livres qu'il avait eus dans son enfance. C'était pourtant évident : il eut tôt fait de trouver le livre qu'il cherchait et qui s'intitulait sobrement « Louis XIV le chrétien. » Il n'y avait aucune trace d'un auteur ou d'un éditeur. Il se souvenait avoir reçu le livre lors de sa première communion. Un des curés le lui avait remis. Il ne s'intéressait guère à la religion à l'époque et il n'avait jamais lu le livre, il se souvenait à peine l'avoir feuilleté. En quelques minutes, il trouva ce qu'il cherchait : sur une double page en couleur, une reproduction exacte du tableau sur l'attentat du Jardin. On y voyait en détail la garnison former un rempart humain entre le Roi et un assaillant au teint brun, d'une taille colossale. Il y avait de la fumée et du feu, sortant du trou où se trouvait la fontaine d'Apollon. Et il y avait Guillaume d'Espaing, accompagné d'un officier et d'un homme d'armes qui courraient vers la bataille. Il referma le livre et descendit en courant voir son père.

Comme Thomas, celui-ci fut ébahi de trouver une représentation aussi détaillée du tableau. « Te souviens-tu qui me l'a donné ? demanda Thomas. On dirait qu'il avait été fait spécialement pour ma communion. Il n'y a ni auteur ni éditeur. Il n'est en vente nulle part. Le père de Thomas fronça les sourcils, essayant de se rappeler.

– C'était un curé qui était là le jour de ta communion. Père Guillaume. Il était là le jour de ton baptême également, mais il n'est pas de la paroisse d'Espalion. Je ne sais pas d'où il vient, mais ça m'avait frappé parce qu'il ressemblait beaucoup au curé qui avait fait ma communion ! Enfin, il faut dire aussi qu'ils se ressemblent un peu tous, les curés ! »

Thomas rit de bon cœur avec son père. Il regarda de plus près le livre: Il racontait le côté religieux de la vie de Louis XIV, qui se devait être également un modèle spirituel pour ses sujets. Le livre mentionnait également la mission de protection des Saintes Reliques qui était du ressort exclusif du Roi, ce que Thomas ignorait. À vrai dire, il ignorait également ce qu'étaient les Saintes Reliques et s'aida d'Internet pour combler cette lacune. Ils étaient au milieu du petit déjeuner quand le téléphone de Thomas sonna à l'étage. Il monta les marches quatre à quatre. Il n'avait pas donné de nouvelles à Emma et elle était furieuse. Ils passèrent un long moment au téléphone, elle lui manquait beaucoup. Il avait cette sensation que sans elle, aucune réunion de famille ne semblait complète. C'est en raccrochant qu'il se rendit compte qu'il avait reçu un message pendant la nuit. Un numéro court : 1684, il l'ouvrit et fut stupéfait de trouver une photo pour seul contenu : la photo du tableau de l'attentat.

Sous le choc, il descendit les escaliers sans un mot. Il décida de garder le message pour lui. Il passa le reste de la matinée à discuter de la famille et des pistes qu'avait suivies son père pour retrouver le chaînon manquant de la famille Modric. La télé était allumée dans le salon et diffusait d'inquiétantes nouvelles de la région parisienne. Une manifestation était prévue en fin de journée et beaucoup redoutaient qu'elle dégénère en émeute. Le Premier ministre appelait au calme. Thomas rappela Emma et s'assura que Versailles était calme, ce qui était le cas pour l'instant. Thomas revint au livre trouvé dans sa chambre. Il expliquait, sans trop de détails, les circonstances de l'attentat : des fanatiques barbares s'en prenaient au Roi dans une guerre clandestine pour le contrôle des Saintes Reliques, et en particulier de la Sainte Lance, celle qui perça le flanc du Christ sur la Croix. Cette secte fut à l'origine de meurtres rituels horribles qui avaient installé un climat de terreur superstitieuse dans le Versailles du XVIIe siècle. Thomas fit une pause, un malaise angoissant s'insinuait en lui, surréaliste, alors que le présentateur télé revenait sur la tension en banlieue parisienne : Thomas avait l'impression d'entendre l'histoire qu'il était en train de lire dans un livre écrit vingt ans plus tôt à propos d'évènements vieux de trois cents ans. Il revoyait la silhouette de l'homme au château : un géant et il en était de plus en plus sûr, brun de peau. Comme celui sur le tableau ? Ou alors était-ce son esprit qui lui jouait des tours ? Il avait besoin d'air. Il n'avait pas couru la veille ni ce matin-là. S'il attendait plus, il ferait bien trop chaud pour courir. Il n'hésita pas plus longtemps, enfila un short, ses tennis et sortie de la maison. Il se mit à trottiner en direction de la forêt qui couvrait le coteau derrière la maison. Il espérait y retrouver un peu de fraîcheur. Il suivrait le ruisseau jusqu'à redescendre vers le cimetière et rentrerait par le même chemin, cela ferait une bonne distance pour se vider la tête. Mais alors qu'il descendait vers le village sur le chemin des Capucines, son portable vibra, annonçant un message. À la vue du numéro d'expéditeur, le 1684, il s'arrêta. Le message était sibyllin : « La vérité est au bout du chemin. » Il regarda autour de lui. Il était parfaitement seul.

EN CHASSE!

Thomas considéra le chemin sur lequel il était. Il aboutissait à l'entrée d'Espalion, juste derrière le cimetière et la chapelle Perse. Un nouveau message arriva : « † 4/34 G ». La croix suggérait bien évidemment le cimetière. Cela ne pouvait plus être une coïncidence. Quelqu'un l'observait, quelqu'un savait où il était et ce qu'il cherchait. Mais ce qui mettait Thomas encore plus dans l'embarras était que lui-même n'était pas sûr de ce qu'il cherchait. Le cœur battant, il s'approcha du cimetière et poussa la porte rouillée qui donnait sur le chemin. Elle s'ouvrit dans un grincement. Le cimetière était bien entretenu, et s'étalait autour d'une chapelle de pierre rose, typique de la région. Il n'y avait personne en vue, à cette heure-ci les gens travaillent, et quant aux autres, ils viennent aux heures plus fraîches. Le soleil tapait fort et Thomas était en nage, respirant lourdement. Machinalement, il gratta sa poitrine, à l'endroit de la cicatrice. La douleur était toujours là, mais se faisait plus discrète qu'à l'accoutumée. Il avançait sans but entre les tombes, ne sachant que chercher lorsqu'un petit écriteau à une intersection le mit sur la piste. 4/34 : Carré 4, tombe 34 ? Il prit ses repères : le carré 4 était proche de la chapelle, dans la partie ancienne du cimetière. S'y trouvaient des caveaux imposants remontant à plusieurs siècles. Le sang de Thomas se glaça à la vue du numéro 34 : c'était le caveau de la famille Modric.

Hassan regardait son maître, immobile et impassible. Saripan suivait d'un œil le journal télé et de l'autre son flot d'emails. Par la fenêtre ouverte qui offrait une vue imprenable sur la tour Eiffel, les sirènes de voitures de police sonnaient presque en continu. Le moment approchait. Un moment tant attendu par la Mauresque et par Saripan. Depuis trois siècles la Mauresque et son Wazir attendaient de reprendre la main dans la quête de la Lance. La disparition de Boisvillier en 1684 avait plongé la secte dans une période délicate. Le Wazir avait disparu avec de nombreux secrets comme l'avancement des recherches sur la partie basse de la Lance. Et à ce jour, personne ne savait où il s'était réfugié après l'attentat ni pourquoi il n'avait pas transmis ses informations aux Grands, ces membres spéciaux de la Mauresque qui étaient en quelque sorte les lieutenants du Wazir. L'attentat sur Louis XIV avait déclenché une véritable chasse aux sorcières. De nombreux membres avaient été emprisonnés, torturés et tués. Boisvillier avait certainement anticipé cette purge et il s'était probablement caché à l'insu des Grands eux-mêmes de peur que l'un d'entre eux ne le trahisse. Boisvillier le bâtard avait une capacité étonnante à la survie en milieux troubles. Mais les raisons pour lesquelles il n'avait pas réapparu plus tard n'étaient pas connues et la Mauresque elle-même n'avait pas connaissance de sa tombe. Sans le manuscrit de Niketas, qui avait disparu également, la secte avait dû recommencer ses recherches du tombeau de Selim Pacha à zéro. Enfin presque, car ils savaient que celui-ci était probablement en Afrique du Nord, et la colonisation française de cette partie de l'Afrique témoignait sans conteste de la volonté de la France de ralentir les efforts de la Mauresque en la privant de tout support étatique dans la région. Quand la Tunisie, la Libye et l'Algérie avaient repris leur indépendance dans la deuxième moitié du XXe siècle, la Mauresque y a vu là une opportunité et a pu remobiliser ses membres pour trouver la tombe, mais hélas, toujours sans succès.

En parallèle bien sûr, elle continua ses efforts pour s'emparer de la partie haute, confiée par Louis aux bons soins de la Confrérie. C'était un immense jeu de cache-cache et à ce jour les hommes d'Edgar avaient identifié pas moins de dix-sept endroits où la Confrérie pourrait avoir caché les Reliques. Pour certains, il conviendrait de les démonter pierre par pierre pour en découvrir les secrets. Et si le plan qu'il avait échafaudé fonctionnait, c'était exactement ce qu'il comptait faire. Pour ce qu'il en savait, son vieil ennemi le chef de la Confrérie, le père Guillaume, n'avait pas réussi à obtenir de l'aide du ministre de l'Intérieur pour protéger les reliques. Cela lui arracha un petit sourire. Le vieux Guillaume était un adversaire coriace et qui jusque maintenant avait réussi à garder deux pas d'avance sur la Mauresque. Mais cette fois-ci il en était sûr, la victoire serait sienne.

Thomas regarda autour de lui. Le cimetière était désert. Il s'approcha du caveau 34 qui était fort ancien. Un petit banc en pierre était installé juste en face. Il s'y assit et regarda la pierre tombale. On pouvait y lire « Guilhem Modric, 1727 ». C'était donc la tombe du fameux Guilhem qui obsédait tant son père. Le premier de la lignée, celui dont on ne savait pas d'où il venait. La dernière lettre du message mentionnait « G », probablement donc pour Guilhem, mais pourquoi le préciser ? Il n'y avait qu'un nom sur le caveau. C'était un mystère qu'il ne pouvait pas résoudre maintenant, pas en plein jour. Son portable vibra une dernière fois : « Trouve Malecange. Trouve Niketas. Finis l'histoire. » Tant de questions se bousculaient dans la tête de Thomas. Il était temps de partir, et de convaincre son père de piller une tombe !

Ce fut en fait plus facile qu'il ne l'avait pensé. Prétextant une soirée entre hommes, ils avaient laissé la mère de Thomas pour partir au coucher du soleil. Dans le coffre de la Nissan électrique qu'ils lui avaient empruntée, Thomas avait entreposé un tas d'outils et des lampes électriques. Même si le cimetière était assez isolé, ils voulaient être les plus discrets possible : la petite Nissan Leaf était parfaite pour ça. Thomas descendait doucement le chemin menant au cimetière et se gara derrière le mur. Il sortit, fit un tour et, satisfait que personne ne pût voir la voiture, leva le pouce vers son père. Celui-ci semblait retrouver ses jambes de vingt ans lorsqu'il enjamba souplement le mur d'enceinte. Le ciel était clair et la lune suffisait amplement pour voir. Thomas fit passer deux caisses à outils à son père et le rejoignit. Il les guida rapidement vers le caveau. Son père en connaissait l'emplacement, mais bien sûr il n'avait pas pu en tirer grand-chose si ce n'est l'année de la mort de Guilhem. Ils contemplèrent un moment la tombe, puis Thomas se mit à fouiller dans les outils.

« Tu veux vraiment faire ça ? demanda son père, soudain inquiet.

– Il est temps de savoir, répliqua Thomas d'un ton décidé.

– OK, allons-y. »

Ils commencèrent par dévisser les larges boulons qui retenaient la trappe avant. Ils posèrent moins de problèmes que Thomas ne s'y attendait. Avec un pied-de-biche ils dégagèrent la lourde trappe de marbre en prenant soin de ne pas la briser. Le bruit des raclements était incongru dans le silence de la nuit. Thomas s'arrêta un moment pour être sûr que personne ne les avait entendus. Mais tout était calme : la chapelle était plongée dans l'obscurité et les premières maisons étaient loin. Ils se remirent au travail et finirent par faire glisser le lourd panneau. Ils étaient en nage. Thomas prit une lampe torche, et dirigea le faisceau vers l'intérieur du caveau. À sa grande surprise, il n'y avait pas un cercueil, mais deux côte à côte.

« Probablement sa femme, murmura son père. Curieux qu'il n'ait pas fait graver son nom devant. »

Ils tirèrent doucement le cercueil de droite. Il était en bois lourd et dans un état remarquable. On pouvait y admirer tout un entrelacs de fine sculpture et de dorures. C'était une vraie œuvre d'art. À la lumière de la torche, Thomas put lire un « N. » enluminé gravé à même le bois.

« Sa femme s'appelait Nanèsse, confirma son père. Guilhem doit être dans l'autre. » Ils repoussèrent doucement le cercueil dans le caveau et attrapèrent l'autre. Celui-ci était beaucoup plus léger et sans aucune décoration. Un simple « G. » y était gravé sur le devant. Ils purent le faire glisser facilement. Là encore, il semblait en excellente conservation malgré ses trois siècles. Le couvercle était toujours scellé, mais le bois avait joué et il put trouver un interstice pour y glisser le pied-de-biche. Il regarda une dernière fois autour de lui, prit une inspiration et appuya. Les clous grincèrent lugubrement puis le couvercle céda. Son père braqua la lampe vers l'intérieur et ne put taire un juron de surprise :

« Bordel, mais c'est vide ! » Le cercueil était en effet vide de tout occupant. Un reste d'étoffe blanc couvrait l'intérieur et Thomas eut tôt fait d'y distinguer une forme rectangulaire. Avec une certaine lenteur respectueuse, il glissa sa main sous l'étoffe et caressa l'objet. Celui-ci tenait dans la main et ils le contemplèrent à la lumière : c'était un carnet relié avec une couverture en cuir. Thomas ouvrit délicatement le carnet à la première page. On pouvait y lire d'une belle écriture, en ancien français : « Carnet d'enquête sur le meurtre du Chevalier de Malfettes. Docteur Guillaume d'Espaing, 7e médecin de Sa Majesté le Roy Louis. »Thomas et son père se regardèrent, interdits. Que venait faire le carnet de Guillaume d'Espaing là-dedans ? Thomas y vit l'évidence :

« Je t'avais dit que Guilhem et Guillaume pouvaient être la même personne.

– C'est impossible voyons, fit remarquer son père. Tu as lu comme moi que Guillaume est mort en 1684, au château de Versailles. Et Guilhem est mort ici en 1727, en novembre, je crois. C'est dans les archives.

– Dans ce cas papa, où est son corps ? Ils regardèrent à nouveau le cercueil vide.

– Aucune idée. » Il s'assit sur la tombe d'à côté et sortit un smartphone de bonne taille. Son père avait toujours raffolé des gadgets électroniques. Toute la généalogie des Modric était en ligne et il avait numérisé toutes les archives également. Il retrouva très vite celle qui cherchait. « Voilà, Espalion le 17 novembre 1727. Il fut rapporté par le vicaire de la paroisse de Perse la mort, par la vieillesse de Nanèsse Modric née Coullonge, suivie le même jour de son époux Guilhem Modric, mort de chagrin au chevet de sa défunte épouse. La paroisse procédera à la mise en bière et à l'inhumation... C'est curieux en général les enfants s'en chargent.

– Donc ils sont morts le même jour, elle de vieillesse et lui de chagrin. Romantique. » Thomas regardait les deux cercueils de nouveau côte à côte. Ils semblaient en effet avoir été mis là à la même période, mais c'était difficile à dire. Il n'avait pas non plus l'impression que le caveau avait été ouvert depuis longtemps, mais dans ce cas comment la personne qui lui avait envoyé les messages savait pour le cercueil et le carnet ? Au final, Thomas se retrouvait avec plus de questions que de réponses. Avec un peu de chance, le carnet lui en donnerait, et il brûlait d'impatience de le lire.

Son père l'aida à remettre la dalle en place ainsi que les boulons. Il espérait qu'ils n'avaient pas laissé trop de traces sur le marbre. Il regarda attentivement autour de lui pour n'oublier aucun outil puis retourna en silence à la voiture. Chacun était plongé dans ses pensées.

Quand Thomas descendit prendre son petit déjeuner le lendemain matin, il avait les yeux cernés et le teint pâle, mais ses yeux brillaient d'une flamme nouvelle. Il avait son sac à la main et répondit à la question muette de ses parents :

« Je dois repartir. Ce matin. Sa mère allait protester, mais se retint.

– Des choses à faire ? Tu as une petite mine, tu n'as pas bien dormi ? Son père se garda de commentaires. Il comprit que Thomas avait passé la nuit à lire le carnet.

– Encore des réponses à trouver, mais tu seras content. Je crois qu'on résoudra ce fameux mystère. Il me faut un peu de temps. » Son père souleva un sourcil interrogateur, mais n'en sut pas plus.

Thomas mangea en silence puis embrassa ses parents. Il ne pouvait penser à autre chose que ce qu'il avait lu dans le carnet. Il connaissait Malecange, il connaissait Nikétas. Il connaissait la Mauresque. Il connaissait Boisvillier. Maintenant, il devait les retrouver. Si ce qu'il pressentait à propos des émeutes en région parisienne était vrai, alors il devait se dépêcher. Emma elle-même pourrait être en danger. Après avoir serré ses parents dans ses bras, il se mit au volant de la Subaru blanche et partit sur les chapeaux de roues. « En chasse ! » songea-t-il.

Les retrouvailles avec Emma furent chaleureuses et tendres. Elle sut immédiatement que quelque chose s'était passé à Espalion : avant de partir, Thomas n'était plus que l'ombre de ce qu'il avait été avant la fusillade. Lorsqu'il avait débarqué telle une tornade dans son cabinet, elle avait retrouvé l'intrépide pilote dont elle était tombée amoureuse. Ils parlèrent longtemps cette nuit-là, car Thomas, malgré la fatigue, voulut tout lui raconter. Il dut répéter de nombreuses fois certains passages et montra le carnet à Emma comme pour prouver qu'il n'affabulait pas. Au final, avec son sens des raccourcis habituel, elle posa la question critique :

« Bon, et maintenant tu comptes faire quoi ? Thomas réfléchit un instant.

– D'abord avant de m'engager dans cette chasse aux démons, il faut que je prouve que ma théorie est correcte, que c'est bien la Mauresque qui est derrière les derniers assassinats.

– Et tu vas t'y prendre comment ?

– Le SDF tué à Versailles, celui que j'ai vu. Il a dû être autopsié à la morgue locale. Si je peux avoir accès au rapport d'autopsie et le comparer avec les notes du chevalier, alors on saura si l'assassin utilise le même rituel.

– Et bien sûr pour ça tu penses qu'ils vont te donner le rapport comme ça ? Thomas fit la grimace, cela risquait d'être plus compliqué que prévu.

– Qui ne tente rien... »

Aux premières heures du matin, il se retrouva devant la porte de la morgue du centre hospitalier de Versailles. Il n'avait encore pas beaucoup dormi, était mal rasé, il avait les cheveux en bataille. L'infirmière lui jeta un œil soupçonneux :

« Vous dites que vous voulez identifier un corps ?

– Oui, je pense qu'on vous l'a amené il y a plusieurs jours. Ce SDF dont on a parlé dans les journaux. L'infirmière le regarda longuement, encore plus méfiante.

– Et vous le connaissiez ?

– Euh oui, mentit-il.

– Vous êtes de la famille ?

– Éloignée... J'essaie de le retrouver... C'est compliqué vous voyez ? Rien n'indiquait sur son visage de matrone bourrue que l'infirmière voyait quoi que ce soit, mais elle se leva.

– Restez-là un instant je vais voir avec le docteur Cheira. » Elle laissa Thomas perplexe. Sa ruse allait-elle marcher ?

Une vingtaine de minutes plus tard, une jeune femme blonde aux traits tirés, en blouse blanche, arriva vers Thomas qui somnolait sur sa chaise.

« Vous êtes ?

– Euh Thomas. Thomas Modric, fit ce dernier réveillé en sursaut. Zut ! pensa-t-il, peut être il n'aurait pas du donner son vrai nom. Il avait été dans tous les journaux lors de la catastrophe du Rallye de Chine où il avait été déclaré mort, avant d'être mystérieusement réapparu blessé par balles dans un hôpital de Pennsylvanie. C'était il y a quelques mois déjà, mais la jeune femme pourrait le reconnaître. Pourtant elle ne sembla pas y faire attention.

– Et vous dites que vous êtes de la famille ?

– Euh... oui. Éloignée comme je l'ai expliqué.

– Et donc vous êtes un...

— ... un cousin

– un cousin ! Bien sûr. Elle semblait de moins en moins convaincue. Et bien sûr, vous savez comment il s'appelle.

– Hum ! on l'appelait Toinou (il prit le premier nom qui lui passa par la tête), mais je ne sais pas si c'est comme ça qu'il se faisait appeler dans la rue.

– Toinou ? C'est tout ? Elle prit une inspiration. Visiblement, elle avait l'air aussi fatiguée que Thomas. Écoutez, je ne sais pas qui vous êtes, vous dites vous appeler comme un pilote de rallye et vous voulez voir le corps de votre soi-disant cousin dont vous ne connaissez que le surnom. Je ne sais pas ce que vous voulez, mais on ne peut pas vous montrer des gens morts comme ça, juste parce que vous l'avez lu dans les journaux. Pouvez-vous me donner une description de lui, un signe distinctif ? Non visiblement pas ! Donc, encore une fois je ne sais pas ce que vous cherchez, mais je vais vous demander de sortir Monsieur. Elle commença à le pousser gentiment vers la sortie. Thomas n'avait pas envie qu'elle appelle la sécurité.

– Est-ce vous qui l'aviez autopsié ?

– Écoutez, Monsieur, c'est confidentiel ces choses-là. Encore une fois je vous demande de partir. Elle le poussa plus fermement. Il joua son va-tout :

– Avait-il une pierre dans la gorge ? Le docteur Cheira se raidit instantanément.

– Marie, appelle la sécurité !

– Non, je vous en prie, écoutez-moi ! Thomas fit un geste implorant de la main vers l'infirmière qui avait attrapé son téléphone.

– Ce détail n'a jamais été communiqué dans les médias. Comment le savez-vous ? Dites-le-moi ou j'appelle la police !

– Calmez-vous. Thomas sortit le carnet de sa poche et le brandit devant lui. Je vous en prie calmez-vous. Reposez le téléphone et je vais tout vous expliquer. »

Quinze minutes plus tard, Thomas était dans le minuscule réduit qui faisait office de bureau pour le docteur Cheira. Cette dernière était plongée dans la lecture du carnet et dans les notes d'autopsie de Guillaume.

« C'est extraordinaire, dit-elle sans lever la tête. Le rapport de Guillaume d'Espaing pourrait être la copie conforme du bien. Les méthodes, les plaies, les signes... c'est comme si le tueur arrivait tout droit du passé. Et ce carnet, comment l'avez-vous eu ? Un original de d'Espaing !

– Il était dans ma famille depuis un moment, fit Thomas évasivement. Vous connaissez Guillaume d'Espaing ? Elle fit un signe de la tête.

– Bien sûr, tous les pathologistes le connaissent, lui et son père François. Ils ont pratiquement inventé la médecine légale et on les étudie à la fac. Thomas ignorait tout cela. Mais je ne comprends toujours pas comment c'est possible, vous dites que ces meurtres sont liés à une secte ? Dans ce cas, il faut prévenir la police.

– Je suis de votre avis. Thomas ne voulait pas avouer qu'il comptait bien résoudre l'affaire lui-même. Mais je voulais d'abord avoir la confirmation de ma théorie. Et j'ai également quelques autres informations à confirmer. Ensuite, je passe le tout à la police. La jeune femme le regarda attentivement : il avait beau être mal rasé et mal peigné, ce qu'elle lut dans ses yeux l'empêcha de protester.

– Dans ce cas, faites vite, parce que si on n'arrête pas ces malades, ça va être la guerre ici. »

La visite suivante pour Thomas fut le conservateur adjoint du château de Versailles avec qui il avait discuté du tableau. S'il fut surpris de voir un Thomas débraillé et visiblement épuisé débarquer sans prévenir dans son bureau, il fut sidéré de voir la représentation du tableau dans le livre de Thomas.

« Mais où avez-vous eu ce livre ? s'enquit le conservateur.

– Il appartient à ma famille, répondit Thomas. Est-ce que le nom d'Espaing vous dit quelque chose ? demanda-t-il en changeant de sujet.

– Eh bien, oui vaguement. Il me semble qu'il était médecin du Roi Louis XIV. Pourquoi demandez-vous ?

– Il se trouve que ma famille et celle des d'Espaing sont... connectées, d'une façon ou d'une autre. Et je pense que le docteur d'Espaing était impliqué dans l'attentat peint sur le tableau. Il serait mort ce jour-là en fait.

– C'est curieux, car, comme je vous l'ai dit, il n'y a guère d'archives relatant cet évènement. En revanche... il hésita un instant. En revanche, je crois qu'on a dans la réserve un lot d'af-

194

faires lui appartenant. Thomas se réveilla d'un coup :

– Et je pourrais y accéder ? Le conservateur parut réfléchir un instant.

– Vous me dites que vous seriez de la famille d'Espaing ?

– Il se peut en effet que nous soyons apparentés... mentit Thomas, soudainement excité.

– Laissez-moi passer un coup de fil, je vais voir ce que je peux faire. » Le conservateur fit patienter Thomas dans le vestibule. Ce dernier faillit s'endormir sur place : il aurait dû se reposer, mais dès qu'il faisait mine de s'endormir, tous les éléments de l'affaire tournaient dans sa tête et le privaient véritablement de repos. Le conservateur revint finalement avec un jeu de clés hors d'âge. « C'est OK, dit-il simplement. Les affaires du docteur d'Espaing sont dans une remise dans les greniers. Je vous y conduis. » Thomas fut un peu surpris de la soudaine affabilité du conservateur, pourtant sceptique et distant jusqu'ici. Ils longèrent plusieurs couloirs avant de s'engager dans des escaliers. Thomas reconnut immédiatement la volée de marche qu'avait empruntée le vandale qui avait déchiré le tableau.

SARIPAN

Il frissonna involontairement. Il n'y avait bien sûr aucune raison pour que l'individu s'y trouve encore, au moins cela donnerait à Thomas l'occasion de voir par lui-même par où il aurait pu s'échapper. Ils montèrent trois niveaux, la dernière volée de marches, en bois, était particulièrement raide et Thomas transpirait abondamment : ils étaient maintenant presque sous les toits du château, sur lesquels le soleil tapait furieusement depuis le matin. Le conservateur introduisit une clé dans l'antique porte qui leur barrait la route. Elle s'ouvrit en grinçant, dévoilant un immense espace situé sous le toit : le grenier du château était aussi vaste que la demeure elle-même : on avait du mal à voir le fond. De larges poutres régulièrement espacées de trois ou quatre mètres barraient la pièce créant des dizaines de recoins dans lesquels étaient regroupés des boites et objets de tailles variées, le plus souvent protégées par des draps blancs. Aussi loin que portait le regard, des caisses, des tableaux, des sculptures. Une caverne d'Ali Baba. Thomas était bouche bée devant ce spectacle. Au moment où ils entraient, le téléphone portable du conservateur sonna. Il regarda l'appelant, grogna puis donna à Thomas un bout de papier :

« Les affaires du Chevalier d'Espaing sont au rang 124 gauche. Excusez-moi, mais je dois vraiment prendre cet appel. » Et il laissa un Thomas ahuri à la porte d'un trésor historique. Celui-ci s'avança dans le grenier et regarda le papier. Écrit au crayon : 124G. Alors qu'il se demandait comment s'orienter, il remarqua les numéros sur les poutres. La 124 devait être à l'autre bout du grenier. Il s'enfonça silencieusement dans la pièce, avec l'impression d'être un archéologue découvrant un musée enfoui et oublié. De chaque côté de l'allée centrale sur laquelle il cheminait, des trésors, des antiquités. L'air était très sec et pesant, avec cette odeur de poussière caractéristique. Le sol, pourtant, semblait propre et entretenu. Il lui fallut bien cinq minutes pour aller jusqu'à la poutre 124. L'éclairage principal s'arrêtait quelques travées plus tôt, de sorte que l'on n'y voyait pas très bien. Le grenier continuait pourtant au-delà, dans la pénombre, sans que Thomas ne puisse vraiment en estimer la profondeur. Il regarda du côté gauche : un petit tas d'objets, posés à même le sol, était recouvert de draps blancs poussiéreux. Il s'approcha, la gorge serrée et souleva le premier drap. Il fut surpris de trouver une vieille baignoire en bronze, remplie d'une collection d'instruments médicaux d'un autre âge : scalpels, pinces, bassines. Tout semblait relativement bien conservé. Un deuxième drap cachait un coffre qu'il n'eut aucun mal à ouvrir. Il y trouva des traités médicaux, encore d'autres instruments, ainsi que plusieurs épées, dont un cimeterre : le pouls de Thomas s'accéléra : Guillaume d'Espaing avait décrit dans son carnet cette épée comme appartenant au géant maure Hassan. Un frisson lui parcourut l'échine : la lame arborait encore, malgré trois siècles dans une réserve, des traces de sang séché. Il fouilla le fond de la malle sans trouver rien d'intéressant. Il lui sembla entendre un bruit non loin et se retourna, jetant un coup d'œil dans l'allée. Il pensait que c'était le conservateur qui revenait, mais l'allée était déserte. Il écouta attentivement sans qu'aucun son ne lui parvienne. La fatigue devait lui jouer des tours, mais un sentiment de malaise s'installa. Il ne restait qu'un seul objet recouvert d'un drap dans la travée. L'objet en question était au moins aussi grand que Thomas. Il fit glisser le drap qui retomba dans un nuage de poussière. Il fut aussitôt pris d'une quinte de toux. Il se redressa et se retrouva alors face à une grande psyché en ébène. Il regarda dans le miroir et crut avoir la berlue : un homme aux cheveux blonds, en habit vert, armé d'un mousquet le regardait d'un air surpris. Les cheveux de Thomas se hérissèrent sur sa tête : il pointa l'homme du doigt. Un craquement se fit entendre derrière lui. Il tourna la tête sans voir personne. Lorsqu'il regarda à nouveau la psyché, il ne vit que son reflet, et ce n'était pas reluisant : il avait de profonds cernes sous les yeux, les traits tirés par le manque de sommeil, il était en sueur et couvert de poussière. Il avait dû halluciner, il fallait vraiment qu'il dorme ! Un craquement plus proche et plus lugubre résonna dans le grenier. Quelqu'un marchait non loin de lui. Il cria :

« Hého ? Qui est là ? M. Le conservateur ? » Personne ne répondit, sinon un craquement plus proche encore. Thomas n'aimait pas du tout ça. Il s'accroupit dans la pénombre, essayant de repérer d'où venaient les bruits. Un silence pesant s'établit, où il n'entendait plus que sa propre respiration rendue lourde par l'atmosphère chaude et par l'adrénaline qui courait dans son corps. Un frôlement, peut-être cinq ou six mètres de lui. Il tâtonna vers la malle encore ouverte pour trouver une des épées de d'Espaing, et le bruit qu'il fit en la prenant, ce raclement de métal contre métal, résonna dans tout le grenier. Il se recula derrière la malle et c'est là qu'il prit conscience d'un objet cylindrique à ses pieds : il n'était pas facile de l'identifier, mais cela semblait en cuir très épais, d'une douzaine de centimètres de long. Il rangea l'objet dans la poche de son blouson. Il évalua la situation : quiconque était responsable du bruit se trouvait entre lui et la sortie. Une ombre se dessina soudain dans l'allée centrale. C'était celle d'un homme immobile. Thomas jeta un œil à la psyché, et dans le miroir il put apercevoir, à contre-jour, une silhouette immense. Il fit le lien immédiat avec le vandale et avec le tueur décrit par le chevalier d'Espaing. L'homme ne faisait aucun mouvement, ni pour avancer ni pour se cacher. Il semblait avoir tout le temps du monde, il savait que la porte était derrière lui. Thomas regarda derrière lui : le grenier continuait dans la pénombre, et il pouvait se glisser entre les poutres délimitant la travée, ce qu'il fit, espérant faire le moins de bruit possible. Il put refaire l'opération deux fois avant de se trouver face à une séparation de bois. S'il voulait aller plus loin, il devait le faire par l'allée centrale et il serait évidemment vu par le colosse. La travée dans laquelle il se trouvait était obscure, il se risqua à un bref coup d'œil dans l'allée : l'homme avait disparu ! Un bruit, il reconnut le tintement métallique des épées dans la malle : le géant s'était avancé en silence jusque dans la travée 124 et cherchait Thomas. Ce dernier en profita et partit en courant dans l'allée, plongeant dans la pénombre. Il arriva très vite au bout du grenier, essoufflé. C'était un cul-de-sac !

Hassan se rendit vite à l'évidence que la personne qu'il cherchait n'était plus dans la travée. Il n'avait vu personne passer, donc sa proie ne pouvait être qu'au fond du grenier. Il n'y avait qu'une sortie par là, ce serait facile. Il sortit un téléphone qui paraissait minuscule dans ses grosses mains et envoya un message. Il se remit en marche vers le fond du grenier, prenant son temps. Il savait qu'on ne lui échappait pas.

Thomas eut tôt fait d'apercevoir l'échelle et la lucarne juste au-dessus. Entendant les pas lourds s'approcher, il savait qu'il n'avait guère le choix. Il se rua dessus, grimpa et d'un coup d'épaule ouvrit la lucarne. Il était sur le toit, à l'extrémité sud du château. Il referma la lucarne et constata qu'il n'y avait aucun moyen de la fermer de l'extérieur. Il regarda autour de lui : en contrebas, les jardins, il était presque à la verticale de l'orangerie. Il partit vers la gauche où des toits plus bas s'offraient à lui. Il était juste au-dessus d'une cour où plusieurs véhicules étaient garés. Il vit enfin sa porte de sortie : sur la face opposée de la cour, un échafaudage recouvrait la façade : il pourrait descendre par là ! Pour la première fois, il se mit à bénir les incessants travaux de rénovation du château. Sautant de toit en toit il arriva au sommet du bâtiment surplombant la rue. Il se risqua à regarder derrière : le colosse n'avait pas apparu et une boule se creusa dans son ventre. Il regarda la rue en contrebas sans remarquer quoi que ce soit de spécial. Il avisa la gouttière qui descendait le long de la façade et fut pris d'une inspiration. À plat ventre au bord du toit, il sortit le cylindre de cuir de sa veste : celui-ci avait le diamètre adéquat. Sans hésitation, il le glissa dans l'ouverture de la gouttière et l'entendit glisser vers le bas avec satisfaction. Il se retourna : un homme était apparu sur le toit. Le sang de Thomas se figea : il était immense et fixait Thomas de ses yeux bleus clairs et pénétrants qui se détachaient de sa peau sombre. Debout sur la partie supérieure du toit, à vingt mètres de là, il observait Thomas sans bouger. Celui-ci se laissa glisser sur la plate-forme supérieure de l'échafaudage métallique. Aucun ouvrier n'était visible, mais il n'en avait cure. Il descendit le plus vite qu'il put et atterrit en quelques minutes dans la cour au milieu des camionnettes des ouvriers. Il regarda au-dessus de lui, sans apercevoir le géant ni l'homme qui s'était glissé derrière lui. Thomas eut un flash lorsque l'homme le frappa derrière la tête, et puis tout devint noir.

Edgar Saripan regardait le jeune homme étendu sur son sofa. Que faisait un champion de rallye avec le carnet de Guillaume d'Espaing, à fouiller dans les affaires du Docteur ? À la suite de l'attentat raté dans les jardins et la disparition du Wazir Boisvillier, la Mauresque connut une période trouble : de nombreux « Grands », des nobles fidèles à l'organisation et implantés dans tous les organes de l'État avaient été pourchassés et emprisonnés ; les reliques déplacées et confiées à une Confrérie dotée de grands pouvoirs et du soutien royal. Saripan avait peu de détails de cette période, mais il savait que les problèmes de la Mauresque avaient commencé lorsque le Chevalier d'Espaing s'en était mêlé. On disait aussi qu'il avait affronté le Mulazim de Boisvillier et l'avait tué, y perdant la vie également. Le corps du guerrier berbère avait été exposé aux yeux de tous pour mettre fin à la psychose causée par la campagne de meurtres organisée par Hubert Boisvillier. Aujourd'hui, lui-même reprenait là où Boisvillier avait échoué. Son Mulazim, son lieutenant, Hassan, venait de la même tribu que le Hassan du XVIIe siècle. Ces guerriers s'entraînaient à tuer depuis leur plus jeune âge, et leurs caractéristiques physiques, leur taille, leur musculature en faisaient de parfaites machines à tuer, entièrement dévouées à la Mauresque. Et puis il y avait la Confrérie, emmenée par le Père Guillaume depuis avant sa propre naissance. Il ne l'avait jamais rencontré face à face, et il ignorait si le vieux patriarche connaissait son identité. Depuis son accession à la tête de la Mauresque dix ans plus tôt, il jouait une partie d'échecs serrée contre le vieil homme qui avait toujours su garder un coup d'avance. Mais cette fois-ci son plan ne pouvait pas échouer. Que venait donc faire Thomas Modric dans le paysage ? Il avait lu toutes les informations qu'il avait pu collecter dans l'heure qui avait précédé son arrivée en camionnette, évanoui. Lorsqu'il avait appris par le conservateur adjoint du château, un informateur de la Mauresque, que le célèbre pilote se tenait dans son bureau avec un carnet appartenant à d'Espaing et des informations sur l'attentat des Jardins, il avait tenu à le rappeler lui-même pour être certain de ce qui se passait. Il avait ensuite envoyé immédiatement Hassan pour « inviter » le jeune homme à raconter son histoire. Il se demandait maintenant si ses hommes n'avaient pas cogné un peu fort. Il regarda plus longuement le pilote : ses vêtements étaient froissés, il était pâle. Rien dans ce qu'il avait pu lire ne le reliait à cette affaire. Il regarda le vieux carnet de cuir posé sur son bureau. Il l'avait parcouru rapidement avec l'espoir qu'il contienne des renseignements sur la tombe de Selim Pacha, mais visiblement Guillaume d'Espaing n'avait aucune idée de sa localisation précise. Il avait besoin d'informations et visiblement seul Thomas Modric pouvait lui en donner.

Thomas émergea d'une mer de souffrance. Une nausée le prit, puis des frissons. Il resta un long moment allongé, yeux clos, à retrouver ses sensations une par une. Il prit conscience tout d'abord qu'il était toujours en vie, puis qu'une poche de glace avait été placée sous sa tête. Il essaya d'ouvrir les yeux, mais la lumière lui causait une effroyable douleur jusqu'aux tréfonds de son crâne. Il prit alors connaissance du reste de son corps et commença à bouger.

« Ah, jeune homme, j'avais peur que vous ne vous réveilliez jamais. » La voix était forte, grave et dénuée de chaleur. Thomas essaya de se redresser et de focaliser son regard sur la personne assise en face de lui. Assis dans un haut fauteuil de style ancien, un homme le regardait attentivement. Habillé très chic, teint bronzé, des cheveux grisonnant bien peignés, de grandes mains manucurées, mais qui manquaient curieusement d'élégance, comme si l'homme avait passé une partie de sa vie à faire des travaux manuels avant d'accéder à la partie haute de la société comme le suggérait sa posture, la décoration de la pièce où il se trouvait ainsi que la vue imprenable sur la tour Eiffel.

« Qui êtes-vous ? Où suis-je ? Parvint à articuler Thomas.

– Mes hommes y sont allés un peu fort, je m'en excuse. Répondit l'homme, éludant les questions. Je leur avais demandé de vous inviter chez moi pour une conversation, pas de vous enlever.

– Une conversation ? Thomas avait du mal à reprendre ses esprits. Puis ça lui revint : le château, le géant, les échafaudages. Je ne vous connais pas... Monsieur...

– Saripan. Edgar Saripan.

– Je heu... Il avait du mal à reprendre ses esprits.

– L'actuel Wazir de ce que vous appelez la Mauresque, dit-il en savourant chaque mot. Thomas ouvrit grand les yeux. Oui, poursuivit Saripan. Je vois que ça vous parle. Vous avez lu le carnet de d'Espaing. La question que je me pose c'est pourquoi ? En quoi un pilote de rallye est-il intéressé dans une histoire si vieille ?

Thomas n'aimait pas trop la tournure des évènements ni le fait d'être interrogé par un inconnu de la sorte. Si Saripan était celui qu'il disait, alors Thomas courrait un grave danger.

– Et vous, que voulez-vous ? répliqua Thomas, essayant de tourner l'interrogatoire. Si Saripan fut étonné par le ton de défi de jeune homme, il n'en laissa rien paraître.

– Oh moi ? Achever une quête vieille de plus de six cents ans.

– Assembler la Lance, fit naïvement Thomas. Saripan le regarda avec mépris :

– La Lance n'est qu'un outil ! Un outil d'une grande valeur symbolique certes, mais pas plus que vous je ne croie au folklore qui l'entoure. L'enjeu, jeune homme, c'est le pouvoir. La Lance, mais surtout la dépouille de Selim Pacha et les écrits qui s'y trouvent uniront les frères musulmans dans la guerre sainte ! La Mauresque n'aura plus lieu d'être, c'est tout l'Islam qui marchera, uni, sur le monde. Des lueurs dangereuses dansaient dans ses yeux. Un frisson traversa Thomas. L'homme était soit fou, soit très dangereux. Soit les deux. Il devait sortir d'ici.

– Beaucoup ont caressé ce rêve ces dernières années : Al-Quaida, Daesh. Avec les résultats que l'on connaît.

– Des branches dissidentes de la Mauresque, des Mulazim avides de pouvoir pour eux-mêmes. Nous les avons mâtés. Tout le monde est dans le rang maintenant. La Mauresque est une, et on ne peut l'arrêter. »

Thomas attendait la fin du monologue. Si Saripan lui racontait tout ceci, c'est qu'il n'avait probablement aucune intention de laisser repartir Thomas. Il fallait agir vite. Une nausée le saisit et la tête lui tournait. Il mit ce moment à profit pour feindre l'évanouissement, arrêtant net Saripan dans ses élans dithyrambiques. Ce dernier regarda Thomas avec une pointe de dégoût, se considérant tellement supérieur à ce jeune homme si faible. Il soupira bruyamment et se leva chercher un verre d'eau dans la pièce à côté. Dès qu'il fût sorti, Thomas bondit du canapé et se rua sur la porte : il avait remarqué la clé sur la serrure, cela lui donnerait quelques secondes, peut-être quelques minutes. Verrouillant la porte de l'intérieur, il se retourna vers la fenêtre : c'était sa seule porte de sortie. Il avisa ses affaires sur le bureau de Saripan : son portefeuille, son téléphone et surtout le carnet de Guillaume. Il rafla le tout et s'approcha de la fenêtre ouverte : à son grand soulagement, elle donnait sur la rue, il était au deuxième étage d'un bâtiment haussmannien riche en petites corniches et margelles. Il enjamba sans hésitation le garde-corps, s'accroupit et se laissa glisser jusqu'à une petite corniche un mètre sous la fenêtre. Il constata qu'il allait être difficile d'aller plus loin, car la façade en dessous était beaucoup plus lisse qu'il n'avait espéré. Il entendait des coups répétés sur la porte, dans la pièce au-dessus de lui. Il ne pouvait y retourner. Un camion de livraison s'avançait doucement dans la rue étroite. Thomas estimait qu'il était à environ trois mètres au-dessus du toit de la remorque. Il n'y avait plus à hésiter : il se jeta dessus et atterrit à quatre pattes sur le toit. Le chauffeur continua sa route sans se rendre compte de rien. Thomas se retourna : la tête de Saripan était penchée à la fenêtre et regardait dans sa direction tandis que le camion l'emmenait au loin.

Saripan regardait le jeune homme s'éloigner sur le toit du camion. Hassan apparut à ses côtés. Il n'y avait aucune colère dans la voix de Saripan, au contraire :

« Bien. Il se comporte comme prévu.

– C'est un risque de lui avoir tant dit, Wazir.

– Il ne peut rien arrêter de ce que nous faisons ici, Hassan. Et avec de la chance, il va nous mener droit au tombeau de Boisvillier. Surtout, ne le perds pas de vue. Dès qu'on a trouvé la tombe, il est à toi. Un sourire carnassier se peint sur les traits de l'assassin.

– À tes ordres, Wazir. »

Thomas sauta du camion au premier arrêt et se jeta dans le premier taxi qu'il croisa. Ses premières pensées furent pour Emma : si ce cinglé de Saripan avait exploré les papiers de Thomas alors il savait où il habitait. S'il envoyait ses sbires lui courir après ces derniers risquaient de tomber sur Emma. Fort heureusement, elle décrocha au deuxième appel :

« Ça va ? lui lança-t-elle, de bonne humeur.

– Un contretemps. Ne rentre pas à l'appartement, je te retrouve au café au coin de l'avenue, à côté du cabinet. Elle sentit la tension dans sa voix.

– Euh, OK. Des soucis ?

– Oui, des gros. Je suis dans le taxi, je serais là dans 30 minutes. » Il raccrocha.

Le taxi le déposa place Hoche, à deux pas de chez lui. Il fit le tour du quartier, mais ne remarqua personne en filature. En revanche, il y avait des policiers et des cars de CRS un peu partout. La tension montait dans la région, et Thomas était sûr que cela allait mal finir. Et il était persuadé que Saripan était derrière tout ça. Mais comment le prouver ? Il rentra dans l'appartement, prit un sac dans lequel il jeta quelques affaires pour Emma. Elle devait s'éloigner pour quelques jours, c'était plus prudent. Il ressortit rapidement et la rencontra dans un café où ils allaient souvent, à deux pas du cabinet de kinésithérapie qu'elle avait ouvert. Elle fut effarée d'apprendre qu'il avait été kidnappé et eut toutes les peines du monde à le convaincre d'aller voir la police. Mais pour lui il n'y avait pas encore assez de preuves à charge contre Saripan.

« Tu dois t'éloigner pendant quelque temps. C'est plus sûr.

– Tom, je sais me défendre, tu sais. Il sourit : oui, il savait.

– Je sais mon cœur, mais le type que j'ai vu au château... c'est une vraie machine. Une montagne. Il me fiche les jetons. Ils savent où on habite, je ne veux pas que tu rentres. Elle boudait un peu, mais réfléchit :

– Écoute, il y a un congrès à Londres et j'ai quelques copines de la fac qui y vont. Je peux me faire remplacer et aller là-bas quelques jours, mais je m'inquiète pour toi : tu as quand même le chic pour t'embarquer dans des histoires dangereuses.

– Ne t'inquiète pas pour moi, j'ai mon idée sur la question et je vais me faire aider, mais pas par la police, en tout cas pas encore. Londres, c'est une bonne idée. Reste près de la foule et des endroits publics, je ne pense pas qu'ils tenteraient quoi que ce soit devant tout le monde. »

Emma n'aimait pas ça, et elle devinait à qui Thomas allait demander de l'aide. Elle ne dit rien, ça la rendait nerveuse et elle devinait que Thomas avait besoin de la savoir en sécurité. Elle put arranger un remplacement par téléphone pour le lundi suivant. On était vendredi soir, en partant le week-end à Londres et les trois jours de congrès, cela faisait cinq jours pour Thomas pour tirer cette affaire au clair. Les Eurostar étaient bondés, il ne trouva une place pour Emma que pour le lendemain matin. Il réserva une chambre dans un hôtel non loin de la Gare du Nord puis alla chercher la voiture. Il mit Emma au volant et la dirigea vers le château.

« Ce n'est pas la route de Paris, commença-t-elle.

– Un petit détour, un colis à récupérer. »

Sur ses indications, Emma arrêta la Subaru blanche au coin de la rue St Julien et de la rue de l'Indépendance américaine. Thomas sortit en trombe de la voiture et courut vers la façade du château, regardant autour de lui, essayant désespérément d'identifier quelqu'un s'intéressant à lui, mais il ne vit personne. Satisfait, il s'approcha d'une gouttière accrochée au mur et leva la tête. Oui, cela devait être la bonne. La gouttière était en tôle, heureusement, et non en fonte comme beaucoup. Elle descendait tout droit du toit et faisait un coude au niveau du trottoir pour se vider dans un caniveau. Il respira un grand coup, sortit de sa poche un couteau de l'armée plat et noir qu'il avait récupéré à son appartement. Il déplia la lame avec précaution : il la gardait aussi coupante qu'un rasoir. La pointe s'enfonça sans effort dans la tôle. Personne ne faisait attention à lui. Il découpa le bas de la gouttière pour trouver ce qu'il y espérait : le cylindre de cuir qu'il avait jeté plus tôt depuis le toit.

BUDAPEST

Thomas retourna en courant à la Subaru, et à peine avait-il fermé la porte qu'Emma, fidèle à ses habitudes, démarra en trombe et pris la direction de Paris.

« Qu'est-ce que c'est ? demanda-t-elle en jetant un œil à l'objet que Thomas avait récupéré.

– Une pièce du puzzle j'espère. Il examina le cylindre et commença à tirer délicatement sur les extrémités. Comme il l'avait espéré, le cylindre s'ouvrit en deux pour laisser la place à un papier jauni roulé sur lui-même. Ces cylindres sont les ancêtres des enveloppes de la poste. On s'en servait pour protéger les messages à l'époque.

– À quelle époque ?

– À l'époque de Louis XIV. » Thomas déroula doucement le papier de peur de le déchirer. La conduite un peu brusque de la jeune femme n'aidait pas, mais ils furent bientôt ralentis par les embouteillages habituels à cette heure-ci sur le périphérique. La lettre était courte, rédigée à la hâte et d'une main maladroite. Thomas s'était un peu familiarisé avec l'ancien français en lisant le carnet de Guillaume. Il lut à voix haute :

« *Chier ami, j'ai porchacié ce fléau d'Hubert Boisvillers jusqu'en dedans des terres des maudits Habsbourgs. Il cherche avec ardeur la protection des Turcs qui occupent Buda. Un grabuge avec ses vauriens m'a valu une vilaine coupure, mais j'en fais le serment de revenir avec sa tête, et avec le manuscrit. Malecange, janvier 1685.*

– Qui c'est ce Malecange ? demanda Emma.

– Un bretteur, un homme d'armes qui était au service de Guillaume d'Espaing. Je crois qu'ils étaient amis. Guillaume l'avait innocenté d'une histoire de meurtre.

– Je croyais que Guillaume était mort en 1684, non ?

– Oui, Guillaume est mort lors d'un attentat visant Louis XIV dans les jardins. Hubert Boisvillier était derrière cet attentat, j'imagine que Malecange l'a poursuivi en représailles, mais alors pourquoi écrire à Guillaume ?

– Peut-être ne savait-il pas qu'il était mort ?

– Peut-être. Lorsque la lettre est arrivée, elle a été mise avec les affaires du Docteur et oubliée.

– Que vas-tu faire alors ?

Thomas ne répondit pas tout de suite. Il réfléchissait à toute vitesse.

– Il faut suivre la piste d'Hubert : visiblement, il était le plus avancé dans la recherche de Selim Pacha. Emma décrochait un peu :

– Qui ?

– Selim Pacha est celui qui a caché un morceau de la soi-disant Lance Sacrée du Christ après l'avoir volée dans un temple de Jérusalem lors des invasions ottomanes. C'était un des maîtres spirituels de la Mauresque. Guillaume a écrit dans son carnet que son histoire avait été racontée par un grec nommé Niketas et qu'il avait récupéré le manuscrit des mains d'Hubert. Mais si l'on en croit le message de Malecange, Hubert l'aurait repris. Beaucoup pensent que le manuscrit décrit l'endroit où Selim

Pacha est enterré, même si Guillaume n'a pas pu identifier l'endroit avec précision.

– Tu penses que le manuscrit existe encore ?

– Ni le manuscrit ni Malecange n'ont réapparu. Tout est possible, et il n'y a qu'une façon d'en avoir le cœur net.

– C'est à dire ?

– Trouver la tombe d'Hubert Boisvillier, et celle de Malecange.

– Hmm et où crois-tu qu'ils soient enterrés ? Thomas la regarda avec un petit sourire, en tapotant le cylindre.

– Budapest. »

Emma dormait profondément. Assis à côté d'elle, Thomas tournait et retournait le problème dans sa tête. Dans quoi se lançait-il ? Si Saripan était ce qu'il prétend, à la tête d'une si puissante organisation, qui était-il lui pour le défier ? Saripan avait pignon sur rue, visiblement il ne se cachait de personne. Guillaume avait décrit la Mauresque comme une organisation profondément infiltrée dans la haute société. Il y avait fort à parier que c'était toujours le cas. Saripan se sentait en sécurité parce que son réseau le protégeait et l'avertissait sans doute chaque fois que quelqu'un s'intéressait de trop près à la Mauresque. Probablement ce qui était arrivé pour lui-même : le colosse avait débarqué dès qu'il avait commencé à poser des questions sur les victimes ou à creuser la piste d'Espaing. Tout portait à croire qu'il se montrerait plus agressif la prochaine fois. Thomas ne pouvait pas se mesurer seul à la Mauresque, il avait besoin d'aide, et il savait à qui demander.

Mu Bao venait juste de se coucher après une nuit entière à attendre, sous la pluie, un employé du ministère de la Culture qui essayait d'arrondir ses fins de mois en monnayant des informations d'origine douteuse et de deuxième choix. « Pekin sera toujours Pekin » pensa-t-il en s'enroulant dans son drap de soie. Il se tortilla un moment avant de trouver une position confortable, poussa un long soupir de satisfaction. Il commençait tout juste à s'endormir lorsque le téléphone sonna. Il reconnut la sonnerie du téléphone crypté qu'il n'utilisait que rarement. Il soupira plus bruyamment, mais la sonnerie continua. Résigné, il attrapa le téléphone sur la table de nuit :

« Allo ? dit-il d'une voix mi-ensommeillée, mi-irritée.

– Je te dérange ?

– Thomas ! Mu Bao se redressa, toute trace de colère disparut. Ça fait un moment. Comment vas-tu ?

– Bien. Ça tire toujours un peu, répondit Thomas en grattant machinalement sa cicatrice.

– Content de l'apprendre ! Désolé de n'avoir pas appelé plus tôt... Tu sais, le boulot...

– Je sais, fit Thomas compréhensif. Il hésita.

– Toi, tu as quelque chose à me demander, fit l'espion.

– C'est compliqué, répondit Thomas. Et puis il raconta toute l'histoire à Mu Bao.

– Tu parles d'une convalescence, fit ce dernier lorsque Thomas eut fini. Tu ne peux donc pas rester tranquille deux minutes ?

– Pas mon genre, sourit Thomas.

– Écoute, je n'ai jamais entendu parler de cette organisation, mais je connais bien deux ou trois types à "la piscine" qui sont au-dessus de tout soupçon. La piscine était le nom familier donné au quartier général de la DGSE dans le 20e arrondissement de Paris. Je vais leur en toucher deux mots pour essayer de t'avoir des informations sur ce Saripan. Mais j'ai comme l'impression que tu ne vas pas attendre, hein ?

– Non, ça devient chaud par ici, il faut que je suive les traces de Malecange et de Boisvillier à Budapest.

– OK, écoute il y a quelqu'un qui pourrait t'aider là-bas. Un français avec qui j'ai travaillé.

– Il est de la maison ?

– Non, il bosse en solo, pour lui-même, mais il est réglo et en plus il me doit un ou deux trucs, donc contacte-le de ma part. Il s'appelle Stanislas. Stanislas de Barbaran. Un vrai aventurier, comme toi. Vous vous entendrez à merveille. »

Thomas prit le luxe de s'offrir quatre vraies heures de sommeil avant d'aller déposer Emma à la gare du Nord. Il y avait foule, même de si bonne heure et il fut soulagé que rien ne soit arrivé lorsque le train bleu et jaune démarra pour l'Angleterre. À quelques mètres de là, Rachid n'avait pas perdu une miette de la scène. On lui avait dit de ne pas lâcher Thomas d'une semelle. C'était plutôt facile, la rutilante Subaru blanche ne passait pas inaperçue dans les rues de Paris. Lorsqu'ils étaient arrivés à la gare, il eut la crainte que sa cible ne parte également, mais il fut soulagé de voir Thomas repartir vers le parking. Il retourna à son scooter et attendit que le bolide passe devant lui. Ils se dirigèrent vers le périphérique à un train de sénateur. Rachid faisait de son mieux pour ne pas se faire repérer. Au moins, il ne pouvait pas le perdre. Les choses se compliquèrent lorsqu'ils arrivèrent sur l'autoroute de l'Est. La circulation y était bien plus fluide, surtout pour sortir de Paris, et Thomas avait le pied lourd. Rachid comprit vite que Thomas quittait Paris pour l'est, et son scooter n'avait ni la vitesse ni l'autonomie pour le suivre efficacement. Il se gara sur le côté de la route pour passer un appel. Il y eut un flottement, mais finalement une équipe de la Mauresque repéra la Subaru sur la rocade de Strasbourg quelques heures plus tard, malheureusement, une fois en Allemagne et sans les limitations de vitesse, Thomas mit pied au plancher. Bien qu'étant dans une grosse BMW bien motorisée, ils ne purent rivaliser avec la Subaru préparée par les soins d'Emma. Ils perdirent sa trace aux environs de Stuttgart et, dépités, firent un rapport à leur patron. Hassan était furieux. Il n'aimait pas ça. Son instinct lui disait de se méfier de ce Thomas. Il n'était pas d'accord avec Saripan. Ils auraient dû le tuer tout de suite. Ils finiraient bien par trouver la tombe eux-mêmes. Et maintenant, ils l'avaient perdu. Où allait donc Thomas ? Il fit passer un message à toutes les antennes de la Mauresque en Allemagne. À la réflexion, il envoya la description de la Subaru à celles de Pologne, d'Autriche, de Suisse et de Hongrie. Il fallait le retrouver.

Thomas avançait bien, malgré les nombreux arrêts à la pompe ainsi que les interminables travaux sur les autoroutes allemandes. Après seulement huit heures de route, il quittait Vienne et s'approchait de la frontière hongroise. Son dos commençait à protester de la punition de rester dans un siège baquet aussi long-temps, mais il voulait absolument être à Budapest le soir même.

La chaleur du corps et son odeur guidaient le prédateur vers sa proie, en l'occurrence une jeune adolescente qui profitait de la douceur de la fin de journée pour une promenade le long du Szilas Patak, un ruisseau à ciel ouvert qui servait à évacuer les eaux de pluie et traversait la banlieue nord-est de Budapest. Le prédateur suivait sa proie en silence et attendait le bon mo-ment pour attaquer, le temps que la jeune fille ralentisse un peu. Le cou de sa victime avait l'air si engageant. Elle ne lui résisterait pas. Lui et ses pairs étaient les pires prédateurs qui soient : leurs victimes se comptaient en millions chaque année. Enfin, la jeune fille s'immobilisa et il fondit sur elle, avisant un morceau de chair découverte au niveau de l'épaule. Elle ne s'aperçut de rien au départ et puis une sensation de piqûre sur l'épaule qu'elle chassa du revers de la main. Trop tard. Le moustique s'en alla virevoltant, gorgé de sang. Content d'avoir accompli ce que des millions d'années d'évolution avaient programmé pour son espèce. Il ne put, en revanche, réagir ou même comprendre l'origine des bourdonnements d'un insecte bien plus gros et bien plus bruyant qui passa à basse altitude au-dessus de lui. La jeune fille, en connaissance de cause, se leva prestement et s'écarta du ruisseau que suivait le drôle d'avion, un biplan hors d'âge et grand comme un autobus, qui volait au raz du toit des immeubles en pétaradant, laissant dans son sillage une fine pluie chimique qui eut pour effet immédiat la mort brutale du moustique. Pour lutter contre leur prolifé-ration, on utilisait encore à Budapest un authentique Antonov 2 pour pulvériser de l'insecticide le long des points d'eau. Sta-nislas de Barbaran appréciait particulièrement le vieil avion. On l'eut dit tout droit sorti d'un film en noir et blanc, avec de la fumée et un héros à la fine moustache et aux cheveux gomi-nés, embrassant une jeune première avant de monter aux com-mandes. Il était également parfaitement taillé pour la mission : ses deux ailes l'une sur l'autre permettaient à l'avion de voler plus lentement que n'importe quel autre ce qui en faisait, après l'hélicoptère, une plate-forme d'épandage idéale et précise.

Surtout, parce que la pulvérisation devait se faire après la chaleur de la journée, elle permettait à Stan, confortablement assis derrière le volant, d'avoir une vue imprenable du coucher de soleil sur la ville à travers le large et panoramique pare-brise de l'An-2. Depuis un mois, dès la fin d'après-midi jusqu'après le coucher du soleil, il parcourait inlassablement le ciel au-dessus de la ville, alignant son avion sur les nombreux ruisseaux semblables au Szilas qui zigzaguaient dans Budapest. Une main sur le manche, il ajusta méthodiquement le bouton rotatif de l'équipement installé sur le siège du copilote. Un écran couleur renvoyait les images prises par la caméra thermique que Stan avait installée sous l'avion. Les images étaient enregistrées et couplées aux données du GPS pour la localisation. La caméra était le dernier cri au niveau militaire, il pouvait ainsi détecter des activités humaines dans des immeubles ou maisons censées être inhabitées. Il passait les informations à son contact à l'inspection du travail qui organisait ensuite les descentes de police et épinglait les ateliers clandestins et autres squatteurs. La pulvérisation offrait une couverture idéale, car l'An-2 faisait partie du ciel budapestois depuis toujours.

Buda et Pest. Budapest. Deux villes séparées par le Danube et réunies sous un même nom, mais avec tant de différences : Buda l'ancienne, la ville historique perchée sur les collines et Pest la nouvelle, plate, et le centre économique du pays. Thomas avait réservé, à la dernière minute, un appartement dans le centre de Pest proposé en location aux touristes via un site internet spécialisé par son propriétaire. Il espérait ainsi faire profil bas et éviter qu'un employé d'hôtel ne transmette son identité à des oreilles malvenues. Il en devenait presque paranoïaque, tellement cette secte avait l'air tentaculaire. Il passa néanmoins une bonne nuit et se réveilla de bonne heure avec une question cruciale lui taraudant l'esprit : comment allait-il retrouver, dans une ville si inconnue et dont il ne parlait même pas la langue, la tombe d'un franco-turc mort il y avait de cela plus de trois cents ans ? Sans aide locale, il pourrait y passer des années. Il espérait que ce Stanislas dont Mu Bao avait parlé pourrait l'aider. Il avait laissé un message à Thomas pour le retrouver pour un déjeuner tardif dans l'un des nombreux restaurants de la capitale hongroise. Thomas décida qu'il mettrait la matinée à profit en visitant la bibliothèque locale en quête d'un ouvrage sur l'occupation turque.

C'est un Thomas dépité qui arriva place Liszt Ferenc quelques heures plus tard. Le personnel de la bibliothèque s'était montré très gentil à son égard, s'exprimant souvent dans un anglais parfait. Il lui avait cependant été impossible de trouver ce qu'il cherchait : les ouvrages relatant l'histoire de Budapest pendant l'occupation ottomane étaient nombreux, mais pour la plupart en hongrois. Les quelques livres en anglais avaient été écrits bien après, pour la plupart par des historiens contemporains. Pour ce qui était de documents originaux turcs, le bibliothécaire lui expliqua qu'il aurait plus de chances à Istanbul : la plupart avaient été détruits lors de la libération de la ville en 1686 par les forces armées envoyées par le Pape. La date fit tiquer Thomas : c'était à peine deux ans après les évènements de Versailles et la fuite de Boisvillier vers Budapest (alors Buda). Y avait-il un lien ? L'actuelle bibliothèque occupait une aile du château de Buda qui avait été reconstruit sur les ruines de l'ancien palais, détruit presque entièrement lors de la même bataille. Le hongrois était bavard et apparemment intarissable sur l'histoire locale. Il expliqua à Thomas que les Habsbourgs avaient méthodiquement effacé les traces de l'occupation et que seuls quelques rares édifices de cette époque étaient encore debout : quelques établissements thermaux et la tombe d'un poète turc. En réponse à une question de Thomas il expliqua que tous les Turcs morts lors des combats de libération avaient été purement et simplement jetés dans le Danube. Il dut se rendre à l'évidence que Boisvillier et Malecange avaient dû arriver à Buda en des temps très troublés, même pour l'époque. Il comprenait pourquoi Boisvillier était venu : en fuite, il cherchait surement à regagner le berceau historique de la Mauresque en Turquie, et la Hongrie d'alors était en grande partie envahie : c'était la porte d'entrée la plus proche pour l'Empire ottoman. La grande question était : Boisvillier avait-il continué jusqu'en Turquie ? Thomas avait la conviction que Malecange ne l'aurait pas laissé faire de son vivant. En outre, si Boisvillier avait atteint Istanbul, la Mauresque l'aurait su, et donc Saripan ne serait pas à la recherche de sa tombe. L'instinct de Thomas lui disait que Boisvillier n'avait jamais quitté Buda. Mais où le trouver ?

Stanislas regardait à travers la fenêtre du restaurant le jeune homme approcher. Même sans la photo que Mu Bao lui avait fait passer il l'aurait reconnu : d'une part, une simple recherche internet sur Thomas Modric renvoyait à des dizaines de photos remontant à sa carrière en rallye. D'autre part, il n'avait pas du tout l'air du touriste égaré : il se dirigeait sans peine, d'une allure assurée et d'un pas athlétique. Il n'était pas aussi grand que Stan se l'était imaginé, et de son visage aux traits doux ressortaient deux yeux sombres au regard déterminé, un nez un peu tordu et des cheveux clairs ébouriffés encadraient le tout. Il inspirait une certaine candeur qui ne correspondait pas à la brève description donnée par Mu Bao : un mec bien, mais qu'il ne fallait pas emmerder et surtout qui ne lâche rien. Le chinois n'avait pas donné de détails sur la raison de la venue du pilote en Hongrie ou pourquoi il avait besoin de Stan, mais il avait été élogieux et le tenait en haute estime. Stan et Mu Bao avaient travaillé ensemble à plusieurs reprises. Il avait apprécié sa droiture et son professionnalisme. Mu Bao travaillait sans filet en Chine depuis des années. On ne pouvait pas y arriver sans savoir d'instinct à qui se fier. Si quelqu'un était apte à juger les gens, c'était Mu Bao. Alors s'il disait que Thomas Modric était OK, ça lui allait. Il fit un signe de tête à Thomas, l'invitant à le rejoindre à sa table au fond du restaurant.

Thomas regardait Stan : le moins qu'on puisse dire était qu'il cachait mal ses émotions. Une moue sceptique déformait son visage plutôt carré et dur. Il était grand, très grand, comparé à Thomas. Des cheveux de jais, coupés court, un teint plutôt mat, des yeux clairs et une bouche qui semblait sourire souvent, tel était le portait de Stan. Il avait semblé sympathique tout de suite à Thomas : une poignée de main ferme, peu loquace, ses questions avaient été directes et pertinentes. Thomas lui avait raconté toute l'histoire, savourant doucement un ragoût de bœuf mijoté au paprika. Une gigantesque chope d'une bière légère, délicieusement bienvenue en cette chaleur complétait le repas. Il sentait bien que son interlocuteur avait du mal à le croire :

« Donc cette secte, elle veut trouver la lance qui a percé Jesus Christ sur sa croix ? Pour en utiliser des pouvoirs magiques contre les chrétiens ? Et imposer l'islam à tous.

– Dit comme ça, je comprends que ça parait bizarre.

– C'est pas comme si c'était la première fois qu'un groupe ait les mêmes ambitions : le Front islamique du Salut, Al Qaeda, l'État islamique... Ils ont tous essayé. Mais là, le moyen est pour le moins... inhabituel.

– La Mauresque court après cette relique depuis des temps où la superstition prenait le pas sur la science et la réalité des choses. Même Guillaume d'Espaing n'y croyait pas. Il était un homme de science. Mais il comprenait la portée symbolique de l'objet lui-même. Il faut voir ça comme un étendard, pour rallier tous ceux que le christianisme dérange. Ils en profiteront pour montrer au monde : regardez votre lance soi-disant magique, ce n'est qu'un bout de bois ! Stan se grattait le menton, pensif.

– Soit ! En quoi retrouver ce... Boisvillier va faire avancer les choses ?

– Les derniers moments de Selim Pacha, le guerrier qui vola la Lance, ont été racontés par un historien grec du nom de Niketas. La Mauresque pense, tout comme le chevalier d'Espaing, que l'emplacement de la lance est dans ce récit manuscrit, et tout porte à croire que Boisvillier l'avait sur lui lorsqu'il s'est enfui. Comme le manuscrit n'a jamais refait surface, je pense qu'il l'a, comme on dit, emporté dans la tombe.

– C'est mince, comme piste.

– C'est plus une intuition qu'une déduction, admit candidement Thomas. Mais c'est tout ce que j'ai : ce bandit de Saripan court après la tombe de Boisvillier, ainsi que celle de Selim Pacha. La seule façon de l'empêcher de nuire est de les retrouver avant lui. »

Stan regarda longuement Thomas. Il essayait de savoir s'il était fou, idiot ou brillant : venir jusqu'ici trouver une tombe que personne n'avait trouvée en trois cents ans, et espérer battre une secte islamique dirigée par un fou juste parce qu'il avait une intuition... Il reconnaissait au moins à Thomas beaucoup de cran rien que pour essayer. Mais il n'était pas pour autant convaincu que tout ça existait vraiment :

« Je connais un gars. Une sorte de sommité locale en matière d'histoire. Il est un peu bizarre il faut dire, mais personne ne connait la ville comme lui, en particulier toute la partie enfouie sous Buda.

– Enfouie ?

– Au départ, Buda n'était pas aussi étendue : ce qu'on appelle aujourd'hui le quartier du château, sur la colline, était en fait toute la ville. La colline concentre tous les secrets de Buda : elle est truffée de galeries construites depuis que la ville existe. Un vrai labyrinthe. Peu de gens en connaissent toutes les ramifications, mais s'il y a des tombes ottomanes cachées là-dedans, alors Zoltan le saura. »

TRAHIS

Hassan tournait en rond comme un lion en cage. Cela faisait presque 24 h qu'ils avaient perdu la trace de Thomas. Saripan était assis à son bureau. Sa préoccupation était ailleurs. Son réseau était vaste et Thomas allait réapparaître tôt ou tard. Le fait qu'il soit parti vers l'est était plutôt une bonne nouvelle. Cela avait été son intuition également que Boisvillier, se sentant acculé, ait cherché à rejoindre Istanbul par quelque moyen. Mais les archives de la Mauresque étaient formelles : il n'y était jamais arrivé. Les années 1690 furent très chaotiques pour l'Empire ottoman, principal soutien de la secte. Il se pouvait fort bien que le Wazir d'alors n'ait pu contacter les soutiens dont il avait besoin, alors que ceux-ci étaient probablement en pleine retraite de la frontière occidentale de l'empire, chassés par la ligue chrétienne et les Habsbourgs. Les ennuis de Saripan étaient autres : la police avait diffusé tôt dans la matinée un portrait-robot du présumé tueur qui semait la terreur dans la région : un portrait qui ressemblait beaucoup trop à Hassan. Saripan se demandait comment elle avait pu obtenir une description aussi précise, car il était sûr et certain que Thomas

221

n'avait pas parlé à la police. La nouvelle du portrait robot fit vite le tour des médias, et le fait qu'on recherchait un agresseur visiblement maghrébin força les quartiers populaires, tous à dominante maghrébine, à calmer leurs harangues et leurs appels au soulèvement général. Saripan comptait sur des émeutes pour mettre à sac les monuments où devait se trouver la pointe de la lance. Mais il était un fin stratège, et avait anticipé une telle éventualité. Il avait dans son carnet plusieurs commissaires et lieutenants de police qu'il contactait les uns après les autres : l'objectif était d'envoyer des forces de police faire des descentes brutales dans les quartiers pour trouver le meurtrier. Bien sûr, ce seraient de fausses pistes, mais cela remettrait la pression sur les quartiers. Il employa même le mot tabou de « rafles » pour communiquer son idée aux fidèles serviteurs de la Mauresque. Sous peu de temps, la capitale allait s'embraser !

Zoltan était aussi pâle qu'un fantôme. Il avait les yeux bleus clairs, presque délavés, et les cernes gris autour des yeux ressortaient particulièrement sur sa peau très blanche. Il était maigre comme un clou. Il regardait Thomas d'un drôle d'air par-dessus un verre de bière vide.

« Oui, beaucoup de galeries datent de l'époque ottomane, commença-t-il dans un anglais un peu rugueux, mais ces galeries ont ensuite été utilisées par les Autrichiens, puis par l'armée allemande lors de la Seconde Guerre mondiale, et enfin par les Russes après 1945. Chaque génération a creusé et réutilisé. Il y a des bunkers dans tous les coins, les Russes y ont même installé tout un hôpital militaire. Mais je n'ai jamais entendu parler de mausolée turc ou de crypte datant de cette époque. Thomas était visiblement déçu :

– Il n'y a donc aucune tombe datant de cette époque ?

– Ottomanes ? Juste deux : Le tombeau de Gül Baba, un poète très apprécié même par les Hongrois d'alors : Il est mort au début de l'occupation turque et son tombeau a toujours été respecté : on peut le visiter encore aujourd'hui, le mausolée est ouvert.

– Et l'autre ?

– Un groupe de pierres tombales qui furent ignorées pendant longtemps et redécouvertes par hasard il y a peu : en y regardant de près on s'est rendu compte des inscriptions en arabe et une clôture a été installée. Depuis, le terrain a été cédé à l'ambassade turque. C'est juste en dessous du château, mais elles dateraient de bien avant la chute de Buda, elles sont attribuées à des éclaireurs à cheval avant la conquête du bassin par les ottomans.

– Et c'est tout ? Et les tombes chrétiennes ?

– Les églises avaient été transformées en mosquées. Elles furent reconsacrées plus tard. Leurs cryptes ont été vidées et il n'y a plus rien de cette époque. Quant aux cimetières, les plus vieilles tombes datent du 18e siècle, bien après la période ottomane. »

Thomas hésitait entre déception et frustration. Il avait été bien naïf de penser qu'il pourrait résoudre une énigme vieille de 300 ans en moins de vingt-quatre heures. Il se replongea dans sa bière et Zoltan leur proposa quand même d'aller voir les tombes près du château. Il faisait très lourd en cette fin d'après-midi, le soleil tapait dur. Ils marchaient à flanc de colline pour arriver à la pointe sud du quartier du château. Un carré d'herbe était clôturé et on pouvait voir, au milieu d'herbes hautes à peine entretenues, une demi-douzaine de stèles blanches au sommet bulbeux. On aurait dit de gros champignons. En s'approchant on pouvait y discerner des inscriptions très usées par les temps. Les pierres semblaient avoir toujours été là, bien que le château au-dessus avait été reconstruit au XIXe siècle. Il n'y avait pas grand-chose de plus à voir. Zoltan emmena ensuite Stan et Thomas visiter la tombe de Gül Baba.

Situé plus au nord, non loin du Danube, Gül Baba repose dans un petit mausolée octogonal où son cercueil repose dans l'unique pièce recouverte de tapis précieux et de tapisserie reprenant, dans une élégante calligraphie arabe, certains des vers les plus connus du poète. Le cercueil lui-même était recouvert de tissus brodés. Thomas eut un sentiment étrange en s'approchant de la tombe même si on ne pouvait entrer dans la pièce elle-même : un guide à la mine sévère et un petit cordon empêchaient les visiteurs de rentrer dans le mausolée. Un sentiment indéfini d'excitation s'empara de Thomas dont les yeux se mirent à briller. Stan s'aperçut de son agitation et lui jeta un coup d'œil inquisiteur. Zoltan parut ne rien remarquer. Ils ressortirent de l'enceinte quelques minutes plus tard. Le hongrois leur proposa de visiter encore quelques monuments en rapport avec l'occupation ottomane, mais ces derniers avaient clairement été construits bien après. Il insista pour trouver d'autres documents. Il était intarissable sur l'histoire de la ville et les galeries sous la colline. Thomas était impatient qu'il parte : il voulait parler à Stan seul à seul.

L'alerte avait été donnée quelques heures plus tôt. Un coup de chance. Un sympathisant appartenant à la police budapestoise avait reconnu la Subaru garée devant un hôtel et avait prévenu son contact à la Mauresque. L'information avait mis moins d'une heure pour parvenir à Hassan et à Saripan : Thomas Modric était à Budapest.

Le premier réflexe d'Hassan fut de prendre l'avion pour la Hongrie, mais Saripan suggéra, fort justement, que ce serait particulièrement risqué : la police avait déclenché une chasse à l'homme tous azimuts pour trouver un « géant arabe » et Hassan, bien évidemment, serait immédiatement repéré dans un aéroport, même régional. Le moyen le plus discret était de rejoindre la Hongrie par la route, ce qui voulait dire qu'il ne serait dans la capitale hongroise que le lendemain matin au mieux. Et cela l'enrageait encore plus. Ils n'avaient qu'une maigre équipe sur place : les musulmans étaient plutôt discrets en Hongrie. Il leur avait recommandé de ne pas le lâcher d'une semelle, et d'attendre son arrivée.

Ce n'est qu'en début de soirée que Stan et Thomas purent se débarrasser de Zoltan. Stan emmena Thomas dans un petit restaurant discret non loin de l'avenue Andrassy, l'équivalent hongrois des Champs-Élysées.

« Que se passe-t-il ? demanda immédiatement Stan.

– J'ai trouvé ! annonça fièrement Thomas.

– La tombe ? Où ça ?

– Gül Baba !

– Hein ?

– Oui, c'est évident : on est fin 1685, début 1686. Buda est assiégé par les Habsbourgs, personne ne peut sortir ou rentrer. Malecange est un homme d'armes, il a vu les forces en présence, il sait que Buda ne tiendra pas longtemps, il sait que les forces chrétiennes et les Habsbourgs vont reprendre la ville et qu'ils effaceront toutes les traces de la présence des Turcs dans la ville.

– Et ?

– Et il est blessé, c'était dans son message. Il sait qu'il a peu de chance de sortir vivant des combats. Il doit trouver une cachette pour le manuscrit, une cachette qui résiste au nettoyage à venir, et que Guillaume d'Espaing puisse retrouver s'il parvient jusqu'à Budapest.

– Je croyais que Guillaume d'Espaing était mort ?

– Malecange ne le sait pas. Il a dû partir après Boisvillier sans attendre de savoir si Guillaume était sorti vivant de l'attentat des jardins, c'est pour ça qu'il lui a écrit cette lettre.

– Et donc tu penses qu'il a caché le manuscrit dans la tombe de Gül Baba ?

– Oui ! Le poète faisait l'unanimité : il était très respecté à la fois côté turc et côté hongrois. En outre si l'on venait à ouvrir la tombe d'un poète, y trouver un livre ne sortirait pas de l'ordinaire. Et puis... Il hésita.

– Et ?

– Et de toute façon je n'ai pas de meilleure idée... » acheva Thomas.

Stan se rangea à son avis. Il n'avait pas de meilleure idée non plus. Même s'il n'était pas tout à fait sûr de croire à cette histoire, il n'avait pas d'autres plans pour la soirée :

« Hé bien, allons piller une tombe ! » Il leva son verre et Thomas fit de même. Pour lui, ce serait la deuxième en quelques jours.

Ils avaient attendu minuit pour se rendre sur les lieux. Stan était retourné chez lui prendre quelques « affaires » pendant que Thomas prenait un café à l'une des nombreuses terrasses offrant une vue spectaculaire sur le Danube et le parlement hongrois. Ils avaient fait le chemin à pied. Une fois sortis des quartiers touristiques, les rues étaient désertes. Thomas se retournait souvent, craignant de voir le géant sortir de l'ombre à chaque instant, puis il se secoua mentalement. Il avait pris toutes les précautions pour arriver discrètement en Hongrie, il n'y avait aucune raison que la Mauresque sache où il est. Sans un mot échangé, ils arrivèrent au pied de l'enceinte du complexe abritant la tombe. Ils firent plusieurs fois le tour sans remarquer de caméra. Ils se doutaient malgré tout qu'un gardien logeait probablement sur place. Stan avait repéré le poteau d'un lampadaire qui pourrait les aider à passer le mur, mais bien sûr celui-ci se trouvait en pleine lumière. Il se retourna vers Thomas pour s'assurer que le jeune homme était vraiment décidé. Sans un mot, Thomas donna un bref signe de tête. Oui, il était prêt. Stan tendit une cagoule que Thomas enfila immédiatement. Ils allaient vite avoir très chaud avec, car même à cette heure tardive la température n'était pas descendue en dessous des 25 °C. Un dernier coup d'œil à la rue, ils ne virent personne. Stan passa en premier, s'approchant du lampadaire. Sans prévenir, il décocha un formidable coup de pied à la base du poteau. Par un quelconque miracle, la lampe s'éteignit. Stan se retourna en faisant un clin d'œil à Thomas :

« Ce vieux truc marche toujours. La lampe va se rallumer d'elle-même dans quelques minutes. Quand j'étais gosse, je jouais dans mon quartier à en éteindre le plus possible avant que la première ne se rallume ! Dépêchons-nous ! » Agile comme un chat, en prenant appui sur le mur et le poteau il se retrouva de l'autre côté en un instant. Thomas eut plus de difficultés, mais s'en sortit néanmoins honorablement. Il atterrit dans un coin sombre du jardin au côté de Stan. Ils s'orientèrent rapidement : la terrasse sur laquelle le mausolée se dressait était à quelques mètres au-dessus d'eux. Le jardin dans lequel ils se trouvaient était sombre, mais malheureusement le tombeau lui-même était éclairé. Ils grimpèrent pour arriver au niveau de la terrasse. La porte du mausolée était bien fermée comme ils s'y attendaient. En revanche, on ne voyait pas la maison du gardien, et toujours aucune trace de vidéo surveillance. Un spot de bonne taille illuminait toute la façade du mausolée. Habillés de couleur sombre, ils seraient visibles comme le nez au milieu de la figure devant les murs blancs du mausolée. Thomas avisa le projecteur à ses pieds : il le fit pivoter sur son axe, ce qui eut pour effet d'éclairer plus haut. Il cala le tout avec une pierre, car le projecteur avait tendance à redescendre. Il était satisfait du résultat : le toit bulbeux était toujours bien éclairé, mais en bas, une bande sombre d'un mètre cinquante environ leur permettrait d'approcher plus discrètement. Stan leva un pouce, satisfait. Tête baissée, ils s'approchèrent de la lourde porte en bois et Stan sortit une trousse de sa poche. Il en extrait quelques outils et eut tôt fait de crocheter la serrure. Thomas lui jeta un sourire en coin : ce n'était visiblement pas la première fois qu'il faisait ça.

Zoltan était accroupi dans l'ombre que donnait la haie de la mosquée attenante au mausolée, satisfait de lui-même : son intuition avait été la bonne et la réaction qu'il avait lue chez le Français indiquait que le tombeau de Gül Baba était ce qu'il cherchait. Zoltan en avait discuté avec Miklos qui était le chef de la cellule hongroise de la Mauresque. Ils avaient appelé ensuite un numéro pour tomber sur le Mulazim lui-même ! Hassan, en route pour Budapest, avait ordonné au hongrois de ne pas lâcher les deux Français d'une semelle, mais surtout de ne pas intervenir avant son arrivée, prévue pour le lendemain. Zoltan et Miklos s'étaient regardés : le Mulazim en personne, ici ? Ils hésitaient entre honneur et terreur : la légende du Mulazim, guerrier assassin aux ordres du Wazir, était aussi vieille que la Mauresque elle-même. S'il se déplaçait jusque Budapest, c'est que c'était une affaire des plus importantes pour la Mauresque. Mieux valait ne pas le décevoir. Pendant que Miklos contactait les autres membres de la cellule, Zoltan était retourné au café où il avait laissé Thomas et Stan, mais ceux-ci n'étaient plus là. Puis il s'était souvenu de la réaction du pilote français lors de la visite de la tombe. Il devait les retrouver avant l'arrivée du Mulazim. Et maintenant ils étaient là, à quelques mètres de lui en train de forcer la porte du tombeau de Gül Baba !

Les deux hommes pénétrèrent dans le mausolée. Il n'y avait qu'une seule pièce, plongée dans l'obscurité, au centre de laquelle le cercueil était posé, recouvert de draps brodés et enluminés. Ils repoussèrent la porte derrière eux. La lumière de la lune entrait par une large fenêtre sans rideaux et apportait un minimum de clarté. Ils avaient convenu de ne pas utiliser les lampes de poche de peur qu'un promeneur nocturne ne remarque les faisceaux. Ils s'approchèrent du cercueil et Thomas enleva délicatement le tissu qui le recouvrait. Un large panneau de bois finement gravé servait de couvercle au cercueil. Stan le secoua doucement et secoua la tête : le couvercle était scellé. C'était une bonne nouvelle, car il y avait des chances qu'il n'ait pas été ouvert depuis longtemps, mais cela allait compliquer un peu l'ouverture : ils allaient devoir le forcer sans bruit d'une part, et en laissant un minimum de traces d'autre part.

Abdul Can se réveilla de son demi-sommeil, en sueur. La chaleur de son appartement de fonction avait du mal à s'évacuer, même la nuit, même avec les fenêtres ouvertes. La petite maison avait été mise à sa disposition par l'ambassade de Turquie et faisait partie de ses prérogatives de gardien de la mosquée, du centre musulman et du mausolée du poète Gül Baba. Petite et mal isolée, elle était froide l'hiver et chaude en été. Il se retourna plusieurs fois dans son lit avant de se rendre à l'évidence : il n'arriverait pas à dormir ainsi. Il jeta un œil à sa montre : il n'était pas tout à fait une heure du matin. Avec de la chance, il ferait plus frais dehors. Il se décida pour une promenade dans le jardin.

Zoltan donnerait cher pour avoir des yeux dans le mausolée. Il entendait de légers raclements et devinait que les deux hommes devaient être en train d'ouvrir le cercueil. Il prit alors conscience d'une présence non loin de lui. Un homme venait dans la direction du mausolée et s'était arrêté à quelques pas du hongrois caché dans l'ombre de la haie. L'homme avait entendu également les raclements et se demandait d'où ils pouvaient provenir. Les consignes de Zoltan étaient claires concernant les deux Français : suivre, mais ne pas intervenir. Mais si ce que le Mulazim lui avait dit était vrai, que les Français cherchaient le manuscrit du Wazir Boisvillier et si Thomas pensait qu'il était dans la tombe de Gül Baba, alors il ne fallait pas que quelqu'un les trouve là. S'il empêchait l'homme de prévenir la police, alors Hassan pourrait se montrer reconnaissant. Cela suffit à le décider. Il avança sans bruit dans le dos de l'inconnu.

Abdul Can s'était immobilisé : un bruit inhabituel avait attiré son attention. Et maintenant qu'il y regardait de plus près, il remarqua qu'un des projecteurs qui éclairait normalement la façade du mausolée n'éclairait plus que le toit. Un rôdeur se serait-il introduit dans le mausolée ? Il n'y avait rien de valeur. Il hésita sur la conduite à tenir : aller voir ou appeler la police ? Il allait avancer lorsqu'une main s'abattit sur sa bouche et une douleur violente le saisit sur le côté. Il essaya de se débattre et y parvint presque, mais les forces semblaient l'abandonner. Ses jambes se dérobèrent et il tomba. Son assaillant manqua de tomber avec lui, relâchant son étreinte. Libre, Abdul essaya de crier, mais seul un râle d'agonie sortit de sa gorge. Il prit finalement conscience du couteau planté dans son côté et puis il n'eut plus conscience de rien.

Stan releva la tête. Il lui avait semblé entendre quelqu'un parler. Les deux hommes, transpirant à grosses gouttes, s'arrêtèrent et retinrent leur respiration. Pendant une minute on n'entendait plus que le bruit de leur respiration. Finalement Stan reprit son travail : avec un tournevis qu'il insérait entre les planches, il faisait sortir les clous un à un. C'était pénible et ils se relayaient tous les trois ou quatre clous. Dans un dernier grincement qu'ils espéraient inaudible de l'extérieur, le dernier clou accepta de sortir de son trou. Les deux hommes soulevèrent alors doucement le couvercle du cercueil et le posèrent sur le côté. Avec émotion ils regardèrent à l'intérieur et trouvèrent... un autre cercueil ! Ce dernier semblait bien plus ancien que le premier. Stan s'approcha avec un pied-de-biche. Tout cela commençait à prendre beaucoup de temps et le rendait nerveux. Il fallait en finir. Il passa l'outil entre les planches abimées et pesa de son poids. La planche céda finalement dans un craquement lugubre. Thomas braqua une lampe dans l'ouverture : un squelette reposait paisiblement sur un linceul en lambeaux. Une forme aplatie attrapa le faisceau de sa lampe : une petite serviette de cuir était glissée le long du corps. Il la sortit délicatement et l'ouvrit : un livre très ancien avec une couverture de cuir s'y trouvait. À la lueur de la lampe, il repéra des inscriptions en grec. Son cœur fit un bond dans sa poitrine : il ne savait pas les traduire, mais il était certain qu'il avait dans les mains le manuscrit de Niketas. Il remit le tout dans la poche de cuir et fit un signe de tête à Stan : il avait ce qu'il était venu chercher.

Zoltan commençait à trouver le temps long. Il devait être près de trois heures du matin quand les deux Français apparurent devant le mausolée. Stan et Thomas avaient remis les cercueils à leur place et vérifié qu'aucune trace n'était laissée derrière eux. Zoltan aperçut une pochette sombre dans la main de Thomas et son poul s'emballa : Modric avait-il eu raison ? Avait-il trouvé le livre que cherchait la Mauresque depuis presque trois siècles ? Il n'en croyait pas sa chance : le Mulazim serait ravi. À la surprise de Zoltan, les Français se séparèrent : il vit Thomas se diriger vers le jardin tandis que Stan venait dans sa direction. Il se tapit au plus profond du buisson et ne bougea plus. Stan, avant de partir, tenait à s'assurer que le gardien ne les avait pas entendus et qu'il n'y avait aucune caméra cachée ni d'enregistrement vidéo de leur expédition nocturne. Il approcha de la petite maison. Le calme y régnait apparemment : le gardien devait dormir. Il s'approcha de la porte et fit doucement tourner la poignée. Étonnamment, la porte n'était pas fermée à clé et s'ouvrit silencieusement. Il entrait à pas de loup dans le vestibule lorsque sa chaussure glissa et il manqua de tomber à la renverse. Il étouffa un juron et écouta attentivement. Il faisait une chaleur effroyable dans la maison, mais aucun son ne lui parvenait. Il prit le risque d'allumer sa lampe de poche pour voir sur quoi il avait glissé. Son pouls s'accéléra d'un coup : dans la lumière crue de la lampe de poche, le rouge écarlate d'une flaque de sang.

Thomas attendait au pied du mur d'enceinte à l'endroit où ils avaient pénétré dans le jardin. Le réverbère s'était rallumé et la portion du mur était éclairée. Il réfléchissait à un moyen de l'éteindre lorsque Stan déboula à toute vitesse, l'air inquiet :

« Vite, fit-il en attrapant Thomas.

– Que se passe-t-il ?

– Plus tard ! »

Stan grimpa comme un chat sur le mur deux mètres plus loin, dans l'obscurité relative. Il aida Thomas à faire de même puis ils se laissèrent glisser dans la rue. Stan s'éloigna en trottinant. Ils avaient laissé la voiture de Thomas à l'hôtel. Thomas le suivit, étonné de l'empressement à quitter les lieux. Il consulta sa montre, il était presque trois heures. La fatigue et la tension commençaient à se faire sentir, mais l'excitation de sa découverte le portait littéralement. Ils coururent un moment avant que Thomas, essoufflé, ne rattrape Stan.

« Mais que se passe-t-il ?

– Le gardien. Il a été poignardé. Pendant qu'on ouvrait les cercueils.

– Comment ? Mais qui ?

– Je ne sais pas et ça m'inquiète : non seulement on n'était pas seuls, mais pour une raison que j'ignore ceux qui ont fait ça nous ont laissés finir notre travail.

– Tu as vu quelqu'un ?

– Non. J'ai fait le tour de la maison, il n'y a pas de système vidéo non plus. Mais on est sur le radar de quelqu'un qui nous suit, ou en tout cas qui sait où on est.

– C'est impossible, toi et moi avons pris la décision d'ouvrir la tombe et on n'en a parlé à personne.

– Alors on est suivi d'une façon ou d'une autre. À moins que..

– Que ?

– Zoltan. Il a pu deviner qu'on reviendrait ici. Tu avais l'air excité lorsqu'on a visité le mausolée cet après-midi. Thomas fit la moue, mais Stan avait raison.

– Tu penses qu'il est de la Mauresque ?

– Difficile à dire s'il en fait partie ou les informe seulement.

– S'ils nous ont vu sortir, alors ils sauront qu'on a trouvé quelque chose. Ils devineront ce que c'est et voudront le récupérer.

– C'est pour ça que je me dépêche. Il faut se cacher avant de décider du prochain mouvement.

– Tu as une idée ?

– Ton hôtel et ma piaule sont trop risqués. Et à cette heure-ci, nous ne trouverons pas grand-chose d'ouvert. Il y a un parc un peu plus loin, sur une colline. On peut voir les gens arriver de loin. Demain, j'irais chercher quelques affaires et on prendra le large pour quelque temps. »

AU CENTRE COMMERCIAL

L'aube se levait sur la banlieue de Vienne qu'Hassan traversa en trombe, aidé par le maigre trafic routier. Il raccrocha furieusement son téléphone. Il aurait voulu se téléporter à Budapest dans l'instant. Les nouvelles n'étaient pas bonnes : l'équipe hongroise avait fait part d'une découverte faite par Modric dans la tombe de Gül Baba, mais ensuite ils avaient perdu sa trace ! Par-dessus le marché, l'infidèle qui les suivait s'était permis de poignarder un gardien ce qui allait forcément attirer l'attention sur tout ça. Si un quelconque témoin avait vu les Français sur place, la police locale allait les traquer et leur mettre la main dessus avant lui. Au mieux, ils allaient disparaître et fuir le pays. Il rappela Miklos, le chef de la section hongroise et lui donna l'ordre de rassembler une équipe et de passer à l'action : ils devaient coûte que coûte récupérer le manuscrit.

Thomas n'avait pas passé une très bonne nuit. Assis sur un banc au milieu du parc, il avait somnolé pendant que Stan montait la garde. Heureusement, la nuit était très douce. Son demi-sommeil était troublé par les récentes révélations : le manuscrit trouvé dans la tombe et le fait que la Mauresque avait retrouvé sa trace à Budapest malgré toutes ses précautions. Sans compter le fait qu'ils savaient probablement pour le livre. Ils allaient sûrement tenter quelque chose pour le récupérer. Et il y avait le gardien mort. Que faire si quelqu'un les avait vus entrer ou sortir du mausolée ? Entrer par effraction était une chose dont il pourrait se sortir si la police l'arrêtait, mais si on l'accusait de meurtre ? Il chassa la pensée désagréable et son esprit se mit à dériver. Il voyait Emma et se demandait où elle était en ce moment : probablement dans un lit chaud. Il aurait aimé pouvoir se pelotonner contre elle, mais la dureté du banc le réveilla en sursaut. Le jour commençait à poindre. Stan le regardait d'un air décidé : « Il est temps de bouger ! »

Zoltan s'était fait passer un sacré savon par Miklos, non seulement pour avoir perdu les Français, mais aussi pour le gardien. Quelque part il était heureux que le Mulazim n'ait pas été là. Depuis, Miklos avait envoyé des hommes à l'hôtel et à l'appartement de Stan, mais personne ne les avait vus. Il avait quelques policiers fidèles et leur transmit le signalement des deux hommes. Zoltan sillonnait la ville, vérifiant les endroits que Stan avait l'habitude de fréquenter, en vain. La nuit avait été longue et il avait besoin d'un café. Le centre commercial Westend était à deux pas, et son Starbucks pourrait pourvoir à son manque de caféine. Au moment où il rentrait dans le café, son attention se porta sur un homme au visage familier, l'air débraillé, plongé dans la lecture d'un livre ancien, une gigantesque tasse de café fumant dans la main : Thomas Modric ! Il se recula vivement et alla se poster à l'entrée d'une échoppe un peu plus loin. Il n'en croyait pas sa chance. Il dégaina son téléphone.

Thomas essayait de tirer quelque chose du manuscrit qu'il avait entre les mains. Son excitation était vite retombée : l'ensemble du livre était en grec ancien et bien sûr, il n'y connaissait rien. Il avait espéré que Guillaume eut annoté le manuscrit, mais il n'en trouva pas trace. Il avait du mal à avoir les idées claires et manquait de sommeil. Heureusement, le café qu'il ingurgitait avec la régularité d'un métronome commençait à faire son effet. Il allait avoir besoin d'un expert linguiste, mais comment en trouver un, ici, dans ce pays inconnu ? Sans compter que la Mauresque était aux abois et, si Saripan était un peu futé, il allait faire surveiller tous les spécialistes du grec ancien ayant pignon sur rue. Il en était à ruminer dans ses pensées lorsqu'un client fit tomber son énorme café en voulant le prendre du comptoir, causant cris et rires moqueurs selon que les gens étaient aspergés de liquide brûlant ou non. Thomas leva la tête et se figea : la silhouette de Zoltan se reflétait dans l'aluminium poli de l'énorme machine à café trônant sur le comptoir. Il avait les yeux braqués sur le café et parlait dans son téléphone portable. Un flot d'adrénaline se rua dans les artères de Thomas qui fut pris d'une envie de prendre ses jambes à son cou. Il se retint. Zoltan ne semblait pas avoir remarqué que Thomas l'avait repéré. Courir attirerait l'attention sur lui. Avec un peu de chance, il pourrait le semer dans la foule qui commençait à lentement envahir le centre commercial. L'air de rien il se leva, rangea le manuscrit dans la sacoche de cuir et porta son plateau à l'endroit adéquat. Il sortit du café et s'engagea dans l'allée principale, notant au passage que Zoltan s'était tourné et se cachait derrière un pilier. Il fit mine de ne pas le voir. Il marchait, nonchalant, au milieu de la foule, s'arrêtant ici ou là feignant l'intérêt pour la vitrine d'une boutique. Du coin de l'œil il apercevait Zoltan qui le suivait à distance. Il essayait de se repérer. Il était au niveau principal, il y avait deux niveaux au-dessus et un en dessous. Celui du dessous ouvrait sur la station de métro attenante, c'était une possibilité pour sortir. Sinon à son niveau il y avait deux ou trois sorties sur la rue ou la gare ferroviaire qui jouxtait le centre. Stan était parti récupérer des affaires et ils devaient se retrouver au café, mais Thomas devait semer Zoltan avant de le retrouver. Mieux valait rester à ce niveau : il n'y avait pas d'issue par les niveaux supérieurs. Inconsciemment, il leva la tête : les niveaux étaient agencés en galeries ouvrant sur l'espace intérieur, de sorte qu'on pouvait voir les étages supérieurs du niveau le plus bas. Un homme le regardait fixement depuis l'étage au-dessus. Croisant le regard de Thomas, ce dernier tourna la tête, mais le français était sûr que l'homme le surveillait. Le Hongrois n'était donc pas seul. Thomas devint nerveux et commença à regarder aux alentours. Derrière lui un autre homme avait rejoint Zoltan et ils avançaient doucement vers lui. Ils ne se cachaient même plus, signe qu'ils allaient probablement passer à l'action. Devant lui, Thomas repéra également un autre homme qui regardait dans sa direction. Il avait le même profil que les autres : cheveux courts, teint foncé, pas du tout intéressé par les boutiques. Ils étaient en train de le prendre en tenaille. Thomas chercha des yeux un vigile, un policier ou quelconque autre forme d'autorité qui aurait pu le sortir de là. Le seul qu'il vit était un vieil homme en uniforme gardant l'entrée d'un casino. De bon matin, le brave homme paraissait déjà fatigué. Il y avait peu de chance qu'il lui vienne en aide. Soudain, une idée folle germa dans son esprit. Il revint sur ses pas et s'engouffra dans un magasin.

Zoltan et son comparse avaient commencé à se rapprocher de Thomas. L'idée était de le repousser vers une zone peu fréquentée, le parking par exemple, pour s'emparer du manuscrit. Son téléphone à l'oreille, il avait coordonné les mouvements de son équipe. Il avait même pensé à placer quelques hommes dans les couloirs interdits au public et qui reliaient les boutiques au quai de livraison. Ils virent soudain le français s'engager dans un bureau de tabac. Ils s'arrêtèrent et attendirent. Zoltan passa un mot à l'homme présent dans le couloir de service, dès fois que le français tente de s'échapper par là. Mais quelques minutes plus tard, Thomas ressortit de la boutique avec un petit sac plastique pour s'engouffrer immédiatement dans le magasin de jouets en face. Les deux Hongrois échangèrent un regard perplexe, puis haussèrent les épaules. Ils avaient le temps. Modric ne leur échapperait pas. L'attente se prolongea un moment. Que pouvait-il faire dans le magasin ? S'était-il échappé par une issue quelconque ? Son complice dans le couloir de sécurité n'avait rien vu. Il décida d'approcher de la boutique. Il venait de faire un pas quand un bruit incongru se fit entendre. Un bruit de moteur, genre tondeuse à gazon. Puis des cris. Quand Zoltan réalisa que cela venait du magasin de jouets, il commença à courir. C'est alors qu'une chose incroyable se produisit : tel un boulet de canon, une mini moto et son pilote jaillirent du magasin sous les yeux ébahis des passants. Et le pilote c'était Thomas.

Le bruit fit tourner toutes les têtes dans le centre commercial. La foule s'ouvrait comme par miracle devant le fou furieux qui roulait à tombeaux ouverts dans l'allée, zigzagant entre les badauds qui parfois n'avaient que le temps de se jeter par terre hors de la trajectoire de Thomas. Celui-ci affichait un sourire démoniaque : il ne s'était pas autant amusé depuis longtemps. Cela faisait un moment qu'il voulait essayer ces petites motos : son ADN de pilote le démangeait. La petite bombe qu'il avait achetée à prix d'or au marchand de jouets avec son moteur deux-temps de cinquante centimètres cubes pouvait propulser son pilote à près de 45 km/h, et c'était exactement ce qu'elle faisait. Poignée de gaz en butée, il traversa le patio du centre commercial dans un bruit de tonnerre sous le regard médusé du vieux vigile qui resta pétrifié. Le vendeur avait ouvert des yeux ronds et avait protesté lorsqu'il avait commencé à vider dans le réservoir les flacons d'essence à briquet qu'il avait achetés au bureau de tabac. Une poignée de billets avait eu raison des protestations. Lorsque la moto avait démarré, au deuxième essai, le cri de victoire de Thomas avait résonné dans le magasin. Il avait pris de vitesse les hommes de Zoltan et arrivait vite au fond de la galerie. Il ralentit un peu, ce qui lui permit d'entendre des cris derrière lui. Il risqua un regard : des vigiles et les hommes de Zoltan lui couraient après, mais ils étaient encore loin. Thomas fut soulagé de ne voir aucun policier. Il traversa un second patio lorsqu'une vision de cauchemar faillit lui faire perdre l'équilibre : Hassan était là, juste au-dessus de lui au premier étage et le regardait droit dans les yeux, une expression de pure haine sur ses traits. Passant juste en dessous de lui, Thomas se permit un petit signe de la main : « Pas aujourd'hui, mon gros ! » Il suivait un signe indiquant une sortie de secours et se trouvait maintenant au fond du centre commercial, dans un corridor qui se rétrécissait de plus en plus. Enfin la porte de sortie apparut et Thomas freina subitement. La mini moto dérapa légèrement sur le carrelage et s'arrêta à un mètre de la porte. Thomas ne perdit pas un instant et poussa la porte, ce qui eut pour effet de déclencher une alarme. Tant pis pour la discrétion, mais au moins ses poursuivants n'étaient pas en vue. Il ferma la porte et constata qu'il n'avait aucun moyen de la bloquer de dehors. Il se retourna : il était dans une friche coincée entre le centre commercial, son parking et des voies ferrées. Une main s'abattit sur son épaule et il sursauta : c'était Stan, qui lui fit un clin d'œil :

« Sacré show que tu nous as fait là !

– Bordel, Stan, j'ai cru avoir une crise cardiaque ! Comment m'as-tu trouvé ?

– Je rentrais par ce côté quand j'ai entendu un bruit de moto, je me suis dit que ça ne pouvait être que toi ! Je suis passé par le parking. Que se passe-t-il ?

– C'était Zoltan. Et Hassan était là aussi.

– Le tueur géant ? demanda Stan, incrédule.

– Oui, il est ici.

– Alors il ne faut pas traîner, viens, j'ai de mauvaises nouvelles. »

Stan entraîna Thomas vers les voies ferrées en courant. Ils avaient atteint le grillage séparant la friche des voies quand la sortie de secours s'ouvrit sur Hassan. Le géant se précipita à leurs trousses. Stan l'aperçut du coin de l'œil et eut un hoquet de stupeur : le type était vraiment gigantesque ! « Suis-moi ! » cria Stan à Thomas, pointant du doigt un train qui démarrait doucement de la gare Nyugati qui jouxtait le centre commercial. Le train de voyageurs aux wagons bleus fatigués prenait doucement de la vitesse. Sans hésiter, Stan se dirigea vers le dernier wagon qui était en bois, sans fenêtre, mais avec une large porte coulissante où l'on devinait un symbole de bicyclette, peint en blanc à une époque lointaine. Stan attrapa la poignée en courant à côté du train et la porte coulissa, révélant une plate-forme vide avec des crochets au mur : « Pour accrocher les vélos... » expliqua-t-il à Thomas. D'un bond souple il se hissa à bord et Thomas le rejoignit instantanément. Ils refermèrent la porte, et, regardant par une lucarne, virent Hassan débarquer avec plusieurs hommes, dont Zoltan. Malheureusement pour eux, le train avait accéléré et ils ne pouvaient espérer l'atteindre. La rage se lisait sur les traits du géant.

Se sachant provisoirement hors de portée de la Mauresque, Stan et Thomas reprirent leur souffle, assis sur le sol.

« Merde ! Ce type est une montagne !

– Et si j'en crois le carnet de Guillaume, c'est aussi le descendant d'une longue lignée de tueurs.

– Magnifique.

– Tu disais avoir de mauvaises nouvelles ?

– On est recherchés par la police.

– Quoi ? Mais comment ?

– J'imagine qu'ils ont des contacts à la police. On est recherchés pour le meurtre du gardien du mausolée. Thomas digéra l'information un moment.

– On doit quitter le pays.

– Oui, je suis d'accord, pas le temps de s'expliquer. Tu as une idée où aller ?

– Là où je peux faire traduire le manuscrit sans attirer l'attention, un endroit avec plein de gens sachant lire le grec ancien.

– Du genre ?

– Du genre la Grèce ! Stan regarda le jeune homme interloqué : c'était pourtant évident. Il admira l'entêtement de Thomas. Rien ne semblait pouvoir l'arrêter.

– Et après ? Thomas eut un sourire mystérieux et tapota son sac qui contenait le journal de Guillaume.

– Après ? En route pour la Kabylie !

– En Algérie ? Stan ouvrait des yeux de plus en plus ronds.

– Oui, Guillaume et même le Roi Louis XIV étaient persuadés que la Sainte Lance s'y trouvait.

– Attends, maintenant on doit trouver la Sainte Lance ? Tu disais vouloir retrouver les manuscrits pour ne pas qu'ils tombent aux mains de la Mauresque. S'ils contiennent d'une façon ou d'une autre des indications pour trouver la Lance du Christ, alors il faut les détruire, comme ça ils ne pourront pas tomber dans de mauvaises mains.

– Je comprends ta logique, mais regarde un peu leurs moyens : ils ont pu me retrouver sans peine et ont des contacts partout. Même sans les manuscrits, tant que la Lance est là dehors alors ils n'abandonneront pas. Thomas fit une pause.

– Il y a quelque chose que tu ne me dis pas. Thomas prit une inspiration.

– C'est dingue, mais... quelque chose me pousse à retrouver cette lance. Quelque chose ou quelqu'un. Il raconta à Stan les messages qu'il avait reçus. La Mauresque est en train de mettre Paris à feu et à sang pour trouver un morceau de la Lance. Si on trouve l'autre, alors tout s'arrête.

– Comment ça ?

– Si on trouve le morceau, alors il faut le détruire, et personne ne pourra s'en servir pour de mauvaises raisons. Mais détruire les manuscrits n'est pas suffisant. Stan éclata de rire :

– Hé bien ! Plus ça va plus c'est mystérieux ! Il n'hésita pas plus d'un instant. Je te suis, tu as piqué ma curiosité. En plus, pour le moment mes perspectives en Hongrie sont sérieusement limitées. Thomas fut soulagé. Stan était plein de ressources, et l'avoir avec augmentait sérieusement ses chances de trouver la relique.

– Désolé pour le bordel, dit Thomas en désignant d'un geste large la campagne hongroise écrasée de soleil qu'ils étaient en train de traverser.

– Ah! ne t'inquiète pas, Zoltan ne perd rien pour attendre. Il paiera pour le gardien. J'ai pas mal de contacts au sein de la police aussi. Je reviendrais quand les choses se seront calmées. Pour l'instant, on est là-dedans ensemble !

– Merci. Thomas tendit une main que Stan serra vigoureusement. Tu as une idée pour aller en Grèce sans nous faire arrêter ?

– Oh oui, mais j'espère que tu n'es pas pressé ! » répondit Stan en faisant un clin d'œil.

Il fit descendre Thomas à la première gare, une petite ville du nom de Dunakeszi. Il était près de midi. Stan acheta quelques sandwiches et de l'eau au petit « büfé » de la gare puis conduisit Thomas à travers les rues. Avec la chaleur, il n'y avait pas grand monde dehors et les deux hommes furent vites en nage. Enfin ils sortirent du village et Stan l'amena à un petit bois puis à travers champs. Manifestement il savait où il allait. Ils suivaient un petit chemin tracé dans l'herbe jaunie par le manque d'eau. Ils franchirent un grillage pour se retrouver dans un pré de bonne taille où broutait un troupeau de moutons. Sur la gauche, on apercevait de grands hangars rouillés.

« Bienvenu à l'aérodrome de Dunakeszi ! fit fièrement Stan en souriant.

– Aérodrome ? Thomas tournait la tête en tous sens pour apercevoir la piste et les avions. Il n'y avait aucun bruit, même pas un souffle de vent.

– Désaffecté depuis un moment. Il étendit le bras vers le pré et les moutons : une belle piste en herbe presque aussi large que longue, et entretenue naturellement ! Thomas avait toujours du mal à le croire. Avant il y avait l'aéroclub de la Malev.

– La Malev ?

– Oui, l'ancienne compagnie nationale. Elle entraînait ses cadets ici et l'aéroclub accueillait des dizaines de pilotes. Elle a fait faillite il y a des années et bien sûr, le club avec. »

Il se dirigea vers un des hangars. Une chaîne et un cadenas rouillés retenaient la porte, mais il ne fallut pas longtemps à Stan et ses outils pour s'en débarrasser. Il entrouvrit la porte dans un grincement assourdissant. Thomas se retourna, mais Stan ne parut pas s'inquiéter du bruit. En entrant, Thomas eut un hoquet de surprise : un avion occupait une grande partie du hangar. Un avion comme jamais il n'en avait vu. Il semblait tout droit sorti d'un film en noir et blanc : c'était un gigantesque biplan, avec un gros moteur en étoile devant, et une verrière proéminente, comme une bulle, qui faisait une excroissance incongrue sur le devant du fuselage. Il était peint en blanc et bleu, mais la peinture ne datait pas d'hier. Il était couvert de poussière, les pneus étaient dégonflés, et un seau était suspendu sous le moteur, visiblement pour en récupérer l'huile qui fuyait. Stan caressa le côté de l'appareil doucement, avec affection.

« Qu'est ce que c'est que ça ? demanda Thomas, inquiet.

– Un Antonov 2, répondit Stan avec respect. C'est le plus gros biplan du monde. Et l'avion le plus costaud et fiable que je connaisse. Une vraie bête de somme.

– Tu comptes vraiment nous amener en Grèce sur ce machin ? Stan fit mine d'être offensé.

– Ce machin, comme tu dis, nous amènera en Algérie sans problèmes, et sans même que quiconque nous repère ! »

Thomas n'en croyait pas ses oreilles, mais Stan avait l'air particulièrement sûr de lui. Dans les heures qui suivirent, faisant le tour des hangars, ils parvinrent à trouver de l'huile, un compresseur pour regonfler les pneus de l'avion, des fûts vides et une pompe à main. Avec de la corde et des toiles de parachutes, Stan fabriqua deux hamacs et ils se reposèrent jusqu'au soir. Après une bonne sieste, Stan repartit jusqu'au village acheter des provisions. Il revint trente minutes plus tard avec une camionnette. Thomas ne posa pas de questions : il chargea cinq fûts de 100 litres chacun sur la camionnette et Stan repartit. Une heure plus tard, les réservoirs de l'avion étaient pleins, et ils avaient embarqué les fûts de nouveau remplis. Stan avait probablement vidé toutes les pompes à essence de la région. Il était presque 20 h, mais le soleil était encore haut dans le ciel. Ils poussèrent les portes du hangar qui s'ouvrirent dans un grand bruit de tonnerre. Puis, à l'aide de la camionnette, ils tirèrent l'avion dehors. Stan alla cacher la camionnette dans le hangar et embarqua la batterie qu'il brancha à deux fils pendants sous le cockpit. Il fit un signe du pouce à Thomas qui grimpa par la porte arrière et ferma la porte. Stan mit le contact et après plusieurs tentatives, dans un bruit épouvantable et une fumée noire, les 1000 chevaux du vaillant moteur se réveillèrent d'un coup. Thomas s'assit près de Stan : les cadrans du tableau de bord en demi-lune étaient en partie cassés. Certains étaient absents. Les vibrations que le moteur transmettait à la carlingue avaient créé un nuage de poussière qui fit éternuer les deux hommes. Après quelques réglages, à la surprise de Thomas, Stan mit plein gaz. Ils n'étaient même pas alignés sur la piste et le troupeau de moutons était deux cents mètres plus loin, juste devant eux. Cent mètres après, il y avait une haie faite d'arbres et de buissons. Stan maintint l'appareil en ligne. Les moutons s'écartèrent très vite en bêlant de colère contre cet intrus bruyant qui piétinait leur dîner. La haie arrivait très vite. Stan tira sur le volant et ils étaient en l'air, prenant rapidement de l'altitude et franchissant même la haie avec une bonne marge. Restant à basse altitude, il contourna la ville par l'ouest, traversa le Danube, et slaloma entre les collines boisées du Buda. Il prit ensuite résolument un cap au sud. Pour tout instrument, il s'était installé une tablette électronique qui affichait la navigation. Ils franchirent la frontière croate au coucher du soleil. Les paysages étaient magnifiques et l'avion, au grand étonnement de Thomas, volait comme un charme. Stan lui avait patiemment expliqué comment tenir le cap et l'altitude, de sorte qu'ils se relayèrent à plusieurs moments. À minuit, la côte Adriatique se dessina et la mer reflétait la lune, si bien qu'on pouvait voir les milliers d'îles qui faisaient le charme de la côte croate. Vers deux heures du matin, après cinq heures de vol, Stan alla pomper de l'essence des fûts vers les réservoirs de l'avion. Une heure plus tard, au grand émerveillement de Thomas, le jour commença à poindre à l'est, derrière les montagnes. Ils suivaient la côte albanaise, et malgré le bruit du moteur, la faible altitude et l'absence de communication radio, personne n'avait semblé remarquer le vaillant biplan blanc et bleu. Thomas s'en étonna.

« Nous volons bas et très lentement. La plupart des radars filtrent les échos trop lents et nous sommes justes à la limite inférieure de la couverture radar. Au pire on apparaît comme un parasite sur leurs écrans. Et dans peu de temps, nous serons dans les montagnes. » Il pointa du doigt devant lui la chaîne montagneuse qui se profilait au loin. Une demi-heure plus tard, alors qu'ils avançaient au fond d'une vallée, Stan annonça qu'ils venaient de franchir la frontière grecque. Le soleil commençait à se lever, il n'y avait pas un nuage. Stan, qui avait fait la plus grande partie du pilotage, commençait à sentir la fatigue. Cela faisait deux nuits consécutives qu'il veillait. À côté de lui, Thomas somnolait sur le fauteuil de copilote. Ils seraient bientôt en vue de leur destination. Stan secoua gentiment Thomas. Un grand plateau s'offrait à leur vue, fait de champs et de cultures étagées. Un grand lac était visible au bout, avec une petite ville sur le bord.

« Voici Ioannina. Je connais le gars qui tient l'aérodrome, c'est un vieux pilote retraité. Il ne posera pas de questions, et la ville est suffisamment grande. Il y a une université et un musée, nous devrions y trouver quelqu'un pour nous traduire le manuscrit. »

Elle s'appelait Angelika et elle avait 19 ans. Quand elle avait vu cet étranger mal habillé, sentant mauvais et visiblement très fatigué lui proposer une liasse de billets pour traduire un vieux livre, elle avait cru à une blague ou à quelque chose de louche. Mais le type n'était pas agressif et ses traits doux, bien que très tirés, appelaient à la confiance. Puis il avait montré le manuscrit et les yeux de la jeune fille avaient brillé malgré elle. Étudiante en histoire de l'Art à l'université de Thessalonique, elle était venue pour un job d'été au musée d'Ionnina et expliquait aux rares touristes l'histoire de la région depuis la Grèce Antique. Et elle s'ennuyait à mourir. Quand l'étranger lui indiqua qu'il s'agissait d'un manuscrit très ancien, et qu'il fallait qu'elle le traduise sur-le-champ sans en parler à qui que ce soit, elle flaira aussitôt l'aventure et le mystère. Thomas donna une partie de l'argent à la fille. Elle avait besoin de 48 h pour traduire le manuscrit. Il insista sur la confidentialité requise : elle ne devait en parler à personne, car sa vie pourrait en dépendre. La jeune fille balaya l'inquiétude de Thomas d'un geste désinvolte, accepta l'argent et le livre, puis lui donna son numéro de téléphone.

LA TRAVERSÉE

En comparaison de la journée passée à Budapest et leur fuite précipitée du pays, les deux jours qui suivirent eurent des airs de vacances pour Thomas et Stan. Ils étaient hébergés par une connaissance — Stan avait l'air de connaître tout le monde — et ils avaient pu se reposer. Thomas avait dormi douze heures de suite et Stan presque autant. D'un cybercafé, Thomas avait pu contacter Emma et la mit au courant des derniers développements. Celle-ci s'inquiéta :

« On te recherche pour meurtre ?

– Euh, oui, en tout cas on n'a pas vu ça dans les médias pour le moment, mais si on te pose des questions, tu n'es au courant de rien.

– Tu es sûr que tout va bien ? Tu ne veux pas que je vienne ?

– Non, tu es plus en sécurité à Londres en ce moment.

– Les nouvelles sont mauvaises depuis Paris. Ils ont déclaré l'état d'urgence et ils parlent même de couvre-feu. On parle de rafles dans les quartiers populaires à la recherche du meurtrier.

– C'est pas bon. D'autant qu'aux dernières nouvelles, il était à Budapest.

– Tu l'as vu ?

– Oui, il était après moi.

– Fais attention Tom. Je ne sais pas où cette histoire va nous amener.

– Je sais, mais j'espère le savoir bientôt. »

Angelika avait les yeux qui piquent. Elle regarda l'heure : il était plus de 23 h. Elle avait réussi à traduire la plus grande partie du manuscrit, mais elle hésitait sur une page en partie effacée. L'histoire qu'elle avait pu lire était fascinante, mais elle hésitait sur sa véracité. Elle n'arrivait pas à se décider entre fiction ou réalité tant les implications pourraient être profondes. Et il y avait cette page clé, où Niketas décrivait la dernière demeure de Selim, qui était particulièrement abîmée. Elle se doutait bien que l'étranger à l'accent français serait intéressé par cette description. Mais les mots étaient à demi effacés et elle avait du mal à les remettre dans leur contexte. Theofanis, son mentor à Thessalonique aurait pu l'aider. Elle se connecta sur le site de l'université et constata qu'il était encore en ligne. Le site disposait d'une fonction de messagerie instantanée. Elle lui fit part de ses difficultés à traduire une page d'un manuscrit. Elle resta évasive sur la provenance de l'ouvrage. Elle photographia la page à l'aide de son smartphone dernier cri et l'envoya à son mentor. Ce dernier trouva la page intéressante et envoya par email à Angelika une traduction approximative deux heures plus tard. Theofanis Kapatos était le doyen de la chaire « Grèce Antique » de l'université de Thessalonique. C'était un vieux monsieur érudit, considéré comme une référence par ses pairs pour tout ce qui touchait à la Grèce ancienne. À ce titre, la Mauresque l'avait sous surveillance depuis des années dans le cas où le manuscrit de Niketas refaisait surface de lui-même. Si quelqu'un pouvait le traduire et en saisir l'importance historique, ce serait lui. Ce fut un jeu d'enfant pour les hackers recrutés par la secte de surveiller les comptes email du vieux professeur qui n'était pas, loin de là, au fait des menaces en provenance du cyberespace. Les serveurs du complexe informatique de la Mauresque, installés en Turquie, commencèrent à émettre des messages d'alertes dans tous les sens après avoir intercepté l'email de Theofanis à Angelika qui comportait les mots clés « Selim » et « Niketas ». L'information arriva sur le bureau de Saripan quelques minutes à peine après que la jeune étudiante ait reçu l'email de son mentor. Edgar lut attentivement la traduction du contenu de l'email que son ordinateur avait préparé. Un sourire effleura son visage. « Parfait », pensa-t-il. Modric et le manuscrit allaient exactement là où il voulait. Il les y attendrait. Il pouvait piloter les évènements depuis là-bas. Il décrocha son téléphone et appela Hassan. Il y avait du ménage à faire à Thessalonique.

Le regard de Thomas allait de la liasse de papier qu'il tenait dans les mains aux yeux rougis de sommeil d'Angelika. La jeune fille avait bien travaillé, et elle avait tenu sa promesse de revenir avec la traduction du manuscrit dans les deux jours. Il était impressionné. Il mourait d'envie de se jeter dans la lecture, mais prit le temps de demander :

« Qu'en pensez-vous ?

– De quoi ? Elle parlait bien anglais et avait un joli accent. La fatigue se sentait dans sa voix. Une pointe d'impatience aussi. Elle voulait le reste de l'argent promis par le français.

– Du manuscrit. De l'histoire qu'il raconte.

– Bizarre.

– Bizarre ?

– Un peu. Il y a plusieurs styles, plusieurs personnes ont écrit ce livre. Celui qui s'appelle Niketas a commencé, puis certains de ses disciples ont continué.

– Vous connaissez Niketas ?

– Il y a un Niketas qui a écrit quelques chroniques de voyages au quatorzième ou quinzième siècle.

– Et ça pourrait être le même ?

– Je ne sais pas, il faudrait que je compare le style. Je n'ai pas eu le temps.

– Mais vous pensez que l'histoire est vraie ? Que le manuscrit est authentique ?

– Oh, le manuscrit... oui je pense qu'il est vrai. L'histoire... je ne sais pas. Ce n'est pas ce que j'avais appris des croisades ni de la prise de Constantinople. »

Elle ne voyait pas trop où Thomas voulait en venir. Pour tout dire, elle trouvait les deux Français un peu fous. Gentils, mais un peu fous quand même. Thomas paya ce qu'il lui devait. Stan prit son adresse. Elle méritait un joli bouquet et il comptait bien lui apporter en personne. Thomas insista sur le caractère confidentiel : elle ne devait parler à personne de ce qu'elle avait fait. Elle se mordit la lèvre en acquiesçant, puis pris congé. Stan repartit au terrain d'aviation préparer l'avion. Quelque chose lui disait qu'ils allaient partir bientôt. Thomas s'allongea sur son lit et se plongea dans la traduction du manuscrit de Niketas.

Hassan se rendit compte de son erreur trop tard : il avait pensé que le vieux professeur et son élève étaient tous les deux à Thessalonique. Malgré les coups, Théofanis n'avait pas donné l'endroit où Angelika se cachait. C'est un sympathisant grec qui, fouillant dans l'ordinateur du professeur, trouva des emails de la jeune fille saluant son mentor depuis Ioannina. Saripan le réclamait pour préparer la venue des Français, et il devait confier l'élimination de la fille à quelques fidèles présents sur place. Il jeta un œil autour de lui : le professeur gisait, mort, dans une flaque de sang. Le sympathisant aspergeait d'essence les étagères remplies de vieux livres. Il jeta une allumette en sortant, sans un regard en arrière.

Ils étaient trois. Crânes rasés. Jeunes. Ils avaient tiré au sort et Amin avait perdu. Il devra faire le guet pendant que ses deux acolytes allaient passer du bon temps avec la fille. Quand Stan déboucha dans la rue, un joli bouquet dans les bras, il remarqua la figure patibulaire qui traînait en bas de l'immeuble qu'Angelika lui avait indiqué et fut en alerte immédiatement. Son instinct lui disait que quelque chose n'allait pas. Mais cette fois-ci il était prêt. Il ramena le grand bouquet devant son visage en approchant de l'immeuble. Il fit mine de continuer sans s'arrêter. Amin se relaxa inconsciemment. Juste un gars qui passe avec un bouquet de fleurs. L'homme trébucha en passant devant Amin et le bouquet tomba par terre. Amin le suivit des yeux. Il ne vit pas la brique que Stan avait dans sa main lui écraser le visage. Il s'écroula K.O. sans un bruit. D'un mouvement souple, Stan le tira dans l'entrée de l'immeuble et le fouilla, trouvant un neuf millimètres passé à la ceinture. Il l'empocha et monta les escaliers aussi vite et silencieusement qu'il put. Un cri étouffé et le bruit d'un verre brisé attirèrent son attention en passant le palier du deuxième étage. Une fenêtre ouverte donnait sur l'arrière de l'immeuble. Stan y passa la tête : le balcon de l'appartement était un mètre sur la droite. Il se contorsionna pour passer par la fenêtre et d'un bond souple sauta sur le balcon. D'un coup d'œil par la vitre il jaugea la situation : deux skinheads encadraient Angelika. L'un des deux lui tenait les bras en arrière d'une main et de l'autre lui pressait la lame d'un couteau sous la gorge. Le second semblait poser des questions, auxquelles elle répondait par onomatopées. Au bout d'une minute ou deux, il sembla satisfait des réponses, saisit son propre couteau puis se ravisa. Les instructions d'Hassan étaient claires, mais le short court et le petit chemisier de la fille faisaient leur effet. Et après tout, le Mulazim n'avait pas précisé qu'ils n'avaient pas le droit de s'amuser un peu. Il donna un ordre à son acolyte qui avait probablement la même idée en tête. Ce dernier décocha une gifle à la jeune fille qui tomba sur le canapé, étourdie. Persuadé qu'elle ne poserait plus de problèmes, il posa sa lame sur la commode et commença à s'approcher. Il ne sentit une présence derrière lui que trop tard. Stan était en colère. Et il le montra. D'un puissant coup de poing, il écrasa la trachée du premier type qui s'écroula en tenant sa gorge à deux mains. Surpris, le second se tourna et voulut saisir sa lame dans la poche arrière de son pantalon, mais d'un mouvement fluide, Stan bloqua le bras de l'homme et lui assena un coup de genou dans l'entrejambe. Il se plia en deux et Stan l'acheva d'une manchette sur la nuque. Le tout n'avait pas duré dix secondes. Les yeux embués de larmes, Angelika regardait Stan, ébahie. Un bel hématome prenait forme sous son œil droit.

« Tout va bien ? demanda Stan à la jeune fille.

– Je suis désolée... elle fondit en larmes. J'ai envoyé une photo du manuscrit à mon professeur. Elle redoubla de pleurs. Ils l'ont tué ! C'était un charmant monsieur. Un savant. Il n'avait jamais fait de mal à personne. Et c'est ma faute !

Stan prit la fille par les épaules, tout doucement.

– Vous ne saviez pas. C'est notre faute. C'est nous qui sommes venus vous voir. Elle renifla et leva les yeux vers le français. Elle était bouleversée, mais pas de ce qui lui était arrivé à elle. Il fallait partir : Stan ne savait pas de combien d'hommes la Mauresque disposait en ville.

– Vous les avez tués ? Elle désigna du menton les deux corps allongés sur le carrelage. Stan haussa les épaules : il avait agi comme on lui avait appris. La fille se leva soudain et cracha dans leur direction : bien fait !

– Angie. J'ai besoin de savoir si vous avez fait des copies de la traduction. Elle secoua la tête.

– Juste une photo, dans mon téléphone. Et le mail de Téo. Stan lui fit effacer les deux.

– Il faut partir d'ici. D'autres peuvent venir. Vous ne pouvez pas rester ici. »

Angelika jeta un regard autour d'elle. Une autre étudiante, partie dans le sud, lui avait prêté l'appartement. Rien ne la retenait ici. Elle attrapa sa besace et se leva, un peu chancelante. Sa joue droite brûlait et Stan voyait bien qu'elle était encore sous le choc de ce qui venait de se passer, mais il fallait bouger, et vite. Il attrapa la main de la fille et la guida vers la porte. Ils descendirent aussi vite que possible. En arrivant en bas des escaliers, Stan constata immédiatement que le guetteur qu'il avait assommé n'était plus là. Il n'eut pas temps d'y faire quelque chose : le bruit d'une voiture s'arrêtant dans un crissement de pneus se fit entendre de l'autre côté de la porte. Il n'attendit pas de savoir s'ils étaient amis ou ennemis. Il fit jouer le verrou de la porte, mais il savait que cela ne retiendrait pas longtemps des assaillants déterminés. Ce fut Angelika qui lui attrapa la main cette fois-ci et le guida de l'autre côté des escaliers, vers une porte qui donnait sur l'arrière du bâtiment. Ils se retrouvèrent dans une cour pavée et entourée d'immeubles. Stan courut à la porte en face de lui qui, fort heureusement, n'était pas fermée à clé. Ils traversèrent un hall d'immeuble. Stan entrouvrit la porte donnant sur la rue et inspecta un moment les environs. Ils avaient probablement encore une minute ou deux avant que les autres ne forcent la porte et ne découvrent les corps de leurs complices. Ils s'engagèrent dans la rue puis immédiatement dans une étroite ruelle. Angie suivait Stan comme un zombie. Il avait mémorisé le plan de la ville et il essayait d'avancer vers l'artère commerçante. Au bout de quelques minutes, il aperçut ce qu'il cherchait : un taxi libre. Le chauffeur s'apprêtait à engloutir son déjeuner quand Stan lui mit une liasse de billets sous le nez. Ils se jetèrent à l'arrière du véhicule qui démarra en trombe.

Thomas venait de reposer la pile de papiers. Il avait lu toute la traduction d'une traite et il avait encore du mal à comprendre la portée de ce qu'il avait trouvé. Il se rendit compte qu'il était affamé. Son téléphone se mit à sonner. C'était Stan, qui semblait essoufflé :

« Angelika a été attaquée.

– Quoi ? Tu penses que...

– Oui c'est la Mauresque. La petite a échangé par email avec son professeur de grec ancien. D'une façon ou d'une autre ils ont intercepté le mail. Ils ont tué le type.

– Merde ! Thomas jurait entre ses dents. Ça faisait deux morts à cause de ses recherches. Et il avait mis Angelika en danger aussi.

– Saute dans un taxi et retrouve-moi à l'avion. Il faut partir et vite.

– OK. Thomas était déjà en train de jeter les manuscrits dans son sac à dos.

– Tu sais où on va. Thomas était déjà en train de réfléchir à la question. De tout ce qu'il avait lu, une seule destination s'imposait. Il répondit, déterminé :

– À Béjaïa.

– En Algérie ? Stan ne fut pas surpris, cela faisait sens. Ce ne serait pas facile ceci dit.

– OK, se contenta-t-il de répondre. Dépêche-toi. »

Amin venait de passer le coup de fil le plus difficile de sa vie. Outre le bandage sur sa tête et les antidouleurs avalés deux par deux, il avait du expliquer au Mulazim Hassan que non seulement la fille était toujours en vie, mais que deux fidèles avaient péri. Cela n'émut guère le berbère, qui se contenta de demander quelques détails précis. À la grande surprise d'Amin, il n'y eut pas de colère, pas de réprimande. Hassan ne demanda même pas de poursuivre les Français, juste de faire le ménage dans l'appartement de la fille pour que personne ne remonte à la Mauresque. Amin rêvait de vengeance, mais on ne désobéissait pas au Mulazim. Ses deux camarades étaient morts pour rien. Tant pis pour eux.

Hassan raccrocha le téléphone et regarda le bleu de la Méditerranée par le hublot du jet que Saripan lui avait envoyé à Thessalonique. Il ne voulait pas que cet imbécile d'Amin attrape Modric. Dans quelques heures il serait chez lui. Et Modric allait tout droit dans la gueule du loup. Cela arracha un rictus au géant : il savourait déjà la mise à mort.

Lorsque Thomas arriva sur le petit aérodrome, il trouva Stan à califourchon sur le gros museau de l'Antonov, les mains couvertes d'huile.

« Un problème ?

– Non, mais j'ai du refaire le plein d'huile, il en bouffe presque autant que l'essence. Et comme tu veux nous faire traverser la Méditerranée, mieux vaut faire le plein sinon on va barboter un moment.

Thomas avisa Angelika assise dans le cockpit.

– Comment va-t-elle ?

– Elle est costaud. Elle est plus bouleversée par ce qui est arrivé à son professeur que par sa propre agression.

– Elle vient avec nous ?

– Jusqu'en Italie, où on ravitaillera. Elle a une tante à Rome. Elle la rejoindra en train. Thomas acquiesça. On va en Algérie alors ?

– Oui, les notes de Guillaume mentionnent clairement une ville portuaire importante sur la côte Kabyle comme le point d'arrivée de Niketas, et le chemin jusqu'à la tombe de Pacha part de là. Guillaume suggérait deux ou trois autres villes, mais grâce à la magie d'internet j'ai pu replacer dans leur contexte les montagnes que décrit Niketas dans son manuscrit. Béjaïa est la seule qui correspond. Stan fit la grimace :

– Tu sais le géant qui te court après...

– Oui ?

– Il est probablement Kabyle.

– Oui.

– Et Béjaïa est la plus grande ville de Kabylie. Ça ne peut pas être une coïncidence.

– Je sais. Ce sera leur terrain.

– On ne va pas passer inaperçu.

– Tu as déjà été là-bas ?

– Une fois. Les Kabyles sont des gens merveilleux, très chaleureux.

– Mais ?

– Mais toute la ville sera au courant dès qu'on posera le pied en dehors de l'avion. Hassan probablement le premier. »

Saripan regarda le soleil se coucher sur la mer en faisant tourner dans sa main un verre de cognac hors d'âge. Heureusement aucun de ses fidèles n'avait le droit de pénétrer dans la maison en temps normal. Il était musulman de naissance. Son père avait toujours été dans la Mauresque. Un fidèle du précédent Wazir. Sa mère était européenne, et Edgar avait toujours gardé d'elle ce teint pâle qui fit sa fortune : Le Wazir avait besoin d'un relais solide à l'Ouest. Quelqu'un qui puisse intégrer la haute société française, si fermée et si raciste. Il offrit au petit Saripan un pedigree et de grandes études, tout en prenant à son compte son « éducation » spirituelle. Il fut bercé des exploits des Wazirs précédents, des exploits des Ottomans lors des croisades, des prouesses de Selim Pacha. Sa mère s'inquiéta de son fanatisme grandissant, voulut retirer Edgar des griffes de la secte. Mais il était déjà trop tard. Le Wazir avait fait miroiter tellement de pouvoirs, tellement de richesses au modeste jeune homme que celui-ci n'hésita pas lorsque le Wazir lui commanda d'assassiner sa propre mère. Son propre père s'ôta la vie en prenant conscience du monstre qu'il avait créé. Le Wazir en profita pour prendre la place des parents auprès de ce jeune orphelin prometteur. Puis l'élève dépassa le maître et l'impatient jeune homme eut tôt fait de réclamer ce qu'on lui avait promis de la manière forte : en poignardant son mentor, il devint l'un des plus jeunes Wazir que la Mauresque eut connu. Il fit entrer la secte dans l'ère numérique, bâtissant cercle après cercle autour de lui. Mais sans pouvoir accomplir la prophétie. Jusqu'à aujourd'hui, songea-t-il.

Les nouvelles de Paris n'étaient pas très bonnes : malgré le zèle de certains agents, et surtout l'incapacité à débusquer le tueur, les rafles s'essoufflaient et la tension dans les banlieues avait baissé d'un cran. L'effet poudrière n'avait pas eu lieu. Hassan aurait dû faire encore quelques apparitions sanglantes, mais il avait dû courir après Modric. Ce revers n'inquiétait pas Saripan plus que ça. Modric arrivait. Il arrivait avec la clé. Le reste se mettrait en place de lui-même.

La cabine de l'Antonov n'avait rien d'une première classe. Exiguë, bruyante et froide, elle n'avait qu'un seul siège usé, récupéré d'un vieux Tu-154 mis à la casse depuis longtemps. L'avion était en général utilisé pour le transport de marchandises et le largage de parachutistes qui, la plupart du temps, restaient assis à même le sol. Mais d'une façon ou d'une autre Angelika avait trouvé le moyen de s'endormir sur cet unique fauteuil, enveloppée dans la toile d'un parachute et bercée par le ronron insistant du moteur. La mer Ionienne défilait mille mètres sous la carlingue, et offrait un spectacle magique aux deux pilotes : ils avaient eu droit à un coucher de soleil époustouflant et maintenant la pleine lune colorait de reflets dorés les flots sombres d'où émergeaient çà et là de petites îles, parfois illuminées, parfois complètement désertes.

La côte calabraise se profilait à l'horizon. Ils avaient décollé peu avant le coucher du soleil et ils avaient prévu de faire une étape à Lamezia Terme où l'aérodrome était ouvert 24 h sur 24. De là Angelika pourrait prendre le train pour Rome. Ils avaient passé une bonne heure à maquiller l'immatriculation de l'An-2 dans l'espoir de tromper une surveillance quelconque de la part de la Mauresque. Ils s'étaient même attendus à les recevoir à l'aérodrome, mais personne ne s'était montré. Cela renforçait le sentiment qu'ils seraient attendus à Béjaïa. Stan avait un plan, mais ce ne serait pas facile : il n'y avait qu'un aéroport dans la région, celui de Béjaïa. Toute la région était montagneuse, il n'y avait pas de petit aérodrome discret pour atterrir et les seuls champs cultivables où il aurait pu faire un atterrissage de fortune étaient proches de zones peuplées, dans un oued au sud de la ville. Il connaissait une piste, qui avait existé lors de son dernier passage dans la région. Elle était à flanc de collines et avait été utilisée dans le passé par des trafiquants de drogue en partance pour l'Europe. C'était au fond d'une vallée encaissée et l'approche était dangereuse, même de jour. Et là leur seule chance de rester discrets était d'y arriver avant l'aube. Thomas se retourna et jeta un œil à la fille endormie. Il aurait voulu l'imiter, mais il ne pouvait pas laisser Stan seul. Ils se relayaient aux commandes et il se sentait de plus en plus à l'aise avec la machine. Au-dessus de la mer l'air était calme et l'avion, docile. Mais dès qu'ils franchirent la côte, des turbulences commençaient à secouer l'avion de toute part et Thomas se battait avec le volant comme dans une spéciale de rallye. Stan reprit les commandes et stabilisa l'appareil sans le moindre effort apparent.

« La plupart des turbulences se compensent d'elles-mêmes. Ne cherche pas à réagir à chacune. Laisse glisser, c'est comme du surf. » Thomas reprit les commandes et, sous les conseils de Stan, apprit à se relaxer et à ne pas sur corriger les mouvements de l'avion. Les montagnes de Calabre apparurent et Stan fit grimper l'avion à 8000 pieds. La température descendit encore en cabine, et le pilote alla poser son blouson sur Angelika que même les turbulences n'avaient pas réveillée. « Elle est épuisée.

– Entre la traduction et son agression, c'est compréhensible.

– Et la mort de son mentor.

– Oui. » Thomas fit grise mine. Il se sentait responsable de la mort du gardien et de celle du professeur d'Angelika.

Les deux hommes restèrent silencieux un moment. Puis la radio s'anima et Stan commença la descente vers Lamezia Terme. La douane italienne les attendait au sol. Si la Grèce et l'Italie font toutes les deux partie de l'espace Schengen et donc, en théorie aucun contrôle frontière n'est prévu lorsque l'on voyage d'un pays à l'autre, l'arrivée en pleine nuit d'un monomoteur venant de Grèce avait mis en alerte le peloton local des douanes : La Grèce étant un des principaux points d'entrée d'immigration clandestine en Europe, ce genre de vols était particulièrement surveillé. Stan espérait que le contrôle ne serait pas trop pointilleux : il avait fabriqué un nouveau jeu de papiers pour la nouvelle immatriculation de l'avion, et s'ils semblaient tout à fait légitimes, un examen attentif aurait vite fait de montrer qu'ils étaient faux. Heureusement, les douaniers cherchaient des clandestins, et quand ils virent l'avion presque vide avec juste trois personnes à bord, ils ne restèrent pas plus longtemps que nécessaire. Puis fut venu le temps des au revoir pour Angelika qui étreignit longuement Stan. Puis, pendant qu'il ravitaillait l'avion, Thomas accompagna la jeune fille en taxi jusqu'à la gare, où un train de nuit partait pour Rome. Lorsqu'il revint, Stan était prêt à partir. La prochaine étape était l'aérodrome de Cagliari en Sardaigne. En tout cas, c'est ce qui était prévu sur le plan de vol. Stan avait un contact sur place. L'idée était de faire semblant de se poser, fermer le plan de vol et faire confirmer l'atterrissage par le contact de Stan, un certain Sergio. En fait, l'Antonov finirait la traversée vers l'Algérie au raz des flots, soit près de 500 kilomètres sous le radar. Et pour arriver avant l'aube, il fallait être à Cagliari avant minuit, ce qui serait très juste. Lorsqu'ils s'annoncèrent en descente vers Cagliari, après une traversée sans histoire de la mer Tyrrhénienne, il était déjà minuit trente.

BIENVENUE À BÉJAÏA

La Méditerranée défilait sous l'An-2. Si bas que pour Thomas on eut dit que les vagues léchaient les roues du biplan. C'était une incroyable machine, il fallait bien le dire : depuis quatre heures déjà Stan poussait la manette des gaz dans la zone rouge sans que le puissant moteur rechigne, proteste ou rouspète : pas étonnant qu'il fût longtemps considéré comme la bête de somme de tous les travaux aériens. À part un supplément d'huile et d'essence, ils voyageaient léger, et la côte algérienne apparut alors que l'Est était en train de rosir doucement. Les choses sérieuses commençaient, et si Stan était fatigué de la concentration requise pour voler aussi bas, il ne le montrait pas. Ils allaient atterrir dans une ancienne carrière, au fond d'une vallée si étroite qu'il n'y avait pas de place pour faire demi-tour : une fois engagés, ils devraient se poser ou bien, si la piste n'était pas praticable, s'échapper par le haut et par là même faire une apparition surprise sur tous les radars de la région.

Ils croisèrent la côte juste au nord de la ville. La vue sur la baie éclairée de Béjaïa, dominée par le massif du Gouraya, était splendide. Le soleil n'était pas encore levé. Une vallée s'étendait d'est en ouest et ils volaient plus bas que les sommets. Il était impossible de faire quelque chose pour le bruit : L'Antonov était bruyant, pas franchement l'avion idéal pour une entrée clandestine, mais en volant en rase-mottes les quelques habitants réveillés par le bruit n'auraient pas le temps de voir ce que c'était. La vallée dans laquelle se trouvait la carrière faisait un angle avec celle dans laquelle ils volaient, et ce ne serait pas simple de s'y faufiler, car il faudrait tourner à 140 degrés, soit presque un demi-tour, pour y entrer. Et il n'y avait pas beaucoup de place pour manœuvrer. Heureusement le temps était clair et malgré l'obscurité, on pouvait y voir. La visibilité offerte par la verrière était excellente. Stan restait sur le bord Sud de la vallée, si proche que le bout de l'aile gauche frôlait parfois un buisson. Le virage approchait et Stan réduisit la vitesse au minimum, fit pivoter l'avion et tira aussi fort qu'il pût sur le volant. L'accélération colla les deux pilotes à leurs sièges et Thomas sentit l'appareil trembler et s'enfoncer doucement. Stan rétablit une inclinaison plus raisonnable et remit de la puissance. Ils étaient maintenant au milieu d'une très étroite vallée qui semblait sans issue.

« Sûr de ton coup ? demanda Thomas, angoissé de ne voir aucun terrain dégagé.

– Pas d'autre choix ! » répondit, fatidique, Stan.

Le fond de la vallée approchait et on pouvait maintenant distinguer les parois qui avaient très nettement été creusées. Mais la végétation avait repris ses droits et Thomas ne voyait toujours pas où Stan comptait poser les roues. Finalement, il le vit : devant eux s'étendait un petit espace plat, de la taille d'un terrain de football, et d'où il était, il n'y avait certainement pas assez de place pour se poser, d'autant qu'une partie de la paroi s'était effondrée sur le côté et d'énormes blocs de pierre jonchaient le terrain. Stan réduisit les gaz et sortit tous les volets : il était déterminé à se poser. Thomas avait appris à faire confiance au pilote, mais une boule commençait à se former au creux de l'estomac. L'avion ralentit et commença à vibrer. Une alarme se mit à sonner et un frisson secoua Thomas, il regardait Stan, mais n'osait rien dire tant le pilote semblait concentré. Et puis les roues se posèrent exactement au bord du plateau, rebondirent légèrement, mais Stan garda l'avion plaqué au sol. Les blocs de pierre se rapprochèrent et l'avion s'arrêta avec moins de deux mètres de marge. Thomas poussa un soupir tandis que Stan affichait un petit sourire satisfait.

« Tu t'es déjà posé aussi court ?

– Une fois, en Sierra Leone...

– Et ?

– Disons que l'avion n'est jamais reparti... »

Thomas secoua la tête. Il n'était pas sûr de vouloir entendre l'histoire. Il fallait qu'ils bougent. Ils avaient probablement réveillé toute la vallée.

« On fait quoi, maintenant ?

– Je connais un gars sur Béjaïa.

– Y a-t-il un bled sur cette terre où tu ne connais pas quelqu'un ? Stan ignora la remarque.

– C'est un ancien policier. Un mec réglo. Il nous aidera. »

Les deux hommes commencèrent à descendre de la carrière. Un sentier envahi par les broussailles menait au fond de la vallée. Visiblement, personne ne l'avait emprunté depuis un moment. Après quelques centaines de mètres, Stan se retourna : l'avion était invisible d'en bas. Satisfait, il reprit son chemin.

Il fallut deux bonnes heures de marche pour arriver à l'entrée de la ville. La vue sur la baie était saisissante. Béjaïa descendait en pente douce jusqu'au port. Un terminal pétrolier s'élançait dans la Méditerranée et les bateaux allaient et venaient. Si la vue des deux étrangers faisait tourner quelques têtes, personne ne les aborda. Par deux fois, ils durent demander leur chemin et on leur répondit avec bienveillance. Tout le monde parlait français. Enfin, ils parvinrent à une petite maison blanche, la porte et les volets peints d'un beau bleu brillant. Une femme d'un âge indéfinissable vint leur ouvrir et, après un bref échange, les fit entrer. L'intérieur était simple et propre. On entrait directement dans la pièce principale qui servait de cuisine et de salle à manger. Une grosse marmite mijotait sur un poêle à bois, et l'odeur d'un ragoût de légumes enveloppa les deux hommes. Un bambin de trois ans, qui suivait la vieille femme pas à pas, regardait ébahi les deux Français. Quelques instants plus tard, un homme mince, le visage tanné par le soleil, entra dans la pièce. Ses yeux bleu clair s'égayèrent lorsqu'il aperçut Stan. Il le prit dans ses bras, et Stan semblait ému des retrouvailles. Il fit les présentations et l'homme étendit son accolade à Thomas. Il s'aperçut alors que la jambe droite de l'homme était une prothèse rudimentaire. Il s'appelait Azerwal et les invita à passer dans un petit salon attenant où ils s'assirent autour d'une table basse. La femme revint peu après avec un thé sirupeux et parfumé de menthe.

Les traditionnels palabres commencèrent : Visiblement, Azerwal et Stan avaient été compagnons d'armes, plusieurs années auparavant. À cette époque, l'Algérie et ses montagnes abritaient de nombreux groupes djihadistes. Si l'armée et la police, après des années de lutte sanglante, avaient réussi à nettoyer le nord du pays, c'était en partie grâce à l'appui plus ou moins officiel d'experts français en matière de renseignement. Stan avait fait partie de ces « observateurs » éclairés, et Azerwal tenait le français en grande estime. Stan prit le temps de demander des nouvelles de chaque membre de l'unité, compatit avec ceux qui n'étaient plus et se réjouit de ceux que la vie avait favorisés. Thomas n'était pas aussi à l'aise. S'il était au fait des coutumes, du rythme et du caractère non direct des conversations, de par ses précédents rallyes au Moyen-Orient, il sentait toute la fatigue lui tomber dessus : Il n'avait pas dormi, ils avaient marché plusieurs heures dans une chaleur terrible et de surcroît, son estomac était vide. Situation d'autant plus pénible que les effluves sortant de la cuisine le mettaient au supplice. Finalement, la conversation s'orienta vers le présent.

« Alors, mon ami, commença Azerwal, qu'est-ce qui te ramène à Béjaïa ? Stan se tourna vers Thomas.

– Cet homme ici avec moi a une étrange histoire à raconter. Mais avant de l'écouter, as-tu entendu parler d'une organisation criminelle qui irait du nom de la Mauresque ?

Azerwal fut immédiatement sur ses gardes et ses yeux s'agrandirent en entendant le nom. Il regarda à droite et à gauche et fit signe à Stan de se taire.

– Suivez-moi, dit-il doucement en leur indiquant une porte. »

Ils sortirent de la maison pour se trouver dans le jardin. Jardin était un grand mot, car la terre était plutôt aride, mais çà et là des légumes émergeaient de la poussière. Le terrain montait en pente douce jusqu'à une barre rocheuse qui dominait le quartier. Un gigantesque néflier trônait au fond du jardin et donnait de l'ombre à quelques chaises rassemblées autour d'une vieille table basse en métal rouillé. La vue sur la baie était splendide. Thomas comprit immédiatement pourquoi ils étaient là : assis à l'ombre de l'arbre, au bout du jardin, il était facile de voir quiconque approcher. Personne ne pourrait entendre leur conversation sans qu'ils le sachent immédiatement. Ils s'assirent en silence et Azerwal se tourna vers Thomas :

« Ils sont venus quand les Français sont partis, dans les années soixante. Enfin, ils étaient là déjà avant et beaucoup pensent qu'ils sont même à l'origine de l'ALN qui a mis le feu aux poudres. Après le départ des derniers français, ils se sont installés à Béjaïa comme s'ils étaient chez eux. Ils ont mis la région à sac, ils cherchaient quelque chose, mais n'ont jamais trouvé. Béjaïa reste un de leur bastion, on dit que leur chef est souvent ici.

– Saripan est ici ? Thomas regarda Stan, interloqué. Beaucoup de choses se mettaient en place dans sa tête. Il savait tout du long où était la tombe !

– Pas sûr, tempéra Stan. Comme le chevalier Guillaume, ils ont déduit que Selim Pacha était venu dans les environs, mais sans le manuscrit de Niketas, fouiller les montagnes pour trouver sa tombe, après tant d'années est quasi impossible.

– Et je lui amène le manuscrit sur un plateau...

– Çà, explique en partie pourquoi ils n'ont pas fait de zèle pour nous retrouver. Le fait est que le manuscrit est toujours en notre possession, mais il faut être prudent. On est dans la gueule du loup, mais il n'a pas encore mordu.

– Si on est sur le territoire de la Mauresque, ils vont vite nous retrouver. Azerwal intervint :

– Les Berbères n'ont jamais vu d'un bon œil l'arrivée de ces Arabes-là. Ils sont bien organisés et bien renseignés, ici, c'est vrai, mais la majorité de la population ne leur est pas si favorable.

– Il nous faudrait des alliés sur place, sinon ils vont nous aligner comme des canards. Azerwal réfléchit un instant :

– Il y a peut-être quelqu'un qui peut vous aider. Mais il est un peu bizarre. On l'appelle le Comte. C'est le fils d'une vieille famille bougiotte. Ils ont fait bâtir un palais sur le Gouraya.

– Un palais ?

– C'est comme ça qu'on l'appelle dans le coin. Plutôt une forteresse qui surplombe la mer au Cap Carbon, avec un phare. Il ne sort quasiment jamais, car il craint les attentats. Je crois que les islamistes ont tué sa famille il y a des années, et depuis il ne sort plus. Mais il soutient les Berbères avec son argent, et avant ça il défiait les "barbus" ouvertement. Même la Mauresque. L'approcher ne va pas être facile, il a une petite armée de gardes qui le protège jour et nuit et on dit qu'il est paranoïaque.

– On a des arguments convaincants.

– Mon fils a une voiture. Il peut vous déposer au pied du Gouraya et après, inch'Allah. »

De retour à l'intérieur, plus personne ne parla de la Mauresque. Azerwal dit un mot au bambin traînant dans la cuisine et celui-ci parti en courant, seul, dans la rue. Quelques minutes plus tard, une 405 Peugeot sans parechoc apparut dans un nuage de poussière. Le gamin descendit de la place du passager en même temps qu'un jeune homme qui ressemblait fort à Azerwal. Ce dernier s'entretint un bref moment avec son fils puis prit Stan dans ses bras et serra longuement la main de Thomas. Ils s'engouffrèrent dans la 405. Thomas ne put s'empêcher de noter que le compteur affichait pas loin des trois quarts du million de kilomètres ! Le moteur démarra cependant au premier tour de clé et sans un mot le jeune homme commença à rouler vers la mer. Thomas avait l'estomac dans les talons. Les quelques olives qu'il avait avalées chez Azerwal n'avaient fait qu'ouvrir son appétit. Son ventre gargouillait de désespoir si bien que le jeune conducteur se mit à rire :

« Mon père n'est pas un très bon hôte, mais je connais un bon endroit. On peut s'arrêter en chemin. »

Ils laissèrent l'aéroport sur leur droite et remontèrent vers la vieille ville en longeant la mer. Toute cette partie n'était qu'un gigantesque terminal pétrolier : des oléoducs en provenance des riches gisements d'hydrocarbures dans le sud amenaient l'or noir au terminal pétrolier de Béjaïa où on le chargeait sur une impressionnante noria de pétroliers qui faisaient la queue jour et nuit devant le port. La route poussiéreuse longeait un mur blanc hérissé de barbelés qui les séparait des gigantesques cuves de stockage de la Sonatrach, la compagnie nationale en charge des hydrocarbures. Le jeune homme se gara devant une petite bicoque bleue, sans nom, au toit plat avec devant quelques tables pliantes posées sous des parasols de couleur vive. Un type au regard jovial cuisait des poissons sur un grand barbecue devant la maison. Lorsque le trio s'approcha, il les interpella gentiment :

« Venez, venez ! J'ai du beau poisson regardez ! » Il sortit deux caisses de sous un comptoir où traînaient quelques poissons dans un peu de glace.

La vue n'était pas ragoûtante, et l'air sentait un mélange d'essence et de poisson, mais Thomas avait trop faim. Il désigna un des poissons que le type s'empressa de découper avec une surprenante habileté, et les fit griller sur son barbecue. Il servit le tout avec un peu de pain, un peu d'huile d'olive et des sodas à l'orange. Ils s'assirent et Thomas poussa une exclamation à sa première bouchée : c'était peut-être le meilleur poisson qu'il ait mangé de sa vie. Stan appréciait également. Le fils d'Azerwal, Hamoud, riait doucement :

« Il est pêcheur, le poisson est de ce matin. Ici, c'est facile de pêcher, et on apprend quand on est tout petit. » Il mangeait aussi avec appétit.

Ils se remirent en route non sans avoir chaudement remercié leur hôte. Ils passèrent devant le front de mer et les bâtiments coloniaux bleus et blancs d'inspiration haussmannienne. La baie était splendide et les montagnes de Jijel de l'autre côté donnaient un aspect « fjord » à l'ensemble. Ils commencèrent à escalader les premières hauteurs du Gouraya, à la fois un parc et un petit mont prisé des touristes pour sa vue exceptionnelle. La Peugeot s'arrêta au bout de quelques minutes devant une barrière qui interdisait l'accès à un chemin poussiéreux. Il semblait contourner une petite élévation et aucune maison n'était en vue, mais leur chauffeur fût catégorique :

« Suivez ce chemin, jusqu'au bout, et vous trouverez le palais. Vous ne pouvez pas vous tromper ! Mais attention, les gardes ne sont pas commodes ! » Il leur donna une accolade en guise d'adieu et repartit dans un nuage de poussière. Stan et Thomas se regardèrent : ils n'avaient pas beaucoup de choix. Ils franchirent la barrière et s'engagèrent sur le chemin.

La piste, poussiéreuse et rocailleuse, montait en pente douce. Le flanc de la colline était vallonné de sorte qu'on n'en voyait pas le bout. Très vite, ils s'aperçurent qu'ils n'étaient pas seuls : une petite troupe de singes magots les suivait, d'abord de loin puis de plus en plus près. Quelques-uns s'approchèrent pour quémander un peu de nourriture, mais ils sentirent vite que les deux hommes n'étaient pas des touristes ordinaires et n'insistèrent pas. Soudain, Thomas réalisa que la petite troupe bruyante avait disparu, et avant qu'il n'ait pu en faire la remarque à Stan, ils passèrent une crête et le « palais » apparut devant eux.

Le paysage était à couper le souffle : à leurs pieds, la colline descendait abruptement vers la mer, mais le chemin continuait, étroit, jusqu'à une presqu'île rocheuse dont les hautes falaises tombaient droit dans l'eau bleue. Le bout de la presqu'île était creusé d'une arche naturelle. La partie plongeant dans la mer faisait penser à la gueule d'une gigantesque lionne s'abreuvant dans la Méditerranée. C'était d'une beauté inouïe. Plus étonnant encore était le fort : perché au sommet des falaises deux cents mètres au-dessus de l'eau, il se composait de plusieurs bâtiments plats et d'un phare de belle taille qui dominait toute la baie. On pouvait apercevoir les murs hauts d'une enceinte et des barbelés tout autour. Le seul moyen d'accès était le chemin escarpé sur lequel ils se trouvaient. Un peu plus bas qu'eux, une pancarte en arabe et en français déconseillait, tête-de-mort à l'appui, d'aller plus loin.

Alors qu'ils allaient reprendre leur marche vers la villa, deux hommes en tenue de camouflage apparurent de nulle part, pointant chacun une Kalachnikov dans leur direction :

« Halte ! dit l'un d'eux. C'est une propriété privée, on ne passe pas.

— Nous voudrions voir le Comte... commença Thomas. Les deux gardes se regardèrent.

— Il ne reçoit pas de visiteurs, il faut repartir. Pendant qu'un garde faisait un pas de côté, l'autre s'approchait en menaçant toujours les deux Français de la pointe de son arme, espérant les faire reculer.

— Nous avons des informations à lui communiquer. Thomas espérait que cela piquerait leur curiosité.

— Vous nous donnez les informations et on les transmettra. Ben tiens, bien sûr, songea Thomas.

— C'est confidentiel. Thomas voyait Stan se rapprocher du garde sur le côté. Il n'avait pas envie de se battre, d'autant que ces hommes étaient probablement du même côté qu'eux.

— Faut prendre rendez-vous... dit le garde avec un sourire faux. Il se fit plus menaçant. Thomas remarqua le talkie-walkie à sa ceinture.

— Appelez-le, et dites-lui que c'est le chevalier Guillaume d'Espaing qui nous envoie. » Thomas sortit doucement de son sac le carnet qui ne le quittait plus.

Les deux gardes se regardèrent, étonnés. Clairement, ils avaient déjà entendu ce nom quelque part. Toujours professionnel, le premier garde se recula et, sans cesser de pointer sa Kalach » sur le tandem, décrocha sa radio et appela la villa. Un échange bref et incompréhensible plus tard, les deux gardes s'écartèrent et firent signe aux deux Français de passer. Ils leur emboîtèrent le pas, les armes au poing, redoutant un coup fourré. Ils continuèrent le chemin abrupt, grimpant sur le pic rocheux jusqu'au pied du mur dans lequel s'ouvrait un portail aux portes blindées. De près, les murs étaient bien plus haut que Thomas ne l'avait estimé. C'était une véritable forteresse, et un groupe d'hommes en armes les attendaient dans une cour. Sitôt le portail franchi, les portes se refermèrent sur les deux hommes dans un claquement sinistre.

La demeure bougiotte de Saripan n'était pas à plus de deux kilomètres à vol d'oiseau du palais. Edgar Saripan savourait la vue sur les eaux bleues et calmes de la baie lorsque son téléphone sonna. Il écouta son interlocuteur et raccrocha sans dire un mot. Il sourit. Ainsi Thomas et son complice avaient réussi à venir jusqu'à Béjaïa sans passer par la douane et ils se cachaient quelque part en ville. Cela voulait dire qu'ils disposaient d'un réseau de connaissance sur place, ce qu'il n'avait pas prévu. Il fallait qu'il les retrouve au plus vite : avec le manuscrit de Niketas et les notes de Guillaume, Thomas Modric avait tout en main pour retrouver la tombe de Selim Pacha. Il n'y avait à Béjaïa vraiment qu'un seul homme pour s'opposer à la Mauresque, et il était sûr que les deux Français allaient chercher sa protection. Avec un peu de chance, il pourrait se débarrasser des trois hommes à la fois. Il savoura cette idée à l'avance. Le Comte était une épine dans son pied depuis longtemps.

LE COMTE DE BOUGIE

Dans la cour du palais, il y eut un moment de flottement : visiblement, les gardes n'étaient pas habitués à recevoir des visiteurs, et ils n'étaient pas tous d'accord sur la marche à suivre. S'ensuivit un brouhaha général où des kalachnikovs étaient brandies un peu dans tous les sens, et particulièrement vers Stan et Thomas. Cela rendait ce dernier un peu nerveux. Un sifflement mit fin à la pagaille et le cercle des gardes s'écarta pour laisser place à un personnage sorti tout droit d'un livre d'histoire : l'homme était grand, au teint mat qui faisait ressortir une chevelure épaisse et claire. Il semblait avoir la cinquantaine, mais avait le physique d'un athlète. Son regard vert et son menton fier et haut indiquaient une origine européenne. Plus extraordinaire était son accoutrement : l'individu arborait un pantalon de cuir ample, une chemise ouverte laissait apercevoir une fine cotte de mailles à même la peau et il avait une épée passée à la ceinture. Sa démarche droite, animale, convoyait puissance et autorité. Il semblait évident que l'épée n'était pas là pour faire joli. Les yeux de l'homme posèrent un regard inquisiteur sur les deux Français.

« Le Chevalier François d'Espaing est mort il y a longtemps, dit-il. Ni menaçante ni amicale, la voix était profonde et chaleureuse.

– Je sais que ça peut paraître étrange... commença Thomas, en sortant les deux manuscrits : le livre de Niketas et le carnet de Guillaume, mais c'est pourtant bien lui qui nous a guidés jusqu'ici.

– Les choses étranges ont en effet tendance à entourer le Chevalier Guillaume, répondit mystérieusement l'homme, les yeux rivés sur le carnet que Thomas avait dans la main. Puis-je savoir quel est votre nom, monsieur ?

– Modric. Thomas Modric, répondit Thomas. L'homme écarquilla légèrement ses yeux puis se reprit. Et mon compagnon se nomme Stanislas de Barbaran.

– Ainsi le moment est venu, dit doucement l'homme après un moment. Il s'inclina. Mon nom est... Il s'arrêta et regarda autour de lui, le regard perdu vers la colline. Venez, entrez, dit-il soudain. Ma maison est la vôtre. » Il se retourna prestement et les précéda vers l'intérieur de la maison. Le Comte les mena à une grande bibliothèque au cœur du « palais ». Des milliers de livres recouvraient les murs dans des étagères de bois sculpté. Sur les rares pans de mur libres, des gravures et des peintures classiques. Une grande table de travail et un canapé étaient les seuls meubles. Il fit apporter une chaise pour lui-même et offrit le canapé à ses hôtes. Une jeune femme apparut presque instantanément avec un plateau où fumaient des tasses de thé. Le Comte resta silencieux jusqu'à ce que celle-ci se soit retirée et qu'ils furent seuls. Il leur offrit un sourire en guise d'excuse : « Pardonnez ma... paranoïa. Si vous êtes bien ceux que vous dites, alors vous connaissez le pouvoir de la Mauresque.

– Nous avons croisé leur route, répondit Thomas.

– Ils sont très présents en Kabylie. Ils savent que la tombe est ici.

– Mais... comment ? Le manuscrit de Niketas parle d'une ville à l'ouest de la Tunisie, et selon le carnet de Guillaume, le seul membre de la Mauresque qui a eu accès à ce manuscrit est Hubert Boisvillier. Mais il a probablement été tué à Budapest avant d'avoir pu rejoindre les membres de la secte en Turquie. Guillaume, grâce à des analyses géologiques, a pu situer l'endroit en Kabylie.

– Boisvillier... Le Comte eut un sourire mauvais. Il n'a en effet pas quitté Buda vivant. Mais la Mauresque était là bien avant. Lorsque Selim Pacha s'est enfui avec le fragment de Lance, après la prise de Constantinople, le Sultan envoya ses hommes le pourchasser. Ils retrouvèrent sa trace à Tunis et le suivirent plus à l'ouest dans les montagnes d'où ni les soldats ni Selim ne revinrent. La Mauresque infiltrait déjà en ces temps-là l'armée du Sultan. Elle comprit vite où Selim se trouvait et le cherche depuis. Mais les montagnes sont vastes, et le temps qui passe efface les traces du passé... Le Comte avait les yeux perdus dans le vide.

– Attendez, comment savez-vous que Boisvillier n'a pas réussi à quitter Buda ? Le Comte sourit :

– Les gens d'ici m'appellent Le Comte, pour les quelques amis qui me restent c'est Omar. Peu savent mon nom de famille ni pourquoi on m'appelle le Comte. C'est un titre qui a été donné à mon aïeul quand le Roi Louis l'a anobli et fit de lui le premier Comte de Malecange.

– De Malecange ? réagit Thomas. Le même Malecange qui aida le Chevalier d'Espaing dans son enquête et qui pourchassa Boisvillier à Budapest ? Le Comte hocha la tête modestement.

– Oui, en effet. Mon aïeul retrouva Boisvillier à Buda et le confronta. C'était un excellent bretteur et le combat ne dura pas même s'il fut blessé par un garde turc. Il eut le temps de cacher le manuscrit que vous avez, avant de se faire capturer par les soldats du Sultan qui voyaient en lui un espion à la solde des Habsbourgs. Ils le mirent en prison et allaient l'exécuter lorsque l'assaut fut donné sur Buda. Les Autrichiens le trouvèrent des jours plus tard, quasi mort de faim dans sa cellule et le rapatrièrent à Vienne. Il ne put rejoindre la France que des semaines plus tard où il apprit la mort de son mentor et ami, le Docteur Guillaume. Le Roi le fit Comte, puis l'envoya en tant qu'ambassadeur auprès du Dey d'Alger. En vérité, il devait garder un œil sur les activités de la Mauresque et s'assurer que la partie de la Lance enterrée ici avec Selim ne tombe pas entre de mauvaises mains. Cette mission s'est passée de génération en génération jusqu'à aujourd'hui. Je suis le dernier représentant de la lignée des Malecange. Thomas et Stan écoutaient, fascinés, le récit d'Omar et les nouvelles pièces du puzzle qui se mettaient en place.

– Quand nous sommes arrivés, vous avez dit : le moment est venu ! Vous nous attendiez ?

– Après toutes ces années d'attente, à voir l'intérêt de la France pour la préservation de ses reliques décliner, je m'attendais à ce que la confrérie prenne des mesures pour récupérer toute la Lance.

– La Confrérie ? répéta Stan. Le Comte les regarda, surpris.

– Ce n'est donc pas le Père Guillaume qui vous envoie ? Les deux Français se regardèrent, surpris eux aussi.

– Le Père Guillaume ? Thomas avait déjà entendu ce nom. Vous voulez dire le curé qui était à ma communion, qui m'a donné le livre sur la vie de Louis XIV ? Le Comte de Bougie regardait Thomas les yeux remplis d'incompréhension et puis, la lumière se fit :

– Mais alors vous ne savez pas... Il s'interrompit, secouant la tête. Comment êtes-vous arrivé jusqu'ici ? Et Thomas raconta toute l'histoire, depuis sa rencontre avec le SDF, les messages sur son téléphone et jusqu'à leur arrivée à Béjaïa. Le Comte écouta le jeune homme attentivement. Enfin il dit :

– Voilà une bien belle aventure, Thomas Modric. Vous faites honneur à votre famille. Il fit une pause. Mes hommes et moi connaissons bien la région, ce serait un honneur de vous accompagner, mais il convient avant de répondre à une question importante. Dîtes-moi maintenant : que comptez-vous faire de la Lance, une fois retrouvée ?

Hassan regarda à nouveau à travers la lunette d'observation, satisfait. D'où elle était, on avait une vue acceptable du palais, malgré le mouvement incessant de la houle. Il n'y avait pas d'autre choix : le Comte avait bâti son palais de telle sorte qu'il était virtuellement impossible de l'observer des collines environnantes. Mais faisant face à la mer, un bateau était évidemment un poste d'observation privilégié. Béjaïa était un port important pour les hydrocarbures algériens et une noria incessante de pétroliers animait la baie. Certains devaient parfois attendre plusieurs jours leur tour dans la rade avant de pouvoir remplir leur cale du précieux or noir. Il n'avait pas été difficile à Hassan de trouver un capitaine qui, moyennant une belle somme, ne voyait pas d'inconvénient à accueillir à bord quelques hommes de plus qui se relayaient pour observer une montagne à la longue-vue. Et au vu de la carrure d'Hassan, il ne poserait aucune question déplacée non plus. Satisfait que le poste d'observation était en place, Hassan regagna la terre ferme en espérant ne pas avoir à attendre trop longtemps. Comme il se doutait que le Comte pouvait avoir des moyens de sortir discrètement du palais, il plaça également plusieurs de ses hommes surveiller les alentours du Gouraya, les chemins pouvant éventuellement mener au palais. Saripan l'attendait dans sa villa :

« Il faut se préparer à tout Hassan. S'il le faut, il nous faudra prendre d'assaut le fort du Cap Carbon. Hassan calculait mentalement ce que ça impliquait en termes logistiques.

– Ce ne sera pas facile, Wazir. Le fort est très bien défendu. L'accès par la terre ou la mer est quasi impossible.

– Dis-moi ce qu'il te faut, et tu l'auras.

– Bien Wazir. Il hésita...

– Autre chose Hassan ?

– Et pour Paris ? Edgar Saripan réfléchit un instant.

– Un demi-succès, si l'on peut dire. Nous n'avons pas pu localiser l'emplacement de la partie haute de la Lance, mais nous avons fait sortir le loup du bois... Modric. Il va nous mener tout droit à la tombe de Selim.

– Ce gringalet ?

– Il a trouvé le manuscrit de Niketas. Nous cherchions la tombe du Wazir Boisvillier et c'était une erreur. Modric a eu l'intuition de chercher ailleurs. Il apporte un nouveau regard sur tout ça. C'est pour cette raison que le Père Guillaume l'a choisi et guidé jusqu'ici. Il a vu tout cela en Modric, bien avant Modric lui-même. Devant la moue peu convaincue d'Hassan il ajouta : ramène l'équipe de Paris ici. Ramène qui tu veux ! Le manche de la Lance sera à nous bientôt et le Comte brûlera avec toute sa forteresse ! Le Père Guillaume sera le suivant. » Une lueur dangereuse dansait dans les yeux du Wazir. Hassan repartit le sourire aux lèvres : brûler et tuer, c'étaient des choses qu'il comprenait parfaitement bien.

Thomas regardait la mer Méditerranée par la grande fenêtre de la bibliothèque, les yeux perdus sur l'horizon. Il ne s'était pas préparé à la question du Comte. C'était pourtant la seule vraie question qui comptait : trouver la Lance d'accord, mais après ? Cela amenait à une autre question et il se tourna vers le Comte :

« Existe-t-elle vraiment ? La Lance du Christ, je veux dire. Après toutes ces années, un bout de bois aurait sûrement disparu, non ?

– Vous aviez espéré découvrir la tombe et la trouver vide, avec le manche de la Lance disparu à jamais ? Thomas acquiesça.

– Ça aurait calmé les choses, au moins en France : privée de quête, de son but, la Mauresque aurait sûrement perdu des fidèles, du pouvoir, de l'influence, de la capacité à nuire...

– Temporairement, sans doute. La Mauresque est ancienne, presque millénaire. Ses tentacules, étendus. Elle s'appuie sur un vivier de frustrations anciennes, que le monde d'aujourd'hui alimente sans cesse.

– Il y a aussi l'espoir de trouver la preuve de la théorie du chevalier Guillaume au sujet de Selim Pacha.

– Sur sa conversion ? Thomas fut surpris à nouveau.

– Vous savez ?

– Mon aïeul a lui aussi laissé des mémoires dans lesquelles il évoque l'interprétation du chevalier. Il explique que même Guillaume n'était qu'à moitié convaincu de ses propres déductions.

– Si Selim Pacha, un Wazir, s'est converti au christianisme dans les derniers moments de sa vie, et qu'on en trouve la preuve irréfutable, cela peut porter un coup décisif non seulement à la Mauresque, mais à un tas d'excités qui utilisent la religion comme arme de terreur. Et ça, ça vaut le coup qu'on essaie, lance ou pas. Omar observa attentivement le jeune homme un instant, un sourire étrange aux lèvres.

– Et si la Lance est là, dans la tombe ? demanda-t-il encore.

– Intacte ? Omar acquiesça.

– Les Romains fabriquaient leurs pilums avec du bois solide, par exemple l'olivier. On dit que ce bois est éternel. Il y a une chance que la Lance n'ait pas pourri depuis.

– Alors il faut la ramener à Paris. Il faut réunir les morceaux. Pouvez-vous nous aider ?

– À trouver la tombe, je le peux. Réunir les deux morceaux est au-delà de mon ressort, mais je sais qui peut vous guider. En attendant, reposez-vous. Il se leva et ouvrit les bras, dans un geste large. Vous êtes ici chez vous. Nous partirons à la nuit tombée. »

Le Père Guillaume était assis à son bureau dans l'aile sécurisée du couvent. La semaine avait été rude, mais productive. Sa présence et son influence au Ministère avaient fini par payer : Des éléments clés des forces de police, dont le zèle à trouver l'auteur des attaques les avait poussés à semer la terreur dans les quartiers populaires de la capitale avaient été mis à l'écart et leurs liens avec la Mauresque mis au jour. La tension retombait malgré l'absence de progrès dans l'enquête elle-même. Les médias jouaient parfaitement leur jeu et avaient changé de sujet, préférant consacrer leur une à l'indécente montagne d'argent d'un énième transfert de footballeur. Une autre bataille de gagnée pour la Confrérie. Il s'intéressait maintenant à certaines sources qui rapportaient le départ de nombreux membres de la secte vers l'Afrique du Nord. Cela ne pouvait dire qu'une chose : comme il l'avait espéré, Thomas était arrivé là où il espérait. Un picotement familier se fit sentir sur sa poitrine, le long d'une vilaine cicatrice : une bataille importante approchait. Il devait se préparer, mais il savait que tout reposait sur les épaules du jeune Modric à présent.

Thomas était assis, en tailleur, face à la mer, sur une des terrasses du palais. Le soleil venait de se coucher, mais la vue était encore fantastique. Les flots de la Méditerranée venaient lécher la falaise deux cents mètres plus bas. Il était impossible de prendre le fort par la mer. Il avait fait le tour du domaine, et trouvé des systèmes de sécurité dernier cri. Chaque suite avait même une chambre sécurisée blindée pour s'isoler en cas de danger. La seule route d'accès était gardée jour et nuit et il lui semblait même avoir aperçu des batteries de gros calibre surveiller le chemin et une autre pointée vers la mer. Toute une garnison était logée sur place et semblait dévouée corps et âme au Comte.

Quel étrange personnage, avec son armure et son épée. Thomas devinait une droiture et une rigueur de corps et d'esprit digne d'un chevalier d'un autre âge. Stan et Omar semblaient avoir beaucoup en commun également. Ils partageaient visiblement la même éthique, le même sens de l'honneur et s'étaient respectés au premier regard. Ils avaient tous trois devisé de l'emplacement probable de la tombe, après le dîner. En comparant les notes de Guillaume, le manuscrit de Niketas et une carte locale, il mettait la tombe sur une montagne au sud de Kendira, à une trentaine de kilomètres à vol d'oiseau de Béjaïa. L'accès serait difficile et prendrait du temps, surtout si on voulait faire ça sans attirer l'attention de la Mauresque, qui devait à l'heure actuelle parfaitement savoir où était le français. L'ascension ne serait pas aisée non plus, car le sommet culminait à plus de mille mètres et il y avait, paraît-il, un vent dantesque qui s'engouffrait entre les pics et pouvait souffler un homme et le faire basculer dans le vide. Charmant programme. Enfin, autre chose tracassait le jeune homme, sur le rôle de la famille Modric dans cette histoire, et chaque fois qu'il posait la question à Omar, le Comte éludait la question.

« Mais qui est le Père Guillaume ?

– Le Père Guillaume est à la tête d'une confrérie religieuse, créée par Louis XIV lui-même juste après les évènements décrits dans votre carnet. La tâche de protéger les Saintes Reliques, et surtout la Lance, devenait trop lourde, même pour un roi. La Confrérie de la Sainte Lance devait mettre la sauvegarde des reliques au-dessus de tout. Louis avait l'intuition que son règne, et même que la monarchie elle-même, étaient fragiles. Il voulait que les protecteurs de la Lance soient indépendants de l'État, mais aussi de Rome. Il ne tenait pas trop non plus à ce que le Pape comprenne que le Vatican n'avait qu'une copie et ne la convoite à son tour. La Confrérie est une spécificité française destinée à maintenir un certain statu quo.

— Mais est-ce bien ce même homme qui était à ma communion et à celle de mon père aussi ? Omar eut un petit rire.

— Il y a beaucoup de rumeurs sur le Père Guillaume. Il est là depuis longtemps. Certains disent qu'il est si vieux qu'il pourrait avoir été là le jour de la création de la Confrérie ! Certains disent que c'est à force d'être au contact de la Lance, que ça lui donne cette force.

— Se pourrait-il que...

— Non voyons ! répondit Omar en riant. La Lance ne rend pas immortel et Guillaume d'Espaing est mort depuis longtemps. Lui et le Père Guillaume ne peuvent pas être les mêmes personnes. Si la Lance avait ces pouvoirs, Thomas, la France serait toujours une monarchie avec Louis XIV sur le trône ! Non... Le Père Guillaume est un vieux guerrier. Il se bat pour la confrérie depuis de très nombreuses années certes, même avant que je sois de ce monde, mais il n'est pas éternel.

— Mais pourquoi moi, alors ? Omar mit sa main sur l'épaule du jeune homme.

— Il ne m'appartient pas de te le dire, Thomas. C'est au Père Guillaume de le faire, pas à moi. »

La nuit était tombée maintenant et le vent s'était levé. Ce serait bientôt l'heure de partir. Il sentit quelqu'un s'approcher. C'était Stan.

« Je dois retourner à l'avion. Dès ce soir.

— Tu ne viens pas ? Stan secoua la tête.

— Omar t'accompagnera. Si tu réussis, il va falloir nous tirer illico d'ici. L'avion doit être prêt et pour ça il me faut dégager la piste.

Il tendit un petit appareil avec un écran et une grosse antenne, et un bouton marqué "SOS" en rouge sur le côté.

– Qu'est-ce que c'est ?

– Il n'y a pas de relais téléphonique dans les montagnes. Cet appareil GPS peut envoyer des messages par satellite. Si t'es dans la merde, utilise-le et je viendrais.

– Merci. Thomas serra longuement la main de Stan. Omar apparut sur la terrasse.

– Je vais faire diversion en partant, dit Stan. La Mauresque nous surveille probablement. Avec un peu de chance, ils mordront à l'appât.

– D'accord.

– Bonne chasse !

– À toi aussi. »

SELIM PACHA

Djelil se força à ne pas bouger lorsqu'il aperçut la lumière à flanc de colline. Il avait passé les dernières heures, immobile, dans un abri de fortune sur le flanc nord du massif du Gouraya, rivé à ses jumelles, essayant de repérer le départ des Français. De là où il était, il avait une vue dégagée sur la route menant à la presqu'île du Cap Carbon et au fort. Il était un peu loin, mais savait que plus près il risquait de tomber sur un des gardes du Comte. Il avait passé l'après-midi à scruter la route, la porte d'accès au fort et les bâtiments eux-mêmes. Ses yeux piquaient, mais il savait que la relève n'arriverait qu'au milieu de la nuit. Avec le soleil couché, sans appareil à vision nocturne, il savait que ses chances de repérer qui que ce soit étaient minces malgré le ciel étoilé et une belle lune. Aussi, lorsqu'il repéra à nouveau la lueur, il n'en crut pas sa chance : cela venait non pas de la route ou de l'accès principal, mais presque à flanc de falaise. C'était intermittent, comme si quelqu'un n'allumait sa lampe que pour être sûr où il fallait poser le pied. Il y avait probablement un chemin escarpé qui devait descendre vers la mer et la personne qui l'empruntait

277

maintenant n'avait pas envie de rater une marche. Sinon c'était un grand plongeon deux cents mètres plus bas. Oui, là, il lui semblait distinguer des silhouettes. Il se risqua au-dehors, et progressa en rampant jusqu'à une corniche où il avait une vue sur toute la falaise jusqu'à la mer. Il en était sûr maintenant : plusieurs personnes venant du fort étaient en train de descendre vers la mer. Sur ce côté, les falaises du Yemma Gouraya, la presqu'île et le chemin reliant les deux formaient une petite crique abritée et fermée sur trois côtés. Djelil devina qu'il y avait probablement un bateau qui les attendait au pied du chemin. Il décrocha son téléphone. Le Mulazim serait content.

Stan jura pour la dix-huitième fois en autant de minutes. Le chemin sur lequel il s'avançait était vraiment très étroit, et vertigineux. Malgré son expérience de pilote, il était heureux que le précipice à sa droite fût noyé dans l'obscurité. Un faux pas mon Stan, pensa-t-il, et c'est le grand plouf. Allumer sa lampe de poche faisait partie de la stratégie pour amener les observateurs de la Mauresque à le repérer et à le suivre pendant que Thomas partait à la recherche de la tombe par un autre chemin. Mais pour l'instant il était simplement content de pouvoir voir où il marchait. Un des hommes d'Omar, un petit gars costaud nommé Mehdi, le précédait. Il devait avoir des yeux de chat, car il n'avait pas eu besoin d'allumer sa propre lampe jusque là. Ou alors il devait bien connaître le chemin, se dit Stan. Après une vingtaine de minutes de descente, ils arrivèrent au pied de la falaise sur un gros rocher plat qui servait de quai. Un anneau en métal y était scellé, et un petit bateau à moteur y était attaché. Grâce à la configuration de la crique, enclavée entre la presqu'île et la montagne, l'eau était parfaitement calme. Il leva la tête. La falaise s'élevait à la verticale sur deux cents mètres, et le fort était invisible. En face, sur le Gouraya, rien ne bougeait. Il n'y avait aucune lumière, et celle de la lune ne parvenait pas au fond de la crique. Ils étaient dans une obscurité quasi totale. Il alluma sa torche à nouveau pour donner bonne mesure, et pour ne pas rater le bateau. Déjà, Mehdi détachait l'amarre et du pied repoussa l'embarcation vers le milieu de la crique. Jouant le jeu d'un départ discret, ils ramèrent jusqu'à sortir de la crique, et seulement à bonne distance de la côte ils allumèrent le moteur. Stan mit cap au nord-ouest, longeant la côte à une distance suffisante pour se faire voir sans être trop proche non plus. Djelil n'en perdit pas une miette, parlant en continu dans son téléphone. Non, il n'avait pas pu identifier formellement les personnes dans le bateau, mais il était persuadé que c'étaient les Français. Il suivit à pied autant qu'il put le bateau jusqu'à ce qu'il ait confirmation qu'une autre équipe prenne le relais. Regagnant sa cachette, il ne porta plus qu'un regard distrait sur le fort et attendit la relève. Passant la pointe St Anne, il sembla à Stan voir un véhicule au loin, phares éteints, qui les suivait. Bien. Ils avaient mordu à l'hameçon. Maintenant, c'était à Thomas de jouer.

Pour Thomas, l'atmosphère était humide et oppressante. Accompagné d'Omar et de deux de ses hommes, ils descendaient dans un souterrain qui semblait sans fin. Omar avait amené Thomas dans le bâtiment qui abritait le phare. Une lourde grille barrait l'accès à un escalier s'enfonçant dans le sol. Si les premières marches étaient bétonnées, un peu plus bas Thomas remarqua qu'elles étaient taillées à même la roche et que le temps et le passage des hommes les avaient déjà bien usées. Ils descendirent à la lumière de deux torches électriques pendant une vingtaine de minutes puis un air humide et salé fouetta le visage de Thomas. Un léger clapotis se faisait entendre. Les deux hommes éteignirent les lampes et s'arrêtèrent un moment, le temps que tous les yeux s'ajustent à l'obscurité. On distinguait une lueur verdâtre à travers une ouverture. Ils s'approchèrent pour déboucher, à la surprise de Thomas, dans une sorte de caverne. La mer rentrait par une large ouverture dans la roche et venait lécher un quai taillé dans le roc. Un bateau pneumatique à moteur y était amarré. Thomas tordit le cou pour observer dehors, mais ne parvint pas à voir le ciel. « L'entrée de la caverne est protégée par l'arche. Elle n'est pas visible du large, expliqua Omar dont la voix prenait une consonance bizarre dans la caverne. Des écueils rendent l'approche trop hasardeuse à qui voudrait essayer d'arriver par la mer. Seuls mes hommes connaissent bien le passage. »

Ils s'installèrent tous les quatre dans le canot et, à la rame, ils sortirent de la caverne. L'arche de pierre était bien plus haute que Thomas ne l'avait pensé. C'était une belle voûte de près de six mètres de haut. Ils prirent la direction du sud, vers la baie de Béjaïa, espérant que personne sur les bateaux attendant à la queue leu leu de s'amarrer à la jetée pétrolière ne les remarque. Omar et ses hommes zigzaguèrent habilement entre des rochers à fleurs d'eau puis décidèrent qu'ils pouvaient utiliser le moteur, et l'embarcation pris de la vitesse.

Abdelaziz allait démonter la lunette d'observation lorsque quelque chose attira son regard. Il réajusta le point de visée. C'était bien un petit bateau qui fonçait vers Béjaïa. Mais d'où venait-il ? Il n'était pas là quelques minutes plus tôt, il l'aurait vu contourner le Cap Carbon. Pouvait-il venir du fort ? Quelques minutes plus tôt, il avait reçu un appel du Mulazim pour lui dire de se préparer à lever le camp, qu'un bateau allait venir le prendre, car les Français avaient été repérés naviguant vers le nord-ouest. Quelque chose n'allait pas et son instinct lui soufflait d'en avertir son chef immédiatement. Il décrocha son téléphone.

Hassan était en voiture lorsqu'il reçut l'appel. Il comprit immédiatement que le bateau qui l'entraînait vers le Nord n'était qu'un leurre. Modric était vraisemblablement dans l'autre bateau qui venait de surgir de nulle part. Il poussa un cri et son poing gigantesque s'abattit sur le tableau de bord, explosant la radio. Aucun des trois hommes à bord n'osait respirer.

« Abdul, Khader ! aboya Hassan. Vous prenez une autre voiture et continuez à suivre ceux-là. Confirmez au plus tôt que les Français ne sont pas à bord ! Les deux hommes sortirent précipitamment, soulagés de ne plus y être coincés avec un Mulazim en colère. Ils disparurent dans la nuit. Demi-tour ! hurla Hassan au chauffeur, on retourne à Béjaïa. »

Un Airbus A320 passa juste au-dessus de leur tête, en finale pour atterrir à l'aéroport de Béjaïa cinq cent mètres plus loin. L'embouchure de la Soummam ou oued Soummam comme on dit ici, était juste en face d'eux. Le disciple de Niketas avait décrit la rivière et ses affluents comme de bons points de repère, et Thomas avait décidé de les utiliser. Ils remonteraient aussi loin que leur canot le permettrait et puis ils continueraient à pied, il espérait le moins possible et comptait sur le canot à fond plat pour aller le plus loin dans la montagne. Après quelques minutes, ses espoirs disparurent : déjà à l'embouchure le niveau de la rivière était très bas, il se doutait bien qu'ils ne pourraient pas aller loin. Ils passèrent sous plusieurs ponts. L'eau sentait mauvais, car les égouts s'y déversaient. Puis le lit de la rivière s'élargit et la Soummam y faisait de paresseux lacets. Déjà le fond du bateau commençait à frotter sur les cailloux.

Abdelaziz était fier de lui. En échange d'une belle somme, il avait reçu de l'avide capitaine une chaloupe et, aidé d'un matelot, il avait pu suivre de loin le petit bateau à travers la baie et l'avait vu s'engager dans la Soummam. Alors qu'il se demandait s'il devait les suivre aussi, Hassan le prévint qu'il arrivait sur le pont enjambant la rivière. Le Mulazim prenait le relais. Ayant la confirmation de son homme que le bateau s'était engagé sur la Soummam, Hassan s'engagea sur la route longeant la rive nord du fleuve et fonça en direction d'El Kseur, scrutant des yeux la rivière pour apercevoir le bateau.

Ils avaient eu, au final, de la chance. Malgré un passage difficile où ils durent descendre du bateau et le pousser, ils purent remonter la rivière jusqu'à El Kseur et prendre au sud sur l'oued Amassine qui était assez large. Ils passèrent au milieu de piles de pont, sans pont. Ils progressaient plus lentement maintenant. La vallée se resserrait et la lune ne les éclairait plus. Il n'y avait pas non plus de lumières provenant de maisons ou de villages. Thomas consulta le petit GPS portable sur lequel il avait programmé sa destination. Ils étaient encore à une douzaine de kilomètres à vol d'oiseau et il savait qu'ils allaient bientôt devoir abandonner le bateau.

Hassan regardait sa montre. Ils auraient dû voir le bateau depuis un moment. Ou alors ils l'avaient raté. À moins qu'ils n'aient pris au sud... « Demi-tour, ordonna-t-il encore au chauffeur. » Pour repasser sur la rive sud, il fallait revenir prendre le pont à El Kseur. Il enrageait, la végétation s'épaississait et on voyait de moins en moins la rivière. Heureusement, du renfort arrivait. À bord de deux 4x4, une dizaine d'hommes en armes les rejoignirent. Les trois véhicules traversèrent El Kseur en trombe et traversèrent la rivière en direction d'Amizour. Mais cela se compliquait pour Hassan et ses hommes. Il n'y avait plus de route qui longeait l'oued. Ils firent plusieurs kilomètres avant d'arriver à un pont qui n'existait que sur la carte. Il avisa alors le lit de la rivière, qui avait juste assez d'eau pour un bateau à fond plat. La solution s'imposa d'elle-même, et il ordonna à l'un des 4x4 de descendre dans le lit de la rivière et de la remonter. Lui rebrousserait chemin et ferait un détour par la route jusqu'au prochain pont.

Pendant ce temps, pour Omar, Thomas et les deux gardes, il fallait se rendre à l'évidence : le bateau ne pourrait pas aller plus loin. Ils le tirèrent sur le côté. Le GPS indiquait encore six kilomètres en ligne droite. Mais levant la tête, Thomas sut que ce ne serait pas une promenade facile. La vallée était encaissée et le relief s'était bien accentué depuis qu'ils avaient bifurqué vers le sud et le massif de la petite Kabylie. Il fallait maintenant grimper. Ils tirèrent le bateau sur le côté et, avisant un sentier, s'y engagèrent en file indienne. Les premières lueurs de l'aube commençaient à colorer le ciel, mais le fond de la vallée était encore très sombre, si bien qu'ils durent encore utiliser leurs torches. Selon le manuscrit de Niketas, ils se trouvaient maintenant au pied de la montagne sur laquelle le guerrier Selim Pacha avait livré sa dernière bataille et avait été enterré par le berger qui l'avait recueilli. Ils commencèrent l'ascension, utilisant des pistes plutôt utilisées par les animaux que par les hommes. Après deux bonnes heures de marche, ils firent une pause pour boire et souffler. Omar et ses hommes étaient peu loquaces. Ils grimpaient sans effort apparent. Thomas reprit son souffle avec bonheur. Depuis une demi-heure sa blessure au poumon se faisait sentir. Il ignorait si la cotte de mailles dont Omar s'habillait était lourde, mais le Comte ne semblait pas y faire attention. Il adressa à Thomas un sourire d'encouragement, histoire de dire « assez reposé, continuons ! » Thomas comprit le message et se releva, puis reprit la direction du sommet. La marche n'était pas malaisée, surtout depuis le lever du soleil. Le chemin était visiblement emprunté par des hommes, aussi étaient-ils sur leurs gardes. Mais il montait dru, et si le soleil commençait à chauffer sérieusement les crânes, un vent frais, continu et parfois violent soufflait sur les quatre hommes.

Il n'y avait pas âme qui vive aussi loin que portait le regard.

Stan avait fait de son mieux pour ne pas semer ses poursuivants. Lui et son comparse Mehdi avaient accosté dans le petit port à l'ouest de Boulimat puis ils avaient « emprunté » une Mercedes hors d'âge dont tout le tableau de bord manquait. Son propriétaire avait remplacé la clé et le barillet par un levier de sorte que la démarrer fut facile. Ils quittèrent le port au moment où le véhicule que Stan soupçonnait d'être conduit par des hommes de la Mauresque arrivait. Il sortit du village et prit la route du Sud. L'avion n'était pas loin, mais il devrait laisser la voiture à un moment donné et continuer à pied. Il essayait d'entretenir le doute sur l'identité de son passager, et la saleté et la poussière sur les vitres l'aidaient bien. Le jour se levait à peine et il était très difficile de se rendre compte, même à courte distance, que l'homme assis à côté de lui n'était pas Thomas. Comme il s'y attendait, la voiture les prit en chasse à distance. Il roulait au jugé, dans la direction générale de l'avion, la route s'enfonçant dans la montagne, devenant une piste puis un chemin. Finalement ils ne purent aller plus loin : un sentier montait entre deux rochers vers le flanc de la montagne. Stan et son garde du corps sortirent de la voiture et commencèrent l'ascension. Il avait également un petit GPS où il avait programmé la position de l'avion. Vu le relief et la distance, ils avaient encore une bonne marche devant eux. Il se retourna. La voiture qui les avait suivis de loin en loin n'était pas visible, mais il sentait bien que ses occupants étaient tout près. Avec un peu de chance, ils n'avaient pas pu avoir une bonne vue de son compagnon pour confirmer que ce n'était pas Thomas. Mais à ce stade de toute façon Thomas était loin, et sa priorité maintenant était de remettre l'avion dans le ciel.

Malgré l'optimisme de Stan, Abdul et Khader avaient pu constater qu'un seul des deux Français était à bord de la vieille Mercedes maintenant abandonnée. Ils en avaient immédiatement informé le Mulazim qui grogna son approbation. Hassan avait bien fait de suivre son instinct. C'était bien Modric qui remontait la Soummam. Lorsque les deux hommes demandèrent ce qu'ils devaient faire avec les occupants de la Mercedes, Hassan n'eut pas à réfléchir longtemps : « Faîtes les disparaître.

Dans la montagne, on ne les retrouvera peut-être jamais ! »

Abdul et Khader se regardèrent, indécis. Celui qu'ils avaient pris pour Modric était probablement un des gardes armés du Comte. Quant au français, ils ne savaient rien de lui, s'il était dangereux ou non. Mais finalement ils se décidèrent : ils avaient plus peur de la colère du Mulazim que des deux hommes devant eux. Ils sortirent leurs armes et se mirent en chasse.

Le vent s'était levé. Ils avaient atteint un petit plateau rocailleux, où la maigre végétation était avidement recherchée par un troupeau de chèvres. La température était plus basse et la vue, magnifique, avec au Nord, au-delà des collines, le bleu azur de la Méditerranée. Ils étaient à près de mille mètres d'altitude et le terrain s'élevait encore. Thomas se dit qu'ils devaient approcher la communauté de bergers qui occupait ce massif depuis l'époque de Selim, car malgré le vent, cela semblait être le seul endroit où élever un village aux alentours. Il fallait juste le trouver.

C'est l'aboiement d'un chien qui les mit sur la piste. Avec le vent qui devenait parfois violent, ce fut une gageure que de repérer d'où venaient les cris de l'animal. Au bout de quelques minutes, ils tombèrent sur le chien qui grognait, protégeant un garçonnet au visage sale, ébahi de voir surgir ces hommes au milieu de son pâturage, dont un étranger, deux hommes en armes et le dernier portant cotte de mailles et épée à la ceinture. Il est vrai qu'ils faisaient un drôle d'équipage, et l'enfant fut d'abord terrifié. Il fallut moult sourires, bons mots et une barre de chocolat pour le rassurer. Et après quelques palabres dans la langue berbère, il accepta de les conduire à son père, dans une cabane non loin de là. Ils s'engagèrent sur un sentier à peine visible parmi les cailloux, à la suite du garçon et du chien qui maintenant jappait de joie en courant autour d'eux. Ils découvrirent, au détour d'un rocher, une cabane de pierre qui se fondait dans le paysage. Un homme d'âge incertain était assis devant, occupé à traire une brebis. Il allait demander pourquoi l'enfant revenait si tôt lorsqu'il aperçut les quatre hommes qui le suivaient. Ses yeux s'arrêtèrent longtemps sur Omar et son accoutrement, puis sur Thomas. Quelque chose d'étonnant se produisit alors : l'homme se leva, laissant la brebis s'en aller et, sans paraître le moins du monde surpris par l'intrusion, s'inclina vers Omar en prononçant des mots d'une voix douce et mélancolique.

« Il nous souhaite la bienvenue, traduisit Omar pour Thomas, et il est heureux que nous soyons enfin là.

– Il nous attendait ? demanda Thomas, surpris. »

Au lieu de répondre à la question d'Omar, celui-ci les invita à l'intérieur. Le confort y était absent : une couche de paille, une table, une petite cheminée où bouillait une grosse théière en cuivre. L'homme fit du thé, mais comme tous ne pouvaient s'asseoir, Omar envoya ses deux gardes dehors surveiller les alentours.

L'équipe de la Mauresque qui avait suivi le lit de la rivière eut tôt fait de repérer le canot pneumatique à peine camouflé par des branchages. Une partie des hommes partit à la suite des occupants du bateau tandis que deux autres firent demi-tour pour avertir Hassan : au fond de la vallée, il n'y avait pas de signal sur leurs téléphones portables. Le Mulazim, finalement prévenu, conduisit sa troupe au plus près avec le 4x4 puis retrouva les hommes qui suivaient la piste de Thomas. Tous s'engagèrent à pied, armés jusqu'aux dents, sur le sentier de la montagne. Hassan, certain que ce satané Modric était à portée de la main, semblait voler au-dessus des cailloux tellement il courait. Ses hommes avaient du mal à le suivre. Dès qu'il l'amènerait à la tombe de Selim, il prendrait un malin plaisir à utiliser sa lame courbe sur le jeune pilote. La pensée lui arracha un sourire maléfique. L'odeur du sang avait le même effet sur lui que de puissants stéroïdes.

Une fois le thé servi à ses hôtes, le vieux berger commença son histoire, les yeux dans le lointain, récitant ce qu'il avait sûrement appris il y a très longtemps. « Sa famille a toujours habité le plateau, traduisit Omar. C'est le père du père de son aïeul qui recueillit un guerrier blessé. Un homme saint et béni de Dieu. Il le soigna ici même. Thomas regarda, fasciné, autour de lui. Selim Pacha, le légendaire Wazir à l'origine de toute cette histoire, avait été ici, dans cette cabane de pierre. Le père du père de son aïeul aida le guerrier à se cacher et reçut en retour l'amitié du grand homme. Il lui parla de grandes batailles. De grands pêchés. De grandes... vanités. Omar cherchait parfois ses mots. Il disait que les religions n'étaient que les portes d'une seule et même maison, la maison de la Foi, et qu'un seul et même Dieu accueillait ses fidèles à l'intérieur, quelle que soit la porte. Il disait que ce qui était important c'était la maison, pas la porte. Qu'il fallait que les hommes cessent de se battre pour les portes ! Il y avait de la place dans la maison pour tous. Il pria le père du père de son aïeul, le moment venu, de l'enterrer le plus simplement du monde, comme un berger, et de ne dire à personne ce qui s'était passé. Sinon des hommes viendraient. Et ils pourraient s'en prendre aux bergers. Mais le père du père de son aïeul répondit que peut-être d'autres viendront, des sages venus en paix, pour recevoir la sagesse du vieux guerrier, et quand il nous a vus arriver, il a vu en nous cette sagesse. Thomas s'inclina devant le berger.

— D'autres peuvent en effet venir avec de mauvaises intentions. Ils cherchent un objet qui se trouve probablement dans la tombe de Selim. S'il nous dit où elle est, alors nous emporterons l'objet et sa famille sera en sécurité pour toujours. Le berger attendit qu'Omar traduise avant d'éclater de rire à la surprise du jeune homme.

— Il peut nous dire où était la tombe, mais elle n'est plus là depuis des générations. Dieu a rappelé le guerrier à lui, et a protégé son tombeau, c'est ce que son père lui avait dit. Et nul ne devait déranger la dernière demeure du guerrier. Mais quand, enfant, il eut la curiosité d'aller voir, il ne trouva rien là-bas. Il dit qu'il est facile de trouver l'endroit, car un immense olivier y pousse. C'est le seul arbre de toute la montagne.

— Est-il sûr que c'est bien là que son ancêtre a enterré Selim ? Se pourrait-il qu'il se soit trompé ? Thomas sentait la déception poindre en lui.

— Lorsqu'il a raconté ça à son père, celui-ci lui répondit que c'est Dieu lui-même qui avait transformé le guerrier en olivier, afin que celui-ci puisse contempler le monde et voir les hommes cesser de se battre pour les portes. »

Ils restèrent silencieux un moment. C'était là une bien étrange histoire. Où était la tombe, et surtout, où était la Lance ? « Son fils sait où est l'arbre. Il peut nous y conduire. » Thomas hocha la tête machinalement, perdu dans ses pensées. Il se leva, remercia chaleureusement le berger et sortit.

Le jeune garçon appréciait la distraction. Il se sentait important de guider ce groupe d'hommes à travers « sa » montagne. Il sautait de pierre en pierre comme un cabri, le chien sur ses talons. Thomas commençait à s'essouffler, et sa vieille blessure le brûlait à la poitrine. Mais le plus difficile était le vent. Il commençait à comprendre ce que le vieux avait dit à propos de Dieu protégeant la tombe. Le chemin qu'ils empruntaient était étroit et escarpé. Un faux pas pouvait les envoyer dans le vide et le vent était si violent qu'il manquait parfois de les renverser. Il se demandait comment l'enfant, si léger, faisait pour avancer aussi vite. Il ne semblait même pas faire attention aux bourrasques. Ils marchèrent une bonne heure, dans un dédale de pierre, d'aiguilles rocheuses et de cols. La vue était splendide, chaque fois que Thomas s'autorisait à la regarder. D'un œil. L'autre était rivé à son GPS portable. Ils n'étaient plus très loin du sommet. Ils arrivèrent sur un petit plateau adossé à un pic qui le protégeait du vent. Ce fut un vrai soulagement pour les hommes. Leurs oreilles bourdonnaient du bruit du vent, mais là, le silence était presque magique, solennel. Et Thomas le vit : trente mètres devant lui, sur un monticule de roche, se dressait le plus grand et le plus majestueux olivier qu'il avait vu jusqu'ici. Il s'approcha, on avait une vue superbe sur toute la chaîne Kabyle et sur la mer. Regardant autour de lui il constata qu'il n'y avait aucun autre arbre en vue. Ils étaient arrivés. Ils étaient là où Selim Pacha, tombeur des armées Croisées, Wazir de la Mauresque, dernier homme à avoir tenu la Lance sacrée du Christ, avait été enterré.

ET ENCORE UNE TOMBE

Abdul et Khader n'avaient même pas offert une résistance symbolique. Stan se doutait bien que les deux hommes allaient les poursuivre dans la montagne, et il n'avait pas envie de les conduire à l'avion. Son complice Mehdi, un solide gars, ancien militaire comme lui, ne fut pas difficile à convaincre de tendre une embuscade. Pour des raisons qui lui étaient propres, la Mauresque était son ennemi et c'était donc une chose naturelle que de se défaire de leurs poursuivants. Ils avaient monté le piège au détour d'un sentier rocailleux qui offrait de bonnes possibilités pour se cacher dans les fourrés. Le plus délicat était d'éloigner les singes magots qui les suivaient et auraient pu indiquer aux deux « chasseurs » que leurs proies étaient cachées tout près. Deux barres de chocolat lancées au bon moment firent l'affaire. Ensuite, ils purent tomber sur leurs poursuivants par-derrière et les deux hommes n'opposèrent pas de résistance. Ils finirent ligotés et attachés à un arbre. Stan reprit le chemin vers l'avion et après une bonne heure à crapahuter, il atteignit la carrière où l'attendait l'Antonov. Apparemment, personne ne l'avait trouvé et Mehdi parut impressionné de voir un avion à cet endroit. En plein jour, Stan se rendit compte qu'ils avaient été extrêmement chanceux d'atterrir sans casse. D'énormes éboulis encombraient le sol de la carrière et la « piste » était amputée de moitié. Il s'était arrêté face à un rocher de plusieurs tonnes barrant le passage, avec à peine vingt centimètres de marge. Il calcula qu'il y avait peut-être cent mètres jusqu'au bord du ravin, et pour décoller ce serait insuffisant, d'autant qu'il perdrait quelques mètres une fois l'avion retourné. À moins d'un miracle pour enlever ce gros rocher, l'avion ne pourrait jamais repartir de la carrière. À ce moment précis, son GPS se mit à vibrer. C'était un modèle spécial qui permettait d'envoyer et de recevoir des messages partout dans le monde en utilisant la couverture satellite Iridium. Il avait donné le même à Thomas, et celui-ci venait de lui envoyer un message bref, mais sans ambiguïté : SOS.

Ce fut le chien qui trouva le pot au rose. Thomas s'était approché de l'arbre. Les racines couraient et s'entrelaçaient sur le sol pierreux, formant un treillis naturel qui courrait jusqu'en bas du monticule. Entre les racines, la pluie ou les animaux avaient creusé la terre et de nombreuses ouvertures s'enfonçaient sous terre. Thomas braquait une lampe de poche dans chacune, dans l'espoir d'apercevoir quelque chose ressemblant à un tombeau, mais jusque là il n'avait vu que terre et roche. Quelque chose enfin se fit un reflet dans le faisceau de la lampe et Thomas essaya de gratter la terre pour voir ce que c'était. Amusé et croyant à un jeu, le chien du jeune garçon se faufila près de Thomas et se mit à gratter lui aussi avec ses pattes avant. Il rampa dans l'ouverture tout en grattant plus avant et envoyant des nuages de terre et de poussière dans la figure de Thomas. Avant que ce dernier proteste, l'animal disparut dans un cri de surprise. Tout le monde se précipita, l'enfant le premier, appelant son chien. Celui-ci répondit par un jappement rassurant. Thomas essaya de se glisser par le trou, mais il était trop gros. Le jeune garçon s'avança sans peur et grimpa à la suite de son chien. Thomas essayait d'éclairer comme il pouvait. L'enfant cria en direction de Thomas.

« Il dit qu'il a trouvé quelque chose, une vieille épée. Omar et Thomas se regardèrent, pensant la même chose.

– Je lui donne ma lampe, qu'il nous dise ce qu'il voit. Thomas fit passer sa lampe au garçon qui était dans un trou peu profond, à peine un mètre et demi, et qui s'enfonçait sous terre sur deux ou trois mètres. Thomas jeta un œil au-dessus : la cavité devait être précisément sous le tronc de l'olivier.

– Il voit un bout d'armure, mais elle est coincée par une racine. Une sorte de sac en cuir. Le pouls de Thomas s'accéléra.

– Autre chose ? Un bâton peut-être ? Plusieurs minutes s'écoulèrent et l'on entendit l'enfant gratter et secouer.

– Non, il ne voit rien d'autre que ça. »

L'enfant venait de tendre l'épée à Omar, ainsi que la sacoche. L'épée était courbée et rouillée, mais le manche doré ressortait encore. Il était orné de magnifiques gravures. Avec gravité, ils inspectèrent la sacoche de cuir, et il fallut se rendre à l'évidence : il n'y avait rien qui ressemblait de près ou de loin à un manche de lance. Être arrivé jusque là, avoir trouvé la tombe que tout le monde cherche depuis près de sept cents ans, et se rendre compte que les trésors qu'on espérait y trouver, pour lesquels tant sont morts, en fait, n'existaient pas. C'était la seule explication : La Lance sacrée du Christ était un mythe, une superstition. Une légende. À moins que... avec sa propre épée, Omar élargit le trou et ils purent extraire l'enfant et son chien. Thomas réussit à glisser sa tête puis le haut du corps par l'ouverture et en écartant doucement deux racines. L'éclat métallique qui l'avait attiré était en effet un bout d'armure. Les racines avaient poussé tout autour de sorte qu'on ne pouvait l'enlever sans les couper. Arbre et armure ne faisaient plus qu'un. Il ne semblait pas y avoir la moindre trace du corps dans l'armure : juste de la terre, de la roche et les racines de l'olivier. Un peu comme si, tel que l'avait dit le berger, le corps avait été transformé en arbre. Il eut du mal à accepter la seule explication logique à cela. Il ressortit à grand-peine, en se tortillant. Il était couvert de poussière. Omar l'interrogea du regard, mais avant qu'il puisse répondre, un coup de feu claqua, comme un coup de tonnerre, et l'un des gardes s'effondra sans un cri.

Thomas se retourna d'un bond, pour constater qu'une douzaine d'hommes en armes avait fait irruption sur la crête. Hassan se tenait au centre, et il dominait ses hommes d'une bonne mesure. Il affichait un sourire carnassier.

« Éloigne-toi de cette tombe sacrée, Modric. Elle ne doit pas être souillée par des infidèles comme toi.

— Selim Pacha n'est pas ici, répondit Thomas, les yeux fixés sur le colosse.

— Mensonges ! hurla Hassan. L'épée que tu as dans les mains prouve que tu mens.

— Ni son corps ni la Lance ne sont là. Regarde par toi-même, lança Thomas d'un ton de défi. »

Il évaluait la situation, tout comme Omar. Il comptait dix hommes, certains armés de kalachnikovs. Et il y avait Hassan qui avait passé un large cimeterre à la ceinture. Le jeune garçon avait disparu avec son chien. Thomas n'était pas inquiet pour l'enfant qui devait connaître la montagne comme sa poche. De leur côté, un des gardes d'Omar était mort, et seul l'autre était armé, si l'on ne comptait pas Omar et son épée. Hassan s'avança d'un pas félin. Un prédateur. Il se planta devant le jeune pilote et le regarda droit dans les yeux. Thomas tint le regard bleuté du géant sans broncher, espérant qu'il morde à l'appât. Ce qu'il fit.

« Tu ne m'auras pas Modric. Je ne te crois pas une seconde, pousse-toi de mon chemin ! »

D'un geste de la main, il écarta Thomas qui valsa tel un fétu de paille. Hassan s'approcha de l'ouverture du trou et essaya de s'y glisser, mais, évidemment, vu sa carrure, se retrouva coincé la tête la première. Ses gesticulations n'eurent comme seul effet que de lui déverser terre et poussière sur la figure, et il hurla de rage. Ses hommes furent un moment distraits par la posture inhabituelle de leur Mulazim, et ils ne savaient pas s'ils devaient l'aider à se sortir de là où le laisser se débrouiller seul. Il y eut un moment de flottement qu'Omar mit à profit. Il sortit de derrière sa ceinture un petit objet qu'il jeta au pied des hommes d'Hassan et ferma les yeux. Il y eut un grand flash de lumière accompagné d'un bruit assourdissant. Thomas fut aveuglé en même temps que les autres, et ses oreilles résonnaient de l'explosion, il sentit qu'on l'agrippait par le bras et n'avait pas les moyens de s'y opposer. Il se laissa emmener.

Omar et son garde avaient anticipé l'explosion et, s'ils n'avaient rien pu faire pour atténuer l'assaut sonore de la grenade, avaient bien sûr détourné les yeux pour ne pas être aveuglés. Le garde se précipita vers un petit chemin montant sur la droite de l'olivier. Les hommes d'Hassan coupaient toute retraite par là où ils étaient arrivés. Leur seul espoir de fuite était de l'autre côté de la montagne. Omar empoigna Thomas et le guida à la suite du garde. Il estimait qu'ils auraient trente, peut-être quarante secondes d'avance sur Hassan. C'était peu.

Thomas essayait de faire sens de ce qui lui arrivait. Ses yeux et ses oreilles brûlaient, et son sens de l'équilibre en était très affecté. Mais il faisait confiance à Omar qui le précédait. Il avait toujours la sacoche de cuir et l'épée de Selim à la main. De sa main libre, il fouilla sa poche jusqu'à sentir le petit GPS que Stan lui avait donné. Au jugé, il pressa sur le bouton « SOS » dans l'espoir que Stan recevrait le message.

La manette des gaz était en butée et l'appareil tremblait des vibrations du moteur, hurlant et protestant du traitement que Stan lui faisait subir. Les amortisseurs des roues principales s'écrasèrent sous la pression, tel un sprinteur s'agenouillant dans le starting-block. Un nuage de poussière impressionnant s'étirait derrière l'avion, maintenu immobile par une sangle tendue entre l'anneau d'amarrage au bout de la queue et l'énorme bloc de roche. Sur le côté il y avait tout ce qui n'était pas nécessaire pour voler : bidons, sièges, pompe à main, outils. Stan et Mehdi avaient tout enlevé. Stan jeta un dernier regard aux jauges et tendit la main par la fenêtre. C'était le signal qu'attendait Mehdi. Il avança avec précaution : l'hélice soulevait de la poussière et projetait aussi des gravillons avec violence. Il arriva près de la sangle, et d'un coup de couteau précis, libéra l'avion qui bondit vers l'avant. Il avala le peu de piste qu'il avait en un clin d'œil. La queue se leva juste avant d'atteindre le rebord et puis l'avion plongea dans le ravin et disparut des yeux du garde. Mehdi crut l'avion perdu, mais soudain l'Antonov s'envola dans un bruit de tonnerre. Malgré cela, Mehdi fut certain d'avoir entendu un « Yipee ! » triomphateur venant du cockpit.

Hassan était furieux de s'être fait berner par le français, mais paradoxalement, avec la tête coincée dans le trou, il avait été protégé de l'explosion de la grenade aveuglante. De sa tête maculée de terre brune, ses deux yeux bleus ressortaient comme illuminés de l'intérieur. Il fut le premier à s'élancer à la poursuite des infidèles, sa troupe sur ses talons.

Thomas allait mieux et pouvait voir où il mettait les pieds. Heureusement, car ils avaient quitté l'abri offert par la crête et ils se retrouvaient à nouveau exposés au vent de plus en plus violent. Ils grimpaient et Thomas regardait son GPS, essayant de trouver sur le minuscule écran un chemin qui pourrait leur permettre d'échapper à la Mauresque. Peine perdue, il aurait fallu qu'il s'arrête pour ça. Un cri derrière lui l'en dissuada complètement : Hassan et ses hommes apparurent dans une courbe. Ils n'étaient pas à plus de deux cents mètres derrière. Ils se mirent à courir de plus belle. Sa blessure à la poitrine le torturait à présent. Il était à bout de souffle, mais continua à courir. La poursuite dura plusieurs minutes et le chemin se rétrécit encore, la paroi abrupte d'un côté et un gouffre de l'autre. Le garde restant s'adressa à Omar. Celui-ci le regarda, puis le prit dans ses bras. Il entraîna Thomas à sa suite tandis que l'homme s'arrêta et se cacha derrière un rocher, son fusil pointé vers Hassan. « Il va les retenir. Ici c'est un bon endroit. Ils seront coincés. » Thomas comprit surtout que, une fois à court de munitions, les chances de survie de l'homme étaient minces, voire nulles. Son fusil claqua et la balle passa à quelques centimètres de la tête d'Hassan. Lui et ses hommes s'abritèrent derrière un rocher. Chaque fois qu'un faisait mine de continuer la poursuite, un coup de feu claquait et on entendait la balle ricocher sur la paroi. Ils essayèrent de répliquer, mais ils ne pouvaient pas avoir une bonne ligne de tir sans s'exposer. Hassan savait que l'homme serait à court de munitions à un moment ou à un autre, mais pour l'instant il perdait du temps et Modric s'échappait. Sûrement avec la Lance. « Il n'y a rien à faire, ô Mulazim, dit un de ses hommes. Si nous avançons, alors nous mourrons. Hassan regarda l'homme avec un mépris évident.

– Alors, mourrons. » Et sans attendre, il attrapa l'homme terrifié par la ceinture et par le col et le souleva de terre. Il s'engagea sur le chemin, utilisant l'homme comme bouclier. Deux coups claquèrent, qui trouvèrent leur marque. Le corps de l'homme s'affaissa et il cessa de hurler. Hassan n'en avait cure. Il continua à avancer vers le garde d'Omar, les hommes sur ses talons commencèrent à répliquer avec leurs armes.

Omar et Thomas entendirent la fusillade et comprirent. C'était toute l'avance qu'ils pourraient attendre. Ils continuaient à avancer au jugé, suivant un sentier à peine tracé à flanc de montagne. Les pierres roulaient sous les pieds et le vent hurlant les déstabilisait à chaque pas. Omar indiquait à Thomas un vague chemin descendant presque à pic. Quelque chose vibra dans sa poche : il sortit le petit GPS portable, dont le minuscule écran affichait une flèche indiquant sans ambiguïté la crête au-dessus d'eux. Une vague d'espoir l'envahit et il en oublia un temps l'atroce brûlure dans sa poitrine. Il attrapa Omar au moment où celui-ci commençait à descendre. Il le prit pour un fou : une fois au sommet, ils seraient piégés. Mais Thomas avait confiance en Stan. Il repartit de plus belle vers le haut, et cette fois c'est Omar qui lui emboîta le pas. La progression était difficile et l'enthousiasme initial de Thomas fit vite place à la réalité du terrain : chassé, à bout de souffle, il avait de plus en plus de mal à respirer et il ne voyait pas comment Stan pourrait poser l'avion dans le coin, si c'était ce qu'il avait en tête. Des cris se firent entendre par dessus le bruit du vent, ainsi que le bruit inimitable d'un coup de feu. Il risqua un coup d'œil. Hassan était là, avec encore six de ses hommes. Il ne voyait ni les autres ni le garde d'Omar et il n'eut pas à faire beaucoup d'effort pour imaginer leur sort. Ils avaient peut-être cinq cents mètres d'avance, mais une fois en haut, où aller ? Ils reprirent l'ascension, trouvant un second souffle à la vue de leur ennemi. Omar secouait la tête : il voulait se battre et ne comprenait pas où Thomas l'emmenait. Il savait aussi très bien qu'aucun avion ne pouvait se poser ici : c'était un champ de roche et d'éboulis, rien n'était plat. Mais Thomas persistait vers le haut. Il avait foi en son ami.

Thomas était au bout de la douleur. Il ne pensait plus à Stan, mais à Emma. Il voulait la revoir. Il se demandait ce qui avait pu le jeter dans cette aventure alors qu'il venait juste de retrouver la femme de sa vie. Il ne voyait guère plus où il mettait les pieds, il marchait tel un robot vers la crête au sommet de la montagne. Le vent le plaquait au sol parfois, mais il se relevait et continuait, les yeux rivés vers le haut. Il trébucha à nouveau et il sentit la main d'Omar le relever. Enfin ils franchirent la crête et la vision qui s'offrait à eux coupa ce qui leur restait comme souffle : L'Antonov 2, le majestueux biplan était là. Pas posé, pas au sol. Il était juste devant eux, à deux mètres du sol, suspendu dans les airs par la seule force du vent, immobile comme un hélicoptère. Le visage concentré de Stan était clairement visible par la verrière. La porte arrière était ouverte, mais ils ne pouvaient l'atteindre. Alors quelque chose de tout simplement impossible aux yeux des deux hommes se produisit : l'avion recula, et vint mettre la porte au niveau d'un grand rocher. Les deux hommes ne cherchèrent pas à comprendre. Ils escaladèrent à la hâte le roc et l'un après l'autre, ils sautèrent dans la carlingue par la petite porte de côté. Ils avaient à peine atterri, haletants, sur le plancher que l'avion s'éloigna doucement de la paroi. Il décrivit un arc lent vers la droite puis plongea vers la vallée. Hassan franchissait la crête au même moment, et, voyant ses proies lui échapper, poussa un hurlement qui résonna longuement dans la montagne.

Thomas reprenait son souffle, respirant bruyamment, couché sur le plancher de l'Antonov. Omar le regardait, souriant. « Et bien, mon ami, c'est ce qui s'appelle avoir la Foi. Thomas sourit en retour. Il se releva et alla s'écraser dans le siège de copilote à côté de Stan qui leva un œil intrigué vers lui.

– Il va falloir que tu m'expliques comment tu as fait ce truc-là... commença Thomas. Stan haussa les épaules.

– Costaud, le vent par ici, répliqua Stan un petit sourire aux lèvres. Selim Pacha ? demanda-t-il.

– On a trouvé une tombe. Probablement la sienne. On a son épée et son sac.

– La Lance ? Thomas regarda au loin par la verrière de l'avion.

– Je ne sais pas. Je ne suis pas sûr. Stan n'eut pas l'occasion de demander des explications à Thomas. Un problème plus pressant les attendait.

– Il faut qu'on atterrisse et vite. Avec notre rodéo au sommet de la montagne, l'armée algérienne doit être sens dessus dessous. Il va nous falloir trouver un autre moyen de sortir du pays. Où va-t-on ?

– Le palais est l'endroit le plus sûr pour le moment, intervint Omar. Même les militaires n'y viennent pas. J'ai de bonnes relations avec le commandement local qui est Kabyle.

– OK, ça, c'est faisable, j'ai déjà repéré un endroit où je peux me poser. Et ensuite ?

– Il faut se mettre en relation avec la confrérie, avec le Père Guillaume. Il saura quoi faire. Thomas se tourna vers Omar : savez-vous comment le contacter ? Omar hocha la tête.

– Oui. On peut le faire du palais.

– Alors on s'accroche, dit Stan. L'atterrissage va être mouvementé. »

L'armée était, en effet, en état d'alerte, mais pas à cause de l'apparition de l'Antonov sur les radars. Elle l'était parce que, sous l'influence de Saripan, une brigade aéroportée aux ordres d'officiers dévoués à la Mauresque faisait route vers Béjaïa, à la grande surprise du commandement régional. Présentés comme un exercice d'intervention, une dizaine d'hélicoptères et de transports de troupes débarquèrent dans la Wilaya à la mi-journée. Saripan savait que cela prendrait des heures, voire une journée, pour que le commandement régional clarifie la situation avec Alger. D'ici là, ils seraient repartis. D'ici là, le palais du Cap Carbon ne serait plus qu'un cratère fumant. D'ici là, la Lance sacrée serait à la Mauresque.

PANIQUE AU GOURAYA

L'atterrissage fut plus facile que prévu. Stan avait repéré une langue de terre dégagée et à peu près plate à mi-chemin du sommet du Gouraya. Ils laissèrent l'Antonov à regret. Pour Stan et Thomas, la formidable machine représentait tant d'aventures, mais il y avait peu de chances qu'ils puissent repartir avec. Ils se hâtèrent de rallier le palais par un chemin à flanc de colline. Omar connaissait visiblement bien le terrain.

« Tu ne m'as pas dit, commença Stan alors qu'ils avançaient vers le chemin étroit menant au Cap Carbon, avez-vous trouvé la Lance ? Thomas inspecta à nouveau le contenu du sac en cuir qu'ils avaient trouvé dans la tombe.

– Pas exactement dit-il, en exhibant un morceau de parchemin abîmé. Des traces d'une écriture arabe étaient visibles. Mais j'ai ma petite idée à ce sujet.

– Tu peux nous éclairer ?

– C'est juste une théorie, une intuition. J'ai besoin de parler au Père Guillaume pour confirmer. Stan était déçu, et Omar intrigué.

– Mais vous pensez toujours qu'elle existe ? » Thomas n'eut, encore une fois, pas le temps de répondre à la question d'Omar. Celui-ci s'arrêta brusquement pour tendre l'oreille, puis il se mit à courir vers le palais. « Vite, dépêchez-vous ! » lança-t-il à ses compagnons qui ne comprenaient pas quelle mouche l'avait piqué. Puis, subitement ils l'entendirent également : d'abord à peine perceptible, le ronron des hélicoptères se fit plus présent. Très vite, il était évident qu'ils se dirigeaient vers le palais.

Thomas, Stan et Omar venaient de franchir les portes du palais lorsque les hélicoptères surgirent au-dessus de la crête du Gouraya. Il s'agissait de lourds transports de troupes de fabrication russe Mi-171. Deux approchèrent par les flancs, tandis que des camions d'infanterie s'alignèrent au sommet. Un hélicoptère se posa au sommet de la crête, laissant Hassan et Saripan descendre. Le Wazir lui-même n'avait pas pu résister à la tentation : il voulait être là pour l'estocade finale. La perspective de se débarrasser du Comte, de Modric et de récupérer la Lance était trop alléchante pour rester loin de l'action. Côté palais la situation n'était pas brillante : l'arrivée des hélicoptères avait pris tout le monde par surprise, surtout quand ils commencèrent à ouvrir le feu sans sommation. Le message était clair : pas de quartier !

Les hommes d'Omar se remirent de l'assaut surprise rapidement et commencèrent à répliquer aux tirs des hélicoptères. L'un d'eux s'éloigna vers la pointe nord de la presqu'île et une grappe de soldats descendit en rappel. Côté Gouraya, deux sections avaient débarqué des transports et progressaient vers la route lorsque la batterie de gros calibre surveillant la route d'accès se mit en action : le canon de 75 mm se mit à tonner et la route, à mi-chemin du continent, explosa dans une gerbe de feu. L'effet sur les soldats en approche fut immédiat : dispersion générale et prudente, désignation d'une nouvelle cible prioritaire : la batterie de 75 qui protégeait la route. La technique des militaires était rodée : deux hélicoptères tournent à bonne distance autour du palais en effectuant un lourd tir de barrage pour permettre aux troupes au sol d'approcher. Des explosions commençaient à retentir : les soldats débarqués sur la pointe nord attaquaient à l'explosif le mur d'enceinte. Dans le même temps, un des gardes d'Omar parvint à toucher la turbine d'un Mi 171 qui piqua du nez et vint percuter la falaise du Cap, avant de dégringoler dans la mer. La perte de l'hélicoptère eut pour effet de galvaniser les troupes au sol, à la fois côté défenseurs qui hurlèrent de joie, que côté des assaillants qui se lancèrent à l'assaut. Du haut de la colline dominant la presqu'île, Hassan coordonnait l'attaque : il voulait courir à l'assaut des murailles, mais Saripan lui ordonna la patience : tant que la batterie de 75 serait opérationnelle, ils ne pourraient pas risquer d'avancer. Cependant Hassan avait un coup d'avance : l'apparition du bateau emmenant Modric dans la baie avait suggéré l'existence d'un passage au niveau de l'arche, remontant vers l'enceinte. Il avait donc envoyé un commando de plongeurs explorer la base de la falaise et ils n'eurent pas de mal de trouver la caverne d'où Thomas était parti.

Depuis le début de l'attaque, Omar avait mis Stan et Thomas à l'abri dans l'une des chambres blindées du palais et était parti repousser l'attaque avec ses hommes. Mais Thomas et Stan n'étaient pas du genre à rester les bras croisés : les deux hommes se regardèrent.

« Prêt à faire ça ? demanda Stan.

– J'ai comme un air de déjà-vu, répondit Thomas.

– Il faut vraiment que tu me racontes cette histoire avec Mu Bao.

– Promis, mais tu vas avoir du mal à y croire.

– Depuis que je te connais, ma capacité à croire aux plus invraisemblables histoires s'est considérablement élargie. Stan sourit. Thomas aussi.

– Merci Stan. Il avança sa main. Stan la prit.

– Allons-y. »

Thomas actionna le système d'ouverture de la pièce et ils sortirent dans un couloir : c'était une scène de guerre dehors. Les explosions se succédaient. Omar arriva en trombe, toujours en armure, essoufflé et en sueur. La tension se lisait sur son visage.

« Ils sont nombreux. Pour l'instant, les murs tiennent, mais ça ne durera pas. Il faut vous évacuer.

– Mais... commença Thomas.

– Je sais, dit Omar. Vous n'êtes pas du genre à fuir le combat. C'est dans votre sang. Mais vous devez partir et trouver le Père Guillaume, lui dire ce que vous avez trouvé.

– C'est l'armée régulière ? demanda Stan.

– Non, fit Omar en secouant la tête. Mais le temps qu'ils arrivent et le combat sera fini. Il faut partir. Je vais vous escorter jusqu'au tunnel qui descend à la mer. »

Sans attendre de réponse, il entraîna les deux hommes vers le bout du couloir. Omar entrouvrit une porte. Un hélicoptère tournait toujours autour du palais, arrosant d'un tir sporadique les gardes au sol. Une explosion retentit, faisant trembler les murs. Le bâtiment du phare se trouvait au milieu de l'enceinte, et cela impliquait cent cinquante mètres à découvert. Omar cria un ordre, et aussitôt un tir de barrage nourri fusa des quatre coins du palais. Les trois hommes se précipitèrent. Ils étaient à peine à mi-chemin du phare que la porte s'ouvrit sur deux hommes en uniformes qui commencèrent à les mettre en joue. Ils sautèrent de côté. Un garde avisa les militaires et commença à tirer vers eux, les forçant à se mettre à l'abri. Omar, Stan et Thomas se replièrent vers le bâtiment principal. Force était de constater que leur porte de sortie était à présent condamnée.

Une explosion retentit près de la porte et un rapide message radio confirma à Hassan ce qu'il attendait : la pièce de 75 était neutralisée. Il s'engagea sur le chemin reliant la presqu'île au continent. Saripan le suivit de près, savourant à l'avance la mise à mort à venir.

La muraille nord finit par céder, permettant aux soldats déposés par l'hélicoptère de pénétrer par la brèche. Ils furent accueillis par un tir nourri venant des bâtiments, mais les options se fermaient pour le trio. Omar regarda Thomas, puis Stan. « Suivez-moi ! » leur cria-t-il. Ils traversèrent plusieurs pièces quand une énième explosion secoua tout le bâtiment. Les hommes d'Omar se battaient avec la rage du désespoir, mais les forces de la Mauresque étaient supérieures en nombre. Ils arrivèrent à la bibliothèque. Omar manipula une des étagères qui glissa, révélant un passage. « Par là ! » Thomas récupéra la sacoche de Selim ainsi que l'épée. Ils s'engouffrèrent dans l'escalier qui s'enfonçait dans le roc.

Après une volée de marches, ils arrivèrent face à une porte bardée de signes invitant à ne pas y entrer. Omar posa la main sur un petit panneau fixé au mur et un clac sonore se fit entendre. La porte s'ouvrit doucement, révélant une vaste caverne faiblement illuminée. La caverne était vide pour la plupart, si ce n'était un étrange appareillage au fond de la pièce. On aurait dit une gigantesque machine cylindrique en métal poli. Une porte étanche munie d'un volant et d'un petit hublot, comme celles qu'ont voit dans les sous-marins, se trouvaient à la base. Un panneau de contrôle muni de cadrans et boutons était posé juste à côté. Ils s'approchèrent et Omar commença à manipuler le volant pour ouvrir la porte.

« Modric ! La voix tonna de l'autre bout de la pièce. Hassan se tenait dans l'encadrement de la porte. Sa large épée courbe à la main.

– Entrez-là leur intima Omar, désignant la pièce au-delà de la porte étanche. Il dégaina son épée. Attachez-vous et appuyez sur le bouton ! Il les poussa presque dans l'ouverture.

– Omar ! cria Thomas. Ce dernier sourit.

– Nos chemins se séparent ici, Thomas. Ç'a été un honneur, et je vais peut-être enfin pouvoir m'acquitter d'une vieille dette.

– On a encore tant à se dire...

– Je sais, mais tu comprendras. Survis, Thomas, c'est important. »

Thomas hocha la tête, la gorge nouée. Il donna l'épée de Selim à Omar, qui claqua la porte et se retourna vers Hassan.

Les deux hommes se jaugèrent un moment. Un rictus sauvage barrait le visage du géant. Sûr de sa force, Hassan savourait la mise à mort à l'avance. « C'en est fini de vous Comte. Et la porte de votre pièce sécurisée ne tiendra pas bien longtemps. Modric et la Lance seront à nous très vite. À moi ! Omar se fendit d'un rire qui prit l'assassin par surprise : tu as déjà perdu, Hassan ! » Et il se lança à l'attaque.

Edgar Saripan regardait la galerie de portraits accrochée dans la bibliothèque. « De Malecange... pensa-t-il tout haut. Bien sûr... J'aurais dû m'en douter. » Il fit le tour de la pièce, à la recherche des artefacts qu'Hassan avait mentionnés : une sacoche et une épée. Il n'y avait rien en vue. Modric avait dû tout prendre. Il avisa l'étagère déplacée et le passage secret derrière. Des bruits de lames s'entrechoquant venaient d'en bas. Sortant un petit pistolet de sa poche, il descendit les marches une à une pour déboucher sur un incroyable duel : Hassan et Omar se battaient avec une violence et une intensité incroyables. Hassan, tout en force, martelait son adversaire avec son cimeterre. De son côté, Omar utilisait sa technique de bretteur pour parer, avec son épée et celle de Selim, les attaques brutales d'Hassan. Ils étaient tous deux en sueur, haletants, et aucun ne semblait avoir l'avantage sur l'autre. Les lames se croisaient avec une vitesse affolante, dans un ballet de corps et de muscles. Saripan était fasciné par le combat.

Stan et Thomas étaient dans une drôle de pièce sphérique, grande comme une capsule spatiale. Deux sièges baquets avec des sangles étaient boulonnés au sol, séparés par un petit pupitre pourvu d'un unique bouton rouge. « Qu'est-ce que c'est que ça ? » demanda Stan tout haut. Thomas ne répondit pas. Le visage collé au hublot, il observait lui aussi, fasciné, le duel à mort entre Hassan et Omar.

Une nouvelle explosion secoua le bâtiment, mais les deux duellistes n'y firent même pas attention. Le bruit des combats s'estompait doucement. Les hommes de la Mauresque finissaient de nettoyer les dernières poches de résistance. Il ne resta bientôt plus qu'Omar, Stan et Thomas. Le duel baissa en intensité : les deux hommes étaient fatigués. Omar entendit le bruit des soldats plus haut et comprit que ses hommes avaient perdu. Il ne lui restait pas beaucoup de solutions. Sur une attaque du géant, il fit semblant de faiblir, son bras cédant sous la force brute d'Hassan. La lame de l'assassin glissa sur le torse d'Omar et lui entailla l'épaule. Il lâcha son épée. Pressant son avantage, l'assassin se découvrit et ne remarqua la cotte de mailles qui protégeait Omar que trop tard. De son autre main, Omar fit un moulinet et plongea l'épée de Selim Pacha dans la poitrine d'Hassan, jusqu'à la garde. Il fallut un moment pour que le cerveau d'Hassan enregistre l'information, mortelle, de sa situation. Il baissa les yeux et contempla, incrédule, la poignée de l'épée du Wazir Selim Pacha qui ressortait de son corps. Ses yeux témoignèrent de son incompréhension puis se voilèrent. Il tomba à genoux puis s'affaissa sur le côté, ses grands yeux bleus ouverts sur le néant.

Omar faiblit également et dut se tenir au mur de la caverne, respirant bruyamment. Il regarda vers la porte étanche et vit le visage de Thomas qui criait d'effroi. Avant qu'il ne comprenne, un coup de feu claqua et il fut projeté par terre. Saripan fit irruption dans la pièce, son pistolet à la main.

« Belle victoire, de Malecange ! Mais futile. Tes hommes sont morts, et tu vas bientôt les rejoindre. Je me trouverais un autre Mulazim, et avec les indications d'Hassan je sais où est la tombe de Selim Pacha. Si la Lance n'est pas ici, alors je fouillerai la montagne pierre par pierre pour la trouver.

— Tu ne peux pas gagner, Saripan. Il y aura toujours un chevalier pour se dresser devant la Mauresque.

— Tu parles de toi ou de ce morveux de Modric ?

— La lignée des d'Espaing n'est pas éteinte. Celle des Malecange non plus. Nous serons toujours là pour te combattre.

— Et je vous écraserais alors comme je le fais aujourd'hui. »

Thomas et Stan assistaient, derrière leur hublot, à l'échange sans pouvoir entendre ce que disaient les deux hommes, mais Stan remarquait qu'Omar se rapprochait doucement de la console de contrôle de la machine. Thomas voulut sortir aider Omar, mais Stan l'en empêcha. Il venait de comprendre ce qu'Omar avait en tête. Des soldats firent irruption dans la pièce, créant la distraction nécessaire. Omar se jeta sur la console et appuya sur un bouton. Une sirène se fit entendre, de même qu'un gyrophare jaune disposé au-dessus de la porte s'alluma.

« Qu'as-tu fait ? hurla Saripan à l'intention d'Omar.

– Ce que ma famille a promis de faire depuis des générations : protéger la Lance, protéger les d'Espaing. Mort à toi, Wazir ! Il se jeta vers Saripan, mais le pistolet claqua une nouvelle fois et Omar s'écroula.

– Non ! hurla Thomas, les larmes aux yeux. Il essaya d'ouvrir la porte, mais celle-ci était bloquée.

– Vite, attache-toi ! » lui cria Stan. Des vibrations se faisaient sentir, ainsi qu'un bruit de machines. De la vapeur commença à envelopper la cabine. Thomas s'assit tel un robot. Saripan jeta un œil vers la porte étanche et essaya d'ouvrir la porte, mais rien n'y fit. Une puissante secousse secoua le bâtiment. Les soldats commencèrent à s'agiter.

« Faites-moi sauter cette porte ! hurla Saripan à l'officier le plus proche.

– Quelque chose ne va pas, Wazir, dit respectueusement l'homme. Je pense que vous devriez partir.

– Partir ? Saripan le regarda avec mépris. La Lance sacrée est peut-être de l'autre côté de cette porte. Je ne vais nulle part ! Une secousse plus violente leur fit perdre l'équilibre. Qu'est-ce que... »

Dès que Thomas fut solidement attaché, Stan écrasa le bouton entre les deux sièges. Les bruits se firent plus fort, les sangles de leurs sièges se tendirent, les lumières s'éteignirent. Et la montagne explosa.

LA LANCE SACRÉE

Les explosifs disséminés un peu partout dans et autour du palais vaporisèrent littéralement tout le sommet du Cap Carbon. La boule de feu horrifia toute la population de Béjaïa, déjà interloquée par les bruits de la bataille qui venait de se dérouler aux portes de la ville. Une colonne de fumée monta vers le ciel, et tous les environs furent arrosés de débris arrachés au roc. La partie supérieure de la presqu'île s'écroula dans la Mer, entraînant avec elle les corps des soldats, du Wazir de la Mauresque et de son Mulazim.

Cinq cents mètres au large du Cap, une drôle de sphère métallique amerrit doucement dans les flots bleus, sa chute ralentie par trois parachutes oranges. Au contact de l'eau, des bouées se gonflèrent automatiquement pour maintenir la sphère à la surface. Thomas reprit conscience à ce moment, essayant de se rappeler ce qui venait de se passer : lorsque Stan avait appuyé sur le bouton, un mécanisme de survie extraordinaire s'était mis en route. La sphère dans laquelle ils avaient trouvé refuge n'était en fait que le boulet dans un gigantesque canon tourné vers la mer. La vapeur sous pression catapulta la capsule vers le ciel juste avant l'explosion des charges de destruction. Soumis à une accélération fulgurante de près de dix fois la gravité, les deux hommes, solidement harnachés dans leurs sièges, perdirent brièvement conscience. À l'apogée de la trajectoire de la capsule, des parachutes se déployèrent pour ralentir et contrôler la chute vers la mer. Thomas secoua Stan qui s'ébroua.

« Wôw ! Je veux le même à la maison !

– Où sommes-nous ? demanda Thomas bien que les mouvements de la capsule laissaient peu de place au doute.

– Au large de Béjaïa, j'imagine, répondit Stan. Thomas secoua la tête.

– On a été catapultés en mer ? Omar... il s'étrangla. Il nous a expédiés en sûreté. Au même moment, un bruit d'explosion suivi d'une fuite d'air secoua la capsule qui prit du gîte.

– Sûreté... pas si sûr, dit Stan. J'ai l'impression que les bouées qui nous maintiennent à flot sont en piteux état. Si l'on ne sort pas très vite, la capsule va couler à pic et nous avec ! »

Ils se détachèrent. Il y avait un peu de houle et les vagues commençaient à lécher la base de la porte. Le bruit de fuite d'air était clairement audible : les bouées se dégonflaient doucement. Thomas avisa un levier rouge près de la porte et l'abaissa. Des boulons explosifs firent sauter la porte qui retomba un peu plus loin. La capsule bougea, menaçant de chavirer. « Il faut sauter, dit Stan. Sinon on va y rester. » Thomas attrapa la sacoche de cuir et se jeta à l'eau, immédiatement suivi par Stan. L'eau finit par arriver au niveau de la porte et s'engouffra rapidement dans la petite capsule. Elle coula en quelques instants, laissant les deux hommes en pleine mer. Ils regardèrent la sphère disparaître sous la surface, entraînant les parachutes à sa suite. Au loin, Béjaïa les narguait adossée à la colline. Sur la droite, le Cap Carbon paraissait scalpé, avec une épaisse colonne de fumée s'élevant du sommet. Avant qu'ils ne commencent à s'inquiéter de la façon dont ils allaient regagner la côte, une voix forte et proche les interpella. « Hé bien Thomas, on peut dire que vous ne passez pas inaperçu ! » Ils se retournèrent, se rendant compte de la présence derrière eux : un vieil homme au visage buriné, souriant, les observait depuis le pont d'un petit yacht. Le bateau mit en panne et un marin jeta une corde aux naufragés. Trempés et épuisés, assis à même le pont, les deux hommes acceptèrent la tasse de café que leur tendait leur sauveur. Avant que Thomas ne se demande comment l'homme le connaissait, il remarqua sur son col la petite croix qui y était épinglée.

« Père Guillaume ?

– Je vois que tu as entendu parler de moi, fit-il en souriant. J'ai beaucoup entendu parler de toi également. Et de vous aussi, Monsieur de Barbaran.

– À votre service, dit Stan en savourant son café. On va peut-être avoir une explication à tout ce cirque ?

– J'essaierai de répondre au mieux, promit simplement le vieil homme. Mais nous avons des affaires pressantes à régler. Savez-vous où se trouve Saripan ?

– Je ne pense pas qu'il pose de problèmes, commença Thomas. Il était au palais et Omar... Il ne put finir sa phrase et le Père Guillaume comprit. Il a eu Hassan également, en combat singulier. Il l'a terrassé avant que Saripan ne...

– Omar était un formidable guerrier, et sa famille une alliée indéfectible de notre confrérie. Les de Malecange sont de fidèles amis depuis longtemps, Omar a fait honneur à son nom. La tristesse se lisait sur son visage, mais l'espoir aussi. La perte du Wazir et du Mulazim est un coup dont la Mauresque va mettre du temps à se remettre. Vous avez coupé la tête et son bras armé. C'est plus que ce que j'avais espéré, une victoire qu'on n'a pas vue depuis des siècles. Thomas resta silencieux. Il n'avait pas le sentiment d'avoir fait grand-chose. Avez-vous trouvé la tombe de Selim et la Lance ?

– Oui, nous l'avons trouvé, dit Thomas après un moment. Stan parut surpris :

– Ah bon ? On l'a trouvée ?

– Je peux vous y conduire, mais... ce n'est sûrement pas ce que vous attendez. »

Le petit groupe prit enfin pied sur le plateau, abrité du vent par le pic tout proche, après une lente ascension. Le petit garçon ne les avait pas accompagnés cette fois : bien qu'on lui ait dit que les méchants hommes ne reviendraient pas, il n'avait pas voulu venir. Thomas, guidé par son sens de l'orientation, avait retrouvé le chemin. Il n'arrivait toujours pas à estimer l'âge du Père Guillaume, mais celui-ci était monté jusque là sans montrer le moindre signe de fatigue. Il souleva un sourcil à l'attention de Thomas :

« C'est ici ? Thomas hocha la tête. La tombe ?

– Sous l'arbre. Ils s'approchèrent respectueusement. Stan essayait de voir la tombe entre les racines.

– Et la Lance, demanda Père Guillaume. Thomas hésita :

– Elle est devant vous, dit-il en tendant la main vers le monticule et le gigantesque olivier.

– Où ? Où ça ? Stan se tordait le cou, cherchant à apercevoir le bâton sacré.

– Sous tes yeux, Stan. Le Père Guillaume était perplexe, il fronçait les sourcils. Et soudain il comprit :

– L'arbre...

– Un olivier. Les pilums romains étaient faits en bois dur, expliqua Thomas. Comme le bois d'olivier.

– Il n'y a pas d'arbre ici normalement... Le Père Guillaume continua l'histoire. Le bois de la Lance a pris racine. L'arbre EST la Lance.

– Attendez, dit Stan. Quand on a enterré Selim Pacha ici avec la Lance, c'était un bois déjà mort depuis plus de mille ans ! Père Guillaume haussa les épaules. Il était convaincu maintenant.

– Un miracle, mon fils. Nul n'a vu un olivier si beau, si grand. Nul n'a vu un olivier à cette altitude. C'est à quoi ressemblerait un olivier de sept cents ans. Ce ne peut être que cela. Il s'approcha jusqu'à toucher avec révérence les racines. Il se retourna. Son visage était comme illuminé. Une longue quête s'achève, Thomas. Tu as résolu un mystère vieux de plusieurs siècles. Le chevalier d'Espaing peut être en paix, maintenant.

– Son carnet et le manuscrit de Niketas ont été détruits avec le palais d'Omar.

– C'est mieux ainsi. Avec un peu de chance, les ennemis de la Lance cesseront de la rechercher, faute d'indices. Il jeta un dernier coup d'œil à l'arbre.

– Et le contenu de la sacoche de Selim ?

– Mon équipe scientifique va analyser les fragments de parchemin. Le temps et l'eau de mer l'ont abîmé, je ne sais pas si on en tirera quelque chose. Peut-être, qui sait, y trouverons-nous le testament de Selim ou des traces de sa conversion ?

– Mais... c'était la théorie que le chevalier d'Espaing avait consignée dans son carnet ! Comment savez-vous ? Les trois hommes commencèrent la longue descente vers la vallée, et le Père Guillaume mit la main sur l'épaule de Thomas en riant.

– Cher Thomas, nous avons tant de choses à nous dire... »

FIN

EPILOGUE

Le chariot cahotait sur le chemin. Ils avaient pris la route du sud et avançaient prestement. Le Capitaine conduisait lui-même. Il y tenait. Il n'avait voulu confier cette mission à personne d'autre. Un laissez-passer signé du Roi lui-même leur garantissait un passage sauf et sans encombres ni questions. Habillé en civil le Capitaine ressemblait à un vieil oncle aimable et honnête, et personne n'avait cherché à regarder de près les deux voyageurs installés sous une toile épaisse. La route n'était pas très bonne et un cahot plus violent que les autres arracha une grimace de douleur au blessé, allongé sur un lit de fortune. Agnès lui épongea le front et lui offrit un sourire plein de compassion. Guillaume lui sourit bravement, malgré la douleur, malgré la chaleur, malgré les bandages serrés qui couvraient l'horrible plaie causée par le cimeterre d'Hassan. Des bribes d'images lui revenaient parfois, de cette funeste journée au château. Ce jour où il mourut. Ce jour où il fut ramené d'entre les morts. Il revoyait le Roi penché sur lui dans un tunnel sombre, priant, et lui plantant la Sainte Lance dans la plaie béante laissée par le Maure. Il se souvient de la lumière, de l'influx de vie qui explosa dans son corps à ce moment-là. Un miracle qui bousculait tout ce qu'il savait, tout ce en quoi il avait cru.

On l'avait extrait du tunnel à la nuit tombée, dans le plus grand secret et on l'avait soigné pendant cinq jours entiers avant qu'il ne puisse être transporté. Agnès avait bien entendu veillé sur lui jour et nuit. Personne ne devait savoir ce qui s'était passé dans ce tunnel. Malgré la fuite d'Hubert, la Mauresque restait dangereuse et bien informée. Louis n'avait aucune envie qu'elle apprenne ce qu'il avait fait avec la Lance. Malecange était parti à la poursuite d'Hubert et chevauchait vers l'est, vers les dangereux territoires des Habsburgs. Lui-même ne pouvait rester à Versailles. Officiellement, il était mort. Mort en héros certes, mais mort quand même. De toute façon, peu lui importait ses enquêtes à présent. Il avait suffisamment donné. La gloire, le nom de famille ne l'intéressaient plus. Il n'aspirait plus qu'à du repos, qu'à rester auprès d'Agnès. Le Roi lui-même les avait mariés.

Dès qu'il fut en état de voyager, ils se mirent en route. Pour la centième fois depuis le départ, Agnès inspecta les bandages de Guillaume, un sourcil froncé, puis, soulagée, s'assit à côté de lui, la main sur le ventre, caressant et protégeant inconsciemment la vie qu'elle sentait doucement grandir en elle. Un parent éloigné du côté de la mère de Guillaume les accueillerait dans les collines du sud du Royaume. Ils prendraient son nom.

Adieu Guillaume d'Espaing. Adieu Agnès Coullonge.

Pour Guilhem et Nanèsse Modric, une nouvelle vie commençait.

TABLE DES MATIÈRES

Du même auteur

Les Larmes d'Emma Ed. Bénévant (*2012*)

www.ingramcontent.com/pod-product-compliance
Lightning Source LLC
Chambersburg PA
CBHW071243170626
46809CB00001B/66